AF398576

Matthias Ernst wurde 1980 in Ulm/Donau geboren. Bereits in seiner Jugend begeisterte er sich für Literatur und verfasste Romane und Kurzgeschichten. In seinen Kriminalromanen verbindet er seine beiden größten Leidenschaften miteinander, das Schreiben und die Psychotherapie.

Matthias Ernst

DER KUPPLER

EIN **PSYCHOTHRILLER**
ÜBER DIE DUNKLEN SEITEN DER KI

Erstausgabe November 2024

Copyright © 2024 dp Verlag, ein Imprint der
dp DIGITAL PUBLISHERS GmbH
Made in Stuttgart with ♥
Alle Rechte vorbehalten

Der Kuppler

ISBN 978-3-98998-538-4
E-Book-ISBN 978-3-98998-267-3
Hörbuch-ISBN: 978-3-98998-280-2

Covergestaltung: Buchgewand
Umschlaggestaltung: ARTC.ore Design
Unter Verwendung von Abbildungen von
stock.adobe.com: @ jakkapan, @ hearty
depositphotos.com: @ LauraBustos, @ avicons
shutterstock.com: @ Evgeni ShouldRa, @ EA230311, @ Ensuper
Lektorat: Astrid Pfister
Satz: dp DIGITAL PUBLISHERS GmbH
Druck und Bindung: Books on Demand GmbH, Norderstedt

Adam

„Es ist mir gleichgültig, ob du ein Dämon oder ein Engel bist", flüsterte die Banshee und strich mit der Fingerspitze sanft über das rechte geschwungene Horn, das aus der ockerfarbenen Haut seiner Stirn ragte.

Adam Sinclair lehnte sich zurück und las sich den Satz laut vor. Was war denn das für ein süßlicher Mist? Er markierte den Text und löschte ihn. Danach starrte er minutenlang auf den blinkenden Cursor. Etwa hundert Seiten noch, dann wäre seine Bestseller-Trilogie endlich abgeschlossen. Und die Legionen von weiblichen Fans, die Sinclair mit seinem wilden Mix aus Fantasy und Liebesroman gewonnen hatte, würden zum Verkaufsstart des letzten Bandes wieder vor den Buchhandlungen campieren. Die ersten beiden Bücher hatten monatelang die Bestsellerliste angeführt und der Erwartungsdruck war dementsprechend gewaltig. Doch Sinclair zweifelte zunehmend daran, dass er ihn erfüllen konnte, denn es war ihm schwergefallen, den dritten Roman zu schreiben. Anders als bei den Vorgängerbänden, hatten die Musen ihm die Küsse bislang verweigert. Und sein Plan für das große Finale kam ihm lau und langweilig vor.

Auf dem linken der beiden Bildschirme auf seinem Schreibtisch ploppte ein Fenster auf. Als er die Nachricht in grüner Schrift auf schwarzem Hintergrund las, weiteten sich seine Augen:

Hey, du hast doch gesagt, du bist spontan. Wollen wir Nacktbaden gehen?

Adam schluckte. Damit hatte er nicht mehr gerechnet. Seit Tagen hatte er mit der Nutzerin Nachrichten ausgetauscht, hatte um sie geworben mit aller Eloquenz, die ihm als weltbekanntem Autor von Fantasy-Liebesromanen zur Verfügung gestanden hatte. Doch mal hatte sie sich unnahbar gegeben, mal hatte sie ihn gelockt, gereizt oder getriezt. Am Ende ihrer oft stundenlangen Chatsessions hatte er sie immer um ein Treffen gebeten, aber bisher hatte sie stets abgeblockt, hatte vorgegeben, etwas Anderes, Besseres vorzuhaben. Einmal hatte sie ihm sogar offen mitgeteilt, dass sie gar nicht daran denke, sich mit ihm zu treffen, weil er ihr nicht genug zu bieten habe, Bestsellerautor hin oder her. Sie hatte mit ihm gespielt und je weiter er ihr sein Innerstes geöffnet hatte, desto brutaler hatte sie auf seinen Gefühlen herumgetrampelt. Aber - Adam wagte kaum, sich das einzugestehen - gerade das hatte ihm einen besonderen Kick verschafft.

Was sollte er nun zurückschreiben? Sollte er auf ihr Angebot eingehen? Würde sie überhaupt auftauchen, oder war das nur ein weiteres ihrer Spielchen? Er schob die Gedanken beiseite. Sie war das strahlende Licht an der Spitze des Leuchtturms gewesen, das ihn in den letzten Tagen über Wasser gehalten hatte. Das Schreiben war so quälend und schleppend verlaufen, dass er beinahe an sich und seinen schriftstellerischen Fähigkeiten verzweifelt war. Die aufkeimenden Depressionen hatte er, so gut es ging, mit Single Malt Whisky bekämpft, was der Qualität seines Manuskripts jedoch eher abträglich gewesen war. Doch die Chats mit der mysteriösen Unbekannten, hatten es geschafft, ihn aus den tiefsten Löchern heraus zu ziehen.

Hey, bist du noch da? Ich dachte, du willst nichts mehr, als mich zu treffen? Oder bist du zu feige dazu?

Adam spürte, wie sich seine Wangen röteten. Das war ja die Höhe! Er und feige?

Wann und wo?

schrieb er zurück und war dabei stolz, wie knapp und cool seine Worte klangen. Da sollten ihn die Rezensentinnen noch einmal für seinen ausladenden Stil kritisieren!

Am Strand in Porthleven. In zwanzig Minuten.

Adam spürte, wie sein Mund austrocknete. Vor seinem inneren Auge erschienen anregende Bilder, zweier Menschen, die sich eng umschlungen in der Gischt wälzten. Eine dieser Personen war er, die andere die attraktive Blondine mit dem Alias Tryharder27, deren Profilbild ihm nicht aus dem Kopf gehen wollte, seit er es vor drei Tagen zum ersten Mal auf der Dating-Plattform IQ-VE gesehen hatte.

Er speicherte das Manuskript ab, fuhr den PC herunter und ging ins Bad, um sich frisch zu machen. Dann schob er das Handy in die Gesäßtasche, griff nach dem kleinen Geldbeutel und eilte hinaus in die Garage, wo er sich auf sein Fahrrad schwang. Er trat in die Pedale und ließ sich die abschüssige Straße hinunterrollen, die zu dem nur wenige Meilen entfernten Hafenstädtchen Porthleven im äußersten Südwesten von Cornwall führte. Die Vorfreude ließ ihn innerlich förmlich vibrieren. Endlich standen die Sorgen und Nöte wegen seines Manuskripts einmal ganz hinten an. Ein Grinsen breitete sich in Adams Gesicht aus. Die Musenküsse, die dort auf ihn warteten, würden ihn mit dem dringend benötigten Energiestoß versorgen, um seinen Roman mit einem Finale zu krönen, das die Welt noch nicht gelesen hatte.

Daniel

„Ich schaffe es nicht", sagte Daniel Merton, zog sich die halb zusammengebundene Krawatte vom Kragen des gestärkten Hemdes und hielt sie seiner Mitbewohnerin Sasha entgegen. Er sah, dass sich ihre Lippen kräuselten. Na super, jetzt amüsierte sie sich auch noch über ihn.

„Den Doktortitel haben sie dir jedenfalls nicht für deine Fingerfertigkeit verliehen", sagte sie und nahm ihm den Schlips ab. „Warum überhaupt so förmlich? Du fängst doch nicht bei einer Bank an oder bei einer Versicherung. Ich dachte, dein neuer Arbeitgeber ist ein hippes IT-Unternehmen. Wetten, dass da keiner außer dir eine Krawatte trägt? Wahrscheinlich würdest du selbst in einem Rollkragenpulli overdressed wirken."

Daniel seufzte. „Es ist mir aber wichtig, an meinem ersten Tag ordentlich gekleidet zu erscheinen. Einen neuen Job zu finden war schwer genug, ich will ihn nicht gleich wieder verlieren, nur weil ich verlottert aussehe", sagte er. „Und jetzt hilf mir bitte, dieses blöde Teil zu binden. Ich bin sowieso schon spät dran."

Sasha grinste, packte ihn bei den Schultern und drehte ihn zu sich. Dann schob sie ihm die Krawatte durch den Kragen und band sie mit schnellen, sicheren Bewegungen zu einem einwandfreien Oxford-Knoten.

Daniel betrachtete sich im Spiegel. „Wie machst du das nur? Warum kannst du so etwas?"

Sashas Grinsen wurde noch breiter. „Du bist so eine Klischeemaschine. Nur, weil ich meine Haarfarbe wöchentlich wechsle und den ganzen Tag vor dem Computer sitze, glaubst du, ich hätte keine Ahnung vom Leben, was? Das Krawattenbinden habe ich mir für mein Men-In-Black-Cosplay beigebracht. Wenn du mal einen schicken schwarzen Anzug und eine passende Sonnenbrille brauchst, sag einfach Bescheid."

„Danke, aber ich glaube, das würde an der Größe scheitern. Für den Oxford-Knoten hast du aber ein Curry gut bei mir."

Daniel schnappte sich den Aktenkoffer und wieder sah er, dass Sasha grinste.

„Ja, lach du nur. Ich mag aussehen wie ein Buchhalter aus einem Monty-Python-Sketch, aber so fühle ich mich eben wohl."

Sasha hob die Hände. „Jeder, wie er mag. Und jetzt lass dich mal drücken, Daniel. Ich wünsche dir viel Glück und vor allem viel Spaß bei deinem neuen Job. Ich weiß, dir wäre es lieber gewesen, wenn du an der Uni hättest bleiben können, bei deinen Daten und deinen Modellrechnungen, aber nun ruft das echte Leben draußen in der freien Wildbahn. Das ist doch auch spannend, oder nicht?"

Daniel verzog das Gesicht. „Der Vorteil an Daten und Modellen ist, dass sie berechenbar sind. Menschen sind das nicht. Ich weiß nicht, wie ich mit so vielen neuen Kollegen auf einmal zurechtkommen soll."

Sasha klopfte ihm auf die Schulter. „Das wird schon werden. Denk immer dran, du bist der Persönlichkeitspsychologe. Du weißt, wie die Leute ticken. Zumindest theoretisch."

Daniel atmete tief durch und trat in den Flur hinaus. Er überlegte, ob er den Mantel mitnehmen sollte, aber da es draußen über zwanzig Grad warm war, wäre das dann wohl doch übertrieben gewesen. Auch den Schirm ließ er im Ständer. Sasha hatte recht. Er durfte an seinem ersten Arbeitstag bei IQ-VE nicht aussehen wie die billige Kopie einer der Tausenden von Buchhaltern, die in der City of London ihren Geschäften nachgingen.

Daniel schlug den Weg zur U-Bahn-Station Clapham South ein. Ein Blick auf die Uhr zeigte ihm, dass er viel zu früh dran war. Das war jedoch Absicht, schließlich hatte er einberechnen müssen, dass ihm etwas dazwischenkommen könnte. Und noch schlimmer als schlecht gekleidet zu seinem ersten Arbeitstag aufzutauchen, wäre es, wenn er unpünktlich kommen würde. Trotzdem schritt er zügig voran und atmete erst durch, als er in dem Zug saß, der ihn in die City of London bringen würde. An jeder Haltestelle füllte sich das Abteil noch mehr. Abgesehen von den wenigen Touristen mit ihren Sonnenhüten und ihren Hard-Rock-Café-T-Shirts waren die meisten Leute auf dem Weg zu ihren Arbeitsplätzen. Daniel schluckte schwer. Das würde also nun sein tägliches Los sein.

Wie neu und anders dieses Leben war. Früher als er noch in der benachbarten Roehampton University gearbeitet hatte, war er mit dem Fahrrad in sein Institut gefahren. Doch der Weg in die City of London war dafür zu weit und aufgrund der Verkehrssituation auch zu gefährlich. Er holte sein Handy aus der Tasche und öffnete das Go-Spiel, das er in der Nacht begonnen hatte, als er vor lauter Aufregung nicht hatte einschlafen können. Er setzte einen weißen Stein und die Planung der nächsten Spielzüge drängte wie stets alle schwierigen Gedanken zur Seite.

Er war so in die Partie vertieft, dass er den Ausstieg mit Sicherheit verpasst hätte, wenn er sich dafür nicht einen Alarm einprogrammiert hätte, der ihn aus seiner Go-Trance riss. An der Haltestelle Aldgate verließ er die Tube und reihte sich in die lange Schlange ein, die am Fuß der Rolltreppe darauf wartete, ans Tageslicht befördert zu werden. Er spürte sein Herz hektisch schlagen. Alles Neue und Unvertraute war die Hölle für ihn! Wie sehr er es hasste, ins kalte Wasser springen zu müssen. Warum hatte ausgerechnet er seine Stelle an der Uni verlieren müssen? In Roehampton hatte er sich sicher gefühlt, dort hatte er gewusst, was er tat, und hatte die wenigen Kollegen und ihre Eigenheiten gut einschätzen können. Das hier hingegen war ein Wagnis. Und Daniel Merton war nicht der Mann für Wagnisse.

An der Oberfläche wandte er sich nach links, überquerte den Aldgate Square und folgte dem Dukes Place und der Bury Street zu dem gurkenförmigen Hochhaus, das die Skyline von London seit nunmehr zwanzig Jahren mit seiner originellen Architektur bereicherte. Er trat in das chromglänzende Foyer. Mit der Zugangskarte, die ihm gemeinsam mit dem Arbeitsvertrag zugeschickt worden war, passierte er die gläsernen

Barrieren und gelangte zu den Aufzügen. Er fuhr in den 24. Stock. Den Weg kannte er immerhin von seinem Vorstellungsgespräch. Auch damals war er hypernervös gewesen und hatte sich vollkommen fehl am Platz gefühlt. Doch das war kein Vergleich zu dem, was er nun empfand. Er spürte einen unwiderstehlichen Fluchtimpuls. Doch dafür war es zu spät. Die Türen des Aufzugs schwangen auf und er zwang sich, nicht ins Erdgeschoss zurückzufahren, sondern in den Flur hinauszutreten.

Die Büros der Dating-App IQ-VE nahmen das gesamte 24. Stockwerk ein. Was Daniel schon bei seinem ersten Besuch irritiert hatte, war, dass hier keine Wände im herkömmlichen Sinne verbaut waren. Alles bestand aus Glas. So sah er von der Tür des Fahrstuhls aus direkt auf den Empfangsbereich und weiter zu den Büros der Mitarbeitenden.

Wie viele Menschen hier hin und her wuselten! Als er sich beworben hatte, war er davon ausgegangen, dass die Belegschaft nur aus ein paar Programmierern und einigen Marketingleuten bestehen würde. Doch bei seinem Vorstellungsgespräch hatte er erfahren, dass IQ-VE, das Steckenpferd des Milliardärs Timothy Nupret, beinahe zweihundert Angestellte beschäftigte. Und nun gehörte auch er dazu.

Der Blick durch die Glaswände zeigte ihm außerdem, dass Sasha recht gehabt hatte. Hier trug niemand einen Schlips und einen Anzug schon gar nicht. So ein Mist. Daniel drehte sich zur Fahrstuhltür um, fummelte den Knoten seiner Krawatte auf und zog sie aus dem Kragen. Dann wickelte er sie ungelenk um seine Hand und ließ sie in der Tasche des Sakkos verschwinden. Anschließend öffnete er den obersten Knopf des Hemdes und atmete tief durch, ehe er sich wieder umdrehte und auf die gläserne Eingangstür seines neuen Arbeitgebers zuging. Diese schob sich geräuschlos zur Seite und er trat ein.

„Herzlich willkommen bei IQ-VE, Dr. Merton", sagte die Dame am Empfang, die ihm freundlich zu lächelte. Er stutzte. *Woher kannte sie seinen Namen?*

„Mister Helligan hat mich gebeten, Sie zu begrüßen und Ihnen schon einmal ein paar Unterlagen zum Ausfüllen zu geben. Er wird gleich zu Ihnen kommen."

Sie reichte ihm ein Klemmbrett, auf dem ein Personalbogen befestigt war, und deutete auf eine Sitzgruppe schräg gegenüber. Daniel nahm auf einem bequemen Stuhl Platz und legte die Formulare auf seinen Oberschenkel. Er holte einen Kugelschreiber aus der Innentasche des Sakkos und begann damit, den Fragebogen auszufüllen. Wie üblich waren die ersten Zeilen seinen Stammdaten gewidmet.

Daniel Merton, geboren am 27.4.1994 in Leeds, ledig, männlich, wohnhaft 24 Honeybrook Lane, Clapham, London."

Er trug seine Handynummer und seine E-Mail-Adresse ein, ehe es um die Sozialversicherungsdaten ging.

„Aha, da ist ja unser Herr Wissenschaftler", hörte er eine Stimme sagen. Er blickte auf und sah einen breitschultrigen, untersetzten Mann mit rotbraunen Haaren und meerblauen Augen vor sich, der ihm die Hand entgegenstreckte. Daniel hatte kurz Mühe, das Weglegen des Kugelschreibers und den Handschlag zu koordinieren, und fürchtete, dabei etwas ungelenk ausgesehen zu haben, doch seinem Gegenüber schien das nicht aufgefallen zu sein.

„Mister Helligan, schön Sie zu sehen", sagte Daniel.

Der CEO von IQ-VE lächelte ihm zu. „Sie hätten sich nicht so schick machen brauchen. Ein Sakko trägt hier niemand. Wenigstens haben Sie auf eine Krawatte verzichtet."

Daniel schluckte schwer. Manchmal war es schwierig, die eigenen Vorstellungen davon, wie man sich in der Welt draußen zu verhalten hatte, mit der Realität abzugleichen. Helligan forderte ihn auf, mitzukommen. Er führte ihn durch die von Glaswänden gesäumten Gänge. Immer wieder hielt er an und stellte ihn Mitarbeitenden vor, aber Daniel konnte sich weder die Namen noch die Gesichter, geschweige denn die Kombination aus beidem merken. Nach kurzer Zeit fühlte er sich überrollt von all den Informationen und er war froh, als der CEO ihn in ein Büro am Ende des Ganges führte. Durch die bodentiefen Fenster konnte er in der Ferne das silberne Band der Themse glitzern sehen.

„Ich hoffe, Sie sind mit der Aussicht zufrieden. Schöner geht es nicht."

„Es ist ein großartiger Ausblick von hier oben", bestätigte Daniel. Wieder einmal wurde ihm bewusst, dass Small Talk nicht zu seinen Stärken gehörte.

„Aber verlieben Sie sich nicht zu sehr in das Panorama!"

„Natürlich, Mister Helligan, ich bin hier, um zu arbeiten", erwiderte er, froh darüber das Gespräch in ein Fahrwasser gleiten zu sehen, das ihm vertrauter war.

„Und ich habe auch schon einige Vorschläge ausgearbeitet. Ich fand das Vorstellungsgespräch sehr anregend und habe mir bereits Gedanken gemacht, wie man die Algorithmen der Partnervermittlung weiter verbessern könnte. Wie Sie wissen, habe ich viel zum Datingverhalten geforscht. Sehen Sie, ich habe hier etwas vorbereitet." Er öffnete seinen Aktenkoffer und legte ihn auf den gläsernen Schreibtisch. Darin befand sich ein Stoß von Papieren, die in einer engen, kleinen Handschrift beschrieben waren. Helligans Augenbrauen schossen nach oben. Er hob die Hände und lachte.

„Nein, nein, lassen Sie es gut sein. Jetzt kommen Sie erst mal an. Richten Sie sich in Ihrem Büro ein, spitzen Sie Ihre Bleistifte, sorgen Sie dafür, dass Sie einen Zugang zum Intranet bekommen und merken Sie sich die Namen Ihrer Kollegen. Ihre Vorschläge lassen Sie bitte in diesem Koffer. Und den lassen Sie am besten zu Hause. Mr. Nupret hat viel Zeit und Geld in die Entwicklung der KI-basierten Algorithmen gesteckt. Die funktionieren reibungslos und sie sind es, die unser Alleinstellungsmerkmal in der Dating-Szene ausmachen. Ich habe Sie nicht eingestellt, um daran etwas zu ändern."

Daniel spürte, wie ihm der Mund austrocknete. „Aber ich bin davon ausgegangen, Sie würden einen Persönlichkeitspsychologen suchen, der Ihnen dabei helfen kann, noch bessere Vermittlungsergebnisse zu erzielen."

Helligan grinste. „Wo haben Sie das denn her? In der Stellenanzeige stand das bestimmt nicht. Und ich kann mich nicht erinnern, dass ich mich im Vorstellungsgespräch dementsprechend geäußert hätte. Ja, wir haben einen Persönlichkeitspsychologen gesucht, aber nicht, um unsere Vermittlungsergebnisse zu verbessern, sondern aus einem ganz anderen Grund. Ich verspreche Ihnen, Sie werden sich nicht langweilen. Wir haben einen Spezialauftrag für Sie. Aber dazu morgen mehr. Jetzt kommen Sie erst einmal an, und lassen Sie sich von Jerry, unserer Büroassistentin, die Kaffeemaschine erklären. Für das Teil braucht man wirklich einen Hochschulabschluss.“

Er nickte Daniel zu und ging aus dem Büro. Dieser sah ihm hinterher und spürte, wie sich ein Gefühl der Enttäuschung in ihm breitmachte. Er hatte sich darauf gefreut, die Vermittlungsalgorithmen zu durchdringen und mithilfe seiner Forschungsergebnisse zu optimieren. *Und nun? Ein Spezialauftrag? Was das wohl war?*

Lupita

„Puh, ist das öde." Police Constable Lupita Mugabo ließ die Scheibe an der Beifahrerseite des Streifenwagens herunter und blickte auf den Weiher am Ortsrand der Kleinstadt Helston in Cornwall hinaus. Ein einzelnes Tretboot in Form eines überdimensionierten Schwans pflügte durch die spiegelglatte Oberfläche des algendurchsetzten Gewässers, hinter dem sich ein bewaldeter Hügel erhob. Ein verliebtes Teenagerpärchen saß in dem Kahn, mehr mit Knutschen als mit Navigieren beschäftigt.

„Das Aufregendste, was hier jemals passieren wird, ist, dass diese zwei Turteltäubchen mit ihrem Schwan in die Uferpromenade krachen", sagte Lupita.

Pete, ihr Kollege hinter dem Steuer, zuckte mit den Schultern. „Da könntest du recht haben. Ich glaube auch nicht, dass wir an der Uferpromenade einen international gesuchten Drogenbaron aus Kolumbien oder einen Mafiaboss aus Sizilien verhaften werden. Aber sieh es doch mal positiv. Dann haben wir wenigstens keinen Stress. Ich kann mir Schlimmeres vorstellen, als bei schönem Wetter in einem Streifenwagen zu sitzen und auf einen Weiher hinauszuschauen."

Lupita verdrehte die Augen. „Das liegt wohl an deiner mangelnden Vorstellungsgabe. Ich könnte mir ein Dutzend Dinge vorstellen, die ich jetzt lieber täte. Was machen wir hier überhaupt?"

„Wir zeigen Präsenz."

„Präsenz? Wozu?"

„Was weiß ich", sagte Pete. „Der Chief hat mir heute Morgen aufgetragen, dass wir möglichst öffentlichkeitswirksam durch den Ort fahren und an diversen Stellen Halt machen sollen, damit wir bemerkt werden. Irgendeine Anordnung aus London. Wahrscheinlich will die Regierung mit Blick auf die kommende Wahl gut Wetter machen und zeigen, dass man die Sache hier im Griff hat."

„Politiker!", knurrte Lupita und verdrehte erneut die Augen.

Das Funkgerät knackte. „MW 23, bitte kommen", knatterte es aus dem Lautsprecher. Das war Oscar, der heute in der Station Dienst tat. Lupita nahm das Mundstück und sprach hinein: „Hier MW 23. Wir hören."

„Wir haben einen Notruf erhalten, 14 Gwawas Hill. Schaut bitte mal nach, was da passiert ist."

„Kannst du uns wenigstens grob sagen, worum es sich handelt? Nur, damit ich nicht plötzlich vor einem bewaffneten Einbrecher stehe. Oder mit gezogener Pistole vor einem Kätzchen, das sich in einen Baum geflüchtet hat", sagte Lupita.

Sie hörte ein heiteres Lachen aus dem Lautsprecher, dann erwiderte die blecherne Stimme: „Das ist die Adresse eines Schriftstellers namens Adam Sinclair. Seine Haushälterin hat angerufen. Sie vermisst ihn. Schaut mal nach dem Rechten, wir wollen uns schließlich nicht sagen lassen müssen, dass wir die Anliegen von irgendwelchen poshen Künstlertypen nicht ernst nehmen."

Pete hatte bereits den Wagen gestartet und bog in Richtung Innenstadt ab.

„Adam Sinclair", sagte Lupita. „Hast du mal was von dem gelesen?"

Pete schüttelte seinen beinahe kahlen Kopf. „Du weißt doch, dass ich kein großer Leser bin. Meine Bibliothek zu Hause besteht aus dem Stapel Comics in der Toilette."

Lupita biss sich auf die Zunge und schluckte den scharfen Kommentar hinunter, der darauf gelegen hatte. Es war sinnlos. So wie Pete dachten alle Kollegen hier. Ihren Horizont als eng zu beschreiben, wäre eine Untertreibung gewesen, und die Aussicht, die nächsten Jahre Streifendienst in dem kleinen Städtchen in Cornwall zu leisten, hinterließ ein flaues Gefühl in ihrem Magen.

„Hast du was gelesen von diesem Sinclair?", fragte Pete.

Lupita schüttelte den Kopf. „Ich habe gehört, er schreibt Fantasy-Romane. Aber nicht so klassisch wie Tolkien, sondern mit vielen Szenen, die man heutzutage als spicy bezeichnen würde."

„Oh, dann sollte ich mir vielleicht doch mal eins seiner Bücher vornehmen", sagte Pete und kicherte wie ein Zwölfjähriger, der auf der Schultoilette mit einem Exemplar des Playboys erwischt wurde.

Glücklicherweise dauerte es nicht lange, bis sie die Adresse erreicht hatten, die Oscar ihnen genannt hatte. Das kleine Anwesen auf einer Anhöhe über dem Ort sah nobel aus. Auf den ersten Blick konnte man erkennen, dass in die Anlagen viel Geld geflossen war. Das schmiedeeiserne Tor stand offen und Pete lenkte den

Wagen die Einfahrt hoch. Vor dem dreistöckigen Gebäude in Natursteinoptik wartete eine Frau um die fünfzig, der die Sorge um ihren Arbeitgeber an den zusammengekniffenen Lippen und den rotfleckigen Wangen abzulesen war. Die Polizisten stiegen aus und Lupita ging auf die Person zu, in der sie die Haushälterin von Adam Sinclair vermutete.

„Sie haben uns gerufen?", fragte sie, nachdem sie sich und Pete vorgestellt hatte.

„Ja, ich bin Anny Wilkins, Mr. Sinclairs Mädchen für alles. Er ist verschwunden."

„Mister Sinclair ist der Besitzer dieses Hauses?", fragte Pete.

Mrs. Wilkins musterte ihn mit gerümpfter Nase.

„Natürlich. Kennen Sie ihn nicht? Den weltbekannten Schriftsteller? Er ist der berühmteste Sohn unserer Stadt."

Ehe Pete sein Unwissen weiter zur Schau stellen konnte, fragte Lupita: „Seit wann vermissen Sie Mister Sinclair denn?"

„Ich habe gestern Nachmittag die Wäsche gemacht. Das ist keine allzu große Arbeit, denn Mister Sinclair trägt meistens Freizeitklamotten und besteht nicht darauf, dass seine Hemden gebügelt werden. Er saß in seinem Arbeitszimmer und hat am letzten Buch seiner Trilogie gearbeitet. Es soll im Herbst erscheinen."

Die Augen der Haushälterin glänzten. War sie etwa auch ein Fan von Sinclairs expliziter Prosa?

„Das bedeutet, Sie haben ihn gestern Nachmittag zum letzten Mal gesehen. Wann ist Ihnen dann aufgefallen, dass er nicht da ist?"

„Ich bin heute Mittag gekommen, um ihm den Lunch zu bereiten. Na ja, ich habe Fish & Chips mitgebracht. Das mag er am liebsten und ich wollte ihm eine Freude machen. Es sollte gestärkt sein, damit er das Buch endlich fertig schreibt. Wir warten alle darauf.“

„Und als Sie dann mit den Fish & Chips angekommen sind, war Mr. Sinclair nicht da?“, fragte Pete.

Mrs. Wilkins nickte eifrig. „Das Bett war unberührt. Genau so, wie ich es gestern gemacht hatte. Auch das Abendessen hat er nicht angerührt. Das steht noch in der Küche. Sein Geldbeutel liegt daneben. Er hat aber die kleine Brieftasche mitgenommen, die er immer bei sich trägt, wenn er aus dem Haus geht. Da sind die nötigsten Dinge drin. Personalausweis, Kreditkarte und etwas Geld.“

„Hatte er Ihnen mitgeteilt, dass er noch ausgehen wollte?“, fragte Lupita.

Die Haushälterin schüttelte den Kopf. „Eben das ist es doch, was mich stutzig macht. Er hat mir sonst immer gesagt, wann er außer Haus war. Er wollte nicht, dass ich ihm etwas zu essen bereitstelle, wenn er es danach nicht aß. Mister Sinclair ist in armen Verhältnissen aufgewachsen. Verschwendung ist ihm zuwider.“

„Lebt Mr. Sinclair alleine hier?“, fragte Pete. Wieder musterte ihn Mrs. Wilkins mit einem empörten Blick.

„Ja, seit seine Frau vor drei Jahren mit seinem Agenten durchgebrannt ist, wohnt er alleine hier. Er ist kinderlos und ehe Sie fragen: Mr. Sinclair lebt für seine Arbeit. Er hat keine Frauengeschichten.“

„Dann sehen wir uns mal im Haus um“, sagte Lupita.

Mrs. Wilkins führte sie in eine Eingangshalle. An der Wand neben dem Treppenaufgang hing ein riesiges

Elchgeweih. Im Erdgeschoss befand sich die Küche, auf der Anrichte sah Lupita das erwähnte Abendessen, eine Art Brei, der hellbraun unter einer Plastikfolie durchschimmerte. Sie konnte es Adam Sinclair nicht verübeln, dass dieser das Essen nicht angerührt hatte. Neben dem Teller lag eine Brieftasche. Die Haushälterin führte sie in den ersten Stock, wo sich der Wohn- und der Arbeitsbereich des Schriftstellers befanden. Pete nahm sich das Schlafzimmer vor und Lupita war ihm dankbar dafür. In Männerhöhlen von Junggesellen entdeckte man die widerlichsten Dinge. Sie widmete sich stattdessen dem Arbeitszimmer, von dem aus der fantastische Ausblick bis zur ein paar Meilen entfernten Küste und weit hinaus über das Meer reichte. Der Schreibtisch wirkte ein wenig überdimensioniert. Zwei große Bildschirme standen darauf, darunter ein kleiner, silberner Computer. Eine spartanisch aussehende, sehr flache Tastatur und eine Art Mousepad lagen daneben. Eine Mouse sah sie nicht. Auf einem Regal neben dem Schreibtisch entdeckte sie das Ladegerät eines Handys.

„Haben Sie versucht, Mister Sinclair telefonisch zu erreichen?"

„Ja, aber da geht sofort die Mailbox ran", sagte die Haushälterin.

Lupita ließ sich die Telefonnummer des Schriftstellers geben und probierte es selbst einmal, wurde jedoch auch zu dessen Anrufbeantworter weitergeleitet.

Pete kam zu ihnen. „Abgesehen von den üblichen Perversitäten war nichts Auffälliges im Schlafzimmer", sagte er und zwinkerte Lupita mit einem anzüglichen Grinsen zu.

Sie ging nicht darauf ein, sondern wandte sich wieder an Mrs. Wilkins: „Haben Sie nachgesehen, ob das Auto von Mr. Sinclair in der Garage steht?“

„Ja, es befindet sich dort, aber sein Fahrrad fehlt. Er ist häufig damit unterwegs. Mr. Sinclair ist sehr sportlich.“

Pete zuckte mit den Achseln. „Für mich sieht die Sache relativ harmlos aus. Mister Sinclair hatte spontan Lust auf eine Radtour, ist vielleicht in der Kneipe versackt und hat bei einem Kumpel übernachtet, um seinen Rausch auszuschlafen. Der wird schon wieder auftauchen.“

Die Haushälterin warf ihm einen zornesfunkelnden Blick zu. „Mister Sinclair ist niemand, der in der Kneipe versackt. Er ist ein Genie. Und er muss einen Roman fertigstellen. Er kann sich keine längeren Ausflüge leisten.“

„Gerade von Genies kennt man es doch, dass sie gerne dem Alkohol zusprechen. Ich sehe keinen Anlass dafür, dass wir hier die Pferde scheu machen. Wir müssen sowieso noch mindestens vierundzwanzig Stunden warten, ehe wir eine Vermisstenanzeige aufgeben können. Ich gehe allerdings davon aus, dass Mr. Sinclair bis dahin wohlbehalten zurückgekehrt ist“, erwiderte Pete ungerührt. Er nickte der Haushälterin zu und ging hinaus.

Die Frau sah Lupita flehend an. „Unternehmen Sie doch was! Da stimmt etwas nicht! Da stimmt etwas ganz gewaltig nicht!“

Daniel

Daniel Merton saß am gläsernen Schreibtisch und blickte auf den blinkenden Cursor auf dem Bildschirm. An seinem zweiten Arbeitstag hatte er es endlich geschafft, sich anzumelden. Am Vortag hatte die IT noch mit Problemen zu kämpfen gehabt. Daniel hatte sich gefragt, ob das ein böses Vorzeichen war. Er hatte bei einem IT-Unternehmen angeheuert, und die waren nicht einmal in der Lage, ihm einen funktionierenden PC-Zugang einzurichten. Aber über Nacht hatten die Servicetechniker Wunder geleistet und nun hatte er Zugriff auf das Intranet von IQ-VE.

Daniel wollte gerade die Seiten erkunden, als es an seiner Tür klopfte. Er sah hinüber. Auf dem Glas hatten die Knöchel der Besucher bereits einen milchig weißen Fleck hinterlassen. Den musste er später unbedingt entfernen. Zwei Männer traten in sein Büro. Sie waren lässig gekleidet, der eine trug einen Kapuzenpulli und ausgebeulte Cargo-Hosen, der andere sehr enge Jeans und ein AC/DC-T-Shirt. Allerdings war auch das sehr eng und als er es gekauft hatte, war sein Bauchumfang offenbar wesentlich schmaler gewesen. Daher lugte nun zwischen Hosenbund und Hemd ein bleicher, behaarter Streifen Haut hervor.

„Guten Morgen", sagte der in den lockeren Klamotten. „Ich bin Paul Martin und das ist Chris Weller. Wir sind die Kollegen in Ihrer Abteilung." Sein Begleiter tippte lässig mit zwei Fingern gegen seine Stirn.

„Guten Morgen. Mein Name ist Daniel Merton", sagte Daniel, erhob sich und streckte den Männern die Hand entgegen. Es entstand ein kurzer Moment der Irritation, da sich seine Hand genau in der Mitte zwischen den beiden befand, und nun keiner von ihnen wusste, wer wem zuerst die Hand schütteln sollte.

„Und Sie sind wirklich Psychologe?", fragte Chris. Seine Stimme klang ziemlich nasal, die letzte Silbe des Satzes hatte er beinahe eine Oktave höher gesprochen als den Rest.

„Ja, ich habe in Persönlichkeitspsychologie promoviert. An der University of Roehampton. Dort habe ich Studien zum Zusammenhang zwischen Persönlichkeitseigenschaften der jeweiligen Partner und dem Erfolg oder Misserfolg ihrer späteren Liebesbeziehung durchgeführt. Und Sie?"

„Na ja, ich habe Informatik studiert", sagte Paul. „Hier an der University of East London."

„Und ich habe mich schon mit vierzehn in mein erstes Netzwerk gehackt. Eine Ausbildung habe ich nicht gemacht. Ich bin von Mister Nuprets Sicherheitsdienst erwischt worden und habe daraufhin eine Stelle angeboten bekommen. Das war cooler, als zu studieren", sagte Chris.

„Okay. Können Sie mir dann auch verraten, welche Aufgaben unsere Abteilung hat? Mister Helligan hat mich nur kurz begrüßt und mich vertröstet, als ich ihn danach gefragt habe."

Die beiden Kollegen tauschten einen Blick. „Er hat es ihm nicht gesagt", flüsterte Paul, ganz offenbar im Glauben, dass Daniel ihn nicht verstehen würde.

„Was hat er nicht gesagt?", fragte Daniel.

Paul sah ertappt aus. Sein Adamsapfel hüpfte auf und ab.

„Na, dass wir hier so eine Art Polizei sind. Nicht im klassischen Sinne. Es gibt keine Schießereien oder so etwas in der Art."

Chris boxte seinen Kollegen gegen die Schulter. „Wir sind nicht die Polizei, wir sind eher die Müllabfuhr", sagte er.

Daniel verstand nun überhaupt nichts mehr. „Polizei? Müllabfuhr? Was soll das bedeuten?"

„Haben Sie schon einmal den Begriff *Honeytrap* gehört?", fragte Paul.

„Ja, das habe ich schon einmal gelesen. In einem Spionageroman. Ist das nicht ein klassisches Werkzeug eines Geheimdienstes, um irgendwelche Politiker mit einer hübschen Geliebten in die Falle zu locken und ihre Karrieren dann durch kompromittierende Fotos zu beenden?"

Chris nickte. „Ja, daher kommt der Begriff. Wir haben es hier bei IQ-VE auch mit Honeytraps zu tun. Allerdings sind es keine Geheimdienste, die unsere Nutzer in die Falle locken. Es sind vor allem zwei Arten von Leuten: Erpresser und Seitensprung-Agenturen."

„Das ergibt Sinn", sagte Daniel. „Aber was haben wir damit zu tun?"

Die beiden Männer tauschten erneut einen Blick. „Wir sind die Abteilung, die diesen Honeytrappern das

Handwerk legen soll", sagte Chris. „Und wir haben Helligan lange darum gebeten, dass er jemanden einstellt, der sich in diese Leute hineinversetzen kann. Wir zwei sind ziemlich gut, wenn es darum geht, zu programmieren, aber wir sind keine Psychologen. Doch jetzt haben wir Sie bekommen. Das ist cool. Denn nun haben wir endlich einmal eine realistische Chance, jemanden zu schnappen."

Daniel spürte, wie eine Welle der Übelkeit in ihm aufstieg. „Ich soll Betrüger überführen?", flüsterte er.

Seine Kollegen nickten. „Das hört sich erst einmal blöd an", gab Paul zu, der offenbar bemerkt hatte, dass Daniel von der Erkenntnis überwältigt worden war, dass er nun nicht in der Forschungsabteilung, sondern bei der Müllabfuhr von IQ-VE beschäftigt war. „Aber es ist ein cooler Job. Wir helfen schließlich Leuten."

„Wem helfen wir denn? Nutzern, die ihre Seitensprünge vertuschen wollen?"

„Das ist mir gleichgültig", sagte Paul. „Ich werde für den Job bezahlt. Und zwar nicht schlecht. Wir müssen wieder an die Arbeit. Kommen Sie doch morgen zu uns, dann können wir genau besprechen, wie wir das in Zukunft angehen wollen. Wir hätten da auch schon einen Fall, der uns ziemliche Kopfschmerzen bereitet."

Die Kollegen nickten Daniel zu und verließen sein Büro. Er saß einen Augenblick da wie zur Salzsäule erstarrt. Was sollte das denn? Die Übelkeit in seinem Magen verwandelte sich. Was zunächst Schock gewesen war, wurde nun immer mehr zu einer gewaltigen Wut. Schließlich hielt er es nicht mehr auf seinem Platz aus.

Daniel trat aus dem Büro und eilte den Gang entlang. Er hatte keinen Blick für die Kollegen und Kolleginnen, die in ihren Glaskästen saßen, vor Computerbildschirmen, auf die sie starrten, und Tastaturen, auf denen sich ihre Finger bewegten. Er musste Helligan sofort sprechen. Er musste ihm deutlich machen, dass er so nicht mit sich umspringen ließ. Daniel bog um die Ecke und sah das Büro des CEO vor sich. Ein sportlicher, braun gebrannter Mann mit sehr blonden Haaren und sehr weißen Zähnen trat aus Helligans Tür. Daniel blieb stehen, als er erkannte, dass es sich um Timothy Nupret handelte, den Tech-Milliardär und Besitzer von IQ-VE. Er kam den Gang entlang, Helligan war neben ihm. Den beiden folgte eine hochgewachsene Frau mit kurzen, blonden Haaren, die Daniel sofort aufmerksam zu mustern begann.

„Aha, da kann ich dir gleich unsere Neuerwerbung vorstellen", sagte Helligan zu Nupret. „Das ist Dr. Daniel Merton. Er ist Persönlichkeitspsychologe."

„Persönlichkeitspsychologe", wiederholte Nupret und lächelte. Seine Zähne glänzten so weiß, dass Daniel beinahe davon geblendet wurde. „Wozu hast du den denn eingestellt? Das ist eine Wissenschaft, die im letzten Jahrhundert steckengeblieben ist."

Daniel fühlte sich, als ob ihm der Milliardär eine Ohrfeige verpasst hätte. Er wollte etwas erwidern, wollte sein Fachgebiet verteidigen, doch Helligan kam ihm zuvor.

„Ja, das mag sein", sagte er. „Aber es hat sich gezeigt, dass wir dringend jemanden brauchen, der unseren Programmierern persönlichkeitspsychologische Konzepte erklärt. Und dafür haben wir nun Dr. Merton."

Nupret grinste. „Du bist der CEO, es ist deine Entscheidung, wen du einstellst. Aber ganz ehrlich: Wenn deine

Programmierer eine Erklärung benötigen, sollten sie besser meine KI fragen, als dieses universitäre Fossil. Ich gebe ihm drei Monate, wenn er dann keinen Mehrwert nachweisen kann, wird er wieder gefeuert."

Nupret ging an Daniel vorbei. Helligan folgte ihm, warf Daniel aber einen Blick zu, der wohl so etwas wie Vorsicht ausdrücken sollte. Die Frau mit den kurzen blonden Haaren flüsterte ihm im Vorbeigehen zu: „Keine Sorge, Mr. Nupret wird Sie schon wieder vergessen haben, wenn er in den Aufzug steigt."

Daniel sah ihnen hinterher. Das ungute Gefühl in seinem Magen intensivierte sich zu einem Brennen. Er ging in sein Büro zurück, holte seine Tasche und machte sich auf den Heimweg. Als er die WG betrat, hörte er das vertraute Klicken von Sashas Fingern auf der Tastatur. Die Tür zu ihrem Zimmer stand offen. Er wollte sich vorbei schleichen, doch sie hatte ihn natürlich gehört.

„Hi, wie war dein Tag?", fragte sie. „Weißt du jetzt endlich, was deine Aufgaben sind?"

Daniel hatte keine Lust, darüber zu sprechen, aber er wusste, dass Sasha keine Ruhe geben würde, bis sie alles von ihm erfahren hatte. Deshalb hielt er inne, wandte sich ihr zu und sagte: „Ich soll Honeytrapper identifizieren. Die setzen mich als eine Art Müllabfuhr ein."

Sashas Augenbrauen schossen nach oben. „Das ist nicht wahr, oder? Du sollst Betrüger aufspüren? Mein Gott, ist das eine Ressourcenverschwendung. Das musst du diesem Nupret sagen."

„Das wollte ich, aber er hat mich gar nicht zu Wort kommen lassen. Stattdessen hat er meinen Chef zusammengestaucht, weil der mich eingestellt hat. Die Persönlichkeitspsychologie hat er eine Wissenschaft aus dem letzten Jahrhundert genannt, die seiner KI weit unterlegen sei."

Sashas seufzte. „So ein Idiot. Und was hat dein Chef geantwortet?"

„Das war seltsam. Er hat behauptet, dass er mich eingestellt hat, damit ich den Programmierern persönlichkeitspsychologische Konzepte erläutern kann. Von Honeytrappern hat er kein Wort verloren."

„Das ist wirklich seltsam. Und was willst du jetzt tun?"

„Ich weiß es nicht. Am liebsten würde ich gleich wieder kündigen, aber das kann ich mir nicht leisten. Ich muss froh sein, dass ich überhaupt einen Job gefunden habe. Vielleicht kann ich mich ja beweisen, und Nupret davon überzeugen, dass ich mehr draufhabe als seine KI. Ich schlafe wohl am besten noch einmal eine Nacht darüber."

„Das ist eine gute Idee. Weißt du was, ich hole uns was beim Chinesen um die Ecke und dann bingen wir eine Serie."

Lupita

Lupita stand hinter dem Tresen der Polizeidienststelle. Sie unterdrückte ein Gähnen. Helston war ein verschlafenes Kaff. Hier geschah absolut gar nichts. Abgesehen von den beinahe täglichen Autounfällen, die sie in der Urlaubssaison aufnehmen mussten, und den Gelegenheitsdiebstählen in den örtlichen Discountern hatte sie in ihren bisherigen drei Dienstjahren bei keinem einzigen schweren Verbrechen ermittelt.

Der Schriftsteller war immer noch nicht aufgetaucht und nun waren bereits achtundvierzig Stunden vergangen, seit Mrs. Wilkins sein Verschwinden gemeldet hatte. Der Chief hatte jedoch nicht eingesehen, dass man deswegen schon eine Vermisstenanzeige aufgab. „Diese Künstler. Wahrscheinlich liegt der bekifft in irgendeinem Gebüsch und halluziniert seinen nächsten Roman. Der ist bestimmt beleidigt, wenn wir ihn finden und ihn aus seinem Rausch reißen."

Pete hatte ihm wie erwartet zugestimmt und daher hatten sie darauf verzichtet, Adam Sinclairs Namen in die nationale Vermissten-Datenbank einzuspeisen. Lupita hatte kein gutes Gefühl bei der Sache. Ihr klangen immer noch die Bitten der Haushälterin im Ohr. Die Frau hatte ehrlich besorgt gewirkt. Gut, sie war ein Fan und neigte anscheinend dazu, ihren Arbeitgeber zu vergöttern. Aber Sinclairs Verschwinden hatte sie zutiefst erschüttert.

Andererseits hatten sie keine Hinweise auf ein Verbrechen gefunden. Keine Spuren von Gewalt. Keine Einbruchsspuren. Kein Blut. Der Mann war wie vom Erdboden verschwunden. Lupita hatte seit dem Vortag mehrfach versucht, seine Handynummer zu erreichen, war jedoch immer direkt auf der Mailbox gelandet. Das konnte vieles bedeuten. Vielleicht hatte Sinclair das Gerät ausgeschaltet. Oder der Akku war leer. Sie konnte viel spekulieren, aber wenn Sie das Handy nicht in Händen hielt, konnte sie nicht wissen, was genau geschehen war.

Die Tür öffnete sich und die kleine Glocke, die an der Decke angebracht war, bimmelte. Ein Mann Mitte zwanzig erschien im Türrahmen. Er sah Lupita mit einem Ausdruck an, den sie gut kannte. Der Besucher war asiatischer Abstammung. Wahrscheinlich hatte es ihn einige Überwindung gekostet, zur Polizei zu gehen. Als er Lupita sah, entspannten sich seine Gesichtszüge deutlich.

„Guten Tag", sagte sie und lächelte den Mann freundlich an. „Was kann ich für Sie tun?"

Er trat auf sie zu und erwiderte den Gruß.

„Das hier habe ich am Strand in Porthleven gefunden", sagte er und legte ein Handy auf den Tisch. Dann holte er etwas aus seiner Tasche und platzierte es daneben. Es war eine Geldbörse. Lupita spürte, wie sich ihr Puls beschleunigte.

„Wo genau haben Sie das gefunden?"

„Wenn Sie beim Leuchtturm in Richtung Strand abbiegen und die Felsen hinuntersteigen. Ich vermute, dass es dem Besitzer aus der Tasche gefallen ist."

„Haben Sie jemanden gesehen? Wissen Sie, wem es gehört?"

Der Mann trat einen halben Schritt zurück und hob erschrocken die Hände.

„Ich habe gar nichts gemacht. Ich habe auch nicht reingeschaut. Ich bin ein ehrlicher Bürger. Ich wollte das nur vorbeibringen."

Nun hob Lupita die Hände und sagte in beruhigendem Tonfall: „Es ist alles in Ordnung. Sie haben richtig gehandelt. Wann haben Sie das gefunden?"

„Heute Morgen beim Joggen. Ich wollte an den Strand runter steigen, da ich gern barfuß im Schlick laufe. Wenn Ebbe ist, habe ich da viel Widerstand und das trainiert viel besser als auf Asphalt."

„Haben Sie irgendwelche anderen Spuren entdeckt? Vielleicht Fußspuren oder Kleidung oder etwas, das auf den Besitzer des Handys hindeuten könnte?"

Der Mann schüttelte den Kopf. „Nein, gar nichts. Leider. Ich habe das Handy und die Brieftasche aufgehoben und mit nach Hause genommen. Dann musste ich zur Arbeit. Aber ich habe mir vorgenommen, dass ich gleich danach zu Ihnen komme. Und hier bin ich. Wie gesagt, ich wollte keinen Ärger machen."

Lupita bestätigte ihm noch einmal, dass er sich absolut korrekt verhalten hatte. Dann verabschiedete er sich und ließ sie alleine zurück. Sie spürte ihr Herz kräftig an ihrem Hals pochen. Eine Brieftasche im kleinen Format und ein Handy. Genau die Dinge, die Adam Sinclair bei sich getragen hatte, als er verschwunden war.

Sie widmete sich zuerst dem Portemonnaie und öffnete es vorsichtig, nachdem sie Handschuhe angezogen hatte. Es befanden sich die Gegenstände darin, die die Haushälterin beschrieben hatte. Ein Ausweis, ein Führerschein und eine Kreditkarte, ausgestellt auf den Namen Adam Sinclair und etwas Geld. Sie nahm sich als Erstes den Ausweis vor. Sinclair hatte ein Passfoto verwendet, das auch auf den Einbänden seiner Romane zu finden war. Sie erkannte es sofort wieder, denn sie hatte am Morgen seine Bücher gegoogelt. Sein sonnengebräuntes Gesicht war von einer Lockenmähne aus rotblonden Haaren umgeben. Er wirkte jugendlich, dabei war er laut Ausweis schon über vierzig Jahre alt. Entweder hatte er sich gut gehalten oder er hatte einen Teil seiner Tantiemen in einen begabten Schönheitschirurgen investiert.

Als sie erkannte, dass sie mit der Brieftasche nicht weiterkommen würde, widmete sich stattdessen dem Handy. Sie drückte auf den seitlichen Knopf, um es anzuschalten, aber der Bildschirm blieb schwarz. Der Akku musste leer sein. Da es die gleiche Ladebuchse aufwies, wie ihr eigenes Gerät, holte sie ihr Ladekabel und steckte es hinein. Es dauerte etwa zehn Minuten, bis der Startbildschirm aufleuchtete. Es gab zwei Möglichkeiten, das Telefon zu entsperren. Entweder mit dem Gesicht des Besitzers oder über eine sechsstellige Zahlenkombination. Auf der Polizeischule hatte sie gelernt, dass die meisten Menschen Sperrcodes verwendeten, die alles andere als sicher waren. Sie hoffte, dass Sinclair zu dieser Personengruppe gehörte, und tippte zunächst 123456 ein. Nichts geschah. Sie versuchte, sich an weitere gängige Kombinationen zu erinnern, doch auch 112233, 132465 und 778899 blieben erfolglos.

Schließlich probierte sie es mit 654321 und mit einem Mal entsperrte sich der Bildschirm.

Lupita sah sich einer verwirrenden Menge von Apps gegenüber. Offenbar war Sinclair kein großer Verfechter eines Ordnungssystems, denn die Anwendungen waren auf insgesamt fünf Bildschirme verteilt. Sie widmete sich zunächst der Liste der zuletzt angenommenen Anrufe. Sinclair hatte am Abend seines Verschwindens mehrfach mit einer anonymen Nummer telefoniert. Kurzentschlossen tippte sie auf das Hörersymbol daneben und hielt sich das Handy ans Ohr. Eine Computerstimme informierte sie darüber, dass die Nummer nicht vergeben sei. Na super, das würde ihr also nicht weiterhelfen.

Sie öffnete mehrere Messenger-Dienste, fand jedoch keinen Hinweis auf einen Kontakt am Abend von Sinclairs Verschwinden. In der rechten oberen Ecke seiner Mail-App prangte die Zahl 234. Ob das alles Spam-Nachrichten waren?

Sie wollte gerade darauf tippen, als eine in den Farben des Regenbogens pulsierende App ihre Aufmerksamkeit erregte. IQ-VE. Davon hatte sie schon gehört. Das war eine exklusive Dating-App, die dieser exzentrische Milliardär Timothy Nupret entwickelt hatte. Sie hatte darüber in einem Online-Magazin gelesen. Zugang erhielt nur, wer eine ganze Reihe von Auswahlverfahren bestand. Unter anderem musste man über einen IQ-Test nachweisen, dass der eigene Wert über 130 lag. Aber auch weitere Persönlichkeitsfragebögen und nicht zuletzt eine astronomisch hohe Nutzungsgebühr von fünfhundert Pfund pro Monat sollten sicherstellen, dass sich hier nur die Crème de la Crème der paarungswilligen Menschen versammelte. Und Sinclair gehörte offenbar auch dazu.

Lupita hatte abgesehen von ein paar frustrierenden Tinder-Erlebnissen keine Erfahrungen mit Dating-Apps. Aus Neugier tippte sie auf das pulsierende IQ-VE-Icon. Die App selbst war deutlich weniger bunt gestaltet, der Hintergrund war schwarz, die Schrift grün, so wie auf den Computerbildschirmen aus Filmen, die in den Achtzigern Jahren gedreht worden waren. Auf der Startseite prangte ein Profilbild von Adam Sinclair, darunter fanden sich Links zu persönlichen Angaben, Vermittlungsergebnissen und zu einem Chat. Sie tippte darauf und sah, dass Sinclair sich ausschließlich mit einem anderen Profil namens Tryharder27 ausgetauscht hatte. Sie rief den Chatverlauf auf. Ihr Herz schlug schneller, als sie erkannte, dass die letzte Konversation vorgestern am Abend des Verschwindens des Schriftstellers stattgefunden hatte. Lupita konnte gerade noch das Wort *Nacktbaden* lesen, als plötzlich der gesamte Text verschwand. Sie runzelte die Stirn und tippte auf das Hauptmenü. Neben dem Link zu den Chats stand nun die Zahl 0. Was sie jedoch noch mehr irritierte, war die Tatsache, dass Sinclairs Profilbild verschwunden war. Im selben Augenblick ploppte eine Mitteilung auf dem Bildschirm auf. Eine Fehlermeldung.

Benutzer unbekannt. Bitte anmelden.

Verdammt, jemand musste das Profil gelöscht haben, während sie es inspiziert hatte. Sie schloss die App und versuchte, sie erneut zu starten, aber wieder erschien die Nachricht

Benutzer unbekannt. Bitte anmelden.

Sie schnaubte leise. Ihr Blick fiel auf die Mail-App. Vorhin war dort die Zahl 234 angezeigt worden, doch nun war nur noch das Icon zu sehen. Jemand musste auch alle E-Mails gelöscht haben.

Adam

Das Erste, was Adam Sinclair spürte, als er aus der Ohnmacht erwachte, war ein pochender Schmerz hinter dem rechten Auge, der bis zu seinem Hinterkopf zog und sich dort in ein heißes Brennen verwandelte. Sein Mund fühlte sich an, als ob er mit einem Sandstrahler ausgespült worden sei, und so entwand sich seiner Kehle nur ein kratziges Stöhnen.

Er öffnete vorsichtig die Lider, schloss sie jedoch gleich wieder. Ein grelles Licht blendete ihn und die Beleuchtung entflammte die ohnehin schon vor sich hinsiedende Pein in seinem Kopf wie ein Brandbeschleuniger. *Was war denn nur los?* Langsam, ganz langsam formierten sich Gedanken in Adams gemartertem Hirn. *Wo war er?* Er versuchte noch einmal, die Augen zu öffnen, nur einen Spalt breit. Er konnte einen Streifen Boden erspähen. Grauer Beton. Seine Beine waren an einen Stuhl gefesselt. Er blickte zu seinen Armen, auch diese waren an den Handgelenken zusammengebunden, hinter seinem Rücken, der nun ebenfalls zu schmerzen begann, als er ins Zentrum seiner Aufmerksamkeit rutschte.

Er sah, dass die Lampe, die auf ihn gerichtet war, auf ein Stativ montiert war. Daran lehnte eine Gestalt. Sie trug schwarze Kleidung und ihr Gesicht war von einer schwarzen Maske mit ausgeschnittenen Augenlöchern verdeckt. Sie sah aus wie einer der Dämonen aus seinem Fantasy-Roman. Nur, dass die Hörner fehlten. Adam fragte sich, ob er in der Hölle gelandet war. *Wie war er hierhergekommen?* Er erinnerte sich nur bruchstückhaft an den Abend zuvor. Bilder vom Strand in Porthleven tauchten in ihm auf. Die Felsen unter dem Leuchtturm. Eine einsame Gestalt in der Gischt. Und dann Schmerz und Dunkelheit.

„Ah, der Literatur-Nobelpreisträger in spe ist erwacht", hörte er eine Männerstimme sagen. Die maskierte Person trat einen Schritt auf Adam zu.

„Wer sind Sie?", wollte er fragen, doch aus seinem Mund entwand sich nur ein Krächzen.

„Ach je, da hat es jemandem anscheinend die Sprache verschlagen. Dabei habe ich ihm doch die Zunge gar nicht herausgeschnitten ... noch nicht zumindest."

Adam spürte, wie ein eiskalter Schauer durch seinen Körper lief. *Was sollte das denn bedeuten?*

Der Mann trat zu ihm und packte ihn an den Haaren. Sinclairs Kopf wurde nach oben gerissen und der Schmerz hinter seinem rechten Auge explodierte. Der Dämon brachte seine maskierte Fratze vor Adams Gesicht. Er spürte dessen heißen Atem auf der Wange und roch Pfefferminz.

„Nein, mit ihm habe ich etwas ganz Besonderes vor", sagte der Dämon und Adam hörte ihn kehlig lachen. „Glaub mir, ich und er werden viel Spaß miteinander haben."

Wieder wurde Sinclairs Kopf zurückgerissen. Instinktiv versuchte er, seine Hand aus der Schlinge zu ziehen. Der Mann schlug ihm daraufhin mit der Faust ins Gesicht und Adam spürte, wie seine Nase brach. Er wusste nicht, was quälender war, das knirschende Geräusch oder der scharfe Schmerz, der gleich darauf einsetzte.

„Na na, so doch nicht", sagte sein Peiniger. „Wenn er sich wehrt, wird es noch mehr wehtun. Er hat die Wahl."

Der Dämon legte die Finger an Sinclairs gebrochene Nasenwurzel und drückte fest zu. Adam begann zu schreien.

Daniel

Daniel lehnte sich an die Wand des Aufzugs und gähnte. Er hatte Schwierigkeiten, die Augen offen zu halten. Die halbe Nacht über hatte er wach gelegen und darüber nachgegrübelt, ob er kündigen oder dem Job bei IQ-VE eine Chance geben sollte. Wie so oft hatten Kopf und Bauch ihm zwei unterschiedliche Lösungen vorgeschlagen. Vernünftig wäre es, die Jagd nach den Honeytrappern als willkommene Gelegenheit zu sehen, Helligan von seinen Qualitäten zu überzeugen. Vielleicht würde der CEO dadurch erkennen, dass sie ihn bei der Optimierung ihrer Algorithmen viel gewinnbringender einsetzen könnten als bei der plattforminternen Müllabfuhr. Und dann würde er auch Nupret beweisen können, dass ein promovierter Persönlichkeitspsychologe mehr leisten konnte als seine KI.

Sein Bauchgefühl rebellierte jedoch so sehr gegen diese Vorstellung, dass sich sein Magen zu einem heißen Kloß zusammenkrampfte. Es wollte, dass Daniel kündigte und sofort wieder an die Uni in Roehampton zurückkehrte, in sein kleines Büro in dem baufälligen Fakultätsgebäude, zu den übrig gebliebenen Kollegen, die weiterhin an ihren Projekten forschten. Doch dann schaltete sich wieder der Kopf ein und ließ seine Träume zerplatzen. Es gab keinen Weg zurück an die

Uni. Seine Stelle war im Zuge der Sparmaßnahmen gestrichen worden, die der Brexit den englischen Universitäten eingebrockt hatte. Er war auf diesen Job bei IQ-VE angewiesen, so sehr sich sein Bauch auch dagegen sträubte.

Gegen vier Uhr morgens hatte er nach seinem Handy gegriffen und nachdem er drei Partien Go gegen die KI gewonnen hatte, hatte er ein wenig Schlaf gefunden. Nachdem der unbarmherzige Wecker ihn zum Aufstehen gezwungen hatte, hatte er sein Jackett gegen ein Polo Shirt und einen Pulli getauscht und war, den Aktenkoffer in der Hand, zur Arbeit gefahren.

Paul und Chris erwarteten ihn schon. Man konnte über die Aufgaben der Abteilung die Nase rümpfen, aber sie war exzellent ausgestattet. Jeder der drei hatte ein eigenes Büro und für Besprechungen stand ihnen ein mit Computern, mehreren Bildschirmen, einem Beamer, einer Leinwand und einem Flipchart bestückter Raum zur Verfügung. Daniel fühlte sich beinahe ein wenig an eine dieser amerikanischen Krimiserien erinnert. Oder diese Arztserie, in der ein schlecht gelaunter, aber hochintelligenter Mediziner knifflige Fälle gelöst hatte.

„Guten Morgen, Doktor", sagte Paul. Chris nickte Daniel zu und öffnete eine bunte Getränkedose.

„Wir können uns gerne beim Vornamen nennen", sagte Daniel, was ihn jedoch einiges an Überwindung kostete. Nicht, dass es ihm wichtig gewesen wäre, mit seinem Titel angesprochen zu werden. Aber er war es gewohnt, nur bei Menschen, denen er wirklich nahe war, den Vornamen zu verwenden, und Chris und Paul gehörten nicht zu dieser Kategorie.

„Na gut. Dann: Guten Morgen, Daniel“, sagte Paul und grinste breit. „Bereit für unseren ersten Fall?“

„Worum handelt es sich denn?“

Chris setzte sich an den Schreibtisch und begann, auf einer Tastatur herumzutippen. Der Beamer an der Decke sprang an und warf ein Bild auf die Leinwand. Dieses war zunächst unscharf, das Gerät musste sich wohl erst noch aufwärmen. Langsam schälten sich die Umrisse eines Porträtfotos heraus. Nach einer halben Minute war zu erkennen, dass es sich um einen Mann handelte. Daniel schätzte, dass dieser etwa Anfang fünfzig sein musste. Er hatte ein hageres Gesicht und schütteres, hellblondes Haar, das an einigen Stellen bereits von grauen Strähnen durchsetzt war. Seine hellblauen Augen blickten etwas gelangweilt in die Kamera, der Mund war zu einem Lächeln verzogen, das jedoch nicht die Augenwinkel erreichte.

„Ist das ein Profilbild bei IQ-VE?“, fragte Daniel.

Paul kicherte. „Ja. Man sollte es kaum glauben, dass Menschen solche Bilder einstellen, wenn sie den Partner fürs Leben finden wollen.“

„Dir muss er ja nicht gefallen“, sagte Chris.

„Wer ist das?“, fragte Daniel.

„Das ist Richard Miller“, antwortete Paul. „Und nein, es ist nicht schlimm, wenn du ihn nicht kennst. Er ist Regionalpolitiker für die Konservativen in Cornwall. Wahrscheinlich hat er einfach das Bild genommen, das auch auf seinen Wahlplakaten prangt.“

„Und was sollen wir für diesen Richard Miller tun?“, fragte Daniel.

„Miller hat uns vor drei Tagen eine Beschwerde geschickt. Offenbar hatte er auf unserer Plattform mit einer Frau geflirtet. Ihr Profilname lautet HeartofCornwall29. Auf jeden Fall haben die beiden anzügliche Fotos ausgetauscht. Miller hat die Nutzerin schließlich dazu gebracht, sich mit ihm zu treffen."

Daniel ahnte, worauf das Ganze hinauslief. „Zu dem Treffen kam dann aber wahrscheinlich nicht HeartofCornwall29, oder?"

Chris schüttelte den Kopf. „Nein, es muss eine sehr unangenehme Überraschung für Mister Miller gewesen sein, als er an dem kleinen Teich in dem Städtchen Helston, den er als Treffpunkt für sein Rendezvous vereinbart hatte, plötzlich von seiner Ehefrau begrüßt wurde. Noch unangenehmer war die Überraschung, als diese ihn damit konfrontierte, dass sie über den gesamten Chatverkehr verfügte, den er mit HeartofCornwall29 ausgetauscht hatte. Leugnen war also zwecklos. Mister Miller lebt nun im Hotel und hat uns von dort aus eine Beschwerde geschickt. Außerdem hat er gedroht, uns zu verklagen."

Daniel runzelte die Stirn. „Uns verklagen? Was hat die Plattform denn falsch gemacht?"

„IQ-VE wirbt damit, dass wir zu hundert Prozent diskret sind", sagte Paul. „Das ist das Geschäftsmodell von Timothy Nupret. Er garantiert jedem unserer Nutzer absolute Anonymität. Wer möchte, bleibt hier vollkommen unerkannt. Natürlich gibt es bei IQ-VE auch die klassische Partnervermittlung. Die Algorithmen sind darauf spezialisiert, dass Menschen zueinander finden, die gleiche Interessen und gleiche Persönlichkeitsprofile haben. Aber man kann die Plattform genauso gut nutzen, um jemanden für eine kurze und leidenschaftliche Affäre zu finden.“

„Die Nutzerdaten sind unser heiliger Gral“, ergänzte Chris. „Die kann nicht einmal Mr. Helligan einsehen, geschweige denn Minions mit niedrigen Freigabestufen wie wir. Dafür bezahlen unsere Nutzer aber natürlich auch einen entsprechenden Preis. Du kannst dir also bestimmt vorstellen, dass Mister Miller wenig begeistert war, als er feststellen musste, dass die Daten aus dem Chat an seine Frau weitergeleitet wurden.“

Daniel schüttelte den Kopf. „Ich sehe immer noch kein Verschulden unserer Firma“, sagte er. „Es ist doch vollkommen klar, dass die Nutzerin die Daten abgegriffen hat und sie an Millers Frau weitergeleitet hat.“

Nun war es Chris, der den Kopf schüttelte. „So klar ist das nicht“, sagte er. „Miller hat den Verdacht, dass seine Frau es selbst war, die sich als seine Affäre ausgegeben hat. Und dass es ihr gelungen ist, ihn auf der Plattform zu finden. Dass sie dazu in der Lage gewesen sein könnte, sieht er als ein Versäumnis unserer Sicherheitssysteme an.“

Nun verstand Daniel, worauf das Ganze hinauslief. „Wir sollen also einen Imageschaden von der Firma abwenden, indem wir nachweisen, dass es nicht Millers Frau war, die ihm die Falle gestellt hat, sondern eine Nutzerin, der er durch eigenes Verschulden auf den Leim gegangen ist?“

„Jetzt ist der Groschen gefallen“, sagte Paul.

„Und wofür braucht ihr mich? Es müsste sich doch relativ einfach feststellen lassen, wer hinter HeartofCornwall29 steckt.“ Daniel schlug sich gegen die

Stirn. „Ah, jetzt verstehe ich es. Ihr habt nicht die Freigabestufe, um auf die Daten der Nutzerin zuzugreifen, und könnt deshalb nicht nachvollziehen, ob Millers Frau oder jemand anderes hinter dem Profil steckt."

„Man merkt, dass du eine akademische Ausbildung hast", sagte Paul. „Wir haben nur den Namen. HeartofCornwall29. Unsere Aufgabe ist es nun, herauszufinden, ob es Millers Frau ist oder eine dritte Partei."

Daniel kniff die Augen zusammen. „Könnte man dafür nicht einmal eine Ausnahme machen?"

Chris schüttelte den Kopf. „Wir haben schon mindestens ein halbes Dutzend Mal mit Helligan geredet. Aber wie gesagt, selbst er hat keinen Zugriff auf die Nutzerdaten und auf die KI und die Algorithmen genauso wenig. Die sind unter Verschluss. Genehmigen könnte das nur Nupret persönlich. Aber der Datenschutz ist seine heilige Kuh. Er wird nicht davon abweichen. Wir müssen uns also klassischer Ermittlungsarbeit bedienen. Und dazu haben wir uns Hilfe erbeten. Du bist jetzt sozusagen unser Profiler."

Daniel nickte. „Nun wird mir einiges klar. Ich vermute zwar, dass Helligan besser daran getan hätte, einen Kriminalpolizisten einzustellen, aber nun habt ihr eben einen Persönlichkeitspsychologen bekommen. Okay, dann überlegen wir mal, wie wir diese Nutzerin identifizieren können. Wenn es überhaupt eine Nutzerin ist."

„Es könnte genauso gut ein Kerl in unserem Alter sein, der sich einen Spaß daraus macht, Chaos zu säen."

„Habt ihr denn schon eine Idee, wie wir die Frau überführen können? Oder den mittelalten, gelangweilten Kerl?"

Chris und Paul sahen sich an und zuckten mit den Achseln. Gut, von den beiden würde er wohl keine große Hilfe erwarten können. Er musste also selbst einen Plan schmieden, wie er HeartofCornwall29 am schnellsten und sichersten identifizieren konnte. Nun kam er sich tatsächlich ein wenig vor wie dieser Doktor aus der Arzt-Serie. Es war wie die Suche nach einem Tumor, der sich nicht zeigte. Aber irgendwie musste man ihn sichtbar machen.

„Sind wir autorisiert, selbst Benutzerprofile anzulegen?", fragte er.

Paul nickte. „Ja, wir können so viele Profile anlegen, wie wir wollen. Das gilt übrigens auch privat. Wenn du also auf der Suche bist, kannst du gern ein eigenes Profil anlegen. Deine Daten sind sicher."

Daniel schüttelte den Kopf. „Nein, kein Interesse. Mir geht es um etwas anderes. Wie wäre es, wenn wir dem Fallensteller selbst eine Falle stellen?"

Lupita

Auch Lupita hatte schlecht geschlafen. Doch im Gegensatz zu Daniel war es nicht ihre berufliche Laufbahn, über die sie sich Gedanken machte. Sie hatte sich in ihrem Bett hin und her gewälzt und sich gefragt, ob es sich bei dem Vermisstenfall möglicherweise um eine Entführung handeln könnte.

Nachdem sie das Handy analysiert und dabei festgestellt hatte, dass während ihrer Untersuchung Daten gelöscht wurden, hatte sie es rasch ausgeschaltet, um jeden weiteren Zugriff zu verhindern. Dann war ihr allerdings klar geworden, dass nicht die physischen Kopien auf dem Gerät vernichtet worden waren, sondern dass all diese Daten bei Cloud-Diensten gespeichert waren und dass der Täter online damit fortfahren würde, die Spuren zu vernichten, die Adam Sinclair digital hinterlassen hatte.

Sie hatte daraufhin an die Tür des Büros des Chiefs geklopft. Inspector Robert Noble, ein Mann, der so langweilig war wie die graue Raufasertapete an der Wand hinter seinem Schreibtisch, sah sie mit seinem üblichen, genervten Blick an.

„Ich habe eine Spur im Vermisstenfall Adam Sinclair."

Noble legte den Kopf schief. „Ich kann mich nicht daran erinnern, dass das ein Vermisstenfall sein soll. Wir haben ihn doch ganz bewusst nicht als solchen deklariert oder irre ich mich da?"

Lupita berichtete ihm von dem Fund des Handys und der Brieftasche am Strand sowie ihren Erlebnissen bei der Inspektion des Mobiltelefons.

Der Chief stützte seine Ellbogen auf und führte die Fingerspitzen zusammen, dann runzelte er die Stirn. Lupita kannte diese Geste. Es war seine Art, seine Gedanken zu sammeln. Sie hoffte nur, dass er die richtigen Schlüsse ziehen würde. Es dauerte etwa eine halbe Minute, dann hellte sich der Gesichtsausdruck ihres Vorgesetzten auf.

„Die Sache ist für mich ziemlich klar", sagte er, in dem Tonfall, den sie so gut kannte, dem Ton, der keine Widersprüche zuließ. „Sinclair hat sich das Leben genommen. Er ist abends zum Strand gefahren, hat sein Handy zurückgelassen, seine Brieftasche abgelegt und ist ins Wasser gegangen. Wahrscheinlich wird in ein paar Tagen seine Leiche angetrieben. Oder auch nicht. Die Strömungen in Porthleven können manchmal ganz schön hinterhältig sein. Wir können den Fall also zu den Akten legen."

Lupita atmete tief durch. Genau das hatte sie befürchtet. „Ich dachte, wir haben gar keinen Fall", sagte sie.

„Jetzt machen Sie mal aus einer Mücke keinen Elefanten. Das wäre nicht der erste Suizid, mit dem wir es zu tun haben. Wir nehmen das jetzt als offiziellen Vermisstenfall auf und Sie schreiben einen Bericht. Dann warten wir ab. Der Mann wird jetzt seit knapp achtundvierzig Stunden vermisst. Eine Suchaktion hätte ohnehin keinen Sinn mehr, entweder er taucht von selbst wieder auf oder er wird angeschwemmt."

Lupita schüttelte den Kopf. „Aber was, wenn er erpresst wurde oder entführt?"

„Dafür gibt es doch keinen einzigen Anhaltspunkt. Haben Sie einen Erpresserbrief gefunden? Oder das Bekennerschreiben irgendwelcher Aktivisten gegen schlechte Literatur?"

Lupita fiel es schwer, ein frustriertes Stöhnen zu unterdrücken. „Der Chat-Verlauf, den ich gesehen habe. Er hat sich mit dieser Nutzerin Tryharder27 zum Nacktbaden verabredet und ..."

Der Chief hob die Hand. „Sie haben nur einen Benutzernamen und das Wort *Nacktbaden* gesehen, und dann wurde der Chatverlauf auf wundersame Art und Weise von dem Gerät gelöscht."

Lupitas Stirn legte sich in tiefe Falten. „Sie glauben mir nicht?"

„Ich glaube nur, was ich auch mit eigenen Augen gesehen habe, und diesen Chatverlauf habe ich nicht gesehen."

„Genauso wenig haben Sie aber eine angeschwemmte Leiche gesehen oder einen Abschiedsbrief."

„Nicht bei jedem Suizid gibt es einen Abschiedsbrief. Und die Leiche ... nun wie gesagt, die Gezeiten sind manchmal schwierig zu berechnen. Tun Sie, was ich Ihnen aufgetragen habe. Schreiben Sie einen Bericht. Sie können von mir aus das Ende noch offenlassen. Aber Sie werden sehen, in ein paar Tagen wird irgendein Fischer diesen Schriftsteller in seinem Netz aus dem Meer ziehen. Glauben Sie mir, ich habe genügend Erfahrung mit solchen Fällen. Sie sind noch jung, für

Sie ist alles gleich immer hoch dramatisch. Aber Helston ist ein verschlafener Ort. Wenn es unnatürliche Tode gibt, dann sind es leider meist Suizide."

Lupita hatte Nobles Büro verlassen und nicht gewusst, wohin sie mit ihrer Wut sollte. Sie war es gewohnt, nicht ernst genommen zu werden. Klar, sie hatte es doppelt schwer als schwarze Frau. Aber da war noch etwas anderes. Es war dieses unerschütterliche Selbstbewusstsein des Chiefs, der in seinem Leben noch nichts Wichtiges zustande gebracht hatte, außer zum Leiter einer Provinzklitsche ernannt zu werden und seine Beamten auf sinnlosen Missionen durch die Gegend zu schicken, damit es so aussah, als ob sie alle Hände voll damit zu tun hätten, die öffentliche Ordnung in Helston aufrecht zu erhalten.

Sie hatte diesen Ärger und diese Wut mit nach Hause genommen und die Anspannung hatte sie vom Schlafen abgehalten. Gegen 4:00 Uhr morgens hatte sie es nicht mehr in ihrem Bett ausgehalten und da sie nicht wusste, was sie sonst tun sollte, hatte sie sich an ihren Laptop gesetzt und auf gut Glück IQ-VE eingegeben. Die Seite, die dort erschien, war sehr ansprechend. Modern und elegant. Lupita sah auf den ersten Blick, dass sie nicht zur Zielgruppe der Plattform gehörte, denn auf der Startseite tummelten sich Fotos von schönen Männern und noch schöneren Frauen in teuren Klamotten an teuren Locations.

Sie versuchte, ein Nutzerprofil anzulegen, doch die Zugangsgebühr von monatlich fünfhundert Pfund sowie die Ankündigung, dass man trotz Zahlung dieser Summe nur zugelassen werden würde, wenn man mehrere Persönlichkeitstests und einen Intelligenztest bestand, der mindestens einen IQ von 130 nachwies, schreckten sie ab. Abgesehen vom Monatsende hatte sie noch nie eine Summe in der Größenordnung von fünfhundert Pfund auf ihrem Konto gehabt. Und dass sie einen IQ von mehr als 130 besaß, bezweifelte sie sehr. Schließlich hatte sie sich als Kind oft genug anhören dürfen, wie dämlich sie war. Der Gedanke stellte ihr die Nackenhaare auf. Dieses Kapitel hatte sie doch hinter sich lassen wollen.

Das mit IQ-VE konnte sie jedenfalls vergessen. Es wäre etwas anderes gewesen, wenn der Chief hinter ihr gestanden und den Fall an eine der überregionalen Ermittlungsbehörden weitergeleitet hätte. Dann hätten sie möglicherweise Zugriff auf die Nutzerdaten bekommen. Aber auch das war wenig wahrscheinlich. Sie erinnerte sich daran, ein Interview mit diesem Timothy Nupret gesehen zu haben, in dem dieser das Wort Datenschutz gut zwanzig Mal innerhalb von zwei Minuten verwendet hatte. Daran würden sich wohl auch die Kollegen in London die Zähne ausbeißen.

Sie überlegte. *Welche Motive könnten hinter einer möglichen Entführung dieses Schriftstellers stecken?* Als Erstes fiel ihr Geld ein. Natürlich. Was dagegen sprach, war allerdings, dass bislang an keiner Stelle irgendwelche Forderungen aufgetaucht waren. Sie hatte recherchiert und festgestellt, dass die Eltern von Adam Sinclair verstorben waren und dass sein nächster lebender Angehöriger ein älterer Bruder war. Wenn diesem eine Lösegeldforderung zugegangen wäre, hätte er sich wohl inzwischen bei der Polizei gemeldet. Natürlich konnte es sein, dass er Adam Sinclair selbst entführt und ermordet hatte, um das Vermögen seines Bruders zu erben, aber das war reine Spekulation und das brachte sie nicht voran.

Sie musste also weitere Motive in Betracht ziehen. Ihr fiel ein, dass sie einmal einen Roman von Stephen King gelesen hatte, in dem ein weiblicher Fan einen Schriftsteller entführte und ihn dazu zwang, ein Buch zu schreiben, das er eigentlich gar nicht schreiben wollte. *Wie wahrscheinlich war es, dass Sinclair so etwas zugestoßen war?* Nun, nicht allzu sehr. Die Haushälterin hatte erwähnt, dass er seine Trilogie beinahe beendet hatte, eine Entführung würde ihn daher vom Schreiben des Finales abhalten und das wäre das Letzte, was ein fehlgeleiteter Fan sich wünschen würde. Also war auch das kein Motiv.

Ihr nächster Einfall jagte ihr einen Schauer über den Rücken. *Was wenn es sich um einen Serienkiller handelte, der die Plattform dazu nutzte, Opfer anzulocken?* Dieser Gedanke war natürlich etwas weit hergeholt und wahrscheinlich der Tatsache geschuldet, dass sie zu viele amerikanische Ermittlerserien geschaut und in ihrer Jugend bereits einen Celebrity Crush auf Hannibal Lecter entwickelt hatte.

Es war inzwischen 4:30 Uhr. An Schlaf war nicht zu denken und deshalb entschloss sie sich dazu, den Gedanken einmal ein wenig weiter zu spinnen. *Was wäre, wenn Adam Sinclair tatsächlich von einem Serienkiller entführt worden wäre?* Der Terminus *Serienkiller* bedeutete, dass mindestens zwei Morde nachgewiesen werden mussten, es musste also noch ein oder mehrere Opfer geben. Dieser Gedanke ließ ihr Herz unwillkürlich ein wenig schneller schlagen. *Was wäre, wenn sie einen*

Hinweis darauf finden könnte, dass weitere Menschen vermisst wurden, die in Verbindung mit IQ-VE standen? Wenn sie damit zum Chief ging, würde er sie nicht mehr ignorieren können. Sie hielt inne. Das war wieder einmal typisch. Sie dachte den fünften Schritt vor dem ersten. Zunächst musste sie nachweisen, dass tatsächlich ein Serientäter auf dieser Plattform unterwegs war und dass das Ganze nicht nur ein Gedanke ihrer von Streaming-Diensten angefixten Fantasie war.

Sie wählte sich in das Intranet der Polizei ein und öffnete die Verbrechensdatenbank. Hier konnte sie auf alle in England und Wales erfassten Kriminalfälle der letzten fünfundzwanzig Jahre zugreifen. Die Benutzeroberfläche war recht altmodisch und sah ein wenig so aus wie die in dem Möbelhaus, in dem sie ihr Bett gekauft hatte. Die Buchstaben und Zahlen waren eckig und grün auf einem schwarzen Hintergrund. Aber das Programm erledigte seinen Dienst.

Sie gab das Schlagwort *Vermisstenfälle* ein. Es dauerte eine Weile, dann wurde ihr in der Ausgabemaske angezeigt, dass über viertausend Treffer gelistet waren. Sie nutzte nun diverse Kriterien, um ihre Anfrage einzugrenzen. So suchte sie nach Männern im Alter des Schriftstellers, die anhand ihrer soziodemographischen Daten auch in der Lage waren, sich eine Mitgliedschaft bei IQ-VE leisten zu können. Nach einigem Anpassen hatte sie ihre Suche schließlich auf elf Treffer reduzieren können. Sie ließ sich die Bilder der Vermissten auf einer Seite darstellen. Leider sahen sich die Männer überhaupt nicht ähnlich. Vier waren weiß, vier asiatischer Abstammung und drei schwarz. Acht waren glattrasiert, drei trugen Bärte. Der älteste Vermisste war sechsundfünfzig Jahre alt, der Jüngste vierundzwanzig. Und ihre Wohnorte waren über ganz England und Wales verteilt. Einer der Männer kam ihr irgendwie bekannt vor. Sie klickte auf das Bild. Es handelte sich um einen renommierten Spieledesigner aus Süd London, der vor zwei Wochen zuletzt Kontakt mit seinen Eltern gehabt hatte und seitdem verschwunden war. Das Gesicht kam ihr bekannt vor, sie hatte es erst vor Kurzem gesehen. Plötzlich spürte sie, wie ihr Herz schneller schlug. Sie wechselte das Fenster und ging noch einmal zur Website von IQ-VE. Und da war er, braun gebrannt, einen Cocktail in der Hand an einem tropischen Strand. Der vermisste Spieledesigner war tatsächlich eines der Werbegesichter der Plattform. Das konnte kein Zufall sein.

Daniel

Daniel stellte die Aktentasche in den Flur und ging in die Küche, um sich einen Tee aufzugießen. Aus dem Zimmer von Sasha drang das leise Klappern ihrer Tastatur zu ihm.

„Möchtest du auch einen Earl Grey?", rief er. Keine Antwort. Das war wieder einmal typisch. Wahrscheinlich trug sie ihre Kopfhörer und hörte irgendwelche Musik in maximaler Lautstärke. Sie würde wahrscheinlich schon mit dreißig schwerhörig sein. Sasha war so anders als er. Er mochte seine Mitbewohnerin, aber viele ihrer Marotten verstand er nicht und über manches konnte er nur den Kopf schütteln.

Sie saß vor ihrem Gamer-Schreibtisch in einem extravaganten, sehr bequem gepolsterten Sessel, tippte auf einer in allen Farben des Regenbogens leuchtenden Tastatur herum, bediente eine dazu passende Maus und teilte ihre Aufmerksamkeit auf zwei gekrümmte Bildschirme auf, die zusammen beinahe zwei Meter breit waren. Über einen der Monitore lief Code, im anderen war ein Chat-Fenster geöffnet. Sasha musste aus den Augenwinkeln gesehen haben, dass er eingetreten war, denn sie wandte ihm den Kopf zu und nahm den Kopfhörer ab.

„Na, schon zu Hause? Wie war dein Tag? Hast du gekündigt?"

„Wie wäre es, wenn ich uns einen Tee aufbrühe und wir uns bei einer Tasse darüber unterhalten?", schlug Daniel vor.

„Mach du dir ruhig deinen Tee. Ich bevorzuge das hier", sagte Sasha und griff nach einer in Neonfarben bedruckten Dose. Dieser Energy Drink enthielt wahrscheinlich zehn Mal so viel Koffein wie sein Schwarztee und zwanzig Mal so viel Zucker. *Wie konnte man sich das nur antun?*

Er ging in die Küche und goss sich einen Tee auf. Als er fertig war, trug er seine Tasse ins Wohnzimmer, wo Sasha bereits auf ihn wartete.

„Also, schieß los, wie war dein Arbeitstag?"

„Ich muss gestehen, dass ich es heute gar nicht so schlimm fand wie befürchtet. Die brauchen tatsächlich jemanden mit persönlichkeitspsychologischer Expertise."

Sasha zog eine ihrer pink gefärbten Augenbrauen nach oben.

„Aber du sollst immer noch Honeytrapper jagen, oder?"

Er nickte. „Wir haben einen Fall, bei dem sich ein Kommunalpolitiker beschwert hat, weil seine Frau von einem Flirt mit einer Nutzerin namens HeartofCornwall29 erfahren hat. Und wir sollen nun herausfinden, ob seine Gattin sich als diese Nutzerin ausgegeben hat oder ob es eine dritte Partei war."

Sasha kniff die Augen zusammen. „Das ist doch ein Kinderspiel. Ihr müsst nur die Nutzerdaten von HeartofCornwall29 analysieren."

Daniel schüttelte den Kopf. „So einfach ist es leider nicht. Die Nutzerdaten sind extrem gut gesichert.

Timothy Nupret wirbt damit, dass er der weltweite Vorkämpfer für Datensicherheit ist. Wir haben also keinen Zugriff auf das Profil."

„Und wie willst du dann herausfinden, ob diese Frau ihren Mann selbst in die Falle gelockt hat oder Hilfe von einer dritten Partei bekommen hat?"

„Nun, da kommen meine persönlichkeitspsychologischen Qualifikationen ins Spiel. Ich werde ein Profil erstellen, und versuchen, mit der Nutzerin anzubandeln."

Nun wanderte die zweite Augenbraue seiner Mitbewohnerin nach oben.

„Du? Entschuldige, das ist vielleicht keine besonders nette Reaktion meinerseits, aber du hast doch keine wirklich nennenswerte Erfahrung mit Dating, oder?"

„Wie hat Gorki so schön gesagt: ,Man muss nicht in der Bratpfanne gelegen haben, um über ein Schnitzel zu schreiben.' Ich mag wenig praktische Erfahrung mit dem Flirten haben, aber ich weiß, wie ich eine interessante Persönlichkeit gestalte, die mein Gegenüber anzieht. Allerdings fehlt mir eine wichtige Information, und ich weiß nicht, wie ich damit umgehen soll."

Sasha sah ihn interessiert an. „Worum handelt es sich?"

„Ich kenne die Motivation der Person nicht, die dem Kommunalpolitiker die Falle gestellt hat. Eine klassische Honey-Trap scheint es nicht gewesen zu sein. Der Politiker wurde nicht erpresst, Geld scheidet also als Motiv aus."

Sasha nickte. „Wenn es dagegen die Ehefrau selbst ist, die hinter dem Profil steckt, wäre ihr Motiv so etwas wie Rache, oder?"

„Ja, und es gibt noch zwei weitere mögliche Motive. Es könnte sein, dass die Person, die den Politiker in die Falle gelockt hat, es aus altruistischen Gründen getan hat."

Sashas Stirn legte sich in Falten. „Altruistische Gründe? Du meinst, dass wir es mit einem guten Samariter zu tun haben?"

„Es soll durchaus Menschen geben, die für eine bessere Welt kämpfen. Und es könnte sein, dass sich auch auf IQ-VE Menschen tummeln, die für Gerechtigkeit eintreten und mögliche Ehebrecher und Ehebrecherinnen als etwas ansehen, das von der Plattform verbannt werden sollte. Es könnte sein, dass so eine Person die Dinge selbst in die Hand nimmt."

„Gut, es gibt also mindestens drei mögliche Motive."

Daniel schüttelte den Kopf. „Vier, wenn man vielleicht noch annimmt, dass es Chaoten gibt, die so etwas lediglich aus Spaß an der Freude tun, um anderen eins auszuwischen."

„Aber warum ist es wichtig, die Motivation zu kennen?"

„Weil ich das Profil, das ich erstellen werde, so gestalten muss, dass es zur Intention der Nutzerin passt, die den Politiker in die Falle gelockt hat. Wenn es sich um seine Frau oder eine Seitensprung-Agentur handelt, werde ich mit diesem Vorgehen ohnehin keinen Erfolg haben. Die sind nicht an weiteren Flirts interessiert und werden mich daher einfach abblitzen lassen."

„Könntest du nicht einfach die Ehefrau kontaktieren und sie offen fragen, ob sie es war oder ob sie eine Seitensprung-Agentur beauftragt hat?"

Daniel schüttelte den Kopf. „Nein, das würde gegen die Datenschutzbestimmungen verstoßen. Offiziell darf die Frau auch jetzt nicht erfahren, dass ihr Mann Mitglied bei uns war."

„Okay, gehen wir mal davon aus, dass es weder die Ehefrau noch die Seitensprung-Agentur war. Wie willst du herausfinden, welches Motiv die Person hatte, die den Mann in die Falle gelockt hat? Und warum ist das überhaupt wichtig?"

„Es macht einen Unterschied, ob ich es mit einem Chaoten oder einem Samariter zu tun habe. Im ersten Fall muss ich möglichst prahlerisch und selbstbewusst erscheinen, damit mein Gegenüber Spaß daran hat, mich ans Messer zu liefern. Wenn ein Samariter dahintersteckt, muss ich hingegen möglichst skrupellos und kalt erscheinen, damit er Mitleid mit meiner betrogenen Partnerin entwickelt. Um zu entscheiden, welchen Weg ich einschlagen muss, bräuchte ich jemanden, der der Nutzerin oder dem Nutzer ebenfalls auf den Leim gegangen ist. Wenn es so eine Person überhaupt gibt."

Er nippte an seinem Tee. Auf Sashas Gesicht breitete sich ein breites Grinsen aus.

„Herr Doktor, Sie deuten doch nicht etwa an, an was ich gerade denke?"

Daniel runzelte die Stirn. „Ich weiß nicht, woran du gerade denkst."

„Du magst ein genialer Kopf sein, aber an deinem Sozialverhalten müssen wir noch arbeiten. Frag mich doch einfach direkt, ob ich mich in IQ-VE einhacken und herausfinden kann, ob HeartofCornwall29 noch Kontakt mit anderen Nutzern hatte."

„Würdest du das denn tun?"

„Klar, warum denn nicht? Es ist eine gute Gelegenheit, die Sicherheitssysteme zu testen. Vielleicht kann ich auf dem nächsten Chaos Communication Congress einen Vortrag darüber halten."

„Was brauchst du denn dafür?"

„Na ja, ein eigener Account bei IQ-VE wäre nicht schlecht."

„Den habe ich schon. Wir haben ihn heute angelegt, um HeartofCornwall29 in die Falle zu locken."

Das Grinsen auf Sashas Gesicht wurde breiter. „Das ist ja super, dann logge ich mich ein und schaue, was ich tun kann. Du legst währenddessen einmal die Beine hoch."

Daniel zog seine Schuhe aus und machte es sich auf dem Sofa bequem. Der Tag war anstrengend gewesen. Er war es nicht gewohnt, eine derart große Menge an Eindrücken zu verarbeiten und mit so vielen Menschen zu tun zu haben. Er öffnete die Go-App auf seinem Handy und begann eine Partie. Doch nach den ersten Zügen wurde ihm klar, dass er die dafür nötige Konzentration nicht mehr aufbringen konnte. Aus einer spontanen Eingebung heraus tippte er auf den Browser und gab *Timothy Nupret* in die Suchmaschine ein. Die Suche ergab über vierundzwanzig Millionen Treffer.

Er folgte dem ersten Link, der ihn auf die Wikipedia-Seite führte, die den Tech-Milliardär behandelte. Hier fand er alle wichtigen Daten zum Leben und Wirken seines Chefs. Nupret war zweiundvierzig Jahre alt, gebürtiger Kanadier, zum dritten Mal verheiratet und Vater von insgesamt vier Kindern. Er hatte ein Studium mit finanzwirtschaftlichem Schwerpunkt absolviert und schon während seiner Zeit an der Universität in

Toronto Millionen mit gewagten Aktienspekulationen verdient. Das Geld hatte er in Start-up-Unternehmen gesteckt, die Dienstleistungen im Internet wie etwa Lebensmittel-Lieferdienste, Car-Sharing oder Tauschbörsen anboten. Im vergangenen Jahr war dann mit IQ-VE die erste App erschienen, die auf seinen Ideen zur Verbesserung von Online-Partnervermittlungen basierte.

Ein weiterer Abschnitt des Artikels beschäftigte sich mit dem KI-Projekt, in das Nupret sehr viel Geld investierte. Als Referenz wurde ein Link zu einem Video angegeben. Daniel tippte darauf. Es handelte sich um ein Interview, das der Milliardär in einer amerikanischen Talkshow gegeben hatte. Der etwas überdrehte Host saß hinter einem Schreibtisch, Nupret, die strahlend weißen Zähne zeigend, auf einem roten Sofa.

„Ihr neues Projekt soll die Grenzen zwischen Mensch und Computer sprengen", sagte der Host. „Was meinen Sie damit?"

Nupret lächelte und seine Zähne glänzten im Licht der Scheinwerfer. „Wir Menschen sind leider eine in ihren Möglichkeiten eng begrenzte Spezies. Unser Denken reicht in die Unendlichkeit, aber unser Körper schenkt uns maximal fünfzig bis sechzig gute Jahre, ehe er abzubauen beginnt und unsere geistigen Fähigkeiten mit in den Abgrund reißt."

„Ihre Konkurrenz arbeitet mit Hirnimplantaten, um diese biologischen Grenzen zu erweitern", sagte der Host.

Nupret zuckte mit den Schultern. „Das kann nicht die Lösung sein. Ein Implantat ist nutzlos, wenn der Körper stirbt."

„Ihre Lösung ist nicht auf einen Körper angewiesen?"

„Nein, ich und die sündhaft teuren Spezialisten, die ich dafür angeheuert habe, arbeiten daran, das Bewusstsein vom Körper zu lösen. Es sozusagen von den Fesseln der Materie zu befreien.“

„Wie wollen Sie das bewirken?“

„Indem wir es digitalisieren. So kann das Bewusstsein nicht nur erhalten bleiben, es kann auch nahtlos an das World Wide Web und die darin enthaltene, kollektive Weisheit anknüpfen.“

„Sie wollen also als körperloses Wesen durch das Internet schweben?“

Nuprets Lächeln war so kalt wie sein Tonfall.

„Körper vergehen, Genie nicht. Keine Sorge, Sie müssen diesen Weg nicht gehen. Ich werde mich selbst als erste Versuchsperson zur Verfügung stellen, und in dreihundert Jahren schreibe ich dann einen Nachruf auf Sie.“

„Nun, vielleicht können wir uns ja dann online unterhalten, wenn Sie meine Persönlichkeit auch digitalisiert haben.“

Nupret runzelte die Stirn. „Warum nehmen Sie an, dass Ihre Persönlichkeit es wert wäre, ewig zu leben?“

Das Lächeln verschwand vom Gesicht des Talkshow-Hosts.

„Erlauben Sie mir eine Gegenfrage: Warum sollten Sie es wert sein, ewig zu leben und ich nicht?“

Nupret lehnte sich zurück. „Weil ich ein wahrhaft einzigartiger Mensch bin. Sie werden auf der ganzen Welt niemanden finden, der mir gleicht. Und das kann man von einem mittelmäßigen Late-Night-Talker wie Ihnen nicht behaupten.“

Daniel hatte genug gehört. Er scrollte durch die Kommentare, die frühere Zuschauer hinterlassen hatten. Die Mehrheit schrieb darüber, wie unsympathisch und selbstbezogen der Milliardär wirkte. Aber ein nicht kleiner Teil drückte Bewunderung für Nupret und seine revolutionären Ansichten aus.

„Hallo, jemand zu Hause?"

Daniel zwinkerte und sah auf. Sasha grinste ihn an. „Ich glaube, das hier kann dir weiterhelfen."

Sie hielt ihm ein Blatt Papier unter die Nase. Darauf stand *Biggusdiggus43*.

„Was ist das?", fragte er.

„Das ist ein Nutzer, mit dem HeartofCornwall29 ebenfalls Kontakt hatte. Ich konnte ihren Chatverlauf nicht einsehen, der ist zu gut geschützt. Aber ich konnte in Erfahrung bringen, mit welchen Nutzern sie kommuniziert hat."

„Und was soll ich damit? Ich kann ihm ja schlecht schreiben, denn somit würde ich verraten, dass ich weiß, mit wem er kommuniziert hat. Dann hätte ich gegen die Datenschutzrichtlinien verstoßen und würde gekündigt werden."

„Darüber brauchst du dir jetzt keine Gedanken mehr zu machen. Ich habe Biggusdiggus43 geschrieben, dass ich vermute, dass ich von derselben Nutzerin wie er in eine Falle gelockt wurde, weil HeartofCornwall29 in einer Nachricht an mich aus Versehen seinen Nutzernamen verwendet hat."

„Wie lange habe ich denn geschlafen?", fragte Daniel ungläubig.

Sasha legte den Kopf schief. „Eine knappe Stunde. Stell dir vor, ich habe sogar schon eine Antwort bekommen."

Daniel folgte ihr zu ihrem PC. Sie deutete auf den Bildschirm, wo ein Fenster geöffnet war.

„So, Sie sind dieser Schlange HeartofCornwall29 also auch auf den Leim gegangen? Nun, ich weiß nicht, ob ich mich darüber freuen soll, dass ich nicht allein bin. Hat Sie auch Ihre Frau informiert? Meine hat mir beim Abendessen wortlos ihre E-Mail hingelegt. Sie können sich nicht vorstellen, wie geschockt ich war. Der Höhepunkt war aber, dass diese Person sich dann auch noch als eine Art Richterin darstellt. Sie müsse meine Frau darüber informieren, dass sie hintergangen würde. Ehebruch müsse bekämpft werden. Blabla Blabla Blabla. Was für eine verrückte Schlampe. Ich hoffe nur, irgendjemand zahlt der das heim. Ich weiß leider nicht, wer hinter dem Profil steckt. Das müssen Sie selbst herausfinden."

Daniel sah Sasha an. „Okay, ich glaube, wir haben unser Motiv. Es war nicht die Frau des Politikers und auch kein Chaot. Wir haben es mit einer altruistischen Person zu tun."

Lupita

Lupita klopfte an die Tür von Nobles Büro. Sie wartete nicht darauf, dass er sie aufforderte, einzutreten. Der Chief war ein Meister darin, Arbeit zu vermeiden. Deshalb ignorierte er oft jegliches Klopfen, in der Hoffnung, dass die Person dann verschwinden würde. Doch Lupita wusste inzwischen, woran sie bei ihm war. Sie trat ein. Der Chief sah sie an. Ihr Blick fiel jedoch auf seine Hand, die damit beschäftigt war, ein Handy hinter seinen Bildschirm zu verstecken. Ob Noble vielleicht auch bei einer Dating-App registriert und auf der Suche nach einem Seitensprung war? Sie kannte seine Frau und weder sie noch der Chief schienen mit ihrer Ehe wirklich glücklich zu sein. Sie schob den Gedanken rasch beiseite und grüßte ihren Vorgesetzten.

„Was gibt es?", fragte er.

„Ich bin mir sicher, dass Adam Sinclair nicht der Einzige ist, der vermisst wird."

Sie trat zum Schreibtisch und legte einen Ausdruck mit dem Bild des Spieledesigners vor ihn. Ihr Herz schlug bis zum Hals. Der Chief warf einen kurzen Blick auf das Foto, dann sah er Lupita an. „Wer ist das?"

„Das ist Nathan Wild, ein bekannter Designer von PC-Spielen. Er hat vor zwei Jahren einen Game Award für eine neue Version von Monopoly gewonnen. Und genauso wie Adam Sinclair ist er bei IQ-VE als Nutzer registriert und wird seit zwei Wochen vermisst. Ich bin mir sicher, dass ein Serientäter die App benutzt, um potenzielle Opfer anzulocken.“

Die Augen des Chiefs verengten sich zu schmalen Schlitzen. „Das ist jetzt nicht Ihr Ernst, oder?“

Lupita nickte nachdrücklich. „Doch, das ist mein voller Ernst. Ich habe deutliche Hinweise darauf, dass meine Theorie stimmt.“

Sie wollte gerade ausführen, was sie zu der Überzeugung gebracht hatte, dass es sich um einen Serientäter handelte, doch der Chief hob die Hand. „Lassen Sie es gut sein. Das ist so verrückt, da reden wir besser nicht mehr drüber.“

„Das ist nicht wahr, oder?“, rief Lupita. Sie hatte sich in den vergangenen Jahren angewöhnt, ihre Emotionen im Zaum zu halten, doch heute klappte das nicht mehr. Sie war offenbar die Einzige, die sich Gedanken um den Vermissten machte. Sowohl Pete als auch dem Chief war vollkommen gleichgültig, was aus Adam Sinclair geworden war. Für sie war es ein Suizid und damit waren sie nicht mehr zuständig. Und nun wurden ihre sorgfältigen und fundierten Abwägungen einfach so abgebügelt? Das konnte doch nicht wahr sein!

„Was ist nicht wahr?“, fragte der Chief. Angesichts von Lupitas Gefühlsausbruch hatte er sich zurückgelehnt, wahrscheinlich um den Abstand zu ihr zu vergrößern.

„Sie ignorieren meine Indizien einfach“, sagte Lupita.

Der Chief beugte sich wieder vor und stützte beide Ellenbogen auf dem Tisch ab. Er nahm eine dominante Pose ein. Das kannte sie nur zu gut. Er wollte ihr zeigen, wer der Herr im Haus war. „Jetzt hören Sie mir mal zu.

Es liegt nicht an uns, zu entscheiden, ob Ihre Überlegungen richtig oder falsch sind. Wenn es tatsächlich einen überregionalen Vermisstenfall gibt und diese Männer vom gleichen Täter entführt worden sein sollten, wäre das ohnehin nicht unser Fall. Dann wären die zentralen Ermittlungsbehörden in London zuständig. Und die sind mit der modernsten Technik ausgestattet. Wenn an Ihrer Serienkillergeschichte tatsächlich irgendetwas dran wäre, hätten die längst alle Zusammenhänge, die Sie sich in Ihrem Oberstübchen ausgedacht haben, bereits selbst herausgefunden. Also verschonen Sie mich mit Ihrem Sherlock-Holmes-Spielchen und widmen Sie sich Ihren Aufgaben.“

Lupita schluckte. Ihr Bauchgefühl sagte ihr, dass es besser war, nicht weiter zu argumentieren. Der Chef hatte seine festgefahrene Meinung und er würde sie nicht ändern. „Gut. Was haben Sie für mich?“

„Wir haben eine Anzeige bekommen. Ironischerweise gerade von einem Nutzer dieser Dating App, von der Sie gesprochen haben.“

„IQ-VE?“, fragte Lupita, deren Interesse sofort geweckt war.

Der Chief nickte. „Offenbar wurde der Mann in eine Falle gelockt. Er wollte sich mit einer Liebschaft treffen, doch stattdessen fand er seine Frau vor. Die hat ihm dann wohl den Koffer direkt vor die Tür gestellt.“

Es gelang Lupita nicht, ein Grinsen zu unterdrücken. Sie sah, dass der Chief es nicht missbilligte, da er selber kicherte. „Na ja, jedenfalls müssen wir dem Ganzen nachgehen. Der Mann wurde zwar nicht erpresst, aber es steht irgend so ein Vergehen wegen Datenschutz im Raum. Kümmern Sie sich bitte darum.“

Fünf Minuten später saß Lupita im Streifenwagen. Pete hatte noch einen Bericht schreiben wollen und sie war froh, dass sie den Kollegen zu Hause lassen konnte, denn er war meistens eher Hindernis als Hilfe. Sie traf den Mann, der die Anzeige eingereicht hatte, in der Lobby des Helston Hotel an.

„Sind Sie Richard Miller?", fragte sie.

Er nickte. „Ja. Da sind Sie ja endlich. Das wurde auch Zeit!"

Lupita ignorierte die unfreundliche Begrüßung und setzte sich zu ihm in eine der Sitzgruppen im Empfangsbereich. „Erzählen Sie mir bitte genau, was geschehen ist."

„Ich wurde betrogen, und zwar auf übelste Art und Weise. Eine Frau hat mir vorgegaukelt, dass sie mich liebt. Stattdessen hat sie mich verraten, diese blöde Schlampe."

Lupita spürte, wie die anfängliche Amüsiertheit, die sie empfunden hatte, als der Chief ihr in groben Zügen geschildert hatte, worum es ging, nun in so etwas wie Wut umschlug. *Was war das bloß für ein unangenehmer Kerl?*

„Können Sie das etwas genauer ausführen? Wie wurden Sie denn betrogen?"

„Ich habe mich bei dieser App angemeldet. IQ-VE. Die werden Sie nicht kennen, das ist etwas Exklusives, weit über Ihrer Gehaltsklasse. Und man muss am Anfang einen Eignungstest machen. Den habe ich natürlich mit Bravour bestanden. Ich habe mich ein wenig umgeschaut und dann hat mich diese Frau angeschrieben. HeartofCornwall29. Die Bilder waren ganz okay. Für meinen Geschmack war sie nicht blond genug. Aber die

Figur war in Ordnung. Also habe ich geantwortet. Wir haben ein wenig geflirtet, ich habe Eindruck auf sie gemacht. Und nach ein paar Tagen haben wir ein Treffen vereinbart. Hier am Weiher in Helston. Ich bin also hin, steige aus dem Auto und sehe eine Blondine am Ufer. Doch dann muss ich feststellen, dass es meine Frau ist. Meine Ehefrau. Sie wusste Bescheid. Offenbar hat ihr die Tussi den ganzen Chat-Verlauf geschickt und ihr auch mitgeteilt, wann wir uns treffen wollten. Meine Frau hat mich daraufhin rausgeworfen. Deshalb sitze ich jetzt im Hotel und muss versuchen, meinen Wahlkampf von hier aus zu regeln. Das ist alles sehr unangenehm.“

„Ja, das mag für Sie sehr unangenehm sein“, sagte Lupita. „Aber ich sehe keinen Anhaltspunkt dafür, dass das Verhalten der Frau, mit der Sie gechattet haben, strafrechtlich relevant sein könnte. Sie hat Ihnen lediglich einen Streich gespielt.“

Sie sah, dass das Gesicht des Politikers rot anlief. Dabei hatte sie sich noch zurückgehalten. Eigentlich hatte sie hinzufügen wollen, dass es ihm recht geschehe, wenn er versuchte, seine Frau zu hintergehen.

„Natürlich ist es strafrechtlich relevant“, rief er. „Ich habe mir die Datenschutzrichtlinien der Plattform genau angesehen. Wer auch immer mich an meine Frau verraten hat, hat dagegen verstoßen. Ich verlange daher, dass Sie sie finden, und dann werde ich diese Person verklagen. Die wird ihres Lebens nicht mehr froh.“

Lupita unterdrückte ein Seufzen. Sie hatte öfter mit solchen Leuten zu tun, die keinerlei Einsicht zeigten und sich immer im Recht fühlten, selbst wenn sie großes Unrecht getan hatten. So jemand wollte als Regionalpolitiker gewählt werden? Nun gut, ein Blick auf die Weltpolitik zeigte, dass man damit heutzutage weit kommen konnte. Wenn alle Nutzer von IQ-VE sich so aufführten, war es wohl ein Segen, dass Lupita sich die Mitgliedschaft nicht leisten konnte. Plötzlich kam ihr ein Gedanke.

„Haben Sie Ihren Account noch?", fragte sie.

„Natürlich. Ich habe schließlich fünfhundert Pfund dafür gezahlt und diesen Test gemacht. Aber ich werde ihn ganz bestimmt nicht mehr nutzen."

„Dann geben Sie mir doch bitte Ihre Nutzerdaten. Natürlich nur, wenn es für Sie in Ordnung ist. Wir werden versuchen, anhand der archivierten Chats Spuren zu der Nutzerin zu finden, die Sie hereingelegt hat. Meines Wissens nach sind die Datenschutzrichtlinien der Plattform so streng, dass wir selbst mit einem richterlichen Beschluss keine Daten von der Firma bekommen werden. Wenn wir Ihren Account nutzen können, kommen wir hingegen schnell und problemlos an alle wichtigen Informationen."

Der Mann sah sie eine Weile an. Lupita fürchtete schon, dass er erkannte, wie stark übertrieben ihre Versprechungen waren. Sie hatte keine Ahnung, ob sich überhaupt verwertbare Spuren sichern ließen, wenn sie Zugriff auf seinen Account hatte. Aber darum ging es ihr auch nicht. Sie verfolgte einen ganz anderen Plan. Schließlich nickte Miller. „Gut, Sie können ja nicht noch mehr Schaden anrichten, als schon geschehen ist."

Er öffnete seinen Laptop und stellte ihn auf das Glastischchen vor sich. Aus den Augenwinkeln sah Lupita, dass er sich bei IQ-VE einloggte. Dann schrieb er eine Zahlenkombination und darunter ein aus Buchstaben, Zahlen und Sonderzeichen bestehendes Passwort auf und schob ihr den Zettel hinüber. Lupita spürte, wie ihr Herz schneller schlug. Sie hatte nun endlich einen Zugang zu IQ-VE und den würde sie nutzen. Zwar nicht in dem Sinne, wie es ihr Gegenüber von ihr erwarten würde, aber das musste er ja nicht wissen. Sie verabschiedete sich und versicherte Miller, dass sie sich melden würde, sobald sie neue Erkenntnisse gewonnen hätte. Dann ging sie zum Streifenwagen und fuhr zurück zum Revier. Sie sah auf die Uhr. Es war erst elf Uhr morgens. Ihre Schicht ging noch bis fünfzehn Uhr. So lange müsste sie noch warten. Sie spürte eine fieberhafte Vorfreude. Bald würde sie handeln können. Bald.

Daniel

Daniel setzte sich neben Sasha. Sie öffnete die Website von IQ-VE und gab den Benutzernamen und das Kennwort ein, das er ihr nannte. Es war sein privater Account, dazu hatte Sasha ihm geraten. „Wenn es sich um Profis handelt, werden die schnell merken, ob du einen Firmen-Account benutzt oder ob du ein scheinbar privater Nutzer bist."

„Eigentlich wollte ich den nie nutzen", sagte Daniel.

„Na ja, du weißt schon, dass *eigentlich* ein sinnfreies Füllwort ist?", sagte Sasha.

Gegen seinen Willen musste Daniel schmunzeln. „Du bist eine kleine Klugscheißerin, oder?"

Sasha grinste. „Und ob. Aber da sind wir uns ja ähnlich. Ich glaube, deshalb wohnen wir beide so gut zusammen. Wir sind beide Klugscheißer."

Als Mitarbeiter musste Daniel keinen Persönlichkeitstest und auch keinen IQ-Test absolvieren. Im Grunde genommen war das nicht korrekt, denn der Sinn von IQ-VE bestand schließlich darin, dass Menschen sich dort treffen konnten, die bestimmten Persönlichkeitskriterien entsprachen. Ihre Kernpersönlichkeiten wurden mit statistischen Verfahren verglichen, sodass eine möglichst hohe Übereinstimmung herrschte. Außerdem war auch ein Cut-off Kriterium gewählt worden, das den Zugang für einen Großteil der

Bevölkerung einschränkte. Nicht nur, dass man fünfhundert Pfund Nutzungsgebühr monatlich zahlen musste, man musste auch in einem Online-Intelligenztest einen Wert von mindestens hundertdreißig erreichen.

Daniel hatte sich an seinem zweiten Arbeitstag ein wenig mit dem Verfahren beschäftigt und trotz anfänglicher Skepsis war er beeindruckt. Natürlich kannte er diverse internetbasierte IQ-Tests. Er war zwar kein großer Anhänger von Facebook und Co., aber da er berufsbedingt ein Interesse für persönlichkeitspsychologische Seiten hatte, waren ihm immer wieder Tests in seine Timeline gespült worden, deren Catchphrase lautete: *Wenn du diese Frage richtig beantworten kannst, dann gehörst du zu den intelligentesten zehn Prozent der Bevölkerung und bist hochbegabt.* Mehr als einmal hatte Daniel in die Kommentarspalten geschrieben, dass das so nicht korrekt war. Als hochintelligent galt man, wenn man einen IQ über hundertdreißig hatte. Und das waren nicht zehn Prozent der Bevölkerung, sondern nur 2,2 Prozent. Er hatte nie eine Antwort erhalten und Sasha hatte ihm schließlich erklärt, dass es nicht um Fakten ging, sondern darum, dass Leute auf die Seite klickten, damit Traffic generiert und Geld verdient wurde.

Diese Art von Intelligenztest hatte Daniel im Sinn gehabt, als er sich den Aufgaben gewidmet hatte, die das Verfahren von IQ-VE den neuen Nutzern stellte. Doch die Items waren sehr sorgfältig konstruiert worden, der Test entsprach den modernsten statistischen Gütekriterien und war angemessen schwer, da die Schwierigkeit der Fragen mittels eines komplexen Algorithmus permanent an die Leistung des Durchführenden angepasst wurde. Da er das Konstruktionsprinzip der Aufgaben kannte, wäre es trotzdem ein Leichtes gewesen, den Test zu bestehen, aber die Zeit konnte er sich nun sparen. Was er dagegen bearbeiten musste, waren die Persönlichkeitsfragebögen.

„Gut, dann wollen wir mal ein Persönlichkeitsprofil anlegen, das dem entspricht, auf das es ein altruistischer Fallensteller abgesehen haben könnte", sagte er.

„Na, das ist relativ simpel. Wahrscheinlich musst du dir bei der Beantwortung der Fragen jemanden vorstellen, der das genaue Gegenteil von dir ist", schlug Sasha vor.

„Du meinst wenig neurotisch, dafür aber ausgeprägt extravertiert, offen für Erfahrungen, wenig gewissenhaft und noch weniger verträglich?"

Sasha grinste. „Ist das irgend so ein Code unter Persönlichkeitspsychologen?", fragte sie.

Daniel nickte. „Das sind die fünf Faktoren, die sich in Hunderten von Untersuchungen als am besten geeignet zur Beschreibung einer Persönlichkeit erwiesen haben. Auch die Fragebögen von IQ-VE basieren letztendlich auf den Big 5. Zusätzlich gibt das Auswertungsprofil aber die Werte auf den sechzehn Faktoren des differenzierteren Persönlichkeitsmodells von Cattell aus: Wärme, logisches Schlussfolgern, emotionale Stabilität, Dominanz, Lebhaftigkeit, Regelbewusstsein, soziale Kompetenz, Empfindsamkeit, Wachsamkeit, Abgehobenheit, Privatheit, Besorgtheit, Offenheit für Veränderungen, Selbstgenügsamkeit, Perfektionismus und Anspannung. Nun, dann wollen wir mal."

Daniel widmete sich routiniert den zweihundertvierunddreißig Fragen und als die Auswertung vorlag, ging es noch darum, eine ansprechende Profilseite zu gestalten.

„Okay, als Erstes müssen wir den Umkreis auswählen, in dem wir suchen", sagte er. „Beide der bisherigen Opfer von HeartofCornwall29 kommen aus Cornwall, und zwar aus dem südwestlichen Zipfel. Miller aus Penzance, Biggusdiggus43 aus St. Ives. Sie wurden nach Helston gelockt. Also ist davon auszugehen, dass der Fallensteller irgendwo im Umkreis lebt."

Sasha öffnete eine Karte und sie suchten nach einem geeigneten Ort im Südwesten von Cornwall. Schließlich entschieden sie sich für Falmouth, eine kleine Stadt etwa zwanzig Meilen östlich von Helston. Als Nächstes widmeten sie sich den persönlichen Daten. Daniel gab an, dass er vierunddreißig Jahre alt und verheiratet sei und zwei Kinder habe. Dass er ein Jahreseinkommen von über 100.000 Pfund habe, dass seine Hobbys *Arbeiten* und *Spaßhaben* seien und dass er auf der Suche nach einem unverbindlichen und vor allem diskreten Seitensprung sei, da er seine Ehe nicht gefährden wolle.

„Nun haben wir noch zwei Aufgaben", sagte Sasha. „Zum einen müssen wir ein Bild finden, auf dem du einigermaßen attraktiv aussiehst. Zum anderen müssen wir dem Fallensteller eine Fährte zu deiner Ehefrau legen."

Daniel nickte und legte den Kopf schief. „Das könnte schwierig werden. Ich habe das heute mit meinen IT-Kollegen bei IQ-VE diskutiert. Die meinten, dass wir nicht irgendwelche realen Bilder nehmen können, weil die durch Reverssuchen im Internet rasch gefunden werden können."

Sasha zwinkerte ihm zu. „Oje, du arbeitest ja wirklich nicht gerade mit den größten Leuchten zusammen. Lass das mal mich erledigen."

Mit wachsendem Erstaunen beobachtete Daniel, wie Sashas flinke Finger über die Tastatur hüpfen. Sie nutzte eine KI, um ein Profilfoto für Daniel erstellen zu lassen. Die Person auf dem Foto sah ihm einigermaßen ähnlich, es gab aber ein paar Unterschiede. So hatte er Grübchen am Kinn und seine Haare waren etwas dunkler als die seines KI-Profils.

„Das sieht täuschend echt aus. Was die KI heute alles kann, ist schon toll. Aber irgendwie auch erschreckend", sagte er.

„Ich kann aber noch viel mehr", sagte Sasha. Wieder huschten ihre Finger über die Tastatur. Nach kurzer Zeit erschien ein Foto auf Ihrem Display. Es zeigte Daniels Avatar-Bild. In der einen Hand hielt er eine Flasche Bier, mit dem anderen Arm umarmte er eine attraktive blonde Frau.

„Das ist deine virtuelle Ehefrau", sagte Sasha. „Ich werde dieses Bild jetzt an mehreren Stellen im Web platzieren und es mit einem fiktiven Facebook-Profil verknüpfen. Eine Websuche nach deinem Profilbild wird zu dem Foto deiner Frau führen und unser Erpresser sollte dann in der Lage sein, sie zu kontaktieren."

Daniel nickte anerkennend. „Das ist ja großartig. Darauf wäre ich nie gekommen. Hast du schon mal überlegt, bei der Polizei anzufangen? Die suchen bestimmt händeringend nach Mitarbeitern mit deinen Fähigkeiten."

Sasha schüttelte den Kopf. „Die zahlen mir zu wenig.“

Daniel runzelte die Stirn. „Du wartest die Software für ein paar Supermarktfilialen. Da wirst du doch bestimmt auch kein Vermögen verdienen, oder?“

Sasha grinste. „Das ist der Job, den ich angebe, um sozialversichert zu sein. Du glaubst doch nicht, dass ich davon lebe, oder? Ich sitze abends und nachts nicht umsonst vor meinem PC.“

„Ich dachte, dass Hacken nur ein Zeitvertreib für dich wäre.“

Sie schüttelte den Kopf. „Nein, anfangs war es das. Aber inzwischen verdiene ich richtig gutes Geld damit, die Systeme von großen Unternehmen zu testen. Und da muss man ziemlich findig sein. Ich glaube, das liegt mir. Aber jetzt genug Geplänkel, lass uns zur Tat schreiten.“

Sie drückte auf den Link *Profil veröffentlichen* und im nächsten Augenblick erschien ein Bildschirm, auf dem die ersten Vermittlungsvorschläge prangten. Da Daniel angegeben hatte, dass er ausschließlich an einer Affäre interessiert war, wurden tatsächlich auch nur dementsprechende Vorschläge angezeigt.

„Das sind ja nur zwei“, sagte er und zu seinem Erstaunen hörte er aus seiner Stimme so etwas wie Enttäuschung heraus.

Sasha grinste. „Na ja, der Markt für hochintelligente und reiche Frauen, die lediglich auf der Suche nach einer diskreten Affäre sind, dürfte in London oder in Manchester wesentlich größer sein als im äußersten Südwesten Cornwalls. Immerhin ist es dann aber sehr wahrscheinlich, dass eine dieser beiden Frauen deine Honeypot ist.“

Daniel betrachtete die Profile näher. Das erste gehörte einer Nutzerin, die sich LittleMouse34 nannte und angab, dass sie sexpositiv und auf der Suche nach einer unverbindlichen Nummer sei.

Sie widmeten sich dem zweiten Vorschlag und Daniels Herz schlug schneller, als er den Alias las: HeartofCornwall29. Der Vorstellungstext lautete:

„Ich bin auf der Suche nach einem sinnlichen Abenteuer. Ich sehne mich nach einem erfolgreichen, selbstbewussten, potenten Liebhaber, der mir geben kann, was mir fehlt. Bist du Manns genug, es mit mir aufzunehmen?"

Daniel nickte. „Das ist sie."

Sasha runzelte die Stirn. „Sagt dir das der Profilname oder was?"

„Ja. Und dass sie sich an den Bedürfnissen der Männer orientiert. Sie ist nicht auf sich bezogen wie LittleMouse34. Sie schreibt, wen sie sucht, und der Narzissmus ihrer potenziellen Opfer wird durch ihr selbstbewusstes Auftreten maximal herausgefordert."

Sasha zuckte mit den Achseln. „Du bist der Persönlichkeitspsychologe. Also, was hast du jetzt vor?"

„Jetzt kommt der knifflige Teil. Ich muss HeartofCornwall29 dazu bringen, sich mit mir zu treffen."

Lupita

Lupita lehnte sich auf ihrem Schreibtischstuhl zurück und sah auf den Bildschirm. Sie hatte sich zwei Stunden zuvor mit den Zugangsdaten von Richard Miller eingeloggt. Glücklicherweise war es ihr möglich gewesen, das Profil noch einmal ganz neu aufzubauen. Lediglich die Daten des Persönlichkeitsfragebogens und des Intelligenztests konnte sie nicht erneut eingeben. Alle anderen Parameter waren jedoch frei änderbar, auch der Alias. Sie wählte den Profilnamen hornywesterner43. Genauso verfuhr sie mit der Adresse. Miller wohnte in Penzance und Lupita entschied sich dafür, ihren fiktiven Ehebrecher in Truro, dem Verwaltungssitz der Grafschaft Cornwall, leben zu lassen. Es erschien ihr unwahrscheinlich, dass mehrere Nutzer einer derart exklusiven Plattform in einer kleinen Stadt wie Penzance lebten. Schon dass Miller und Sinclair nur wenige Kilometer voneinander entfernt wohnten, war ein seltsamer Zufall gewesen.

Sie hatte lange überlegt, ob sie das Profil sofort dazu nutzen sollte, einen Köder für den vermeintlichen Entführer von Adam Sinclair auszulegen. Aber dann war ihr klar geworden, dass sie sich in die Funktionsweise von IQ-VE einarbeiten musste, ehe sie sich daran wagen konnte. Daher hatte sie beschlossen, zunächst Jagd auf HeartofCornwall29 zu machen.

Lupita hatte sich beim Erstellen des Profils Richard Miller zum Vorbild genommen und sich vorgestellt, ein großkotziger Unsympath zu sein. Als Kriterium für Ihre Suche gab sie *Affäre* ein und ließ alle anderen Optionen nicht angekreuzt. Als sie fertig war, klickte sie auf *Profil veröffentlichen,* und sofort landeten zwei Vermittlungsvorschläge in ihrem Briefkasten. Das erste Profil erschien ihr ziemlich vielversprechend, allerdings passte der Nutzername nicht. LittleMouse34 bezeichnete sich als sexpositive Frau auf der Suche nach einer heißen Affäre. Dafür handelte es sich bei dem zweiten Vorschlag um HeartofCornwall29. Sie rieb sich die Hände. Den Matching-Algorithmus hatte sie offenbar ausgetrickst. Jetzt ging es darum, HeartofCornwall29 vorzugaukeln, ein Mann auf der Suche nach einer außerehelichen Liebschaft zu sein. Sie erschauderte und ein unangenehmes Gefühl machte sich in ihrem Bauch breit. Manchmal konnte Empathie schon ein Fluch sein. Sie wollte sich nicht in so einen Kerl hineinversetzen, aber sie musste es tun, um einen überzeugenden Köder auszulegen.

Lupita schrieb eine Direktnachricht.

Hey, dein Profil klingt sehr vielversprechend. Ich bin auch auf der Suche nach einem sinnlichen Abenteuer. Und eines kann ich dir versprechen: Ich bin mehr als potent. Jede, die die Gelegenheit hatte, das auszutesten, war danach schwer begeistert.

Sie lehnte sich zurück und wartete. Zuerst geschah nichts und daher ging sie in ihre Küche und brühte sich einen Schwarztee auf. Als sie mit der dampfenden

Tasse zu Ihrem Schreibtisch zurückkehrte, sah sie, dass ihre Nachricht bereits beantwortet worden war.

Okay. Dein Pic sieht ja schon mal vielversprechend aus,

schrieb die Nutzerin zurück. Lupita schluckte. Das Foto war der große Haken an der Sache. Sie hatte ein Porträt ihres Ex-Freundes zweckentfremdet. Sie war sich zwar sicher, dass er sich nicht auf IQ-VE herumtreiben würde, da die fünfhundert Pfund Monatsgebühr, vor allem aber auch ein IQ größer als hundertdreißig ein unüberwindliches Hindernis für ihn darstellen würden. Das Foto, das sie ausgewählt hatte, war während eines gemeinsamen Kreta-Urlaubs entstanden und sie war sich sicher, dass es online nirgendwo auffindbar war. Allerdings hatte ihr Ex-Freund ein Porträt auf seiner Facebook-Seite gepostet und Lupita vermutete, dass moderne KIs durchaus in der Lage waren, eine Verbindung zwischen den beiden Bildern herzustellen. Doch in der Kürze der Zeit hatte sie keine bessere Alternative gefunden.

In RL sehe ich noch viel besser aus,

schrieb sie. Wieder hatte sie dieses unangenehme Gefühl im Bauch, das ihre kleine Schwester wohl mit dem Wort *cringe* bezeichnen würde. Aber es war schon ein wenig schwächer als zuvor. So langsam gewöhnte sie sich an die Rolle des Ehebrechers.

Nun, da sind wir noch nicht. Ich entnehme deinem Profil, dass du auf der Suche nach einer Affäre bist. Sei ehrlich, dir geht es doch nur um eine schnelle Nummer und nicht um Längerfristiges, oder?

Lupita überlegte. Dann wurde ihr klar, dass sie nicht zu viele ihrer eigenen Gedanken in die Antwort legen durfte. Es musste möglichst authentisch klingen. Deshalb schrieb sie zurück:

Wer hat denn gesagt, dass eine schnelle Nummer nicht auch ein sinnliches Erlebnis sein kann? Ich kann dir in zehn Minuten bieten, was andere in Stunden nicht hinbekommen. Und bei Gefallen können wir das gerne wiederholen.

So so, du hast einen netten Sinn für Humor. Wobei mir zehn Minuten eindeutig zu kurz sind. Ich hoffe, da hast du mehr zu bieten. Was erwartest du denn von einer Affäre? Und warum bist du überhaupt auf der Suche nach einem Seitensprung?

Lupita nahm einen Schluck von ihrem Tee. Das waren zwei Fragen und beide waren knifflig zu beantworten. Sie beschloss, sich zunächst mit der ersten zu beschäftigen, und schrieb:

Wir haben zwei kleine Kinder daheim und meine Frau hat keine Lust mehr auf die Erfüllung ihrer ehelichen Pflichten. Das kann ich irgendwie auch verstehen. Aber ich habe nun mal meine Bedürfnisse.

Und wie sieht deine Frau das?

Meine Frau sieht das gar nicht. Sie muss es auch nicht wissen. Das ist eine Sache, die ich mit mir und meinem Gewissen ausmachen muss.

Lupita hielt den Atem an. Sie wartete eine Minute, zwei Minuten. Die Gegenseite schrieb nicht. Sie seufzte. *War sie zu weit gegangen? Oder war sie zu wenig subtil vorgegangen?* Doch dann öffnete sich das Chat-Fenster wieder.

Na, dann wollen wir mal hoffen, dass dein Gewissen so robust ist wie die Muskeln deiner Oberarme auf dem Profilbild.

Lupita reckte die Faust. Das passte super. Sie war froh, dass sie oberkörperfreie Fotos ihres Ex-Freundes ausgewählt hatte. Intellektuell hatte er zwar nicht allzu viel zu bieten gehabt, aber dass er eine Sahneschnitte gewesen war, konnte sie selbst nach der schwierigen Erfahrung ihrer Trennung nicht abstreiten.

Jetzt weiß ich, was dich zu IQ-VE geführt hat,

schrieb ihr Gegenüber.

Aber noch weiß ich nicht, was du erwartest.

Lupita atmete tief ein und aus. Jetzt galt es, so großspurig und selbstsüchtig wie nur möglich aufzutreten.

Ich bin ein viel beschäftigter Mann. Ich leite eine Firma, habe dreißig Angestellte. Arbeite fünfzig Stunden in der

Woche. Wenn ich nach Hause komme, wartet meine Frau schon am Absatz der Tür und drückt mir das jüngste Kind in die Hand, damit sie duschen kann. Warum ich die Kleine bekomme, weiß ich nicht, schließlich haben wir ein Au-pair Mädchen und zwei Hausangestellte. Aber egal. Ich habe keinerlei Freizeit mehr. Keinen Ausgleich. Und das stört mich. Was ich erwarte, ist, dass ich mal wieder lebe. Dass ich die Erfahrung machen kann, dass das Leben auch schöne Seiten zu bieten hat. Ich bin nicht der Typ für Drogen. Auch Alkohol mag ich nicht so gern. Aber Sex finde ich super entspannend. Klar, ich hätte mich auch auf irgendwelchen anderen Plattformen anmelden kön-nen, aber ich erhoffe mir, dass ich jemanden finde, der ebenso empfindet wie ich. Jemanden, der gleichgesinnt ist. Das ist ein blödes Wort, aber es drückt ganz gut aus, wo-rum es mir geht. Ich will eine gute Zeit ohne das ganze Ge-quatsche und ohne viele Fragen. Ich will es einfach tun.

Lupita lehnte sich zurück. Wieder war sie nicht voll-kommen zufrieden mit dem, was sie geschrieben hatte. Das waren ziemlich viele Wörter. Der Mann, dem sie heute Morgen begegnet war, war ihr nicht wie jemand erschienen, der einer fremden Frau beim ersten Kon-takt bereits sein Innerstes öffnete. Andererseits war das ja ein anonymer Raum und er hatte ein Ziel. Ein eindeutiges Ziel. Er wollte HeartofCornwall29 flachle-gen.

So so, du bist sehr direkt. Das gefällt mir. Direkt, zielstre-big, effizient. Wenn du als Liebhaber genauso bist, dann könnte das doch etwas werden mit uns.

Lupita spürte, wie ihr Herz schneller zu schlagen begann. Sie musste grinsen. *War das nun ihre Reaktion darauf, dass sie kurz davor war, HeartofCornwall29 in die Falle zu locken? Oder war es eine emphatische Regung? Hatte sie sich so gut in den Mann eingefühlt, dass sie sich schon auf das Rendezvous freute, das sich hier anbahnte?* Beinahe hätte sie vergessen, eine Antwort zu schreiben. Rasch tippte sie:

Ja, ich bin direkt und ich bin effizient. Also ... wann wollen wir uns treffen? Und wo?

Wieder gab es eine Pause und wieder befürchtete Lupita, dass sie zu weit gegangen war. Doch dann öffnete sich erneut ein Chat-Fenster und ihr Gegenüber schrieb:

Gut, wenn du es ernst meinst, triff mich morgen Nachmittag um zwei am Weiher in Helston. Dort, wo man die Boote mieten kann.

Daniel

Daniel wischte sich die klammen Handflächen an seiner Anzughose ab. Er sog prüfend die Luft durch die Nase ein und stellte fest, dass sein Deo noch funktionierte. Wenigstens das war eine Erleichterung. Warum hatte er sich ausgerechnet den heißesten Tag des Jahres für dieses Rendezvous aussuchen müssen?

Aber es war nicht seine Entscheidung gewesen. Die Zielperson hatte Datum und Ort vorgegeben. Gleich am nächsten Tag um vierzehn Uhr an einem Teich in dem kleinen Städtchen Helston. Und so waren Daniel und Sasha bereits am frühen Morgen in London aufgebrochen, um rechtzeitig zu dem Treffen in Cornwall zu sein.

Sie waren so planvoll vorgegangen, wie es die Kürze der Zeit zugelassen hatte. Damit HeartofCornwall29 nicht zu früh bemerkte, dass ihr eine Falle gestellt wurde, waren Daniel und seine Begleiterin getrennt angereist. Sasha hatte ihn in Porthleven aussteigen lassen und er hatte den Bus ins benachbarte Helston genommen. Sie war ihm mit ihrem kleinen Daihatsu gefolgt. Als er an einer Bushaltestelle in der Nähe des Weihers ausstieg, sah er das violette Auto in einer Parkbucht am Rande des Gewässers stehen. Er erahnte den pinkfarbenen Haarschopf seiner Mitbewohnerin auf dem Fahrersitz. Daneben musste die Spiegelreflexkamera mit dem Objektiv mit langer Brennweite liegen. Zu Daniels

Erstaunen besaß Sasha eine vollständige Fotoausrüstung. Er hatte sie nie darüber sprechen hören und er hatte sie auch noch nie etwas fotografieren sehen, nicht einmal mit ihrem Handy. *Ob Sasha ihm die ganze Wahrheit erzählt hatte?* Sie war eine äußerst versierte Hackerin. *Arbeitete sie möglicherweise gar nicht auf eigene Faust, sondern für eine Behörde? Oder für einen Geheimdienst?* Vielleicht würde Daniel sie das eines Tages fragen. Unabhängig davon schätzte er sich glücklich, jemanden mit ihren Fähigkeiten an seiner Seite zu wissen. Paul und Chris erschienen ihm wenig vertrauenswürdig. Er hatte die Kollegen im Büro in London zurückgelassen und ihnen nur mitgeteilt, dass er einer Spur nachgehen wollte.

Daniel schlenderte am Rand des Weihers entlang und gelangte zu einem Gebäude, bei dem es sich um ein kleines Café handelte. Von dort aus konnte man die menschenleere Uferpromenade einsehen. Er blickte auf seine Uhr. Noch zehn Minuten. *Was sollte er jetzt tun? Sollte er sich schon zum Treffpunkt beim hölzernen Steg begeben?* Er spähte möglichst unauffällig in Richtung des Daihatsu. Da blitzte etwas auf. Sasha musste ihre Kamera gezückt haben. Wahrscheinlich suchte sie wie besprochen mit dem Objektiv das Ufer ab und gab ihm per SMS Bescheid, wenn sie etwas Verdächtiges entdeckte. Seine Kehle war wie ausgetrocknet. Er betrat das Café, bestellte dort einen Cappuccino und trank ihn in einem Zug leer.

Rasch bemerkte er, dass das keine gute Idee gewesen war. Sein ohnehin schnell schlagendes Herz raste nun noch mehr und er hatte den Eindruck, dass auch die Schweißproduktion seines Körpers enorm angekurbelt wurde. Koffein tat ihm nicht gut. Er wusste schon, warum er von Kaffee auf Earl Grey umgestiegen war. Hätte er doch lieber einen Tee getrunken. Nun, dafür war es jetzt zu spät. Er bezahlte und trat hinaus auf die Uferpromenade.

Noch immer war kein Mensch zu sehen. Doch das stimmte nicht ganz. Ein Händchen haltendes Pärchen war auf dem Weg zu einem der am Steg vertäuten Boote. Es hatte die Form eines Schwans. Daniel bezweifelte, dass das Gefährt allzu seetüchtig war, aber das Wasser des Weihers war wahrscheinlich so flach, dass keine Katastrophe eintreten würde, wenn das Teil kenterte. Das Pärchen trat zu einem mürrisch dreinblickenden, älteren Mann, dem es etwas in die Hand drückte, woraufhin dieser den Schwan flott machte. Die beiden stiegen ein und fuhren los. Die spiegelglatte Oberfläche des Sees kräuselte sich unter der Bugwelle des Bootes. Das Pärchen glitt in der Nähe vorbei und Daniel konnte erkennen, dass die beiden nicht auf den See achteten, sondern sich in die Augen sahen, sich immer wieder berührten und küssten. Dieses Verhalten deutete mit einer hohen Wahrscheinlichkeit darauf hin, dass sie frisch verliebt waren. Daniel hatte eine theoretische Vorstellung von diesem Konzept. Er kannte die Symptome von Verliebtheit, aber er hatte sie noch nie selbst erfahren.

Der Anblick einer Frau riss ihn aus seinen Gedanken. Sie hatte die Hände in den Hosentaschen vergraben und sah so aus, als ob sie sich bemühte, möglichst unauffällig zu wirken. Das gelang ihr jedoch nur teilweise, denn Daniel fiel auf, dass sie ihren Blick immer wieder über die Uferpromenade schweifen ließ. *Ob das Hear-tofCornwall29 war?*

Daniel und Sasha hatten auf der fünfstündigen Fahrt von London nach Helston einige Theorien darüber gesponnen, wie das Treffen wohl ablaufen würde. Richard Miller war seiner Ehefrau begegnet. Das war in Daniels Fall nicht möglich, weil seine Partnerin nur virtuell existierte. Nachdem sie mehrere Stunden lang miteinander gechattet und sich schließlich für heute verabredet hatten, hatte HeartofCornwall29 nicht lange gezögert und den Gesprächsverlauf und die Fotos, die sie mit Daniel ausgetauscht hatte, per Direct Message an das Facebook-Profil von Daniels Frau geschickt, das Sasha eingerichtet hatte. Sasha hatte ihr eine aufgeregte Mail zurückgeschrieben, in der sie sich vollkommen fertig und aufgelöst dargestellt hatte, unfähig, ihren Mann mit den Vorwürfen zu konfrontieren. Sie hatten gehofft, die Nutzerin so aus der Reserve zu locken, damit sie Daniel anstelle seiner Ehefrau traf und ihn zur Schnecke machte. Es war eine riskante Wette gewesen, aber durch das Auftauchen dieser Frau wuchs Daniels Zuversicht, dass sie aufgehen würde.

Als sie näherkam, konnte er erkennen, dass sie in keiner Hinsicht der drallen Blondine auf dem Profilbild von HeartofCornwall29 ähnelte. Nicht nur ihre Hautfarbe, auch die Körpergröße passte nicht zu den Angaben. Aber das war zu erwarten gewesen. Sein Verdacht, dass es sich um die Nutzerin handelte, die ihn hierhergelockt hatte, verstärkte sich, als die Frau auf ihn aufmerksam wurde. Sie musterte ihn kurz, aber doch ein wenig zu lang für jemanden, der nur zufällig vor Ort war. *Was sollte er nun tun?* In der Mail, die HeartofCornwall29 ihm geschickt hatte, hatte sie glasklare Anweisungen verfasst. Sie würde die Initiative ergreifen und würde ihn ansprechen, nachdem sie sich ein ausführliches Bild von ihm gemacht hatte. Schließlich wolle sie nicht betrogen werden durch jemanden, der ein falsches Profilbild benutzte. Immerhin könne man sich bei IQ-VE ja sicher sein, dass wenigstens niemand seine Intelligenz und seine Persönlichkeit allzu sehr vortäuschte, da die Testbögen äußerst zuverlässig seien.

Bei Ersterem war Daniel geneigt, ihr zuzustimmen. Es war sehr schwer, einen Intelligenztest nach oben zu verfälschen, wenn man mit dem Testprinzip nicht vertraut war oder die Fragen kannte. Man konnte sich weniger intelligent geben, als man war, aber dann würde man nicht zu IQ-VE zugelassen. Einen Persönlichkeitstest konnte man hingegen sehr gut zurechtbiegen. Das hatte er schließlich selbst getan. Für ihn war es ein leichtes gewesen, herauszufinden, welche Fragen auf welche Persönlichkeitsmerkmale abzielten und wie diese zu beantworten waren, um einen entsprechenden Eindruck zu vermitteln.

Wieder ruhte der Blick der Frau auf ihm und kurz darauf kam sie geradewegs auf ihn zu. Daniel spürte, wie sein Herz schneller schlug. *Was würde nun geschehen?* Er hustete und drehte seinen Kopf beiläufig nach links. Erneut blitzte es im Daihatsu auf. Er sah, dass Sasha die Linse ihres Objektivs direkt auf ihn gerichtet hatte. Wahrscheinlich fotografierte sie die Frau schon. Vielleicht gelang es ihr sogar, die Nutzerin anhand dieser Fotos zu identifizieren. Sasha hatte einen Laptop und ein mobiles High-Speed-Modem dabei, mit dem sie sich von überall einwählen konnte, wo sie Mobilfunkempfang hatte.

Und dann standen sie sich gegenüber.

„Haben Sie mir geschrieben?"

Beide hatten die Frage zur gleichen Zeit gestellt.

„Sind Sie HeartofCornwall29?", fragte Daniel.

Die Stirn der Frau legte sich in Falten.

„Ich dachte, Sie wären das", erwiderte sie.

Daniel sah sie verständnislos an. „Wie bitte?"

„Ich habe gestern Abend mit einer Nutzerin gechattet, deren Benutzername HeartofCornwall29 lautet. Mit ihr habe ich vereinbart, dass wir uns heute hier treffen."

„Das kommt mir bekannt vor", erwiderte Daniel, „ich hatte ebenfalls Kontakt mit einer Nutzerin, die sich als HeartofCorwall29 ausgegeben hat, und sie hat mich heute um vierzehn Uhr hierherbestellt." Er schlug sich gegen die Stirn. „Das darf doch nicht wahr sein. Die Frau hat mich ausgekontert!"

„Ausgekontert? Wohl eher angeschmiert! Irre ich mich oder sind Sie ein frustrierter Ehemann, der sich auf ein Schäferstündchen mit einer üppigen Blondine gefreut hat?"

„Nein, ich arbeite für IQ-VE. Ich soll Nutzer identifizieren, die die Plattform für betrügerische Zwecke missbrauchen."

Auf dem Gesicht der Frau erschien ein Grinsen. „Na, da haben wir ja etwas gemeinsam. Ich bin von der Polizei hier in Helston. Ich bearbeite die Anzeige einer Ihrer Nutzer, der wohl von eben der Betrügerin hereingelegt wurde, der nun auch wir beide auf den Leim gegangen sind."

Daniel schluckte. „So ein Mist."

„Da war wohl jemand schlauer als wir", sagte die Frau. „Aber es ist noch nicht zu spät. Vielleicht können wir HeartofCornwall29 immer noch fassen."

„Und wie das?", fragte Daniel, dessen Puls sich beschleunigte.

„Stellen Sie sich vor, was Sie tun würden, wenn Sie zwei Leute, die Sie verfolgen, aufeinanderhetzen. Würden Sie sich nicht in der Nähe verstecken und das Spektakel beobachten wollen?"

Lupita

Lupita sah sich unauffällig um. *Wo konnte HeartofCornwall29 sich versteckt haben?* Sie entdeckte einen Kleinwagen. Er war lila und darin sah sie eine Frau, die etwas auf sie gerichtet hatte, das aussah wie ein langes Kameraobjektiv.

„Schauen Sie nicht so auffällig hin, aber da drüben in dieser lilafarbenen Scheußlichkeit von einem Auto, befindet sich, glaube ich, unsere Zielperson", sagte sie zu dem Mitarbeiter von IQ-VE.

Der Mann schüttelte den Kopf. „Das ist Sasha, meine Mitbewohnerin. Sie gehört zu mir und sollte Fotos von dem Treffen mit HeartofCornwall29 machen."

Lupita ließ den Blick weiter schweifen. Das verliebte Pärchen auf dem See konnte es nicht sein, und auch der Ticketverkäufer, der mit auf die Brust gesunkenem Kopf auf dem zusammenklappbaren Stuhl neben den Booten schlief, wirkte nicht wie jemand, der Ehebrecher auf einer exklusiven Dating-Plattform auffliegen ließ. Sie wandte sich um in Richtung Stadt. Dort parkte ein weiteres Auto. Es war ebenfalls ein Kleinwagen. Ein gelber Mini. Nicht so alt wie einer von denen, die in der Mister-Bean-Serie verwendet wurden, aber doch auch kein brandneues Modell. Sie konnte die Gestalt hinter dem Steuer nur undeutlich erkennen, aber sie sah etwas aufblitzen.

„Die Person in dem Mini, gehört die auch zu Ihnen?", fragte sie den Mitarbeiter von IQ-VE.

Er schüttelte den Kopf. „Nein, aber wenn mich meine Augen nicht täuschen, beobachtet sie uns mit einem Fernglas."

„Gut", sagte Lupita. „Wir dürfen jetzt keinen Fehler machen, wenn wir HeartofCornwall29 das Handwerk legen wollen."

„Und wie sollen wir das anstellen?"

„Wir streiten."

Die Augen ihres Gegenübers sahen sie verständnislos an. Lupita hob beide Hände und stieß ihn von sich weg, dann schrie sie ihn an: „Das darf doch wohl nicht wahr sein. Sie widerlicher Kerl!" Der Mann wirkte hilflos. *Was sollte sie tun? Ihm zuflüstern, was er erwidern sollte?* Doch endlich schien der Groschen bei ihm zu fallen.

„Sie Betrügerin!", rief der Mann in einem bestenfalls halbherzig empörten Tonfall.

„Sie Schwein!", brüllte Lupita, drehte sich um und rannte in Richtung der Stadt davon, geradewegs auf das Auto der Beobachterin zu.

Sie hatte gehofft, dass das möglichst natürlich wirken würde und dass die Person erst bemerken würde, dass Lupita sie entdeckt hatte, wenn es zu spät für eine Flucht wäre. Aber zu ihrem Schrecken hörte die Polizistin, wie der Motor des Minis gestartet wurde. Gleich darauf setzte sich der Wagen in Bewegung. Lupita versuchte, einen Blick auf das Kennzeichen zu erhaschen, doch sie war noch zu weit entfernt. Das Auto scherte aus der Parkbucht aus und fuhr los. Sie wandte sich um.

„Kommen Sie mit!“, rief der Mann. „Wir nehmen die Verfolgung auf.“

Lupita zögerte einen Moment. Das hier war schon viel zu weit gegangen. Die Aktion über IQ-VE war nicht vom Chief autorisiert worden. Es war ihr Privatvergnügen gewesen, HeartofCornwall29 eine Falle zu stellen. Wenn sie die Person nun verfolgte, bewegte sie sich am Rande der Illegalität. Das könnte sie ihren Job kosten. Doch der Mann rannte bereits auf das lilafarbene Auto zu. Sie musste sich entscheiden. Lupita schnaubte leise und folgte ihm.

„Hi, ich bin Sasha“, sagte die Fahrerin, als Lupita sich auf die Rückbank fallen ließ. Der Mann hatte auf dem Beifahrersitz Platz genommen. „Ach so, ich bin Daniel Merton“, fügte er hinzu.

„Constable Lupita Mugabo. Können Sie dem Mini folgen?“

Sasha zögerte nicht lange. Sie scherte aus und gab Gas. Das Auto von HeartofCornwall29 war etwa zweihundert Meter vor ihnen als kleiner gelber Punkt zu erkennen, der sich rasch in Richtung der Küstenstraße entfernte, die zum St.Michaels-Mount und weiter nach Penzance führte.

„Was genau haben wir jetzt vor?“, fragte der Mitarbeiter von IQ-VE. *Daniel hieß er, oder?*

„Wir folgen der Person. Irgendwann muss sie ja anhalten“, sagte Lupita. „Und dann werde ich mit ihr reden.“

„Können Sie sie nicht anhand des Kennzeichens identifizieren?“, fragte Sasha. „Dann müssten wir nur nahe genug an den Mini rankommen, um es zu entziffern.“

Lupita seufzte. „Das hier ist keine offizielle Aktion. Ich kann nicht einfach ein Kennzeichen überprüfen lassen, wenn ich nicht im Dienst bin. Da ... sie biegt nach links ab.“

Sasha folgte, hatte jedoch Mühe, den Kontakt zu dem Mini nicht abreißen zu lassen, da die Person mit beinahe sechzig Meilen pro Stunde über die Küstenstraße bretterte. Die Sonne blitzte und blinkte auf dem Meer, doch Lupita hatte nur Augen für das Auto vor ihnen. Es durfte ihnen nicht entwischen. Zu ihrer Linken baute sich der St.Michaels-Mount auf, eine Gezeiteninsel, die von einem Schloss gekrönt wurde. Doch rasch entschwand die Touristenattraktion ihren Blicken und kurz darauf erreichten sie den Ortsrand von Penzance.

„Sie müssen aufpassen, dass Sie den Anschluss nicht verlieren. Es gibt hier eine Menge Ampeln und Kreisverkehre, und HeartofCornwall29 ist schneller im Gassengewirr verschwunden, als sie Lands End sagen können“, sagte Lupita.

Sasha bemühte sich, dem Hinweis zu folgen, doch es war vergebens. Offenbar kannte sich die flüchtige Person tatsächlich sehr gut aus in dem Städtchen. An einer auf Rot springenden Ampel bog sie nach links ab. Sasha musste abbremsen, da von der anderen Seite der Kreuzung ein SUV heranbrauste. Als sie endlich in die Straße einbogen, war von dem Mini keine Spur mehr zu sehen. Lupita hätte sich am liebsten die Haare gerauft. Sasha fuhr links ran.

„Sorry, die ist wohl ein bisschen zu schnell gefahren“, sagte sie.

„Und jetzt?“, fragte Daniel.

„Jetzt muss ich wohl doch wegen des Kennzeichens anfragen. Hat einer von Ihnen es entziffern können?"

An dem Blick, den Sasha und Daniel tauschten, sah sie, dass ihnen das nicht gelungen war. Sie konnte es ihnen nicht verübeln. Auch sie hatte die Buchstaben- und Zahlenreihenfolge nicht erkennen können. Sie seufzte.

„Dann lassen Sie mich doch bitte hier raus. Ich nehme den Bus zurück."

Sasha wandte sich ihr zu. Sie hatte ein schelmisches Lächeln auf den lila geschminkten Lippen. „Geben Sie etwa so schnell auf?"

Lupita runzelte die Stirn. „Ich sehe nicht, was wir noch tun könnten. Der Mini hat uns abgehängt."

Sasha zwinkerte ihr zu. „Lassen Sie mich mal machen", sagte sie.

Sie klappte den Laptop auf, den sie während der Fahrt auf den Knien balanciert hatte, und tippte ein wenig darauf herum.

„Bingo!", rief sie. „Als ich auf meinem Beobachtungsposten gewartet habe, habe ich alle Handys im Umkreis von fünfhundert Yards erfasst. Es waren nicht allzu viele. Und eine der Nummern, die mit uns in Helston waren, bewegt sich gerade aus Penzance hinaus. Das muss sie sein."

Sie deutete auf den Bildschirm, der eine Karte der Gegend darstellte. Ein blinkender Punkt entfernte sich in südwestlicher Richtung.

„Das ist aber nicht legal, oder?", fragte Daniel.

„Egal. Das ist großartig", sagte Lupita, die erstaunt darüber war, wie rasch sie ihre Skrupel beiseiteschieben konnte. „Dann nichts wie hinterher!"

Sasha startete den Wagen und lenkte ihn aus dem Städtchen hinaus. Sie fuhren an einer Steilküste entlang und gelangten in einen Ort namens Mousehole. Es handelte sich um ein winziges, aber ziemlich malerisches Schmugglernest mit einem beschaulichen Hafen. Lupita sah, dass sich der Punkt auf einer Route bewegte, die von Mousehole weiter in Richtung Lands End führte. Sasha folgte ihr eine enge Straße entlang, die sich zwischen Hecken durch satte grüne Wiesen wand.

„Der Punkt steht still", rief Daniel.

„Sie muss angehalten haben", sagte Sasha.

„Das kann zweierlei bedeuten. Entweder macht sie irgendwo eine Pause oder sie wohnt hier in der Gegend", meinte Daniel.

„Das werden wir gleich sehen", sagte Lupita.

Sasha bog auf einen Feldweg ab, der zu einem Cottage führte.

„Da", rief Lupita und deutete mit dem Zeigefinger auf den Mini, der neben dem Häuschen parkte.

„Wir haben sie!", riefen Daniel und Sasha unisono.

Sie stellten den Wagen neben dem Mini ab und stiegen aus. Daniel ließ Lupita den Vortritt. Sie vermutete, dass er weniger Kavalier war als vielmehr auf ihre Erfahrung als Polizistin zählte, mit brenzligen Situationen wie der nun wahrscheinlich folgenden umzugehen. Lupita näherte sich dem Schild, das neben der Türklinke angebracht war. *Ob sie dort den Namen der Erpresserin finden würde?* Was sie dort aber las, ließ sie stutzen.

Dr. John Burgess, Psychotherapeut. Termine nach Vereinbarung.

Daniel

„Ein Psychotherapeut?", fragte Sasha. „Warum sollte der Ehebrecher abstrafen? Das ist ziemlich creepy."

„Ich glaube kaum, dass es sich bei dem Psychotherapeuten um unsere Zielperson handelt. Das muss einen anderen Hintergrund haben", sagte Daniel.

„Das werden wir gleich herausfinden", sagte Lupita.

Sie drückte die Türklingel. Im Inneren des Gebäudes dröhnte ein Gong. Doch es geschah nichts. Sie klingelte noch einmal. Wieder ertönte das Geräusch, dann hörte sie Schritte, die sich langsam näherten, und die Tür öffnete sich. Ein Mann etwas kleiner als Daniel mit schütteren blonden Haaren und wachsamen blauen Augen musterte sie aufmerksam.

„Was kann ich für Sie tun?"

„Sind Sie John Burgess?", fragte Lupita.

Der Mann nickte. „Ja. Und wer sind Sie?"

Lupita ignorierte seine Frage. „Wir suchen die Person, die den Mini fährt, der vor Ihrer Tür parkt."

Der Psychotherapeut ließ sich davon nicht aus dem Konzept bringen. „Und aus welchem Grund, wenn ich fragen darf?"

Lupita seufzte innerlich. Es hatte nun keinen Zweck mehr. Sie zog ihre Dienstmarke hervor und hielt sie dem Therapeuten unter die Nase. „Ich bin von der Polizei."

Auch das schien den Psychologen nicht in seiner Ruhe zu erschüttern. „Das sehe ich. Sie haben mir aber immer noch nicht gesagt, warum Sie die Person suchen, die vor meinem Haus parkt."

„Das können wir nur mit der Person selbst besprechen. Ist sie bei Ihnen?"

Der Mann legte den Kopf schief, dann sagte er: „Ich bedauere, aber die Schweigepflicht verbietet mir, irgendwelche Aussagen zu einer meiner Patientinnen zu treffen."

Daniel sah den Psychotherapeuten mit großen Augen an. *Was war hier los?* Er wollte sich gerade in das Gespräch einschalten, da erschien hinter dem Mann eine kleinere Gestalt. Es war eine Frau, die Daniel auf Anfang dreißig schätzte. Sie hatte die Haare zu einem Zopf gebunden, der ihre Stirn sehr hoch und glatt erscheinen ließ. Sie trug außerdem eine Brille auf der spitzen Nase.

„Ist schon gut", sagte sie mit leiser Stimme. „Sie brauchen mich nicht zu beschützen, Dr. Burgess."

Der Psychotherapeut wandte sich um. „Mögen Sie mir erst einmal erklären, was hier los ist?"

„Vielleicht können wir das alle gemeinsam besprechen", schlug die Frau vor. „Sie haben doch diese schöne Terrasse für Ihre Gruppentherapien."

Zehn Minuten später saßen Daniel, Sasha, Lupita, Dr. Burgess und die Patientin auf einer mit groben Steinfliesen ausgelegten Terrasse, die einen spektakulären Blick über die St.Michaels-Bay bot. Der Burgfelsen ragte im Hintergrund auf, der Himmel war wolkenlos blau und vom Meer her wehte eine frische, nach Salz und Tang duftende Brise zu ihnen heran, doch Daniel nahm das Panorama nur am Rande wahr. Er war gespannt darauf, zu erfahren, was hier vor sich ging.

„Sie sind also HeartofCornwall29", sagte Lupita an die Frau gewandt.

„Ja, mein richtiger Name ist aber Mary Skelton."

„HeartofCornwall29?", fragte der Psychotherapeut.

Mary sah ihn an und lächelte zaghaft. „Das ist mein Benutzername auf der Dating-Plattform IQ-VE."

Nun wanderten die Augenbrauen des Psychotherapeuten nach oben. „Gehört die nicht diesem exzentrischen Milliardär?"

Daniel nickte. „Ja, Timothy Nupret. Ich arbeite für ihn."

„Und Sie sind von der Polizei?", wandte sich der Psychotherapeut an Lupita.

„Ja, ich gehe einem vermeintlichen Betrugsfall nach, der sich auf der Plattform ereignet hat."

„Aber wenn ich das recht verstanden habe, arbeiten Sie beide nicht zusammen, oder?", fragte Dr. Burgess sowohl an Daniel als auch an Lupita gerichtet.

„Nein, wir haben uns vor etwa einer Stunde kennengelernt, nachdem wir beide von Mrs. Skelton in die Irre geführt wurden", sagte Daniel. Nun richteten sich alle Blicke auf die Genannte. Die Patientin lief rot an und sah zu Boden.

„Bevor ich Sie um eine Erklärung bitte, Mary", sagte Dr. Burgess, „würde mich noch interessieren, was Sie mit der ganzen Sache zu tun haben." Er sah dabei Sasha an.

„Ich bin die Mitbewohnerin von Daniel. Da ich mich ganz gut mit IT-Kram auskenne, hat er mich gebeten, mitzukommen. Ich habe ein paar Fotos gemacht."

Der Psychotherapeut schloss kurz die Augen, dann sagte er: „Lassen Sie mich einmal zusammenfassen. Sie“, er sah Daniel an, „arbeiten für IQ-VE. Ihre Aufgabe ist es, Betrügern nachzugehen. In diesem Zusammenhang sind Sie auf Mrs. Skelton gestoßen, die dort unter dem Benutzernamen HeartofCornwall29 aktiv ist. Sie haben Ihre Mitbewohnerin gebeten, bei der Suche nach dieser Nutzerin zu helfen. Zu diesem Zweck sind Sie nach Helston gekommen, ganz offenbar, weil Miss Skelton Sie dorthin gelockt hat. Dort sind Sie auf Constable Mugabo getroffen, die der Anzeige eines Opfers der Betrüger auf IQ-VE nachgeht. Ist das korrekt?“

Lupita und Daniel nickten beide. Nun richteten sich die Blicke erneut auf Marys Skelton, die noch eine Spur röter wurde.

„Mary, ich glaube, Sie stehen hier im Mittelpunkt des Interesses. Mögen Sie uns aufklären, was hier los ist?“, bat sie der Therapeut.

Es bereitete Daniel körperliche Qualen, der Frau dabei zuzusehen, wie sie sich wand und wie sehr sie sich schämte, doch dann räusperte sie sich und begann: „Ich habe niemanden erpresst. Ich habe außerdem immer darauf geachtet, dass ich kein Gesetz breche. Ja, ich bin HeartofCornwall29. Und ja, ich habe Männer, die auf IQ-VE unterwegs sind, um ihre Ehefrauen zu betrügen, in die Falle gelockt und, wenn ich herausfinden konnte, wer ihre Partnerinnen waren, diese über die Untreue ihrer Männer informiert. Und ich bereue nichts. Es war gut, dass ich so gehandelt habe.“

„Darf ich fragen, warum Sie das getan haben?“, fragte Daniel.

Mary sah ihn direkt an. Ihre Wangen glühten förmlich, so rot waren sie. „Wissen Sie, wie es sich anfühlt, wenn Sie glauben, in einer glücklichen Beziehung zu sein, nur um dann zu erfahren, dass Ihr Partner, den Sie für ehrlich, liebevoll und loyal gehalten haben, Sie monatelang mit anderen Frauen betrogen hat?"

Daniel schüttelte den Kopf.

„Ich weiß es", fuhr Mary Skelton bitter fort. „Es ist die Hölle. Ich wurde selbst Opfer eines untreuen Mannes. Ich weiß, wie furchtbar es sich anfühlt, hintergangen zu werden, ich kenne die Mischung aus machtloser Wut und tiefer Verzweiflung. Dieser Gefühlscocktail hat mich in eine Depression gestürzt. Ich habe über ein Jahr lang mein Haus nicht mehr verlassen, habe mich eingeigelt in meinem Leiden. Dann hatte ich das Glück, einen Therapieplatz bei Dr. Burgess zu ergattern. Von ihm habe ich gelernt, dass ich aktiv werden muss, dass ich handeln muss, um der Depression etwas entgegenzusetzen. Dass ich mich nur selbst herausziehen kann aus dem Sumpf von schlechten Gefühlen und Schuld. Und das habe ich getan. Ich habe mich bei IQ-VE registriert und mich als eine üppige Blondine ausgegeben. Es hat sich so wunderbar angefühlt, ein Racheengel zu sein und es diesen Widerlingen heimzuzahlen, die ihre Frauen hintergehen und sich dabei für die Größten halten. Wie gesagt, ich bereue nichts. Seit ich mich für diesen Weg entschieden habe, geht es mir deutlich besser."

Daniel hörte ein Glucksen. Es kam von Sasha. „Krasse Sache. Sie sind durch die Therapie darauf gekommen, dass Sie untreue Ehemänner auflaufen lassen, und dadurch geht es Ihnen besser? Super. Ich glaube, ich sollte auch mal eine Therapie machen."

Daniel sah zu dem Psychotherapeuten hinüber, auch die Blicke der anderen waren auf Dr. Burgess gerichtet. Dieser räusperte sich. „Als ich mit Ihnen besprochen habe, dass es sinnvoll sein könnte, aktiv zu werden und zu handeln, habe ich ehrlicherweise nicht daran gedacht, dass Sie einen derart – robusten Weg einschlagen könnten. Ich bin Therapeut, und deshalb ist es wichtig, dass ich mich moralischer Urteile enthalte. Außerdem bin ich als Verhaltenstherapeut eher am Ergebnis orientiert als an der Beseitigung von Krankheitsursachen und daher nehme ich zur Kenntnis, dass unsere therapeutische Strategie sehr erfolgreich war, auch wenn sie zu einem recht unkonventionellen Resultat geführt hat.“

Mary nickte. „Ich verstehe nur nicht, warum Sie hier sind“, wandte sie sich an Lupita. „Ich war mir sicher, dass ich kein Recht breche. Natürlich habe ich mich als jemand anderes ausgegeben. Ich habe wohl auch ein paar Männer dazu veranlasst, einige Kilometer zu fahren, um dann auf ihre Frauen zu treffen. Es dürfte also ein sehr geringer materieller Schaden entstanden sein. Aber warum liegt denn eine Anzeige gegen mich vor?“

Lupita seufzte. „So wie es aussieht, haben Sie die Datenschutzrichtlinie von IQ-VE gebrochen. Ich bin kein Fachmann dafür, wie gesagt, ich bin Polizistin in Helston, aber die Vorgaben dieser Plattform sind sehr streng und Timothy Nupret ist dafür bekannt, dass er gegen jeden vorgeht, der sie bricht. Und auch der Mann, den Sie übers Ohr gehauen haben, scheint überzeugt davon zu sein, dass er Sie verklagen kann.“

Daniel sah, dass die Röte aus dem Gesicht der Frau verschwand. Sie wurde mit einem Mal kreidebleich.

„Das wollte ich nicht", sagte sie, schlug die Hände vors Gesicht und brach in Tränen aus. Daniel war ehrlich betroffen. Er hatte sich nicht vorgestellt, dass es so enden würde, wenn er HeartofCornwall29 überführen würde. Stattdessen hatte er sich ausgemalt, dass er einen gelangweilten Mittvierziger finden würde, dem man ein bisschen die Flügel stutzen musste, damit dieser keinen Unsinn mehr veranstaltete. Doch nun hatte er eine psychische angeschlagene Frau vor sich, der die Folgen ihrer Taten die Existenz bedrohen konnten. Er sah zu Lupita hinüber. Auch die Polizistin wirkte verunsichert. Sie fing seinen Blick auf und Daniel zuckte leicht mit den Achseln.

„Okay, ich glaube, an dieser Stelle muss ich Sie bitten, zu gehen. Ich muss mich jetzt um meine Patientin kümmern", sagte der Psychotherapeut. Daniel und Sasha erhoben sich sofort. Lupita sah so aus, als ob sie der Frau noch etwas sagen wollte, doch Dr. Burgess warf ihr einen sehr eindringlichen Blick zu und so folgte sie ihren Begleitern, die die Terrasse in Richtung Hof verließen.

„Das ist jetzt anders gelaufen, als ich gedacht hatte", sagte Lupita, als sie wieder beim Auto waren.

Daniel nickte. „Werden Sie die Identität der Frau weitergeben?"

„Ich weiß es nicht. Offiziell bin ich nicht im Dienst. Ich habe ja gar nicht ermittelt. So, wie ich IQ-VE einschätze, ist es ohnehin nicht möglich, dass der Polizei Daten für Ermittlungen zur Verfügung gestellt werden. Auf offiziellem Weg kann ich die Frau also gar nicht identifiziert haben. Ich kann sie daher nicht anklagen und wie lautet der Spruch nun mal? Wo kein Kläger, da auch kein Richter."

Daniel nickte. „Gut, wenn Sie das so handhaben, dann werde ich die Identität von Mrs. Skelton auch nicht preisgeben."

Sasha klatschte in die Hände. „Dann lasst uns doch schnell zurückgehen und ihr das mitteilen. Ich glaube, dann wird ihr ein Stein vom Herzen fallen."

Mary Skelton stand tatsächlich kurz vor dem Zusammenbruch, als Daniel und Lupita ihr eröffneten, dass sie ihre Identität schützen würden. Sie dankte ihnen vielmals und war erneut so in Tränen aufgelöst, dass Dr. Burgess sie endgültig bitten musste, sich zu entfernen. Daniel wollte wieder zum Auto gehen, doch dieses Mal hielt Lupita ihn zurück. „Haben Sie noch kurz Zeit für mich?", fragte sie. „Ich würde noch gerne etwas mit Ihnen besprechen."

Lupita

Lupita folgte dem Pfad, der oberhalb der Klippen entlangführte. Der Psychotherapeut hatte ihnen beschrieben, wie sie zu einem Aussichtspunkt gelangen konnten, der sich gut für die Unterhaltung eignete. Sasha hatte nicht mitkommen wollen. Sie war zum Auto zurückgekehrt, um sich dort mit ihrem Laptop zu beschäftigen. Lupita hatte den Eindruck, dass die junge Frau nicht allzu lang ohne das Gerät auskam und ganz froh um die Gelegenheit war, wieder in irgendwelchen Einsen und Nullen abzutauchen.

Die Bank wurde von zwei Sträuchern eingerahmt, die sie vor dem Wind schützen. Die Aussicht war phänomenal. Tief unten spülte das Meer in großen Wellen gegen die Felsen und Gischt spritzte auf. Es roch nach Salz und die Schreie der Möwen mischten sich mit dem Donnern der Brandung. Lupita setzte sich auf die Bank und bedeutete Daniel, neben ihr Platz zu nehmen.

„Das war großzügig von Ihnen", sagte sie.

Daniel sah sie an. „Nun, das Kompliment kann ich nur zurückgeben. Ihnen muss es noch viel schwerer gefallen sein, die Ermittlungen gegen Mary Skelton im Sande verlaufen zu lassen. Immerhin liegt eine Anzeige gegen sie vor."

Lupita zuckte mit den Schultern. „Für mich ist es einfach, meinen Misserfolg in den Ermittlungen zu rechtfertigen. Ihr Unternehmen wird mir ganz sicher keine

Daten geben, die ich zur Identifizierung des Täters nutzen könnte. Da bin ich aus dem Schneider. Und was ich privat getan habe, interessiert niemanden."

„Nun, mich interessiert es schon. Wie haben Sie die Frau denn gefunden?"

Lupita lachte. „Mr. Miller, der die Anzeige erstellt hat, hat mir die Zugangsdaten zu seinem Profil zur Verfügung gestellt. Dann habe ich ein paar Veränderungen vorgenommen und mich als einen unausstehlichen Widerling ausgegeben, der dringend auf der Suche nach einer Affäre ist. Ganz offenbar hat es geklappt. Und Sie? Wie sind Sie Mary Skelton ins Netz gegangen?"

Daniel nickte. „Ganz ähnlich. Wir haben als Mitarbeiter von IQ-VE die Möglichkeit, private Accounts anzulegen. Das habe ich getan. Und dann habe ich meine persönlichkeitspsychologische Qualifikation dazu genutzt, das Profil so auszustatten, dass ich für die Zielperson attraktiv sein könnte. Auch das scheint funktioniert zu haben."

Lupita grinste. „Zwei Dumme ein Gedanke."

„Zwei Dumme?"

Lupita winkte ab. „Vergessen Sie es. Wir sind auf jeden Fall zum gleichen Ziel gekommen. Die Methode funktioniert also. Sehr schön, dann kann ich sie ja noch etwas verfeinern."

Sie sah, dass Daniel die Stirn runzelte. „Wozu? Gibt es weitere Betrugsfälle? Ich dachte, Sie seien Streifenpolizistin hier in Helston. Wir haben hier nur sehr wenige Mitglieder."

Lupita nickte. „Darüber wollte ich mit Ihnen sprechen. Wir haben einen Vermisstenfall. Adam Sinclair, ein Schriftsteller, ich weiß nicht, ob Sie schon von ihm gehört haben."

Daniel schüttelte den Kopf. „Ich lese nicht viel. Und von einem Vermisstenfall ist mir auch nichts bekannt."

„Das liegt daran, dass dieser spezielle Fall als Suizid behandelt wird und dass die Presse sich an den Ehrenkodex hält und bisher nichts darüber geschrieben hat."

„So, wie Sie es ausdrücken, sind Sie nicht überzeugt davon, dass es sich beim Verschwinden dieses Adam Sinclair tatsächlich um einen Suizid handelt, oder?"

Lupita nickte. „Ich habe herausgefunden, dass Adam Sinclair von einer Nutzerin von IQ-VE zu einem Treffen gelockt wurde. Ganz ähnlich wie wir beide. Es war allerdings nicht Mary Skelton, da bin ich mir sicher. Nach diesem Treffen ist Sinclair spurlos verschwunden. Doch nicht nur das, als ich sein Handy analysiert habe, wurden währenddessen die Daten gelöscht. Seine Inbox bei IQ-VE und auch seine E-Mails. Alles war weg. Jemand hat offensichtlich Zugriff auf seinen Account. Deshalb gehe ich davon aus, dass er entführt wurde."

„Und Sie glauben, dass der Entführer unsere App dazu verwendet hat, um ihn anzulocken?", fragte Daniel. Er klang mit einem Mal angespannt. Lupita konnte es ihm nicht verübeln. Es war eine Sache, wenn man auf die Suche nach Nutzerinnen geschickt wurde, die Ehebrechern einen Streich spielten. Ein ganz anderes Kaliber war es jedoch, es mit einem potenziellen Entführer oder gar einem Mörder zu tun zu bekommen.

„Ja, aber das ist noch nicht alles. Ich habe ein wenig recherchiert und bin auf eine weitere Vermisstenmeldung gestoßen, und der verschwundene Mann war ebenfalls Nutzer von IQ-VE."

Daniel kniff die Lippen aufeinander. „Wie haben Sie das denn herausgefunden?"

„Das war nicht allzu schwer. Nathan Wild ist eines der Werbegesichter von IQ-VE. Sein Konterfei findet sich auf der Website des Unternehmens. Er ist ein renommierter Game-Designer. Ich weiß, dass es etwas weit hergeholt ist und dass das Muster anhand von zwei Fällen nur sehr schwach ist, aber ich vermute, dass es einen Zusammenhang zwischen den beiden Vermisstenfällen geben könnte. Ich weiß natürlich nicht, ob im zweiten Fall auch die App dazu benutzt wurde, um das Opfer zu einem Treffpunkt zu locken und es dann zu entführen."

Daniel nickte. „Lassen Sie mich raten … Ihr Problem besteht darin, dass Sie an keine weiteren Daten kommen können, weil IQ-VE eine sehr restriktive Politik bezüglich des Datenschutzes betreibt?"

Lupita nickte. „Und deshalb wollte ich mit Ihnen sprechen. Ich denke, dass es auch im Interesse von IQ-VE sein könnte, herauszufinden, ob die App missbraucht wird, um nicht nur harmlosen Ehebrechern einen Streich zu spielen, sondern schwere Verbrechen zu verüben. Und bei Entführung handelt es sich eindeutig darum."

Daniel wandte den Blick ab und sah hinaus aufs Meer. Lupita drängte ihn nicht. Sie ahnte, dass er eine Weile brauchen würde, um darüber nachzudenken. Ihr

Vorschlag war wagemutig. Sie konnte es ihm nicht verübeln, wenn er wenig begeistert davon war und rundheraus ablehnte.

„Sind Sie denn offiziell mit den Ermittlungen in dem Vermisstenfall betraut?", fragte er.

Lupita schüttelte den Kopf. „Mein direkter Vorgesetzter ist überzeugt davon, dass es sich um einen Suizid handelt. Deshalb hat er mir auch nicht erlaubt, mich an die übergeordnete Kriminalbehörde zu wenden. Ich weiß nicht, wer den Fall des verschwundenen Spieledesigners bearbeitet, oder ob überhaupt Ermittlungen stattfinden. Aktuell bin ich auf mich allein gestellt."

Daniel kniff wieder die Lippen zusammen. Sein Gesichtsausdruck gefiel ihr gar nicht.

„Ich arbeite seit nicht mal einer Woche für IQ-VE. Und heute habe ich mich bereits weit aus dem Fenster gelehnt, als ich darauf verzichtet habe, Mary Skelton ans Messer zu liefern. Ich weiß noch nicht einmal, wie ich das meinem Vorgesetzten gegenüber verpacken soll. Und nun bitten Sie mich darum, dass ich für eine nicht autorisierte Ermittlung in den hochgesicherten Daten meines Arbeitgebers herumschnüffele?"

„Ich weiß, dass ich viel von Ihnen verlange, und kann verstehen, dass Sie Ihre Karriere nicht aufs Spiel setzen wollen. Das ist in Ordnung. Ich möchte Sie nur um eines bitten: überprüfen Sie, ob der zweite Vermisste ebenfalls von einer Nutzerin namens Tryharder27 kontaktiert wurde. Wenn das der Fall sein sollte, kann ich mich an die übergeordnete Ermittlungsbehörde wenden. Die werden zwar fragen, woher ich diese Information habe, aber ich werde versuchen, dass mit dem Profil zu erklären, das ich genutzt habe. Ich lasse mir da schon etwas einfallen. Ich halte Sie da raus.

Doch der Fall lässt mich nicht los. Ich habe den Eindruck, dass hier vorschnell gehandelt wurde. Stellen Sie sich einmal vor, dass Adam Sinclair und der Spieledesigner wirklich entführt wurden, dann könnten sie noch am Leben sein und wir verschwenden hier wertvolle Zeit."

Daniel legte den Kopf schief. „Ich bin kein Freund von Konjunktiven, das sage ich Ihnen ganz ehrlich. Und Sie reden sehr viel von könnte, würde, sollte. Klar, ich verstehe Ihren Gedankengang. Wenn die beiden Männer entführt wurden, könnten sie noch am Leben sein. Ich bin kein Fachmann für Kriminalfälle, ich bin Persönlichkeitspsychologe. Aber offenbar bin ich nun tatsächlich zu so einer Art Ermittler geworden bei IQ-VE und in dieser Funktion werde ich es über kurz oder lang ohnehin mit diesen Vermisstenfällen zu tun bekommen."

Lupita spürte, wie ihr Herz ein wenig schneller schlug. „Heißt das, dass Sie mir helfen? Beschaffen Sie mir die Informationen?"

Daniel hob die Hände. „Ich kann Ihnen nichts versprechen. Zuerst muss ich nämlich das Kunststück hinbekommen, nicht gleich wieder gekündigt zu werden. Eigentlich hätte ich dafür diesen Fall hier lösen müssen. Nun muss ich es dem Chef so verkaufen, dass ich den Fall zwar gelöst habe, ihm aber nicht sagen kann, um wen es sich handelt. Erst, wenn ich das schaffe, werde ich mich um Ihre Anfrage kümmern können."

Lupita schmunzelte. „Na, das ist doch relativ simpel. Es gibt eine gute Strategie, wie Sie Ihren Chef dazu bringen können, den Fall als gelöst zu betrachten, ohne dass Sie ihm Mary Skeltons Identität offenbaren müssen.“

Daniel sah sie skeptisch an. „Ach wirklich?“

Lupita zwinkerte ihm zu. „Herr Doktor, hören Sie mir mal genau zu.“

Adam

„Ich kann nicht mehr", wollte Adam Sinclair brüllen, doch der Knebel in seinem Mund verwandelte den Verzweiflungsschrei in ein dumpfes Stöhnen.

Er lag auf dem Boden. Es war dunkel. Vom Gang aus drang nur ein schwaches Licht zwischen den Gitterstäben hindurch. Seine Zelle musste früher einmal eine Pferdebox gewesen sein, zumindest roch sie so.

Adam wusste nicht, wie lange er schon hier lag. Er hatte jegliches Zeitgefühl verloren. *Waren es nur ein paar Tage oder schon eine Woche?* Ein Dutzend Mal war ein breitschultriger, maskierter Kerl zu ihm gekommen, hatte seinen Knebel aus dem Mund gelöst und ihm erlaubt, über einen Strohhalm etwas Wasser zu trinken und danach Flüssignahrung aufzunehmen. Der zähflüssige Brei hatte nach Schokolade geschmeckt und Adam hatte sich überwinden müssen, nicht alles gleich wieder hochzuwürgen. Er hatte versucht, mit der Person zu sprechen, doch diese hatte ihn daraufhin auf die Nase geschlagen und der unerträgliche Schmerz war erneut aufgeflammt. Beim zweiten Mal hatte er geschwiegen.

Nun hörte er wieder Schritte draußen auf dem Gang. Ihm wurde heiß und kalt. *Was hatte das zu bedeuten? Würde er nur wieder trinken und essen dürfen? Oder holte sein Peiniger ihn, um ihm die besonderen Qualen zu bereiten, die er ihm in Aussicht gestellt hatte?*

Der breitschultrige, maskierte Kerl betrat die Zelle und packte ihn an den gefesselten Händen. Adam wehrte sich nicht, sondern hoffte nur, dass der Schmerz in seinen verdrehten Gelenken bald nachlassen würde. Der Entführer schleifte ihn einen dämmrigen Flur entlang und hinein in den Raum, in dem er seinem Peiniger zum ersten Mal begegnet war. Der Maskierte wuchtete Sinclairs Körper auf den Stuhl, löste die Handfesseln und den Knebel und zog sich in eine dunklere Ecke zurück.

Adam rieb sich die Handgelenke. Seine Finger kribbelten so intensiv, dass es schmerzte, als das Blut in sie zurückkehrte. Nun entdeckte er auf einem Tisch, der vor seinem Sitzplatz aufgebaut worden war, einen aufgeklappten Laptop. Er sah den Mann im Schatten an, doch dieser regte sich nicht. Dann fiel sein Blick auf den Bildschirm, auf dem ein Textverarbeitungsprogramm geöffnet war. Dort stand:

Wollen Sie das hier überleben? Dann müssen Sie eine Aufgabe erfüllen, die all Ihr Können erfordern wird. Ich gebe Ihnen eine Woche Zeit, um einen dreihundertseitigen Krimi zu schreiben. Wenn es Ihnen gelingt, ein Manuskript zu verfassen, bei dem ich es nicht schaffe, den Täter bis zur Seite 298 zu erraten, lasse ich Sie frei.

Adam schluckte nervös. *Ein Krimi? Eine Woche?*

„Das ist zu wenig Zeit!", rief er.

Auf der linken oberen Ecke des Bildschirms erschien nun ein Countdown.

167:59:50.

Adams Herz raste. Er sah die sich stetig verändernden Zahlen an. Es half nichts, wenn er protestierte, dann würde er nur noch mehr Zeit vergeuden. Ein Krimi?

Das war nicht ganz sein Genre, aber wie man einen Bestseller schrieb, wusste er. Er atmete tief durch und legte die Finger auf die Tastatur.

Daniel

Daniel klopfte an die Tür des Büros. Das Glas gab einen singenden Ton von sich, ganz anders als den, den er von Holztüren her gewohnt war. Das Material hatte einen weiteren Vorteil, er musste nicht abwarten, bis jemand ihn hereinrief. Helligan sah von seinem Schreibtisch auf und nickte ihm zu.

Daniel hatte bereits vermutet, dass er von seinem Fenster aus den spektakulärsten Blick auf London hatte, natürlich hatte sich sein Chef das Büro mit der besten Aussicht gesichert. Zu seinen Füßen pulsierte die Großstadt, im Hintergrund zeichnete sich die Silhouette der St. Pauls Cathedral ab, in der Ferne konnte man die Themse sehen, das London Eye und auch das Parlamentsgebäude mit dem Big Ben. In die andere Richtung schweifte der Blick über den Tower samt Brücke bis zu den östlichen Vorstädten und den Schleifen, in denen sich der große Fluss zum Meer schleppte und ganz in der Ferne meinte Daniel sogar das Glitzern der Wellen sehen zu können.

„Was gibt es?", fragte Helligan.

„Ich habe den Auftrag ausgeführt und die Person gefunden, die unseren Kunden in die Falle gelockt hat."

Eine Augenbraue des CEOs wanderte nach oben. „Das ging aber flott. Glückwunsch. Geben Sie die Daten der Person an unseren Sicherheitsdienst weiter, der kümmert sich um den Rest."

Daniel runzelte die Stirn. „An den Sicherheitsdienst? Warum nicht an die Polizei?"

„Mr. Nupret will nicht, dass die Polizei ihre Nase in unsere Angelegenheiten steckt. Wir könnten den Nutzer wegen Verstoßes gegen unsere Datenschutzrichtlinien anzeigen, aber das würde vor allem eines erzeugen: Schlechte Presse. Und Timothy hasst nichts so sehr wie schlechte Presse."

„Oder Persönlichkeitspsychologen", sagte Daniel trocken.

Helligan sah ihn an und seufzte. „Sorry, das war nicht fair. Aber ich musste verhindern, dass Sie ausplaudern, warum ich Sie wirklich eingestellt habe. Ich kenne Timothy seit Studienzeiten. Schon damals konnte er mit Hindernissen nur schwer umgehen. Für ihn gab und gibt es nur eine Richtung: Nach vorne. Und die Systeme, die er erschafft, müssen daher perfekt sein. Das gilt auch für IQ-VE. Nupret weiß nichts von unserem Problem mit den Honeytrappern. Er geht davon aus, dass die von ihm ersonnenen Zugangsbeschränkungen jeglichen Missbrauch verhindern. Ich lasse ihm diese Illusion, es hat keinen Sinn, sich deswegen mit ihm anzulegen. Deshalb handhaben wir Fehler im System immer äußerst diskret."

„Und deshalb gibt es Abteilungen wie meine", murmelte Daniel, dem nun so einiges klar wurde.

„Ganz genau. Ich bevorzuge es, manche Dinge auf die altmodische Art und Weise zu regeln. Timothy ist ein Verfechter des Digitalen. Wenn es nach ihm ginge, würde die KI, die seine Spezialisten programmiert haben, bei IQ-VE das Matching übernehmen und über kurz oder lang auch die Eingangstests ersetzen. Bislang konnte ich das verhindern. Unsere Nutzer sind Menschen aus Fleisch und Blut. Es widerstrebt mir zutiefst, ihr Liebesglück von einer KI entscheiden zu lassen. Das Leben ist kompliziert, es besteht nicht nur aus Einsen und Nullen. Deswegen gibt es Ihre Abteilung und auch den Sicherheitsdienst. Womit wir wieder beim Thema wären. Leiten Sie denen die Daten dieses Honeytrappers weiter. Die regeln das effektiv und diskret."

Daniel leckte sich mit der Zunge über die Oberlippe.

„Nein, deswegen bin ich ja hier bei Ihnen. Ich denke nicht, dass es sinnvoll ist, die Person der Polizei oder dem Sicherheitsdienst zu übergeben."

Nun wanderte auch die andere Augenbraue nach oben, sodass sich Helligans Stirn in Falten legte. „Es liegt nicht an Ihnen, das zu entscheiden. Wir haben ganz klare Richtlinien. Wer gegen unsere Datenschutzvereinbarung verstößt, bekommt es mit dem Sicherheitsdienst zu tun. Fertig aus."

Daniel nickte. „Das ist mir schon bewusst. Aber ich habe einen alternativen Vorschlag, der uns mehr von Nutzen sein könnte."

Helligan lehnte sich zurück und musterte Daniel. „Wissen Sie, eigentlich mag ich es überhaupt nicht, wenn Mitarbeiter selber denken. Ich habe viel Zeit investiert, um unsere Abläufe und unser Qualitätsmanagement so wasserdicht zu machen, dass jeder sich an das halten kann, was ihm gesagt wird. So handhabe ich das auch. Ich stelle mich niemals gegen Nupret. Er sagt, ich handele. Dann gebe ich es weiter und auf jeder Ebene werden die Anweisungen umgesetzt. So hat es bislang reibungslos funktioniert. Und jetzt kommen Sie und wollen Ihr eigenes Ding machen?"

Daniel schluckte. „Ich dachte, Sie haben mich eingestellt, weil Sie jemanden brauchen, der über ein anderes Mindset verfügt? Ich bin Persönlichkeitspsychologe. Und immer, wenn ich auf eine interessante Persönlichkeit stoße, frage ich mich, in welcher Umge-
bung diese sich am wohlsten fühlt. Die Frau, die den
Kommunalpolitiker in die Falle gelockt hat, ist eine
sehr interessante Persönlichkeit. Wir könnten ihr Potenzial nutzen. Aber dafür dürfen wir sie nicht unserem Sicherheitsdienst ausliefern. Da würden wir Per-
len vor die Säue werfen.“

„Von welchem Potenzial sprechen Sie?“, fragte der
Chef.

„Ich will nicht schlecht über meine Kollegen reden.
Paul und Chris sind sicher fähige Informatiker. Aber
ich denke, ihre Bitte, dass jemand mit persönlichkeitspsychologischer Expertise hier unterstützt, war durchaus gerechtfertigt. Sie sind mit der Aufgabe überfordert, Motive und Verhaltensweisen von Menschen zu
analysieren. Das kann ich hingegen sehr gut. Die Person, die Mr. Miller in die Falle gelockt hat, hat ein na-
türliches Gespür dafür, wie man Menschen manipulieren kann.“

„Und wie wollen Sie das für uns nutzen?“

„Ich würde ihr gerne eine Stelle als freie Mitarbeiterin
anbieten. Sie kann die Seiten wechseln. Ich habe ihr
klargemacht, dass wir in der Lage sind, ihre Existenz zu
vernichten. Sie wurde sehr kleinlaut und ich bin überzeugt davon, dass wir in ihr eine loyale Mitarbeiterin
gewinnen können, die uns dabei helfen kann, weitere
Betrüger rasch ausfindig zu machen und auszuschal-
ten.“

„Dafür habe ich doch eigentlich Sie eingestellt."

Daniel nickte. „Ja, und ich komme dieser Aufgabe auch nach. Wie Sie gesehen haben, habe ich meinen ersten Auftrag innerhalb von drei Tagen erledigt. Aber es ist immer hilfreich, wenn man jemanden in Reserve hat, der sich in den Kopf eines Erpressers hineinversetzen kann. Die Person, die ich gefunden habe, kann das. Sie hat selbst andere manipuliert, sie kennt also die Regeln. So können wir viel schneller, viel effektiver und vor allem viel diskreter arbeiten. Mr. Nupret wird nie mehr von irgendwelchen Betrügern bei IQ-VE erfahren, weil wir jede Bedrohung ausschalten, sobald sie auftaucht."

Helligan fuhr sich mit der Hand über die Stirn. Er wirkte noch immer nicht vollständig überzeugt, auch wenn seine Augen bei Daniels letztem Satz kurz aufgeblitzt waren.

„Wie wäre es denn, wenn wir eine Art Probelauf machen?", sagte er schließlich. „Sie geben der Frau einen Auftrag und wir sehen, wie sie damit zurechtkommt."

Daniel spürte, wie eine Last von ihm abfiel. „Das ist eine sehr gute Idee. Ich werde mich gleich mit Paul und Chris besprechen und einen der kniffligeren Fälle auswählen."

Helligan nickte. „Gut. Dann mache ich eine Ausnahme. Aber Ihnen muss klar sein, dass die Sache ein Erfolg werden muss. Ich setze der Frau eine Frist. Sie muss den Fall ebenfalls innerhalb von drei Tagen lösen. Wenn ihr das nicht gelingt, werden wir sie anzeigen. Und dann wird tatsächlich das geschehen, was sie ihr angekündigt haben. Wir werden ihre Existenz vernichten. Und zwar so gründlich, dass sich nicht einmal ihrer Familie mehr an sie erinnern wird."

Daniel verabschiedete sich und ging hinaus. Er spürte den Impuls, sich an die Wand zu lehnen und tief durchzuatmen, aber aufgrund der Glaswände war das hier nicht möglich. Deshalb kehrte er zu seinem Büro zurück und setzte sich an den Schreibtisch. Er fuhr seinen Computer hoch und öffnete die Übersicht über die gemeldeten Betrugsfälle. Dann zückte er sein Notizbuch und schlug die Seite auf, auf der er die Nummer von Mary notiert hatte. Er nahm das ebenfalls gläserne Telefon vom Hörer und wählte. Bereits beim zweiten Läuten hob sie ab.

„Wie ist es gelaufen?", fragte sie.

„Gut. Allerdings nicht so gut, wie ich gehofft hatte."

„Was soll das heißen?" Ihre Stimme zitterte leicht.

„Das soll heißen, dass Sie auf Bewährung sind. Mein Chef hat mir zugestanden, dass ich Ihnen einen Fall anbieten kann, den Sie innerhalb von drei Tagen lösen müssen."

Er hörte einen tiefen Atemzug in der Leitung. Dann sagte Mary: „Gut, bis Montag. Das sollte machbar sein. Worum handelt es sich denn?"

Daniel sah sich die Übersicht an. Aktuell gab es sieben Betrugsmeldungen. Er hatte dem Chef gesagt, dass er einen kniffligen Fall auswählen wolle. Auf den ersten Blick ließ sich nicht unbedingt entscheiden, wie komplex die Sachlage tatsächlich war. Deshalb entschied er sich für die Beschwerde, die ihm am dringendsten erschien. Ein Sternekoch wurde mit pikanten Bildern erpresst, die er einem Kontakt über der Plattform geschickt hatte. Daniel seufzte. *Wie dumm konnte man sein?*

„Kennen Sie Christopher Maloney?", fragte er.

„Den Koch? Der hat eine Show auf Channel 4. Klar kenne ich den. Als meine Depression ganz schlimm war, habe ich den ganzen Tag nur Garten- und Kochsendungen geschaut."

„Ein Nutzer namens Playwithme26 hat dem Mann vorgegaukelt, eine heiße Affäre mit ihm beginnen zu wollen, woraufhin Maloney ihm pikante Fotos von sich geschickt hat. Ich möchte, dass Sie Playwithme26 für mich identifizieren. Wie Sie das bewerkstelligen, ist Ihre Sache. Sie können Ihren Account nutzen, mehr Unterstützung kann ich Ihnen leider nicht geben."

„Okay, ich werde es versuchen. Und ... danke für Ihre Hilfe."

Daniel wollte etwas erwidern, doch sie hatte bereits aufgelegt. Er beschloss aber, dass er sein Versprechen einlösen und sich um die beiden Vermissten kümmern würde, die Lupita erwähnt hatte. Dazu öffnete er den internen Zugang zum Netzwerk. Dort konnte er auf eine Art Suchmaske zugreifen. Er gab den Benutzernamen des Spieledesigners ein und konnte daraufhin sein Profil einsehen. Er klickte auf die Nachrichten, doch die Inbox ließ sich nicht öffnen. Die mit anderen Nutzern ausgetauschten Inhalte waren unter Verschluss. Natürlich, der Datenschutz. Links neben dem Profilbild waren einige Optionen aufgelistet, die wohl nur für interne Mitarbeiter interessant waren. Am Wichtigsten erschien ihm hier der Punkt Nutzungsverlauf. Er öffnete ihn und sah nun, wann sich der Mann eingeloggt hatte, und mit welchen Nutzern er gechattet hatte. Daniel spürte, dass sein Herz ein wenig schneller schlug. Er scrollte ans Ende der Liste. Der letzte Kontakt, mit dem sich der vermisste Spieledesigner ausgetauscht hatte, war eine Nutzerin namens Tryharder27 gewesen.

Lupita

Lupita klopfte an die Tür des Chiefs. Wieder sah sie, wie er sein Handy schnell weglegte, als sie eintrat. Doch es war ihr inzwischen gleichgültig, was Noble tat … ob er arbeitete oder sich anderweitig vergnügte. Ihrer Meinung nach war er als Vorgesetzter ohnehin nutzlos.

„Haben Sie die Anzeige aufgenommen?", fragte der Chief.

Lupita nickte. „Ja, Mr. Miller wird seinen Anwalt damit beauftragen, gegen die Nutzerin bei IQ-VE eine Zivilklage wegen Schadenersatzes einzureichen. Sie hat eindeutig gegen die Datenschutzrichtlinien verstoßen und wenn er Recht bekommt, muss sie ihm wohl einen Teil seiner Scheidungskosten bezahlen."

Der Chief grinste. „Tja, dann ist das wohl nach hinten losgegangen. Das kommt davon, wenn man sich in die Angelegenheiten anderer Leute einmischt."

Lupita spürte, wie ihr Ärger hochzukochen begann. Das war ja klar, eine Krähe hackt der anderen kein Auge aus. Nun hätte sie doch große Lust gehabt, zu überprüfen, was der Chief die ganze Zeit mit seinem Handy schrieb. Und vor allem mit wem. Vielleicht würde seine Frau das ebenfalls interessieren. Lupita atmete tief durch und schob ihre Wut beiseite.

„Ich glaube nicht, dass die Klage erfolgreich sein wird. IQ-VE wird die Daten nicht herausrücken. Die Nutzerin wird anonym bleiben. Daran wird auch die Strafverfolgung unsererseits scheitern.“

„Haben Sie mit denen schon gesprochen?“

„Ja, ich hatte das Glück, den Mitarbeiter ans Telefon zu bekommen, der intern in diesen Fällen ermittelt. Die haben offenbar eine Art eigene Abteilung, die sich mit Betrügern in dem Netzwerk befasst. Der Mann war sehr nett, er hat sich aber geweigert, mir zu helfen, eben mit Bezug auf jene Datenschutzrichtlinien, die die Nutzerin oder der Nutzer, ich weiß ja nicht, ob es ein Mann oder eine Frau war, gebrochen hat.“

Der Chief schüttelte den Kopf. „In was für einer Welt leben wir eigentlich? Das ist ja ironisch. Na ja, es erspart uns schon einiges an Arbeit. Ich würde vorschlagen, dass Sie dem zuständigen Staatsanwalt schreiben, dass wir vorschlagen, den Fall zu den Akten zu legen. Der Aufwand, den wir betreiben müssten, um diese Plattform dazu zu bringen, uns die Identität dieser Erpresserin offenzulegen, würde sich nicht rechnen.“

Lupita lachte sich innerlich ins Fäustchen. Genau das hatte sie sich erhofft. So konnte sie Mary Skelton schützen, da die Anklagebehörde aller Wahrscheinlichkeit nach ihrer Empfehlung folgen würde, wodurch es keine Aufforderung an IQ-VE geben würde, ihre Identität offenzulegen. Dadurch konnte der Anwalt des Klägers im Zivilprozess nicht auf die Daten zugreifen, weswegen dieser im Sande verlaufen würde. Sie musste an Mary denken, die in Tränen aufgelöst und verzweifelt gewesen war, weil sie sich in ihrer Existenz bedroht gesehen hatte. Lupita hatte ein gutes Werk getan und das fühlte sich großartig an.

Sie nickte dem Chief zu und ging hinaus in den Empfangsraum. Pete hatte sich krankgemeldet. Wahrscheinlich hatte ihn eine Sommergrippe erwischt oder ein Anflug akuter Unlust. Die restlichen beiden Kollegen des Reviers waren auf Streife unterwegs und so war sie allein am Empfangsbereich. Sie hatte den Bericht über den Erpressungsfall schon geschrieben und keine dringenden Aufgaben mehr. Als auch nach zehn Minuten des Abwartens weder ein Anruf noch ein Passant ihre Aufmerksamkeit erfordert hatte, beschloss sie, weiter zu den beiden Vermissten zu recherchieren.

Sie loggte sich in den PC ein und rief eine Suchmaschine auf, um dort den Namen des Spieledesigners einzugeben. Ihr Blick fiel jedoch auf eine Schlagzeile, die auf einem Laufband am oberen Bildrand zu lesen war:

Grausamer Fund in der Post. Vermisster Rapper tot?

Sie spürte, wie ihr Mund trocken wurde. Es war das Wort *vermisst*, das diese Reaktion bei ihr hervorrief. Sie klickte auf die Schlagzeile und wurde zu einem kurzen Bericht weitergeleitet.

Schockfund in der Morgenpost – wie die Polizei in Manchester inzwischen bestätigte, fand die geschiedene Ehefrau des seit vier Wochen vermissten Rappers Malcolm Sinnwell aka Crazy Mac gestern Vormittag in ihrer Post abgetrennte Körperteile vor. Laut einer Quelle bei der Kripo befand sich eine menschliche Zunge in dem Paket. Zum Absender ist noch nichts bekannt ebenso zu der

Lupita wischte sich den Schweiß von der Stirn. Was für eine kranke Geschichte! Und dann kam ihr ein Gedanke, der ihr einen kalten Schauer den Rücken hinunterlaufen ließ. *War es möglich, dass es einen Zusammenhang mit der Entführung des Schriftstellers und des Spieledesigners gab?*

Sie sah wieder zu der Tür, hinter der ihr Chief mit seinem Handy spielte. *Konnte sie es wagen, Daniel Merton anzurufen?* Sie durfte natürlich nicht das Diensttelefon der Station benutzen. Das war zu riskant. Stattdessen holte sie ihr Handy aus der Tasche.

Daniel nahm bereits beim ersten Läuten ab.

„Hallo, ich hätte nicht gedacht, dass ich schon so schnell von Ihnen höre", sagte er.

„Was haben Sie denn gedacht, wie viel Zeit ich mir lasse? Die haben wir schließlich nicht. Wenn es sich wirklich um einen Entführer handelt, müssen wir schnell handeln. Und das habe ich getan. Ich bin auf einen weiteren Vermisstenfall gestoßen. Ein Rapper, Malcolm Sinnwell. Seine Frau hat gestern eine abgeschnittene Zunge in ihrer Post gefunden."

„Wie bitte?" Daniel klang ehrlich schockiert.

„Haben Sie schon herausgefunden, ob der Spieledesigner Mitglied bei IQ-VE ist?"

„Ja, das ist er. Und ich konnte auch herausfinden, dass er Kontakt mit einem Profil mit dem Alias Tryharder27 hatte.“

Lupita hielt den Atem an. „Das ist nicht wahr, oder?“

„Doch. Und ich vermute, dass ich nun auch überprüfen soll, ob dieser Rapper bei uns registriert ist und mit Tryharder27 gechattet hat?“

„Dafür wäre ich Ihnen äußerst dankbar. Denn dann haben wir nicht nur ein klares Indiz dafür, dass die Vermisstenfälle zusammenhängen, sondern durch den Fund der Zunge kann mein Vorgesetzter das auch nicht mehr ignorieren.“

„Okay, ich sehe nach und melde mich dann wieder bei Ihnen.“

Lupita lehnte sich auf ihrem Schreibtischstuhl zurück und sah auf den Bildschirm. In diesem Moment knackte das Funkgerät neben ihr. Die Streifenwagen-Besatzung.

„Zentrale bitte kommen“, sagte Oscar, der Kollege, den sie am liebsten mochte. Warum konnte sie nicht mit ihm ein Team bilden? Sie mochte ihn viel lieber als Pete.

„Hier Zentrale, was gibt es?“, fragte Lupita.

„Wir haben ein Fahrrad gefunden. Das heißt nicht wir, sondern ein Jogger. Etwa zwei Meilen den Strand hinunter bei Porthleven Lakes in einem Gebüsch. Vermisst ihr nicht das Fahrrad dieses Typen, der sich neulich umgebracht hat? Dieser Schriftsteller?“

Lupita spürte, wie ihr Herz schneller schlug. „Beschreibe mir das Fahrrad bitte“, forderte sie Oscar auf.

„Es sieht recht teuer aus. Der Rahmen ist in einem dunklen Grün gestrichen. Dadurch war das Fahrrad im

Gebüsch auch nur schwer zu entdecken. Ich weiß nicht, wie der Jogger es gefunden hat. Ich hätte das nie gesehen vom Strand aus. Na ja, die Reifen sind intakt, es hat einundzwanzig Gänge, es ist kein Pedelec und in den Rahmen ist eine Nummer eingraviert."

Er gab ihr die Zahlen durch.

„Könnt ihr das Fahrrad mitbringen?", fragte sie.

Oscar stöhnte. „Keine Ahnung, wie wir das Teil einladen sollen, aber ich werde es versuchen. Over and Out."

Lupita öffnete die Seite der nationalen Fahrradagentur und gab die Seriennummer in die Suchmaske ein. Das Rad war auf Adam Sinclair registriert. Wer auch immer ihn entführt hatte, hatte das Fahrrad ganz bewusst am Strand versteckt. Es sollte ein weiteres Indiz für seinen Suizid sein. Die Polizei sollte glauben, dass der Schriftsteller seinen Geldbeutel und seine Brieftasche am Hafen abgelegt hatte und dann mit dem Fahrrad den Strand hinuntergefahren war, um sich einen geeigneten Ort zu suchen, von dem aus er in die Wellen gehen konnte. Gut, vielleicht war genau das passiert. Natürlich war es grundsätzlich möglich, dass es sich um einen Suizid handelte. Möglich, in Hinblick auf die beiden anderen Vermisstenfälle aber zunehmend unwahrscheinlicher. Lupita sah auf ihr Handy. Hoffentlich rief Daniel bald an. Sie musste unbedingt Klarheit gewinnen.

Daniel

Daniel lehnte sich zurück und betrachtete das Profilbild von Crazy Mac. Der Mann sah aus, wie er sich einen Rapper vorstellte. Sein nackter Oberkörper war mit Tattoos tapeziert und in seiner rechten Hand hielt er einen Joint, von dem eine feine Rauchsäule aufstieg. Daniel griff zu seinem Telefon und rief Lupita an.

„Und, wie sieht es aus?", fragte sie. Sie klang atemlos und aufgeregt. Er konnte es ihr nicht verdenken. Für sie war der Fall extrem wichtig.

„Malcolm Sinwell ist tatsächlich Mitglied bei IQ-VE und er hatte Kontakt mit Tryharder27. Mehr kann ich leider nicht für Sie tun", sagte Daniel. „Ich kann nicht auf die ausgetauschten Nachrichten zugreifen. So weit reicht meine Freigabe nicht."

„Sie haben schon mehr für mich getan, als Sie eigentlich hätten tun müssen. Ich werde mir jetzt einmal die Profile der drei Männer in der Vermisstendatenbank ansehen und versuchen, herauszufinden, welche Gemeinsamkeiten sie haben. Dürfte ich mich dann noch einmal bei Ihnen melden?"

Daniel schloss kurz die Augen. Warum eigentlich nicht? Er hatte sich schon tief genug in diesen Kaninchenbau hineinbegeben. Wenn er die Polizistin bei ihren Ermittlungen unterstützen konnte, konnte doch niemand etwas dagegen haben, oder? Irgendwann würde er das Helligan beichten müssen, aber das lag noch relativ weit in der Zukunft, worüber Daniel froh war. Er hatte nämlich eine gehörige Portion Respekt vor seinem Chef. Mit Helligan war ganz sicher nicht gut Kirschen essen.

„Ja, melden Sie sich ruhig. Wie gesagt, ich kann zunächst erst einmal nichts mehr tun, aber wenn Sie mehr wissen, können wir gern noch einmal telefonieren."

„Wie ist es denn mit Mary Skelton gelaufen?"

Unwillkürlich breitete sich ein Lächeln auf Daniels Gesicht aus. „Ich habe sie als Mitarbeiterin gewinnen können. Zwar nicht ganz freiwillig, aber die Alternative erschien ihr doch nicht so attraktiv. Außerdem habe ich es geschafft, dass ich meinem Chef nicht ihren Namen nennen musste. Es wird also keine weiteren Ermittlungen gegen sie geben. Danke für den Tipp."

„Das ist gut, von unserer Seite aus werden wir auch nicht mehr weiter ermitteln. Es ist manchmal von Vorteil, dass mein Chef gern auf der faulen Haut liegt. Ein Rechtsstreit mit IQ-VE, war das Letzte, was er wollte. Deshalb haben wir dem Staatsanwalt empfohlen, zumindest die strafrechtlichen Ermittlungen auf Eis zu legen. Die zivilrechtlichen Klagen muss Mary wahrscheinlich auch nicht fürchten."

„Dann kann ich ihr die gute Nachricht gleich selbst überbringen", sagte er.

„Richten Sie ihr bitte schöne Grüße aus", sagte Lupita. Sie legte auf.

Daniel griff nach seinem stationären Telefon. Das folgende Gespräch konnte er offiziell führen. Er hatte Mary trotzdem geraten, ein Prepaid-Handy zu verwenden, damit ihre Handynummer nicht zurückverfolgbar war. Man konnte schließlich nie wissen. Wenn Finn Helligan seine Meinung doch noch änderte und sie durch den Sicherheitsdienst verfolgen ließ, wollte er kein Unheil über die Frau bringen.

Mary meldete sich bereits nach dem ersten Klingeln.

„Ich bin bereit, was haben Sie für mich?", sagte sie.

„Zuerst einmal habe ich eine weitere gute Nachricht für Sie", sagte Daniel. „So, wie es aussieht, werden auch die polizeilichen Ermittlungen gegen Sie eingestellt. Das hat mir Officer Mugabo eben mitgeteilt."

Er hörte einen tiefen Atemzug.

„Danke", sagte sie. „Ich kann Ihnen gar nicht sagen, wie froh ich bin."

„Das freut mich", sagte Daniel.

Es entstand eine kleine Pause, dann sagte Mary: „Wollen wir?"

„Ah, ja klar. Also, haben Sie sich schon ein wenig Gedanken darüber gemacht, wie wir diesen Dickpic-Erpresser schnappen könnten?"

„Sie haben mir ja den Benutzernamen gegeben. Ich habe mir das offiziell zugängliche Profil ein wenig angeschaut und würde meinen eigenen Auftritt nun so anpassen, dass ich in sein Beuteschema falle. Das ist ja das Schöne an IQ-VE. Wenn man einmal einen Zugang hat, kann man ihn auch flexibel nutzen. Ich wusste von Ihnen, dass das Opfer zwischen fünfzig und sechzig Jahre alt war, und bin daher davon ausgegangen, dass unsere Zielperson auf der Jagd nach zahlungskräftigen Männern in diesem Alter ist, die auf der Suche nach einer Affäre sind. Ich hatte mich damals ja nicht auf bestimmte Altersgruppen beschränkt. Mir ging es tatsächlich nur um verheiratete Männer. Dieser Person scheint der Familienstand egal zu sein. Es geht vor allem darum, reichen Männern eine Heidenangst einzujagen, dass pikante Bilder veröffentlicht werden könnten. Ich habe vor, mich als erfolgreicher Geschäftsmann ausgeben. Meinen Sie, Ihre Mitbewohnerin könnte mir dafür wieder eine Online-Identität anlegen, so wie bei dem Profil, das Sie benutzt haben, um mich in die Falle zu locken?"

„Ich werde sie fragen, vermute aber, dass sie nichts dagegen haben wird. So langsam sollte ich mir überlegen, ob ich Sasha nicht offiziell in unser Team hole."

„Ich bin im Team? So sehen Sie das?"

„Für mich sind Sie mehr Team als meine beiden Mitarbeiter. Das sind zwei Informatiker, die zwar von Zahlen eine Ahnung haben, aber nicht von Menschen."

Am anderen Ende der Leitung ertönte ein glockenhelles Lachen, das Daniel überraschte.

„Nun, dann lassen Sie uns mal weitermachen. Ich werde mich als dieser Industrielle ausgegeben. Ich würde ihn so anlegen, dass er zwar nicht verheiratet ist, auf Facebook aber ankündigt, für ein politisches Amt kandidieren zu wollen. Das macht ihn erpressbar."

Daniel nickte. „Das klingt vielversprechend. Es ist zwar mit einiger Arbeit für Sasha verbunden, aber als Köder ist das perfekt."

„Danke", sagte Mary.

„Was haben Sie vor, wenn Sie einen Kontakt hergestellt haben?"

„Ich werde versuchen, sehr rasch auf mögliche Avancen der Zielperson einzugehen. Meinen Sie, Sasha könnte mir auch ein paar anzügliche Bilder bereitstellen?"

„Ich denke, dass das ihre leichteste Übung werden wird", sagte Daniel.

„Gut, ich werde also möglichst früh Bilder schicken und hoffe auf eine zeitnahe Erpressung."

Daniel lachte. „Das klingt wirklich schräg. Gut, dass uns niemand zuhört."

„Das können Sie laut sagen. Was geschieht, wenn wir die Erpressung nachgewiesen haben? Können Sie nicht herausfinden, wer dieser Nutzer ist? Es müsste doch ein Leichtes sein, über die Nutzerdatenbank an seine Adresse zu kommen."

Daniel seufzte. „Ich kann es noch einmal bei Helligan probieren, aber ich befürchte, dass der mich wieder abblitzen lässt. Wie gesagt, der Datenschutz ist die heilige Kuh von IQ-VE."

„Gut, dann warte ich auf Ihren Anruf."

Sie beendete das Gespräch und Daniel erhob sich. Zum zweiten Mal an diesem Tag begab er sich in Richtung des Büros seines Chefs. Dieser sah ihn schon von Weitem kommen und winkte ihn herein, ehe er anklopfen konnte.

„Was haben Sie für mich?", fragte er.

„Meine neue Mitarbeiterin wird den Nutzer, der den Koch wegen der Nacktfotos erpresst, dazu bringen, ebenfalls pikante Bilder von ihr zu verlangen. Ich habe grünes Licht gegeben, dass sie ihm Pornofotos aus dem Internet zuschickt. Wenn der Nutzer, den wir im Visier haben, mithilfe dieser Bilder einen Erpressungsversuch unternimmt, haben wir seine Schuld bewiesen."

„Dann wissen Sie aber immer noch nicht, wer dieser Nutzer ist."

„Wir nicht. Aber Sie könnten es doch leicht herausfinden."

Helligan verdrehte die Augen. „Sie sind so eine Nervensäge! Es ist das letzte Mal, dass ich Ihnen das erkläre. Wir werden keine Daten, die wir über Nutzer gespeichert haben, gegen sie einsetzen, selbst wenn jemand IQ-VE dazu benutzt, die Kronjuwelen zu stehlen. Das Wichtigste an unserer Plattform ist der Datenschutz. Punkt aus."

Daniel seufzte. „Einmal angenommen, ich finde heraus, um wen es sich handelt. Was passiert dann? Soll ich die Daten an den Sicherheitsdienst weiterleiten? An wen muss ich mich dafür wenden?"

Helligan schmunzelte. „Haben Sie Laura Wickham schon kennengelernt, Timothys Sicherheitschefin?"

„War das die Frau mit den kurzen blonden Haaren, die Mr. Nupret neulich begleitet hat?"

Helligan nickte. „Ja, sie ist dafür zuständig, Bedrohungen gegen Mr. Nuprets Firmenimperium abzuschmettern. Mit allen Mitteln, wenn Sie verstehen, was ich meine. Sie ist so gut darin, Fehler auszumerzen, dass Timothy gar nicht mitbekommt, dass etwas schiefgelaufen ist."

Daniel schluckte. Dann kam ihm ein Gedanke.

„Könnte ich mich auch schon früher an Mrs. Wickham wenden? Beispielsweise, wenn wir einen Plan haben, wie wir den Erpresser überführen können?"

Helligan runzelte die Stirn. „Ich werde ungern übergangen. Aber wenn die Datenschutzvorgaben nicht gebrochen werden und die Erpressungen aufhören, ist das okay für mich."

Daniel verabschiedete sich und ging zurück zu seinem Büro. Ein Plan begann, sich in seinem Geist zu regen. Er musste ihn mit Mary besprechen. Und dann würde er diese Laura Wickham anrufen.

Lupita

Lupita griff nach einer weiteren Frühlingsrolle, die sie sich in ihrem Ofen aufgewärmt hatte, und biss hinein. Sie hatte unterschätzt, wie heiß das Gebäck noch war, und öffnete den Mund, um hektisch kühle Luft einzuatmen. Während sie kaute, fluchte sie gleichzeitig leise vor sich hin. Dabei hatte sie erst neulich diesen Achtsamkeitskurs gemacht und sich geschworen, dass sie besser auf sich achten und nicht mehr nur nebenbei essen, sondern bewusst genießen wollte. Nun, das hatte wohl nicht funktioniert.

Nachdem sie den Rest der Frühlingsrolle verspeist hatte, ohne sich zu verbrennen, widmete sie sich den drei Aktenordnern auf ihrem Schreibtisch, einen für jeden der Vermisstenfälle. Sie konnte es drehen und wenden, wie sie wollte. Die Mitgliedschaft bei IQ-VE war der Missing Link gewesen, der die drei Männer miteinander verband. Doch Lupita fiel es schwer, ein darüberhinausgehendes Muster zu erkennen. Die Entführten waren reich und intelligent. Das war die Voraussetzung dafür, dass man bei IQ-VE Mitglied werden konnte. Sie sahen auch alle ziemlich gut aus, soweit Lupita das beurteilen konnte. Aber das lag immer im Auge des Betrachters. Allerdings schien der Entführer nicht auf einen speziellen Typ festgelegt zu sein. Eine weitere Gemeinsamkeit war, dass die Männer Meister in Ihrem jeweiligen Metier waren. Der Schriftsteller,

Adam Sinclair, war einer der umsatzstärksten Fantasy-Autoren der Gegenwart. Malcolm Sinwell, der zweiunddreißigjährige Rapper aus Manchester, wurde als lyrisches Ausnahmetalent gefeiert. Und Nathan Wild, der Spieledesigner hatte im vergangenen Jahr einem uralten Spiel wie Monopoly neues Leben eingehaucht und damit Verkaufsrekorde erzielt. Die Männer waren kreativ, sie waren erfolgreich und sie waren bekannt. Erstaunlich, dass ihr Verschwinden nicht mehr in den Medien beachtet wurde.

Lupita hatte ein wenig nachgeforscht. Im Fall des Rappers waren die Kollegen in Manchester zunächst ebenfalls von einem Suizid ausgegangen, weswegen sich die Medienberichterstattung nur sehr zurückhaltend dargestellt hatte, genauso wie bei Adam Sinclair. Das änderte sich gerade, da das Verschwinden des Schriftstellers inzwischen von mehreren Blättern aufgegriffen worden war. Es war ein englandweites Thema, erstaunlicherweise fragten sich die Fans jedoch weniger, wo ihr Idol abgeblieben war, sondern eher, ob Sinclair das letzte Buch seiner Trilogie vorher beendet hatte und wann es erscheinen würde.

Lupita legte ihre Aufzeichnungen beiseite und atmete tief durch. Dass drei Prominente spurlos verschwunden waren, die zuvor alle Kontakt mit demselben Nutzer gehabt hatten, konnte kein Zufall sein. Sie musste den Chief informieren. Andererseits …

Sie griff nach ihrem Handy und rief Daniel an.

„Was gibt es Neues?", fragte er.

Sie schilderte ihm ihre bisherigen Erkenntnisse.

„Gut, damit haben Sie nun wohl ein Muster. Wenn Sie möchten, können Sie mir alles, was Sie zu den vermissten Personen gesammelt haben, zuschicken. Dann kann ich mir das aus persönlichkeitspsychologischer Sicht noch ein bisschen genauer anschauen."

„Wie sieht es denn nun mit dem Zugriff auf die Daten von IQ-VE aus? Das wäre sehr hilfreich. Wir müssen vor allem wissen, wer sich hinter dem Alias Tryharder27 verbirgt."

Sie hörte ein Seufzen am anderen Ende der Leitung. „Mein Chef weicht leider keinen Millimeter von seiner Linie ab. Ich werde keinen Zugriff auf die Kommunikation der Benutzer untereinander, geschweige denn auf die Identität einzelner Nutzer bekommen. Das müssen Sie also auf eine andere Art und Weise herausfinden."

Lupita spürte, wie sich die Enttäuschung in ihrer Magengrube ausbreitete. „Aber wie soll ich das bewerkstelligen? Meine Mittel sind begrenzt. Ich kann nicht in drei Fällen gleichzeitig ermitteln."

„Dann müssen Sie wohl doch in den sauren Apfel beißen und eine übergeordnete Stelle informieren. Sie haben klare Indizien dafür, dass die Vermisstenfälle zusammenhängen. Gehen Sie zu Ihrem Vorgesetzten und bitten Sie ihn, den Fall weiterzuleiten. Sie haben gute Arbeit geleistet. Nun sind Ermittlungsbehörden am Zug, die über viel weitergehende Ressourcen verfügen als Sie."

Nun war es Lupita, die seufzte. „Sie haben ja recht. Aber ich wäre zu gern weiter an den Ermittlungen beteiligt."

„Sie haben herausgefunden, dass ein Muster vorliegt. Wenn einer oder mehrere der Vermissten noch am Leben sind und diese gerettet werden können, ist das allein Ihr Verdienst. Und das wird es bleiben. Ganz egal, wer dem Entführer am Ende die Handschellen anlegt."

„Trotzdem werde ich dann wohl bei meiner Stelle in Helston bleiben müssen. Ich hatte ehrlich gesagt auf eine Beförderung gehofft."

„Jetzt warten Sie doch einmal ab. Vielleicht kommt es auch ganz anders, als Sie befürchten."

Sie verabschiedeten sich und Lupita legte auf. Dann räumte sie die Papiere zusammen, zog ihre Jacke über und stieg auf ihren Roller. Sie fuhr die halbe Meile von ihrer Wohnung zum Polizeirevier. Es war Nachmittag. Sie hatte die Nachtschicht gehabt, doch viel Schlaf hatte sie nicht bekommen, weil sie über den Daten gebrütet hatte. Sie hoffte, dass der Chief noch da war. Am Tresen stand Pete, der sie mit hochgezogenen Augenbrauen musterte.

„Was machst du denn hier? Ich würde einen großen Bogen um die Station machen, wenn ich frei hätte."

„Du hast ja auch Frau und Kinder, die daheim auf dich warten", sagte Lupita und spürte den Anflug eines schlechten Gewissens, weil sie ihrem Kollegen Salz in die Wunde rieb. Sie wusste, dass seine Ehe unglücklich war und dass seine Kinder Petes Nerven zuletzt arg strapaziert hatten.

Der Kollege verzog das Gesicht. „Jaja, lästere du nur. Was willst du hier?"

„Ich muss etwas mit dem Chief bereden. Ist er da?"

Pete nickte. „Aber klopf vorher an, dann kann er sein Handy schnell verstecken."

Lupita grinste. Sie ging zu der Tür und klopfte, wartete ein paar Sekunden und trat ein. Dieses Mal verpasste sie die Bewegung, entdeckte das Handy aber links neben dem Bildschirm. Der Chief sah sie irritiert an.

„Was machen Sie denn hier? Ich dachte, Sie haben frei?"

Lupita ging auf ihn zu. „Ich habe etwas mit Ihnen zu bereden, und ich befürchte, dass es Ihnen nicht gefallen wird."

Er legte die Stirn in Falten. „Mir gefällt schon nicht, wie Sie das ankündigen. Was haben Sie angestellt?"

Lupita holte tief Luft und begann dann, dem Chief von ihren Ermittlungen zu berichten. Sie ließ einiges aus, unter anderem die Episode mit Mary Skelton, aber als sie fertig war, legte sie die Profile der drei vermissten Männer auf den Tisch. Der Chief starrte eine lange Weile darauf.

„Das ist nicht Ihr Ernst, oder?", fragte er schließlich.

Lupita unterdrückte ein Seufzen. Genau diese Reaktion hatte sie befürchtet. Es war der Satz, den er immer dann ausstieß, wenn er mit etwas konfrontiert wurde, was seinen Erfahrungshorizont überschritt.

„Doch, es ist mein voller Ernst und ich habe genug Indizien. Ich weiß, dass Sie mir geraten haben, die Finger davon zu lassen, aber ich konnte es nicht. Damals war es ein Bauchgefühl. Jetzt weiß ich, dass ich richtig liege. Da draußen ist jemand, der über diese Plattform gezielt Männer anlockt, um sie zu entführen. Ich habe keine Ahnung, was er mit Ihnen anstellt, aber er wird wohl keine Teilnehmer für einen Yogakurs rekrutieren."

„Ich wusste gar nicht, dass Sie zum Sarkasmus neigen."

Lupita unterließ es, ihren Chef darüber aufzuklären, dass Sarkasmus wahrscheinlich der einzige Weg war, wie man eine Zusammenarbeit mit ihm und ihren Kollegen in einem Kaff wie Helston überleben konnte.

„Wir müssen die Erkenntnisse dringend an die übergeordnete Ermittlungseinheit in London weitergeben."

Der Chief lehnte sich zurück und strich sich übers Kinn. „Sie haben doch die Ermittlungsakten aus der nationalen Verbrechensdatenbank ausgedruckt, oder?", fragte er.

Lupita nickte. „Zwei der Personen werden vermisst. Die dritte ist Adam Sinclair, dessen Verschwinden inzwischen als Suizid kategorisiert ist. Aber ich bin überzeugt davon, dass es keiner war. Das will uns dieser Nutzer mit dem Alias Tryharder27 lediglich glauben lassen. Und dass der Ex-Frau des Rappers Körperteile zugeschickt wurden, deutet darauf hin, dass Gefahr für Leib und Leben besteht. Das Ganze ist äußerst dringend!"

Der Chief schüttelte langsam den Kopf und Lupita spürte, wie ihr Mut sank.

„Die übergeordnete Ermittlungseinheit ist ständig damit beschäftigt, Querverbindungen zwischen Fällen zu ermitteln. Das sind hoch bezahlte und bestens ausgebildete Kollegen. Und sie haben die modernste Technik. Wenn die KI von H.O.L.M.E.S. dieses Muster nicht entdeckt hat, dann ist da auch nichts dran."

„Sie glauben mir nicht?"

Er schüttelte den Kopf. „Das hat nichts mit Glauben zu tun, Sie haben mich nicht überzeugt. Was mich jedoch überzeugen würde, wäre, wenn in einigen dieser Fälle bereits Hinweise auf einen Serientäter in der Datenbank vermerkt wären. Ist das so?"

Lupita zögerte, dann schüttelte sie den Kopf. Der Chief nickte. „Na also. Lassen Sie es sein. Schreiben Sie die Akten und genießen Sie Ihren Feierabend. Ich kenne das, manchmal sieht man Muster und ist überzeugt davon, dass man die Welt rettet. Aber das ist in Ihrem Fall nicht so." Er winkte sie hinaus und Lupita fühlte sich wie betäubt. Sie packte ihre Akten zusammen und verließ die Station. Das konnte doch nicht wahr sein, oder?

Daniel

Daniel trat aus der U-Bahn und sah in einiger Entfernung das Nordende der Tower Bridge und daneben die alte Festung, die zwischen all den Hochhäusern wie eine Schildkröte in einem Erdmännchen-Gehege wirkte. Laura Wickham lehnte lässig am Zaun des Burggrabens. Sie trug Jeans und eine Lederjacke über einem weißen Top. Ihre Augen waren hinter einer schwarzen Sonnenbrille verborgen.

Daniel ging auf sie zu und stellte sich neben sie.

„Hallo", sagte er.

Sie drehte ihm den Kopf zu. „Hallo, Dr. Merton", erwiderte sie. Sein Gesicht spiegelte sich in ihren Brillengläsern. „Respekt, ich hatte es Ihnen nicht zugetraut, dass Sie es so rasch schaffen würden, den Erpresser zu identifizieren."

„Die Ehre gebührt meiner Mitarbeiterin."

„Wie hat sie es denn angestellt?"

„Sie hat das Wochenende über mit dem Nutzer hin und her geschrieben. Wir sind überzeugt davon, dass es ein Mann ist. Er hat sie gedrängt, ihm Bilder zu schicken. Sie hat ihm gesagt, dass das nicht möglich sei, weil sie vermute, dass ihr gesamter Mailverkehr wie auch ihr Telefon überwacht wird. Das hat ihn zunächst nicht überzeugt, aber wir hatten den Köder als Politiker angelegt, der sich als Alternative zur konservativen Partei darstellt. Und nach dem, was die in den letzten

Jahren abgeliefert haben, erschien diese spezielle Paranoia dann wohl doch nicht so weit hergeholt. Der Erpresser hat die Geschichte schließlich geschluckt, wollte dann jedoch abbrechen nach dem Motto: schade, aber da kann man nichts machen. Doch meine Mitarbeiterin hat gebettelt und gefleht und ihm vorgeschlagen, dass sie doch auf eine andere Art und Weise zusammenkommen könnten. Ganz klassisch. Wie in einem dieser Agentenfilme."

„Und an dieser Stelle komme ich ins Spiel. Respekt, Sie haben gute Arbeit geleistet." Laura Wickham klopfte Daniel so fest auf die Schulter, dass er Mühe hatte, das Gleichgewicht zu halten.

„Es ist schon etwas seltsam, wie viel Geld unsere Firma in die Hand nimmt, um die Sache auf diese Weise zu klären", erwiderte er. „Dabei hätte ein Blick in das Profil des Erpressers gereicht, um festzustellen, um wen es sich handelt."

Wickham zuckte mit den Achseln. „Ja, so ist es wohl. Andererseits haben wir beide dadurch nun einen gut bezahlten Job. Und die Prämie, die wir Ihrer Mitarbeiterin auszahlen, wenn wir den Mann schnappen, ist auch nicht zu verachten."

„Wie werden Sie vorgehen?"

„Wir haben wie vereinbart, einen Stick mit den Dickpics in dem Schließfach Nr. 148 im Bahnhof Liverpool Street platziert. Der Stick ist zweifach verwanzt, einmal mit einem Mini-GPS-Sender und als Back-up mit einem Trojaner, der in einer der Bilddateien versteckt wurde. Mein Mann vor Ort hat mir mitgeteilt, dass der Stick vor vierundzwanzig Minuten abgeholt wurde."

Sie holte ihr Handy aus der Tasche und wischte auf dem Bildschirm herum.

„Sehen Sie, der Erpresser bewegt sich in Richtung East End. Kommen Sie mit, wir sehen uns an, wo er wohnt."

Daniel schluckte. „Ich soll mitkommen?"

„Klar, Sie dürfen die Früchte Ihrer Arbeit ernten, das ist doch super."

Sie setzte sich in Bewegung und Daniel hatte Mühe, Schritt mit ihr zu halten.

„Wie lange arbeiten Sie schon für Mr. Nupret?", fragte er.

„Seit fünf Jahren", erwiderte sie, nahm ihren Blick aber nicht von dem Display, während sie durch das Straßengewirr in Richtung East End eilte.

„Waren Sie davor bei der Polizei oder so?", fragte er.

„So etwas Ähnliches", sagte sie in einem Tonfall, der Daniel klar zeigte, dass weitere Fragen unerwünscht waren.

Nach zehn Minuten gelangten sie in die Brick Lane. Daniel war außer Atem. Wickham deutete auf ein dreistöckiges Haus aus roten Ziegeln.

„Da drin ist er."

Ein muskulöser Schrank von einem Mann gesellte sich zu ihnen. Er nickte Wickham zu und diese überquerte die Straße und ging auf das Gebäude zu. Der Mann und Daniel folgten ihr. Sie stieg in den ersten Stock hinauf und hielt dort vor einer Tür an. Sie sah noch einmal auf ihr Handy, dann drückte sie auf die Klingel. Sie hörten Schritte und die Tür wurde einen Spaltbreit geöffnet.

„Wer stört?", hörten sie eine Männerstimme fragen.

Wickham nickte dem Muskelberg zu und dieser trat ohne Vorwarnung gegen die Tür. Es gab einen Knall gefolgt von einem Schmerzensschrei.

„Fuck!", hörte Daniel den Mann brüllen, dann hatte ihn der Schrank gepackt und hievte ihn in den Flur seiner Wohnung hinein. Wickham schloss sich an und Daniel folgte ihnen wie in Trance. Wickhams Gehilfe warf den Mann auf ein Sofa in einem vermüllten Wohnzimmer.

„Was soll das?", fragte der Verletzte kleinlaut. Er rieb sich die schief stehende Nase. Aus dem linken Loch lief ein Blutfaden über die Oberlippe.

„Du erpresst Nutzer auf IQ-VE", sagte Wickham.

„Nein, das stimmt nicht", wimmerte der Kerl. Seine Augen zuckten zwischen Nuprets Sicherheitschefin und ihrem Mann fürs Grobe hin und her. Letzterer holte mit seiner Hand aus und der vermeintliche Betrüger sank verschreckt in sich zusammen.

„Okay, ja, es stimmt. Ich habe Leute auf IQ-VE mit Dickpics erpresst."

Wickham gab dem Schrank ein Zeichen und er packte den Mann beim Kragen.

„Hey, ich habe doch gestanden", protestierte dieser.

„Das hier ist nur ein kleiner Vorgeschmack auf das, was geschieht, wenn du nicht tust, was wir dir sagen", meinte Wickham in ruhigem Ton.

Der Adamsapfel des Erpressers hüpfte aufgeregt auf und ab.

„Ja, natürlich", stammelte er.

„Wo sind die Daten gespeichert?"

Der Blick des Mannes fiel unwillkürlich auf einen Laptop, der auf einem kleinen Tischchen stand.

„Sind da alle Daten drauf?", fragte Wickham, während sie sich das Gerät unter den Arm klemmte.

Der Kerl nickte.

„Gut, den nehmen wir mit. Deinen Account bei IQ-VE wirst du innerhalb der nächsten zwei Stunden löschen, und du wirst dich nie wieder bei einer von Mr. Nuprets Apps anmelden, hast du mich verstanden?"

„Aber wie soll ich mich denn abmelden ohne Laptop?", jammerte er.

„Geh in ein verdammtes Internetcafé, was weiß ich", herrschte ihn die Sicherheitschefin an. Sie gab dem Schrank ein Zeichen. Er schleuderte den Erpresser mit Wucht auf das Sofa und sie verließen die Wohnung.

Draußen auf der Straße sagte Wickham zu Daniel: „Das war gute Arbeit."

Er nickte nur, zu geschockt, um etwas zu erwidern. Sie klopfte ihm auf die Schulter und ging davon. Daniel suchte sich ein Café, setzte sich und zog mit zitternden Fingern sein Handy aus der Tasche. Mary meldete sich nach dem ersten Klingeln.

„Wie ist es gelaufen?"

„Wir haben ihn", sagte Daniel mit tonloser Stimme.

„Was ist los mit Ihnen?", fragte Mary. Daniel schilderte ihr daraufhin, was geschehen war.

„Ui, die sind ja konsequent", sagte sie erschrocken.

Daniel schluckte. „Schockt Sie das nicht?"

„Wenn ich dabei gewesen wäre, hätte mich das bestimmt auch mitgenommen. Aber so muss es wohl laufen, wenn man nicht mit der Polizei kooperieren will."

„Okay, ich glaube, ich muss das erst einmal verdauen. Aber Sie haben gute Arbeit geleistet. Das gibt einen fetten Bonus."

„Dass ich einmal aus meinem größten Schmerz solches Kapital schlagen könnte, hätte ich mir auch nie zu träumen gewagt. Ich bin Dr. Burgess dankbar dafür, dass er mich auf diese Fährte gebracht hat, auch wenn das ganz sicher nicht seine Absicht gewesen ist. Als er mir geraten hat, ich solle aktiv werden, hatte er wahrscheinlich eher daran gedacht, dass ich mir ein Hobby suche. Laufen oder schwimmen, oder Malen, Häkeln oder Stricken. Was auch immer.“

„Stattdessen haben Sie etwas gefunden, in dem Sie Ihre Talente voll entfalten können. Sie sollten ein privates Ermittlungsunternehmen eröffnen.“

„Das ist nichts für mich. Ich könnte die Verantwortung nicht tragen, und ich bin auch nicht gut darin, mit Menschen zu verhandeln. Das mit diesen Privatdetektiven wird immer so verklärt dargestellt. Dabei besteht deren Arbeit wohl überwiegend darin, Rechnungen säumiger Kunden einzutreiben. Nein, ich arbeite lieber weiter für Sie.“

Daniel schluckte. *Sollte er oder sollte er nicht?* Er gab sich einen Ruck. „Möglicherweise hätte ich einen weiteren Auftrag für Sie. Aber - wie soll ich das ausdrücken? - er wäre nicht mit einer Entlohnung verbunden. Es ist eher eine Sache, die nicht offiziell läuft. Lupita wäre auch beteiligt.“

„Ich hoffe, es ist nichts Illegales“, sagte sie. Daniel vermutete, dass sie einen Anflug von Ironie in ihre Stimme gelegt hatte. Er war nicht besonders gut darin, solche Nuancen herauszuhören.

„Streng genommen nicht. Aber es könnte dazu führen, dass ich meine Anstellung bei IQ-VE verliere.“

„Wäre das schlimm für Sie?“, fragte Mary.

„Ja, schon. Ich bin aus finanziellen Gründen darauf angewiesen, und ich befürchte, dass Sie dann auch nicht mehr beschäftigt würden. Und wie das mit unserem Deal bezüglich Ihrer Straffreiheit weitergehen würde? Keine Ahnung.“

„Ich denke mal nicht, dass die mich weiterverfolgen. Die wissen doch gar nicht, wer ich bin. Also, wie kann ich Ihnen und Lupita weiterhelfen?“

Daniel seufzte. „Ich bin selbst noch nicht ganz sicher, ob ich Lupita helfen kann und vor allem auch, ob ich es will. Es handelt sich um mehrere Vermisstenfälle. Lupita vermutet, dass ein Entführer seine Opfer über IQ-VE anlockt.“

Marys Atemzüge beschleunigten sich. „Und da überlegen Sie noch ernsthaft, ob Sie helfen wollen? Erzählen Sie mir mehr davon!“

Lupita

Lupita Mugabo hatte ein schlafloses Wochenende hinter sich. So konnte das nicht weitergehen. Zunächst hatte sie über den Profilen gebrütet. Sie war sich sicher, dass all diese Männer von einem Serientäter entführt worden waren. Das musste der Chief doch auch erkennen! Sie konnte einfach nicht verstehen, warum er sich so quer stellte. Er hatte doch nichts zu verlieren. Wenn Sie den Verdacht an die National Crime Agency weiterleiteten, hatte er sogar noch die Chance, zu glänzen, weil seine Provinzstation etwas herausgefunden hatte, was selbst der mächtigen KI entgangen war, die den Namen H.O.L.M.E.S. trug, und von der Chefin von Scotland Yard als das fortschrittlichste Ermittlungswerkzeug der Welt bezeichnet wurde. Aber Noble war bei seinem „Nein" geblieben. Am Sonntag hatte sie deshalb überlegt, was sie jetzt tun sollte und konnte. Sie war zu dem Entschluss gekommen, dass es ihre Pflicht war, zu handeln, auch wenn der Chief es ihr übel nehmen würde.

Sie hatte wieder Nachmittagsdienst, weshalb sie den Montagvormittag damit verbrachte, herauszufinden, welche Beamten bei der National Crime Agency für ihr Anliegen zuständig waren. Sie hatte das Intranet der Polizei durchforstet und war schließlich auf eine Polizistin gestoßen, die eine der überregionalen Ermittlungseinheiten der Agency leitete. Wenn sich irgendwo in England oder Wales Verbrechen ereigneten, die die Kapazitäten oder auch die Qualifikationen der regionalen Kriminalbeamten überstiegen, wurden diese Ermittlungseinheiten gerufen. Sie waren nicht allzu beliebt, denn viele der Kollegen vor Ort fühlten sich in ihren Kompetenzen beschnitten und zum Zusehen degradiert, während die Spezialisten aus London ihre Ermittlungsergebnisse zerpflückten. Lupita konnte das nachvollziehen. Andererseits musste man aber auch realistisch sein. Regionale Ermittlungsbehörden waren mit komplexeren Kriminalfällen meist überfordert, weil ihnen schlichtweg die Erfahrung fehlte.

Die Beamtin, auf die Lupita schließlich gestoßen war, eine gewisse Sarah Willis, leitete die überregionalen Ermittlungsbehörden für den Südwesten Englands. Als Senior Investigation Officer war sie dem Chief übergeordnet. Im Intranet hatte Lupita ihre Telefonnummer gefunden. Sie zögerte einen Moment lang. *Sollte sie diesen Schritt wirklich wagen? Würde sie dafür büßen müssen? Konnte ihr Noble deswegen Steine in den Weg legen?* Nun, er konnte anregen, dass sie strafversetzt wurde. Aber sie konnte sich keine größere Strafe vorstellen, als weiterhin in Helston Streifendienst zu tun. Insofern waren seine Möglichkeiten, Rache an ihr zu üben, doch stark eingeschränkt.

Vielleicht konnte der Kontakt mit dieser Sarah Willis ihr ja sogar neue Karrierechancen eröffnen. Wenn sie den entscheidenden Hinweis darauf gab, dass ein Serientäter gefasst wurde, würden sich andere Dienststellen bestimmt um sie reißen. Vielleicht konnte sie Helston dann endlich den Rücken kehren. Aber das waren ungelegte Eier. Nun musste sie zunächst einmal handeln. Sie nahm das Telefon von der Basis und wählte die Nummer, die im Intranet angegeben war.

Es klingelte fünf Mal und Lupita spürte den Stich der Enttäuschung in ihrem Magen. Wahrscheinlich hatte sie Pech und diese Sarah Willis war im Urlaub oder krank. Sie wollte schon auflegen, als am anderen Ende abgehoben wurde.

„Willis?", hörte sie eine erstaunlich tiefe und rauchige Stimme sagen.

„Hier ist Lupita Mugabo. Ich bin Polizistin in Helston."

„Helston? Wo ist das denn?"

Lupita war ein wenig irritiert, gleichzeitig aber auch amüsiert. Von einer Leiterin einer überregionalen Ermittlungsbehörde, die für den Südwesten Englands zuständig war, konnte man doch erwarten, dass sie alle Polizeistützpunkte zumindest einmal dem Namen nach gehört hatte.

„In Cornwall, in der Nähe von Penzance."

„Ach so weit weg. Ich dachte, da passieren gar keine Verbrechen. Was kann ich für Sie tun?"

Lupita atmete tief durch. „Ich glaube, ich bin auf einen Serientäter gestoßen, der Männer entführt."

Sie erwartete eine unmittelbare Reaktion. Vielleicht würde Sarah Willis sie auslachen, oder sie würde wütend werden und ihr sagen, dass sie es unterlassen solle, irgendwelche Spaßanrufe zu unternehmen. Doch die Frau am anderen Ende der Leitung sagte: „Ein Serientäter, der Männer entführt? Wie kommen Sie darauf?"

Lupita spürte, wie das ehrliche Interesse der SIO ihr Aufwind gab. Sie atmete noch einmal tief durch und berichtete ihr dann alles, was sie in der letzten Woche zu dem Fall ermittelt hatte. Die Episode mit Mary ließ sie weg, da sie ihr nicht relevant erschien.

„Und deshalb bin ich zu dem Schluss gekommen, dass es sich um einen Serientäter handeln muss, der seine Opfer über die Plattform IQ-VE anlockt und sie dann entführt."

Am anderen Ende der Leitung war es still. Sie hörte aber ein schabendes Geräusch, das sie nach kurzem Nachdenken als einen Stift identifizierte, der über Papier glitt. Offenbar machte sich SIO Willis Notizen. Das war gut.

„Okay", sagte die Ermittlerin. „Sie haben da eine ganze Menge Indizien gesammelt. Ich muss gestehen, dass Ihre Beweiskette einiges für sich hat. Ich bin tatsächlich bereits mit dem verschwundenen Rapper, diesem Crazy Mac befasst. Wir sind noch nicht so weit, dass wir tiefer eingestiegen wären. Wir haben den Fall erst Mitte dieser Woche übernommen und meine Mitarbeiter sind nach Manchester gefahren, um Einsicht in die Akten zu nehmen. Ich denke, wir sollten die beiden anderen Fälle auch noch dazu nehmen."

Lupita spürte, wie ihr leichter ums Herz wurde.

„Kommen Sie dann bei uns vorbei?", fragte sie.

„Ja, natürlich. So wie ich Sie verstanden habe, hat die letzte Entführung vor einer Woche stattgefunden. Es besteht also die Chance, dass dieser Adam Sinclair noch am Leben ist. Wir müssen daher schnell handeln. Ich werde heute noch jemanden losschicken und ich denke, dass ich spätestens morgen selbst vor Ort sein werde, um mir ein Bild zu machen. Warum rufen eigentlich Sie mich an? Sie haben doch einen Vorgesetzten. Eigentlich müsste der die Meldung machen."

Lupita sog ihre Unterlippe ein. Nun waren sie an einem kritischen Punkt angekommen. „Mein Vorgesetzter hat mich angewiesen, die Information nicht weiterzugeben", sagte sie leise.

„Er hat *was*?", rief Willis so laut, dass Lupita den Hörer ihres Telefons ein wenig von sich weghalten musste, um nicht taub zu werden.

„Er war der Meinung, dass Sie schon Bescheid wissen müssten, wenn es eine Verbindung zwischen den Fällen gäbe, da Sie ja über die neueste KI verfügen."

Sie hörte ein bellendes Lachen vom anderen Ende der Leitung. Kurz fragte sie sich, wie viele Zigaretten Willis wohl pro Tag rauchte und ob sie diese abends mit einem Glas Whisky hinunterspülte.

„Die KI. Hören Sie mir mit diesem Schrott auf. Es mag inzwischen Modelle geben, die modern sind und die einiges können, aber das Benutzerinterface von H.O.L.M.E.S. ist so kompliziert, dass es nur von ein paar Spezialisten bedient werden kann. Und bis sie mal einen Termin bei einem von denen bekommen, sind die meisten Fälle ohnehin schon aufgeklärt. Nein, wir sind immer noch auf die klassische Ermittlungsarbeit angewiesen. Natürlich macht es Sinn, gerade bei Serientätern, Muster zu suchen. Deshalb bin ich dankbar, dass wir jemanden wie Sie haben, der offenbar mitdenkt und solche Querverbindungen gefunden hat."

Lupita lief dieses Kompliment hinunter wie Öl.

„Danke. Ich bekomme nicht allzu viel Lob für meine Arbeit in Helston."

„Ich weiß ja nicht viel über Ihren Vorgesetzten, aber nach dem, was Sie erzählen, scheint er nicht die hellste Kerze auf dem Kuchen zu sein. Nun gut, ich werde mir selbst ein Bild davon machen. Gleichzeitig müssen wir aber auch mit dieser Plattform kommunizieren. Das könnte für Ihren Kontakt dort brenzlig werden, oder?"

Lupita schluckte. Die Konsequenzen, die Daniel zu tragen haben würde, waren wahrscheinlich deutlich größer als die, die sie erwarteten. Wenn der Datenschutz wirklich die heilige Kuh war, für die Daniel ihn hielt, würde ein Anruf von Willis äußerst unangenehme Nachfragen nach sich ziehen.

„Ich rufe ihn gleich an und warne ihn vor. Vielleicht wäre es nett, wenn Sie denen erst einmal nicht verraten, woher wir die Informationen haben."

„Das wird ein bisschen schwierig. Ich bin ja in der Position einer Bittstellerin. Wenn ich denen sage, ich brauche Informationen von euch, aber ich kann nicht genau sagen, woher ich mein Wissen bezogen habe, können die mir wiederum die Pistole auf die Brust setzen und sagen, wir geben Ihnen die Informationen nur dann, wenn Sie uns verraten, wer das an Sie durchgestochen hat."

Lupita wischte sich den Schweiß von der Stirn. „Aber vielleicht könnten Sie behaupten, dass Sie die Informationen von einer Nutzerin bekommen haben. Das ist doch korrekt. Ich habe mich ja selbst in dem Netzwerk bewegt und Daten gesammelt."

„Gut, das kann ich tun. Aber wenn es dann um die konkrete Anfrage geht, die vor dem Richter landet, muss ich etwas ausführlicher werden. Bis dahin sollten

Sie sich mit Ihrem Kollegen bei IQ-VE einmal überlegen, wie Sie fortfahren wollen. Dann werde ich mich jetzt mal an die Arbeit machen. Wie gesagt, wir sehen uns morgen, dann weiß ich endlich auch, wo Helston liegt.“

„Gut, ich freue mich darauf, Sie zu treffen.“

Willis hatte aufgelegt. Lupita atmete tief durch. Dann erschien ein Grinsen auf ihrem Gesicht. Endlich bewegten sich die Dinge einmal in die richtige Richtung!

Daniel

Daniel legte auf. Er lehnte sich in seinem Stuhl zurück und verschränkte die Hände hinter dem Kopf. Das war eine spannende neue Entwicklung. Offenbar war es Lupita gelungen, die National Crime Agency mit ins Boot zu holen. Das war gut für sie. Aber gleichzeitig stellte es leider ein Problem für Daniel dar. Immerhin war Lupita so nett gewesen, ihn vorzuwarnen. Sollte er nun abwarten, bis sich diese Sarah Willis bei Finn Helligan gemeldet hatte, oder sollte er dem zuvorkommen? Er entschied sich für Letzteres.

Der CEO sah ihn schon von Weitem. Er winkte ihn herein und Daniel trat durch die Tür.

„Was gibt es jetzt schon wieder?", fragte Helligan.

„Ich wollte Sie darüber informieren, dass die Polizei Ermittlungen aufnehmen wird wegen dreier vermisster Personen."

Helligan zog eine Augenbraue nach oben. „Und was haben wir damit zu tun?"

Es fiel Daniel grundsätzlich schwer, zu lügen, aber in diesem Fall hatte er sich mit Lupita abgesprochen und diese Sarah Willis würde mit der gleichen Version bei Helligan anfragen. Deshalb musste er dabei bleiben.

„Sie erinnern sich doch an Mr. Miller, oder? Den Regionalpolitiker. Die Polizistin, die seine Anzeige bearbeitet hat, arbeitet auch an einem der Vermisstenfälle. Sie hat daraufhin mit Einverständnis von Mr. Miller dessen Account dafür genutzt, um innerhalb unseres Netzwerks zu recherchieren. Dabei haben sich offenbar genügend Verdachtsmomente ergeben, dass nun eine übergeordnete Polizeibehörde mit eingeschaltet wurde."

Helligans Reaktion war unerwartet. Er schlug mit der Faust auf die Glasplatte seines Schreibtischs, sodass seine Kaffeetasse einen Satz machte und über den Rand kippte, woraufhin sich das Gebräu über den blütenweißen Teppich ergoss. Der CEO hatte jedoch keinen Blick für den hässlichen Fleck, der sich immer mehr auszubreiten begann. Er funkelte Daniel wütend an.

„Und seit wann wissen Sie davon?"

Daniel schluckte. Er musste wieder bei der Lüge bleiben. „Ich habe gerade davon erfahren. Ich weiß nicht wie, aber die Polizistin hat auch herausgefunden, dass wir eine interne Ermittlungsbehörde haben. Sie hat sich direkt an mich gewandt. Wahrscheinlich wird das nun größere Kreise ziehen, denn eine SIO Willis von der National Crime Agency wird mit Ihnen Kontakt aufnehmen wollen."

Helligan musterte ihn mit zusammengekniffenen Augen. „Und das soll ich Ihnen abnehmen?"

„Ich kann Ihnen nichts anderes erzählen", sagte Daniel.

„Das ist eine Katastrophe", erwiderte Helligan und raufte sich die kaum vorhandenen Haare. „Stellen Sie sich die Schlagzeilen vor! Die Yellow Press wird sich auf uns stürzen. Wir sind die seriöseste Partnervermittlung auf dem Markt, und nun sollen Entführungen mit uns in Verbindung gebracht werden?"

„Die Polizistin hat mir die Namen der drei Männer genannt, die vermisst werden. Ich habe mir die Freiheit genommen, zu überprüfen, ob sie bei uns registriert sind."

„So, wie Sie mich anschauen, wollen Sie mir sagen, dass all diese Männer Mitglieder bei IQ-VE sind? Verdammt. Dann scheint das ja nicht nur eine Spinnerei einer Polizistin zu sein."

„Ich konnte nur ermitteln, dass diese Männer bei uns registriert sind, und dass alle drei Kontakt mit einer Nutzerin mit dem Alias Tryharder27 hatten. Natürlich konnte ich ihre Profile nicht einsehen. Wenn Sie wollen, können wir uns bei der internen Ermittlung aber darauf konzentrieren, mehr über die Vermissten und Tryharder27 herauszufinden. Vielleicht können wir der Polizei zuarbeiten."

Helligan sah ihn an, als ob er verrückt geworden wäre. „Der Polizei zuarbeiten? Spinnen Sie denn komplett? Wir werden überhaupt nichts tun, um denen zu helfen. Timothy würde mich in Stücke reißen, wenn er erfahren würde, dass ich auch nur einen Zoll breit von den Datenschutzregeln abgewichen bin."

„Aber was, wenn diese SIO Willis einen Richter einschaltet? Der könnte Sie doch dazu verpflichten, die Daten herauszugeben. Wäre es nicht besser, wenn wir die vorher intern filtern könnten?"

Helligan seufzte. „Sie denken viel zu konventionell. Ja, natürlich wäre das sinnvoll, der Kern unserer Firmenphilosophie lautet aber, dass wir eben gerade nicht konventionell denken. Timothy Nupret ist ein Visionär und er hat Prinzipien. Diese Prinzipien müssen wir einhalten. Sie sind die Grundlage unseres Erfolgs. IQ-VE wäre nie so groß geworden, wenn wir nicht garantieren könnten, dass die Daten der Nutzer absolut sicher sind. Deshalb habe ich Sie eingestellt. Damit Sie jegliche Bedrohung dieser Richtlinie möglichst schnell und diskret ausmerzen.“

„Und genau das würde ich tun, wenn Sie mir Zugriff auf die Profile der Nutzer und auf das von Tryharder27 geben. Vielleicht ließe sich dann die Person ermitteln, die diese Männer entführt hat. Dann können Mister Nupret und Sie überlegen, wie Sie mit dem Täter verfahren wollen. Aber, entschuldigen Sie meine konventionelle Denkweise, aus meiner Sicht wäre es viel schlimmer, wenn die Polizei Sie zwingen würde, die Daten offenzulegen und diese dann vor Gericht gehen.“

Finn Helligan kaute auf seiner Unterlippe herum. Dann hielt er beide Hände vors Gesicht. „Das ist eine Katastrophe“, murmelte er.

Daniel spürte einen schwachen Impuls, zu seinem Chef zu gehen, ihm den Arm um die Schulter zu legen, und ihn zu besänftigen. Doch er blieb stehen und ließ Helligan die Zeit, die er brauchte. Es dauerte eine ganze Weile, bis dieser wieder aufsah. In seinen Augen funkelte es.

„Es hilft nichts. Ich muss mit Timothy sprechen. Er muss uns diese internen Ermittlungen erlauben, koste es, was es wolle.“

„Mr. Nupret muss ja nicht alle Grundsätze aufweichen, aber ein Zugriff auf die Profile der entführten Männer wäre sehr hilfreich.“

Helligan nickte. „Ich melde mich bei Ihnen, wenn ich mit Timothy gesprochen habe.“

Daniel verabschiedete sich und ging zurück in sein Büro. Er spürte, wie sich eine gewisse Anspannung in ihm aufbaute. War das Aufregung? Wenn er Zugriff auf die Profile der Männer hatte, konnte er diese mit den bei der Polizei gespeicherten Informationen vergleichen, die Lupita ihm geschickt hatte. Und nicht nur das. Er konnte dann auch die Fragebögen einsehen, die sie ausgefüllt hatten und komplette Persönlichkeitsprofile erstellen. Darin konnte er möglicherweise Muster erkennen, die Lupita dabei helfen würden, das Beuteschema von Tryharder27 zu entschlüsseln.

Natürlich würde er diese Informationen weitergeben. Ihm war durchaus bewusst, dass es nicht in Nuprets Interesse lag, dass die Vermissten gefunden wurden, wenn sie noch am Leben waren. Der Milliardär wollte seine Daten schützen, mehr nicht. Es war auch gut möglich, dass Nupret ihm nicht erlaubte, auf die Profile zuzugreifen. Dann musste er sich Alternativen überlegen.

Nach einer halben Stunde klingelte sein Telefon. Er hob ab. „Helligan hier. Ich habe mit Timothy geredet. Es war ein ziemlich schwieriges Gespräch. Aber er hat ein kleines Zugeständnis gemacht. Sie dürfen die Profile der drei Vermissten komplett einsehen, aber der Schriftverkehr ist tabu. Ebenso wie das Profil des Nutzers, der mit den dreien Kontakt hatte."

Daniel spürte, wie sich ein gemischtes Gefühl in seinem Magen breitmachte.

„Danke, es ist schon einmal gut, wenn ich auf die Profile zugreifen kann. Aber können Sie mir erklären, warum ich nicht die Chats oder das Profil von Tryharder27 einsehen darf? Das würde unsere Arbeit doch wesentlich erleichtern."

„Vergessen Sie es. Nupret war in diesem Punkt glasklar. Alles, was die Vermissten anderen gegenüber geäußert haben, unterliegt dem Datenschutz. Manche unserer Mitglieder haben Kontakt mit bis zu zweihundert weiteren Nutzern. Sie können nicht damit beginnen, die alle zu durchleuchten. Und dass dieser Trybetter34 oder wie immer er sich nennt, mit allen dreien Kontakt hatte, kann reiner Zufall gewesen sein."

„Aber ich würde doch nur den Kontakt der drei Vermissten mit Tryharder27 überprüfen. Es geht mir gar nicht um die anderen Interaktionen."

„Vergessen Sie es. Und das sage ich Ihnen jetzt nur noch einmal. Vergessen Sie es! Nupret wird das nicht zulassen. Es war schon ein enormes Zugeständnis, ihm abzuringen, dass Sie die drei Profile einsehen dürfen. Tun Sie Ihr Bestes. Der Zugang ist bereits freigeschaltet für Sie und Ihr Team. Ich werde derweil diese SIO Willis zurückrufen. Die hat nämlich schon mehrfach meine Sekretärin belästigt."

Daniel verabschiedete sich und legte auf. Dann erhob er sich, verließ sein Büro und betrat den Gemeinschaftsraum. Chris saß dort an einem PC, Paul spielte mit seinem Handy.

„Wir haben einen neuen Auftrag", sagte Daniel.

Paul sah auf. „Was ist es dieses Mal Spannendes? Eine Erpressung oder ein geklautes Dickpic?"

„Drei vermisste Männer, die möglicherweise von einem Serientäter entführt wurden, der unsere App nutzt, um seine Opfer anzulocken."

Die Blicke auf den Gesichtern seiner Kollegen waren
Gold wert. Chris klappte der Unterkiefer nach unten
und Pauls Pupillen wurden so weit, als ob er gerade von
einer augenärztlichen Untersuchung zurückgekehrt
wäre.

„Das ist kein Scherz, oder?", fragte er.

Daniel schüttelte den Kopf. „Ich scherze nie."

Lupita

Zum ersten Mal in den beiden Jahren, die sie nun bei der Polizei in Helston arbeitete, betrat Lupita die Polizeistation mit einer Art Hochgefühl. Ihre Schicht sollte um vierzehn Uhr beginnen, doch sie war bereits eine Viertelstunde früher eingetroffen. Ob der Kollege aus London schon angereist war, die Vorhut von SIO Willis? Sie freute sich darauf, der Ermittlerin persönlich zu begegnen. Sie hatte am Telefon so sympathisch geklungen, und sie war eine Frau. Allein unter Männern zu arbeiten, war eine Bürde für Lupita. Sie wusste, dass ihr Geschlecht und ihre Hautfarbe für die männlichen weißen Kollegen gleich zwei Makel darstellten, auch wenn sie das nie zugeben würden. Aber sie hatten ihr stets das Gefühl vermittelt, dass ihre Leistungen nie gut genug sein würden, so sehr sie sich auch anstrengte.

Sie trat in den Empfangsbereich der Polizeistation. Pete, der hinter dem Tresen stand, musterte sie kurz, dann senkte er jedoch den Blick. Kein Gruß. Irgendetwas war nicht in Ordnung.

„Hallo Pete", sagte Lupita betont freundlich.

„Hi", grummelte Pete. Er mied noch immer den Blickkontakt zu ihr. Nun war Lupita sich sicher, dass etwas nicht stimmte. Sie stellte ihren Rucksack mit der Lunchbox hinter den Tresen und wollte gerade zum Computer gehen, als sich die Tür von Nobles Büro öffnete.

„Mugabo. Kommen Sie zu mir. Sofort.“

Das ansonsten so gemütliche Gesicht des Chiefs war gerötet. An seiner mit Schweißtropfen bedeckten Stirn pochte eine tiefblaue Vene. Lupita folgte ihm in sein Büro. Sie schloss die Tür hinter sich. Er ließ sich auf seinen Schreibtischstuhl fallen, bot ihr aber keinen Sitzplatz an.

„Was haben Sie sich denn dabei gedacht?“, brüllte er sie an.

Na super, das war so laut, dass Pete draußen sicher jedes Wort mitbekam. Und dann würden es die beiden anderen Kollegen auch erfahren. Doch das war gleichgültig. Lupita ahnte schon, worauf das Ganze hinauslief.

„Ich gehe mal davon aus, dass Sie mit ‚dabei‘ meinen, dass ich Kontakt zu Officer Willis aufgenommen habe, der für den Südwesten zuständigen SIO der National Crime Agency?“, fragte sie.

„Natürlich. Was denn sonst? Sie haben gegen meine ausdrückliche Anweisung gehandelt. Ich hatte Ihnen befohlen, dass Sie diese Sache auf sich beruhen lassen sollen, aber nein, Sie mussten ja wieder klugscheißen.“

Nun explodierte Lupita. Sie wusste nicht, was der Auslöser war … Nobles Wortwahl oder sein selbstgerechter Tonfall verbunden mit dieser Körperhaltung, wie er seinen Bauch vorschob und den Unterkiefer. So wie ein Gorilla, der einem Weibchen seine Dominanz zeigen will.

„Nun, es mag sein, dass Sie mir das untersagt haben. Aber SIO Willis war sehr interessiert daran, was ich ihr zu berichten hatte. Ich gehe davon aus, dass sie mit Ihnen telefoniert hat?“

„Ja, das hat sie. Und sie hat mich runtergeputzt wie einen Schuljungen. Das war äußerst unangenehm, und das habe ich nur Ihnen zu verdanken.“

„Nein, das haben Sie ganz allein sich selbst zu verdanken und Ihrer Untätigkeit. Sie hätten doch glänzen können, wenn Sie sich selbst bei SIO Willis gemeldet und den Vermisstenfall angezeigt hätten. Stattdessen haben Sie mir gesagt, ich solle auf die KI vertrauen. Der vertraut nicht einmal SIO Willis.“

„Sie reden sich hier um Kopf und Kragen, das ist Ihnen schon klar, oder?“, schrie der Chief.

Wahrscheinlich wäre hier der Punkt gewesen, an dem die alte Lupita eingelenkt hätte. An dem sie kleinlaut geworden, sich vielleicht sogar entschuldigt hätte. Doch ihr Telefonat mit SIO Willis und das kleine Lob, das sie von der Frau bekommen hatte, hatten etwas in ihr ausgelöst. Sie würde sich nicht mehr verstecken.

„Das ist mir vollkommen gleichgültig. Was soll denn schon passieren? Wollen Sie mich hinauswerfen? Dann tun Sie das doch. Sie wollen mich doch eh nicht hier haben. Sie und Ihr Altherrenklub, dem es nur darum geht, im Revier eine ruhige Kugel zu schieben und möglichst viel Zeit am Handy zu verbringen.“

Die Ader an der Stirn des Chiefs pochte heftiger. Lupita hätte es nicht für möglich gehalten, dass seine Gesichtsfarbe noch röter werden könnte.

„Das ist ja eine Unverschämtheit. Was unterstellen Sie mir denn hier? Dass ich meine Arbeit nicht ernst nehmen würde?“

„Ja, genau das unterstelle ich Ihnen. Sie sitzen hier den ganzen Tag und schauen auf Ihr Handy. Mir ist schon klar, was Sie tun, wenn ich hereinkomme. Sie verstecken Ihr Gerät wie ein Schuljunge, der beim Spicken ertappt wurde. Wo sind wir denn hier? Sie können von Glück reden, dass in Helston kaum etwas passiert. Aber nun ist es dumm gelaufen. Wir haben einen Vermisstenfall, und das Ganze ist kein Suizid, das wäre für Sie ja schön bequem gewesen, wenn man ihn einfach so zu den Akten hätte legen können. Dann tun Sie aber das nächstbeste. Sie versuchen, alles einfach so unter den Tisch zu kehren. Was sind Sie denn für ein Polizist?"

„Sie vergessen sich. Was für eine Unverschämtheit! Ich habe genug gehört. Sie werden ab sofort Streifendienst schieben, und zwar für die nächsten zwei Wochen. Ich will Sie in dieser Zeit nicht auf dem Revier sehen. Sie sind unterwegs. Und wenn ich noch einmal mitbekomme, dass Sie irgendetwas auf dem Polizeicomputer recherchieren, das Ihre Kompetenzen übersteigt, werde ich Sie hinauswerfen. Wir finden schon etwas, und sei es ein disziplinarisches Vergehen."

Lupita kniff die Lippen zusammen. „Passen Sie nur auf, dass ich Ihnen kein disziplinarisches Vergehen nachweise. Es ist vielleicht ganz gut, dass SIO Willis hierherkommt und sich den Laden einmal anschaut. Der Schweinestall gehört nämlich ausgemistet."

Sie sah, dass dem Chief der Unterkiefer herunterklappte, doch es war ihr gleichgültig. Sie wandte sich um und trat in den Vorraum. Dann knallte sie die Tür hinter sich zu. Pete sah sie erschrocken an.

„Frag mich ja nicht, was los ist. Du weißt es ganz genau. Du hast jedes Wort gehört, und du wusstest auch schon vorher Bescheid, was der Chief mir sagen will. Ihr steckt doch alle unter einer Decke."

Nun klappte auch Pete der Unterkiefer herunter. Sie sah, dass er etwas erwidern wollte. Wahrscheinlich wollte er sich entschuldigen. Aber es gab nichts zu verzeihen. Sie trat auf die Straße hinaus und ging zum Dienstwagen. In diesem Moment hielt ein Auto vor der Tür an. Eine rothaarige Frau mit einem sonnensprossenübersäten Gesicht ließ die Scheibe herunter und fragte: „Ist das die Polizeistation von Helston?"

Lupita nickte. „Gehören Sie zum Team von SIO Willis?"

„Ja, ich bin Shakira Donnaghou. Ich weiß, dass mein Vorname heutzutage als kulturelle Aneignung gewertet wird, aber meine Mutter ist nun mal der weltgrößte Shakira Fan."

Lupita musste lachen und ihre miese Laune war mit einem Schlag verflogen.

„Mein Name ist Lupita Mugabo", sagte sie.

„Aha, dann sind Sie die Kollegin, die den Vermisstenfall gemeldet hat. Sehr gute Arbeit."

Lupita spürte, wie ihr dieses erneute Lob von einem Mitglied eines übergeordneten Teams wie Balsam über die Seele streichelte.

„Ja, die bin ich. Aber Sie wollen wahrscheinlich zu meinem Vorgesetzten. Der ist drin. Und er ist ziemlich sauer, dass ich mich bei Ihnen gemeldet habe."

„Das kann ich mir vorstellen. Vorhin hat SIO Willis mich angerufen und mich über das Telefonat informiert, das sie mit Ihrem Chef geführt hat. Es muss ein sehr unangenehmes Gespräch gewesen sein. Allerdings nicht für Willis. Der ist nichts unangenehm. Aber sie findet stets klare Worte. Und die hat sie wohl auch Ihrem Chef gegenüber benutzt. Ich kann verstehen, dass er sauer ist. Wahrscheinlich haben Sie jetzt alles abbekommen. Das tut mir leid."

Lupita zuckte mit den Achseln. „Ich bin es gewohnt, dass er seinen Frust an mir auslässt."

„Auch das tut mir leid. Ihr Chef ist drin, oder?"

Lupita nickte.

„Ich habe einen Vorschlag", sagte Shakira. „Wie wäre es, wenn wir Ihren Vorgesetzten jetzt einfach ein bisschen auslüften lassen. Männer in seinem Alter brauchen ein wenig Ruhe, wenn sie starken Aufregungen ausgesetzt waren. Da die Zeit aber gegen uns arbeitet und die Chance besteht, dass die vermissten Personen noch am Leben sind, möchte ich trotzdem gleich mit der Arbeit beginnen. Deshalb bin ich ganz froh, dass ich Ihnen begegnet bin. Sie haben die Fälle gemeldet. Sie wissen, was vorgefallen ist. Daher können Sie mir sicher einen Überblick über die Ermittlungen bezüglich des Verschwindens von Adam Sinclair geben, oder?"

„Ja, das könnte ich, aber der Chief hat mich dazu verdonnert, Streifendienst zu fahren. Es wird zwar nichts passieren, aber ich fürchte, dass er mich rausschmeißt, wenn ich der Anweisung nicht nachkomme."

Shakira lächelte. „Kein Problem. Wenn Sie nichts dagegen haben, begleite ich Sie auf dem Streifendienst. Dann können Sie mir alles erzählen, was Sie wissen, wir könnten vielleicht sogar einige der möglichen Tatorte aufsuchen und Sie werden Ihren Chef nicht noch weiter verärgern."

Lupita spürte, wie sich eine große Freude als ein warmes Gefühl in ihrem Magen ausbreitete.

„Na, dann parken Sie Ihren Wagen mal da drüben. Ich habe Ihnen viel zu erzählen."

Adam

Der Kommissar richtete den Strahl der Tischlampe auf das Gesicht des Hehlers. Der Mann kniff die Augen zusammen und streckte eine Handfläche aus, um sich vor dem grellen Licht abzuschirmen.

„So, und jetzt gestehen Sie. Warum haben Sie die alte Frau getötet?"

„Ich war das nicht", jammerte der Verdächtige. „Das müssen Sie mir glauben. Ich bin unschuldig!"

Adam schloss die Augen und fluchte innerlich. Das hatte keine Bestsellerqualität. Es hätte aus einem Groschenroman stammen können. Aber er hatte nicht die Zeit, allzu viel zu überarbeiten. Der Countdown in der Ecke zeigte an, dass nur noch hundertfünfzig Stunden übrig waren. Hatte er wirklich achtzehn Stunden am Stück geschrieben? Er fasste es nicht. Aber die Schmerzen in seinen Fingern, seinen Handgelenken und seinen Ellenbogen waren der Beweis.

Der breitschultrige Maskierte erschien.

„Pause", sagte der Mann, legte Adam die Handschellen an und verfrachtete ihn in seine Zelle zurück. Er verzichtete darauf, Sinclair zu knebeln. Eine dampfende Tasse Tee und ein Teller mit Porridge warteten auf einem Tablett in der Ecke der Pferdebox. Er machte sich hungrig darüber her und als er den letzten Bissen ausgelöffelt hatte, stöhnte er erleichtert auf.

„Ist da jemand?", hörte er eine Stimme fragen.

Er schluckte. War das eine Falle? Er wagte es nicht, zu antworten.

„Hallo? Ist da wer? Bitte!"

Die Stimme klang verzweifelt. Adam gab sich einen Ruck.

„Hallo", antwortete er. „Wer sind Sie?"

„Nathan Wild ist mein Name. Und wer sind Sie?"

„Adam Sinclair."

„Der Schriftsteller?"

Adam schluckte. „Ja."

„So ein Mist."

Diese Reaktion hatte er nicht erwartet. „Wie meinen Sie das?"

„Was ist Ihre Aufgabe?"

„Aufgabe?"

„Die der Entführer Ihnen stellt, um freizukommen. Ich bin Spieledesigner und sollte einen Boss-Kampf programmieren, den er nicht gewinnen kann."

„Und ist Ihnen das gelungen?"

„Mein größter Erfolg war eine aufgepeppte Version von Monopoly. Ich habe keine Ahnung, wie man einen unschlagbaren Endgegner designt. Er hat mir eine Woche Zeit gegeben, aber ich befürchte, er wird meinen Boss schlagen. Und für den Fall hat er angedroht, mich zu töten."

„Mich hat er auch mit dem Tod bedroht", erwiderte Adam. „Ich soll einen Krimi schreiben, bei dem bis zur vorletzten Seite unklar bleibt, wer der Mörder ist. Das ist überhaupt nicht mein Genre."

„Hat man Ihnen auch die Freiheit versprochen?"

„Ja, und ich schreibe daher wie verrückt."

Auf dem Gang waren Schritte zu hören.

„Er kommt wieder. Oh nein, bitte nicht", flehte der Game-Designer. Eine Tür wurde geöffnet.

Als Adam die Stimme des Dämons hörte, lief ein eiskalter Schauer seinen Rücken hinab.

„Ich bin sehr enttäuscht von Ihnen. Nach zwei Minuten hatte ich Ihren Boss zu Brei geschlagen. Sie wissen, was das bedeutet: Game over."

„Nein, nicht", hörte er seinen Zellennachbarn rufen, dann gingen seine Proteste in ein Gurgeln über. Ein dumpfer Schlag, ein schleifendes Geräusch. Adam spürte, wie das letzte bisschen Mut ihn verließ.

Daniel

Daniel packte seine Sachen zusammen und verließ die Gurke. Er ging zur U-Bahn und fuhr nach Hause. Als er den Flur betrat, hörte er wie üblich das leise Klappern der Tastatur. Plötzlich hörte es auf und er sah Sasha aus ihrem Zimmer eilen.

„Gut, dass du kommst. Wollen wir etwas essen? Ich habe einen Riesenhunger.“

In diesem Augenblick knurrte Daniels Magen verräterisch.

„Ich habe nichts dagegen. Restaurant oder Take-a-way?“

„Lass uns zum Inder um die Ecke gehen. Da gibt es viel für wenig Geld. Und lecker ist es auch noch.“

Daniel vermutete, dass seine Mitbewohnerin angesichts ihrer sehr einträglichen Nebenjobs nicht aufs Geld schauen musste. Allerdings wusste er auch, dass sie aus einem armen Elternhaus kam und sich all ihre Kenntnisse selbst angeeignet hatte.

Eine halbe Stunde später tauchte Daniel seinen Löffel in ein herrlich nach Ingwer und Kokosmilch duftendes Dal ein. Er aß etwas davon, hustete dann jedoch, weil das Essen teuflisch scharf war.

Sasha grinste. „Langsam. Du weißt doch, dass sie hier keine Rücksicht auf Europäer nehmen. Die würzen wie im Punjab. Und das finde ich total geil.“

Daniel nahm vorsichtig noch eine Portion und biss sicherheitshalber danach in den Naanfladen, der mit seinem Linsengericht serviert worden war.

Er lehnte sich zurück, griff nach dem Glas mit dem Lassi und trank einen Schluck.

„Wie geht es dir denn inzwischen bei der Arbeit?", fragte Sasha.

Daniel stellte sein Getränk ab und sah sie nachdenklich an.

„Ehrlich gesagt, ich weiß es nicht. Ich war anfangs sehr unzufrieden. Das hast du ja mitgekommen. Aber die Zusammenarbeit mit Mary macht mir echt Spaß, auch wenn es nicht das ist, was ich mir ursprünglich unter dieser Stelle vorgestellt hatte."

Sasha nickte. „Wie geht es Mary damit?"

„Ich glaube, sie hat richtig Blut geleckt. Ich habe ihr schon vorgeschlagen, dass sie eine eigene Ermittlungsagentur gründen könnte. Aber das wollte sie nicht. Ich glaube, sie scheut die Verantwortung. Trotzdem ist sie eine geborene Ermittlerin, und sie hat ein Verständnis von Persönlichkeitsprofilen, das mich in Erstaunen versetzt. Ich habe jahrelang daran geforscht, Persönlichkeiten zu erfassen, aber sie hat einen intuitiven Zugang dazu. Ebenso wie Lupita."

„Das klingt nach einer guten Qualifikation für eine Ermittlerin, oder?"

Daniel nickte. „Wir arbeiten nun auch alle zusammen an diesen Vermisstenfällen."

Sasha zog eine Augenbraue nach oben. „Ganz offiziell?"

Daniel schüttelte den Kopf. „Natürlich nicht. Lupita macht das in ihrer Freizeit. Sie versorgt uns mit den Informationen aus den Ermittlungsakten. Ich kann inzwischen auf die Profile zugreifen. Leider aber nicht auf den Mailverkehr. Mary ist mit Feuer und Flamme dabei. Ich hoffe, dass das die letzten Reste ihrer Depression vertreibt.“

„Wir sind schon eine komische Spezies“, sagte Sasha. „Ohne Erfolgserlebnisse gehen wir ein wie Pflanzen ohne Wasser. Mary scheint aufzublühen, wenn sie Leuten in den Hintern treten kann, die es verdient haben.“

Gegen seinen Willen musste Daniel lachen.

„Ich kann mir nicht vorstellen, dass sie jemals jemandem in den Hintern getreten hat. Aber ja, ich habe verstanden, dass es eine Metapher ist. Das brauchst du mir nicht noch extra zu erklären.“

Nun lachte auch Sasha. „Du machst Fortschritte.“

„Ich hatte nie den Eindruck, dass ich welche machen muss. Ich komme ganz gut zurecht im Leben. Ich muss nicht jeden Witz, jede Anspielung oder jede Metapher verstehen.“

Sasha hob die Hände. „Das war auch nicht als Kritik gemeint.“

„Und ich habe es nicht als Kritik verstanden. Ich weiß, dass ich mich mit manchem schwertue, aber ich arrangiere mich. Auch mit dieser neuen Stelle.“

„Kannst du dir vorstellen, das dauerhaft zu machen? Diese internen Ermittlungen?“

Daniel nahm noch einmal einen Bissen von dem Dal und kaute es gründlich, während er über diese Frage nachdachte. „Nein, dauerhaft möchte ich das nicht machen. Ich bin Spezialist für die Persönlichkeitspsychologie der Paarbeziehung. Ich habe umfangreiche Studien dazu durchgeführt, welche Variablen dazu geeignet sind, den Erfolg einer Paarbeziehung vorherzusagen und welche persönlichen Eigenschaften Menschen haben müssen, damit sie gut zusammenpassen. Ich finde, das ist eine positive Tätigkeit. Als mein Lehrauftrag an der Universität zu Ende ging, habe ich mich bewusst bei einer Partnervermittlung beworben, um Menschen zusammenzubringen, die vielleicht schon lange auf der Suche nach einer Partnerschaft sind oder Menschen, die mehrere erfolglose Partnerschaften hinter sich haben, dabei zu helfen, den Partner zu finden, der wirklich zu Ihnen passt. Den Partner, mit dem sie eine schöne gemeinsame Zeit erleben können, mit dem sie Kinder haben können, mit dem sie eine Familie aufbauen können.

Stattdessen werde ich nun dazu eingesetzt, etwas Negatives zu tun. Ich soll Betrüger fangen. Natürlich sehe ich, dass diese Arbeit wichtig ist. Diese App zu missbrauchen ist schändlich. Die Nutzer dort sind in gutem Glauben, dass ihre Daten sicher sind und dass sie einen geschützten Ort haben, um sich zu öffnen. Doch auch dort werden sie betrogen und ausgenutzt. So sehr ich Marys Motive verstehe, so sehr widerstrebt mir doch ihr Zugang. Ich bin froh, dass ich sie auf die andere Seite ziehen konnte. Aber vielleicht gelingt es mir, sie so in der Abteilung zu integrieren, dass mir Helligan doch irgendwann den Wechsel in die eigentliche Partnervermittlung ermöglicht."

„Und was, wenn Mary nicht deine Stelle einnehmen will? Wie lange willst du dir das antun?"

„Ich denke nicht in langen Zeiträumen. Meine wichtigste Aufgabe ist es, diese Vermisstenfälle aufzuklären. Wenn mir das gelingt, sehen wir weiter. Dann habe ich etwas, das ich dazu nutzen kann, mit Helligan zu sprechen und ihn zu bitten, mich meiner Qualifikation entsprechend einzusetzen."

Sasha lächelte ihm zu. „Nun, dann hoffe ich, dass du den Fall bald aufklärst. Du weißt ja, wenn du Hilfe brauchst, komm ruhig zu mir. Die Aktion mit Mary hat mir einen Riesenspaß gemacht. Ich bin gern auch weiter mit dabei."

Lupita

Lupita war von einem Hochgefühl erfüllt. Sie hatte Shakira bei dem kleinen Hotel in Helston abgesetzt, in dem sie sich einquartieren wollte. Zuvor hatte die Kollegin aus London sie zwei Stunden lang auf ihrem Streifendienst begleitet. Lupita hatte ihr Sinclairs Haus und den Strand in Porthleven gezeigt, wo dieser verschwunden war. Und sie hatte ihr ausführlich geschildert, was sie bislang alles herausgefunden hatte.

Das Hochgefühl verebbte jedoch rasch. Als Shakira eingecheckt hatte, startete Lupita den Streifenwagen und fuhr durch die Straßen und Gassen des kleinen Ortes. Es würde noch lange hell sein. Aber das war kein Trost. Am liebsten hätte sie das Gefährt stehen lassen und wäre der Kollegin in das Hotel gefolgt, um mit ihr gemeinsam einen Schlachtplan zu entwickeln, wie sie am besten fortfahren könnte. Aber sie wusste, dass sie nun erst einmal aus dem Spiel war. Shakira würde als Nächstes die Dienststelle aufsuchen und mit dem Chief sprechen. Morgen würde SIO Willis eintreffen. Ob Lupita sie zu Gesicht bekommen würde? Wahrscheinlich nicht. Der Chief würde alles daransetzen, zu verhindern, dass die Frauen Kontakt zueinander herstellten.

Lupita schaltete das Funkgerät ein. Nichts. *Was sollte an einem Juni Abend wie diesen denn auch in Helston geschehen?* Sie fuhr zu dem kleinen Weiher, parkte in einer der Parkbuchten am Rand des Gewässers und kurbelte die Scheiben des Dienstwagens nach unten. Die kühle, feuchte, leicht modrige Luft, die von dem Gewässer her zu ihr hereinwehte, erfrischte sie. Sie lehnte sich zurück und überlegte, was sie tun konnte. Doch ihr wurde schmerzlich bewusst, dass sie ihre Schuldigkeit getan hatte. Diese Erkenntnis traf sie mit voller Wucht. Sie würde von nun an nichts mehr zu den Ermittlungen beitragen können. Das bedeutete, dass sie auch keinen tieferen Eindruck bei SIO Willis hinterlassen konnte, wodurch ihre Chancen auf ein Jobangebot bei der NCA gegen null sanken. Sie spürte einen dicken Kloß im Hals. Das war ihr Moment gewesen, ihre fünfzehn Minuten, die sie hätten berühmt machen können. Doch die waren vorbei. Nun war sie wieder eine einfache Streifenpolizistin in einem Kaff im Südwesten.

Es wurde langsam dunkel und schließlich näherte sich ihre Schicht dem Ende. Sie kurbelte die Fenster hoch, startete den Wagen und fuhr zurück zur Dienststelle. Andrew wartete dort bereits auf sie, um sie abzulösen. Man konnte über die Polizeistation in Helston sagen, was man wollte, aber die Bürger konnten sich immerhin darauf verlassen, dass immer ein Beamter im Dienst war. Wie lange das wohl noch der Fall sein würde? Vielleicht würde die Inspektion von SIO Willis ja ergeben, dass die Dienststelle nicht mehr gebraucht wurde. Dann wäre die nächstgrößere Stadt zuständig, Truro. Lupita war das gleichgültig. Sie würde schon irgendwo einen Job als Streifenpolizistin bekommen, wenn die große Karriere als Kriminalerin ein unerreichbarer Traum bleiben sollte.

Sie übergab Andrew die Schlüssel des Dienstwagens, stempelte aus und ging hinaus zu ihrem Roller. Dann fuhr sie zurück zu ihrer Wohnung. Sie hatte noch ein wenig Curry vom Vorabend, das sie in die Mikrowelle stellte, während sie den Fernseher einschaltete. Fünf Minuten später saß sie mit der dampfenden Schüssel vor dem Gerät und zappte durch die Kanäle. Es war die übliche Mischung aus Realityshows, Dokumentationen und Nachrichtensendungen. Meistens war Lupita abends auf der Suche nach einem Programm, mit dem sie ihren Kopf durchlüften konnte. Etwas, bei dem man nicht nachzudenken brauchte. Eine Talentshow, das Dschungelcamp oder Big Brother. Doch dann blieb sie bei einer Talkshow hängen. Üblicherweise schaltete sie weiter, aber nun wurde ein Bild angezeigt, ein Porträt eines Mannes, das ihr bekannt vorkam.

„Andrew Wilcox wird seit sechs Wochen vermisst“, sagte eine Moderatorin. Sie trug einen ausladenden Afro und wirkte selbstbewusst und sicher in dem, was sie tat. War das nicht die Journalistin, die damals den Kandidaten der Konservativen für das Amt des Premierministers zu Fall gebracht hatte? Wie hieß sie noch? Dann wurde der Name in der unteren Ecke eingeblendet. Unity Wilmore. Genau, die war es.

„Wir können uns nur in Ansätzen vorstellen, was es für die Angehörigen von Andrew Wilcox bedeuten muss, nicht zu wissen, was mit ihrem geliebten Partner, Sohn oder Kollegen geschehen ist. Ich begrüße bei mir heute Nicola Wilcox, die Mutter des Vermissten.“

Die Kamera zeigte nun eine in schwarz gekleidete ältere Frau, deren gerötete Augen trotz einer dicken Schicht Make-up verrieten, dass sie vor Kurzem noch geweint hatte. Ihre Unterlippe zitterte. Gleich würde sie wieder in Tränen ausbrechen.

„Ihr Sohn ist vor sechs Wochen verschwunden. Gibt es irgendwelche Hinweise darauf, wo er sich befinden könnte?", fragte die Moderatoren.

Nicola Wilcox schüttelte den Kopf. „Die Polizei weiß nichts. Allerdings waren die auch keine große Hilfe. Es war normal, dass er sich oft tagelang nicht gemeldet hat. Er ist dreiunddreißig Jahre alt, da muss man auch nicht dauernd bei seinen Eltern anrufen. Und er war viel unterwegs. Wissen Sie, er ist Mathematiker an der Universität in Oxford und da ist er oft auf internationalen Kongressen. Letztes Jahr hat er für seine Forschungen zu geometrischen Fragestellungen die Fields Medaille gewonnen. Aber es ist so viel Arbeit. Da bleibt wenig Zeit für ein Privatleben."

„Wann haben Sie Andrew zuletzt gesehen?"

„An meinem Geburtstag. Das war vor sechs Wochen. Wir haben noch gefeiert und waren zusammen essen. Da ist auch das letzte Foto von ihm entstanden."

Nun wurde ein Bild eingeblendet, ein Familienfoto. Andrew Wilcox sah nicht so aus, wie Lupita sich einen typischen Mathematiker vorstellte. Er war durchtrainiert, braun gebrannt, trug einen blonden Bürstenhaarschnitt, hatte strahlend blaue Augen und ein gewinnendes Lächeln.

„Wann haben Sie bemerkt, dass irgendetwas nicht stimmt?"

Die Unterlippe von Nicola Wilcox bebte wieder. „Etwa eine Woche später. Ich habe mehrfach versucht, ihn anzurufen. Er hatte ein paar Fotos gemacht an meinem Geburtstag und hatte versprochen, sie mir zu schicken. Aber ich habe keine bekommen. Da dachte ich, ich frage mal nach, doch es ist immer nur seine Mailbox rangegangen. Daraufhin dachte ich, ich fahre einfach mal bei ihm vorbei und sehe nach. Andrew wohnt etwa zwanzig Meilen von uns entfernt. Ich habe einen Schlüssel für seine Wohnung. Als ich dann reingekommen bin, war alles so, als ob er gar nicht da gewesen wäre. Im Briefkasten hat sich die Post gestapelt, in der Küche war eine Obstschale, die Äpfel waren verfault und die Kiwi auch. Andrew ist ein sehr hygienischer Mensch, und er hat sehr viel Obst gegessen. Bei ihm wurde nie etwas schlecht. Das war das Zeichen für mich, dass etwas nicht stimmt."

„Haben Sie sich dann gleich bei der Polizei gemeldet?"

Die Frau stieß ein bitteres Lachen aus. „Natürlich habe ich das getan. Aber die haben mir gesagt, dass sie keinen Anhaltspunkt dafür haben, dass Andrew vermisst wird. Ich hätte es gerade eben erst bemerkt. Da müsste ich noch weitere achtundvierzig Stunden warten. Und selbst dann, da ich nicht mit ihm zusammenlebe, könnte es ja sein, dass er auf einer Geschäftsreise sei und mir davon nichts gesagt habe."

Lupita seufzte. Offenbar war das Polizeirevier in Birmingham, das diesen Fall bearbeitet hatte, genauso wenig motiviert wie Chief Noble. Formal waren sie im Recht. Aber nun stellte sich das wohl als Fehler heraus.

„Ich habe in seinem Büro in Oxford nachgefragt", fuhr die Mutter fort. „Aber die hatten ihn auch seit Tagen nicht mehr gesehen und keiner von denen wusste, wo er sich aufhält. Er hatte auch nicht Bescheid gesagt, dass er irgendwie Urlaub nehmen oder einen Kongress besuchen wollte. Dann war mir klar, dass da etwas ganz gewaltig nicht stimmt."

„Sind Sie denn noch einmal zur Polizei gegangen?", fragte Unity.

Wieder stieß die Frau ein bitteres Lachen aus. „Ja, ich habe darum gebeten, den Abteilungsleiter sprechen zu dürfen. Der hat mich darauf hingewiesen, dass die Frist immer noch nicht abgelaufen sei. Er hat dann großspurig so getan, als ob er mir entgegenkommen würde, und hat den Vermisstenfall doch aufgenommen. Mehr ist aber nichts passiert. Ich bin sehr enttäuscht von der Polizei."

„Das ist absolut nachvollziehbar", sagte die Moderatorin. „Ich gehe davon aus, dass Sie deshalb beschlossen haben, die Sache in Ihre eigenen Hände zu nehmen?"

Die Mutter des Vermissten nickte. „Ja. Glücklicherweise ist meine Tochter sehr bewandert in den sozialen Netzwerken. Sie hat überall Andrews Bild eingestellt. Wir haben außerdem eine Belohnung ausgesetzt, zehntausend Pfund für Hinweise auf seinen Aufenthaltsort."

„Und Ihre Kampagne ist sofort viral gegangen", sagte Unity. Es wurde ein Bild eingeblendet von dem Vermissten sowie eine E-Mail-Adresse und eine Telefonnummer.

„Ich hoffe nur, dass er noch am Leben ist. Ich will nur, dass es ihm gut geht. Alles andere ist unwichtig. Wenn du mich hörst Andrew: melde dich bei uns. Wir können über alles reden. Wenn etwas ist, wir können alles in Ordnung bringen. Aber melde dich bitte!"

Nun liefen die Tränen ungehemmt über das Gesicht der Frau. Lupita spürte, wie sich ein dicker Kloß in ihrem Hals ausbreitete.

Daniel

Daniel hatte es sich auf der Couch bequem gemacht, die Go-App geöffnet und gerade eine neue Partie auf dem höchsten Schwierigkeitsgrad begonnen, als sein Handy klingelte. Er sah auf das Display. Es war Lupita.

„Guten Abend", sagte er. „Gibt es etwas Neues?"

„Ich glaube, wir haben es mit einem weiteren Vermisstenfall zu tun, den wir bisher noch nicht auf dem Radar gehabt haben."

Daniel leckte sich über die Unterlippe. „Noch ein Vermisster? Wie heißt der Mann? Dann kann ich nachsehen, ob er ebenfalls Mitglied bei IQ-VE ist."

„Andrew Wilcox. Ich wäre Ihnen sehr dankbar, wenn Sie das so schnell wie möglich überprüfen könnten."

Daniel legte auf und widmete sich wieder der Go-App, konnte sich aber nicht konzentrieren. Er musste herausfinden, ob dieser Wilcox tatsächlich ebenfalls ein Nutzer von IQ-VE war. Daniel ging zu Sasha hinüber, die vor ihren Bildschirmen saß. Ihre Finger huschten in einer Geschwindigkeit über die Tastatur, dass sie sich vor seinen Augen aufzulösen begannen und nur noch verschwommen zu sehen waren.

„Bin gleich soweit", sagte Sasha, die ihn aus den Augenwinkeln gesehen hatte. Sie tippte noch ein wenig herum, dann ließ sie ihren Zeigefinger mit Wucht auf die Enter-Taste prallen und Daniel sah, dass lange Reihen von Code über den Bildschirm liefen.

„So, der rechnet mir jetzt bis morgen mal mein Modell durch. Was gibt es?"

„Ich möchte gern überprüfen, ob ein neuer Vermisstenfall ebenfalls bei unserer Plattform gemeldet ist."

Sashas Stirn legte sich in Falten. „Das dürfte doch kein Problem für dich darstellen. Ich dachte, du kannst auf die Namen zugreifen?"

Daniel nickte. „Ja, das stimmt. Aber das reicht mir nicht. Ich würde gern einen Blick in den Mailverkehr des Nutzers werfen. Und du hattest doch angeboten ..."

Sasha grinste. „Geilomat, ich liebe es. Lass uns anfangen."

„Ideal wäre natürlich, wenn niemand herausbekommen würde, dass du dich dort einhackst", sagte Daniel.

Sie legte den Kopf schief. „Du hältst mich echt für eine Amateurin, oder?"

Daniel hob die Hände. „Ich denke nur, dass die Sicherheitssysteme entsprechend ausgereift sein werden, wenn der Datenschutz insgesamt schon so einen hohen Status dort genießt."

„Das bekomme ich hin. Ich habe schon ganz andere Sicherheitssysteme gehackt. Und beim ersten Mal hat auch niemand was gemerkt, oder?"

Daniel holte seinen Arbeitslaptop aus seinem Zimmer und stellte ihn auf den Schreibtisch. Dann fuhr er ihn hoch und loggte sich ein. Er startete die App und suchte dort nach Andrew Wilcox. Sofort wurde ihm ein Treffer angezeigt. Er öffnete das Profil und sah genau das vor sich, was er erwartet hatte. Ein Mann von dreiunddreißig Jahren, alleinstehend, beruflich erfolgreich, selbstbewusst, voll im Leben stehend. Intelligent, gut aussehend - all die Kriterien, die auch die anderen Vermissten erfüllten. Er klickte pro forma auf das Briefsymbol, doch das Fenster öffnete sich nicht. Allerdings tauchte in den Informationen zu seinem Interaktionsverhalten erneut der Name Tryharder27 auf.

„Lass mich mal machen", sagte Sasha. Daniel schob ihr den Laptop hin. Mit einer Mischung aus Irritation und Begeisterung sah er ihr dabei zu, wie sie diverse Strategien ausprobierte, um Einsicht in die Nachrichten zu bekommen. Nach etwa zehn Minuten hatte sie herausgefunden, auf welche Art und Weise ihr der Zugriff verwehrt wurde.

„Das ist der erste Schritt, jetzt weiß ich, was für Sicherheitssysteme etabliert sind. Und jetzt geht es darum, sie zu umgehen. Magst du uns vielleicht eine Tasse Tee machen? Ich wäre dieses Mal auch für Earl Grey."

Daniel ging in die Küche und brühte Tee auf. Als er mit zwei Tassen zurückkehrte, sah er, dass Sashas Augen in hoher Geschwindigkeit über den Bildschirm huschten.

„Ich arbeite lieber mit zwei Displays, aber mein Rechner ist jetzt leider mit dem Modell beschäftigt. Da hättest du dich früher melden sollen."

„Sorry, das tut mir leid. Aber ich wusste ja nicht, was du vorhattest."

„Du brauchst dich doch nicht entschuldigen. Das war ein Witz."

Daniel stellte den Tee vor sie hin. Ohne ihre Augen vom Bildschirm abzuwenden, nahm Sasha die Tasse in die Hand, trank einen Schluck des kochend heißen Getränks, und tippte dann weiter. Daniel nippte vorsichtig an der Tasse, doch selbst das führte dazu, dass er sich die Lippe verbrannte.

Er sah Sasha dabei zu, wie sie versuchte, die Sicherheitssysteme zu umgehen. Es war ein beinahe meditatives Bild. Sie gab keinerlei Geräusch von sich. Sie fluchte nicht, gab auch kein Triumphgeschrei von sich, wenn ihr etwas gelang. Sie tippte, tippte und tippte. Das Klappern wirkte etwas einschläfernd auf Daniel, trotz des Teeins, das in seine Adern gepumpt worden war. Er war kurz davor, wegzukippen, als Sasha einen Schrei ausstieß. „Voila!"

Daniel schreckte auf. „*Was*?", fragte er verwirrt.

„Das ist französisch für *bitte schön*", sagte Sasha grinsend. Sie drehte den Laptop so, dass er auf den Bildschirm sehen konnte. Dort hatte sich die Nachrichten-App von IQ-VE geöffnet. Doch zu Daniels Enttäuschung war diese vollkommen leer.

„Gut, das war jetzt der erste Schritt", sagte Sasha, die von diesem Rückschlag nicht allzu entmutigt zu sein schien.

„Und was ist der zweite Schritt?"

Sasha grinste. „Erinnerst du dich noch, was Lupita über die Mailbox von diesem Schriftsteller gesagt hat? Da hat jemand die Nachrichten gelöscht. Das ist hier offenbar auch geschehen. Jemand hat also Zugriff auf sein Konto gewonnen. Ich vermute mal, als die ihn entführt haben, haben sie auch sein Passwort erpresst. Wahrscheinlich haben sie ihn gefoltert. Oder er hat es ihnen freiwillig gegeben. In den Serien, die ich mir anschaue, werden die Leute meistens gefoltert. Aber egal. Auf jeden Fall wurden die Nachrichten gelöscht. Das bedeutet aber nicht, dass sie ganz verloren sind. Ich werde versuchen, sie wiederherzustellen oder zumindest herauszufinden, mit wem er Nachrichten ausgetauscht hat."

Daniels Augenbrauen wanderten nach oben. „Das geht?"

„Es *könnte* funktionieren. Je nachdem, wie genau der oder die Entführer bei der Löschung der Daten vorgegangen ist oder sind. Aber es wird ein wenig dauern. Du musst jetzt nicht die ganze Zeit neben mir sitzen. Ich fühle mich ohnehin ein wenig beobachtet. Setz dich doch, nimm dir einen Keks und spiel weiter Go."

Daniel sah auf die Uhr. Es war halb zehn. Wie lang Sasha wohl brauchen würde? Wahrscheinlich konnte sie das nicht voraussagen. Vielleicht ging es flott, vielleicht war sie aber auch stundenlang beschäftigt. Er beschloss, ihrem Rat zu folgen, setzte sich auf das Sofa und widmete sich der Go-App. Er war so in das Spiel versunken, dass er Sashas Ruf schließlich nur aus der Ferne wahrnahm.

„Bist du taub oder gewinnst du?", rief seine Mitbewohnerin.

„Eher Letzteres", rief Daniel zurück. Er schloss die App und ging wieder zum Zimmer seiner Mitbewohnerin. Sasha schmunzelte. „Dafür, dass deine Firma so auf dem Thema Datenschutz herumreitet, sind sie erstaunlich lax, wenn es um das Löschen von Daten geht. Ich konnte die letzten Nachrichten nämlich wiederherstellen."

Sie klickte auf eine der Mitteilungen. Sie stammte von Tryharder27 und war am Abend des Verschwindens des Mathematikers versendet worden.

Okay, dann wird es also ernst. Triff mich in einer halben Stunde bei den Earlswood Lakes und ich verspreche dir ein Erlebnis, das du niemals in eine deiner Gleichungen packen können wirst.

Lupita

Lupita hatte Herzklopfen wie noch nie zuvor in ihrem Leben. Und das lag nicht daran, dass sie zu Fuß zur Dienststelle gespurtet war, da ihr Roller nicht angesprungen war. Sie war flott unterwegs gewesen, aber sie hatte eine gute Kondition. Nein, es war die Vorfreude. Gleich würde sie Sarah Willis begegnen, und sie würde einen ausdrücklichen Befehl ihres Vorgesetzten missachten. Der Chief hatte ihr am Vormittag nämlich telefonisch mitgeteilt, dass sie zu Hause bleiben solle, da sie einen Tag freihabe. Glücklicherweise hatte er auf ihrem Festnetz angerufen und war auf ihrem Anrufbeantworter gelandet. Als Lupita gesehen hatte, welche Nummer sie anrief, hatte sie erst gar nicht abgehoben. Nun konnte sie behaupten, dass sie den Anruf nicht erhalten habe, weil sie bereits unterwegs gewesen sei.

Sie stieg die drei Stufen zum Eingang der Dienststelle hoch und öffnete die Tür. Pete stand hinter dem Tresen. Er sah sie mit großen Augen an. „Was machst du denn hier? Ich dachte, du hättest heute frei.“

„Frei?“, fragte Lupita und versuchte, das Wort so zu betonen, als ob sie unglaublich überrascht von dieser Aussage gewesen wäre. „Nein, ich habe heute ganz normal den Nachmittagsdienst und werde gleich auf Streife gehen.“

„Aber Noble hat mir vorhin gesagt, dass er dich angerufen hat und dir einen Tag freigegeben hat.“

Lupita holte gespielt langsam ihr Handy aus der Tasche und sah auf das Display. „Da ist aber kein Anruf vom Chief."

„Ich glaube, er hat bei dir auf dem Festnetz angerufen."

Lupita schlug sich gegen die Stirn. „Na, dann ist es kein Wunder, dass er mich nicht erreicht hat. Ich war heute Vormittag nicht daheim. Falls er dort angerufen hat", schob sie rasch hinterher.

„Na, dann geh doch einfach wieder heim. Freu dich über den freien Tag."

Lupita schüttelte den Kopf. „Wenn ich schon mal da bin, dann kann ich doch auch arbeiten."

Sie ging auf die Tür des Chiefs zu.

„Das ist keine gute Idee. Der ist gerade mit diesen Polizistinnen aus London zugange. Die SIO ist inzwischen auch eingetroffen, und mit der ist ganz sicher nicht gut Kirschen essen."

Lupita lächelte ihn an. „Dann ist es ja umso besser, dass ich jetzt hier bin."

Sie klopfte an und trat ein, ohne eine Aufforderung abzuwarten.

Die Situation, in der sie sich wiederfand, war an angespannter Atmosphäre kaum mehr zu überbieten. Der Chief saß hinter seinem Schreibtisch. Sein Kopf war knallrot. Vor ihm saßen zwei Beamtinnen in Uniform. Shakira und eine andere, nicht allzu große Frau, die aber allein schon durch ihre kerzengerade Sitzhaltung und ihren flammenden Blick, mit dem sie Noble scannte, ein Maß an Autorität ausstrahlte, das der Chief noch nie besessen hatte.

Die Polizistin wandte sich ihr zu und als sie Lupita sah, musterte sie diese ausgiebig. „Sie müssen Constable Mugabo sein. Wir haben telefoniert, oder?"

Lupita nickte. „Wenn Sie SIO Willis sind", sagte sie.

Die Frau stand auf und reichte ihr die Hand. Ihr Händedruck war kräftig. Aus den Augenwinkeln sah Lupita, dass der Chief die Lippen fest aufeinander kniff. Es war eindeutig, dass er nicht glücklich darüber war, dass Lupita hier aufgetaucht war.

„Holen Sie sich einen Stuhl und setzen Sie sich zu uns. Wir versuchen gerade, herauszufinden, was in der Informationsweitergabe zum Vermisstenfall Adam Sinclair schiefgelaufen ist."

„Da ist überhaupt nichts schiefgelaufen", presste Noble hervor.

Sarah Willis zog eine Augenbraue nach oben und der Chief senkte hastig den Blick. „Da ist eine ganze Menge schiefgelaufen, und das abzustreiten macht es nicht besser. Also, noch einmal, warum haben Sie den Fall vorzeitig als Suizid zu den Akten gelegt, ohne wenigstens die Möglichkeit zu erwägen, dass es sich dabei um einen Vermisstenfall handeln könnte, so wie Ihre Kollegin es vorgeschlagen hat?"

„Die Indizien haben eindeutig darauf hingewiesen, dass sich der Mann das Leben genommen hat, indem er ins Wasser gegangen ist."

„Welche Indizien? Gibt es einen Abschiedsbrief? Haben Sie Aussagen von Verwandten, Freunden oder Bekannten, in denen Sinclair angedeutet hat, dass er nicht mehr leben will? Gibt es ärztliche oder psychiatrische Hinweise darauf, dass der Mann depressiv war oder an einer anderen psychischen Störung gelitten hat, die zu einem Suizid geführt haben könnte?"

Der Chief sah zu Boden. Sarah Willis war das offenbar Antwort genug. „Also Nein. Nun gut, dann steht für mich eben nicht eindeutig fest, dass es sich um einen Suizid gehandelt hat. Sie hätten auch andere Möglichkeiten erwägen müssen. Und ganz offenbar haben Sie das getan", sagte sie nun an Lupita gewandt.

Diese nickte. „Die Haushälterin hat ihn als vermisst gemeldet. Da es keinen Hinweis darauf gegeben hat, dass er sich wirklich das Leben genommen hat, bin ich von einer Entführung ausgegangen."

Noble warf Lupita einen hasserfüllten Blick zu.

Sarah Willis wandte sich an ihn: „Können Sie uns bitte einmal alleine lassen?"

Der Chief riss die Augen auf. „Das ist ja wohl die Höhe. Das hier ist mein Büro."

Sarah Willis schien nicht beeindruckt zu sein von diesem plötzlichen Aufwallen von Selbstbewusstsein. „Ja, das mag das Büro sein, das Ihnen aufgrund Ihrer Leitungsposition in Helston zusteht. Aber ich rangiere zwei Hierarchiestufen über Ihnen und bin Ihnen gegenüber weisungsbefugt. Wenn ich also sage, das ist mein Büro, dann ist es mein Büro. Also raus hier. Oder ich lasse Sie nach John o'Groats versetzen."

Der Chief wuchtete sich hoch und ächzte dabei. Dann ging er hinaus, allerdings nicht, ohne Lupita noch einen bösen Blick zugeworfen zu haben.

„Könnten Sie den Chief wirklich nach John o'Groats versetzen lassen?", fragte Lupita.

Willis grinste. „Nein, da würden die Schotten mir die Hölle heiß machen. Aber das braucht er ja nicht zu wissen. Gut, lassen Sie uns Klartext reden. Haben Sie mit Ihrem Kontakt bei IQ-VE gesprochen?"

„Ja, er hat die Vermissten überprüft. Sie sind allesamt Mitglieder bei der Plattform. Und wir haben sogar noch einen weiteren Vermissten identifiziert."

„Sie meinen Andrew Wilcox, oder?"

Lupita spürte, wie sich ein Gefühl der Enttäuschung in ihrer Magengrube breitmachte. Die SIO wusste also schon Bescheid. Sie hatte gehofft, dass dies ihr Joker sein würde, die Überraschung, die dazu führen würde, dass Willis ihr aus purer Begeisterung umgehend einen Job in ihrer Ermittlungseinheit anbieten würde.

„Ja, ganz genau", sagte sie. „Ich habe gestern das Interview mit seiner Mutter gesehen. Einfach furchtbar. Ich habe daraufhin sofort meinen Kontakt angerufen und der konnte mir verifizieren, dass Wilcox ebenfalls Mitglied bei IQ-VE ist und Kontakt mit der Nutzerin Tryharder27 hatte."

„Dann sind es bereits vier Vermisste", sagte Sarah Willis und fuhr sich durch die Haare. „Schöne Scheiße! Und zwei davon sind schon tot."

„Zwei?", fragte Lupita erschrocken.

„Die Mutter des Spieledesigners hat heute Morgen Post bekommen. Sie wird aktuell von unserem Notfallteam betreut."

„Waren Körperteile in der Post?"

„Ja, die Finger."

Lupita hielt sich eine Hand vor den Mund. Das war grauenhaft.

„Wir müssen den Täter so schnell wie möglich fassen", sagte SIO Willis.

„Waren Sie denn schon erfolgreich mit Ihrer Anfrage bei der Plattform?", fragte Lupita.

Willis schnaubte. „Das war von vornherein zum Scheitern verurteilt. Ich habe diesen Finn Helligan angerufen, den CEO von IQ-VE. Was für ein Schnösel. Er hat mir erklärt, dass Datenschutz das wichtigste Prinzip seiner Firma sei und dass er daher nicht in der Lage sei, mir irgendwelche Auskünfte zu geben. Es sei denn natürlich, ein Richter zwinge ihn dazu. Aber selbst dann würde er versuchen, mithilfe teurer Anwälte zu verhindern, dass die Daten in unsere Hände fielen. Er hat mir zugesichert, dass die internen Sicherheitssysteme stark genug seien, um auszuschließen, dass so etwas wie das, was wir ihm vorwerfen, bei seiner Plattform vorkommen könnte."

Lupita spürte, wie sich das Gefühl der Empörung in ihr ausbreitete. „Stark genug? Die können ja nicht mal verhindern, dass irgendwelche Leute mit Dickpics erpresst werden. Wie wollen die dann einen ausgefuchsten Serientäter stoppen?"

„Ich dachte, Sie kennen den, der für die interne Ermittlung zuständig ist. Haben Sie so wenig Vertrauen in seine Fähigkeiten?"

Lupita schüttelte den Kopf. „Nein, das ist es nicht. Aber ich weiß, dass auch ihm Steine in den Weg gelegt werden. Er hat keinen Zugriff auf alle Daten. Genauso wenig wie wir."

Willis seufzte. „Dann müssen wir uns wohl auf gute, alte Ermittlungsarbeit verlassen. Ich werde die Teams koordinieren, die an den verschiedenen Orten arbeiten. Die sollen mir alle Spuren schicken, alle Zeugenaussagen, alle Beobachtungen. Würden Sie das für den Fall Sinclair erledigen?"

Lupita schluckte. „Fahren Sie dann gleich wieder nach London zurück? Sie bleiben nicht hier?"

Willis schüttelte den Kopf. „Ehrlich gesagt ist die Atmosphäre hier so schlimm, dass ich nicht verstehen kann, dass Sie überhaupt hier arbeiten. Haben Sie nicht versucht, woanders unterzukommen? Sie haben zehn Mal mehr auf dem Kasten als Ihre Kollegen."

Lupita seufzte. „Es ist leider nirgendwo eine Stelle frei."

Willis klopfte ihr auf die Schulter. „Ich kann mich ja mal in London umhören."

Sie erhob sich, Shakira tat es ihr nach und die beiden Frauen gingen hinaus.

Daniel

Daniel seufzte. Eben hatte er mit Lupita telefoniert. Das klang gar nicht gut. Offenbar hatte Helligan entgegen ihrer Absprache die Polizei komplett abtropfen lassen. Von seiner Seite aus bestand keine Bereitschaft, bei den Ermittlungen zu kooperieren, obwohl nun auch der zweite Vermisste ermordet worden zu sein schien. Und das waren wiederum schlechte Vorzeichen für Daniel. *Würde der CEO ihn genauso torpedieren?*

Nein, das durfte nicht geschehen. Diesem Serientäter musste Einhalt geboten werden, koste es, was es wolle. Doch Daniel hatte ein Problem: Finn Helligan. An dem kam er nicht vorbei. Er war wie ein Torwart, der jeden Elfmeter hielt. Allerdings war sich Daniel auch nicht sicher, ob es sinnvoll war, die nächsthöhere Stelle zu informieren. Er erinnerte sich mit Schaudern an sein erstes Zusammentreffen mit Timothy Nupret. Dieser hatte ihn behandelt wie einen Hundehaufen, in den er getreten war. Und da der Milliardär vorgegeben hatte, dass die Datenschutzrichtlinie über allem galt, würde es auch nichts bringen, sich an ihn zu wenden. Aber wen gab es dann noch? Da kam ihm eine Idee. Was war mit Laura Wickham, Nuprets Sicherheitschefin? Es musste doch auch in ihrem Interesse liegen, dass dem Entführer das Handwerk gelegt wurde. Vielleicht konnte sie auf Nupret einwirken. Denn nur dieser konnte Helligan die Anweisung geben, mit den Sicherheitsbehörden zu kooperieren.

Er öffnete das Intranet und betrachtete die Organisationsstruktur. Ganz offenbar arbeitete Wickham in einer eigenen Abteilung, deren Leiterin sie war. Sie war für alle sicherheitsrelevanten Aspekte zuständig, unter anderem auch für die Abwehr gegnerischer Hacks. Daniel schluckte. Hoffentlich hatte sie Sasha nicht auf dem Schirm.

Er wählte ihre Nummer. Wickham nahm bereits nach dem ersten Läuten ab.

„Ja, Dr. Merton, was kann ich für Sie tun?", fragte sie.

Daniel hatte nicht erwartet, namentlich begrüßt zu werden. „Äh … Guten Tag Mrs. Wickham. Entschuldigen Sie bitte, dass ich mich an Sie wende. Aber ich habe ein Problem und ich dachte, Sie wären da die richtige Ansprechpartnerin."

„Lassen Sie mich raten, bei diesem Problem handelt es sich um die Vermisstenfälle, die Ihnen und leider inzwischen auch der Polizei aufgefallen sind?", sagte die Sicherheitschefin. Nun wurde es Daniel langsam doch etwas unheimlich. Konnte sie etwa Gedanken lesen?

„Ja, genau deswegen wende ich mich an Sie. Wir haben es aktuell mit vier vermissten Personen zu tun. Jeder der Männer ist Mitglied bei IQ-VE und stand in Kontakt mit einem Nutzer mit dem Alias Tryharder27. Finn Helligan hat mich mit den internen Ermittlungen beauftragt. Ich soll Tryharder27 identifizieren."

„Und jetzt rufen Sie mich an, um mich zu bitten, Ihnen eine höhere Freigabestufe zu erteilen, damit Sie Ihre Aufgabe einfacher erledigen können?"

„Nein, deshalb habe ich Sie nicht kontaktiert. Die Freigabestufe, über die ich verfüge, reicht vollkommen aus.“

Am anderen Ende der Leitung war es still. Zufrieden registrierte Daniel, dass er für Verblüffung gesorgt hatte. Seine Aussage war mutig gewesen, aber es blieb ihm auch nichts anderes übrig. Er musste selbstbewusst erscheinen, es war das Einzige, das ihm Verhandlungsmasse bot.

„Was wollen Sie dann von mir?“, fragte die Frau.

„Ich möchte Sie bitten, auf Mister Nupret einzuwirken, damit dieser Finn Helligan erlaubt, mit der Polizei zu kooperieren.“

Am anderen Ende der Leitung war ein schallendes Lachen zu hören. „Sie sind ja ganz schön mutig“, sagte Wickham. „Vielleicht sollte ich eher sagen, tollkühn. Ich bewundere das ja, aber das wird zu nichts führen. Mister Nupret lässt sich nicht von Mut beeindrucken. Argumenten ist er manchmal zugänglich, aber vor allem, wenn sie bereits das untermauern, was er ohnehin schon glaubt. Sie werden nicht in der Lage sein, ihn davon zu überzeugen, dass es sinnvoll sein könnte, mit der Polizei zu kooperieren.“

„Darum geht es mir auch gar nicht. Ich möchte ihn gar nicht überzeugen. Das sollen Sie für mich erledigen“, sagte er.

Wieder ertönte das Lachen. „Mister Nupret hat mich nicht eingestellt, um auf meinen Rat zu hören. Ich soll für ihn lediglich jedes Sicherheitsrisiko aus dem Weg räumen. Darin bin ich gut, das sollten Sie bei unserer Zusammenarbeit in dem Dickpic-Fall gemerkt haben.

Ich habe eine Zeit lang beim MI6 gearbeitet. Aber Mister Nupret zahlt deutlich besser und daher bestimmt er die Regeln. Wir werden nicht mit der Polizei kooperieren. Wir werden nicht öffentlich Schande auf unser Unternehmen laden, indem wir bestätigen, dass ein Serientäter unsere Plattform dazu nutzen könnte, um Leute zu entführen."

„Sie verstehen aber schon, dass das meine Arbeit schwierig macht, oder? Ich soll nämlich genau diesem Verdacht nachgehen. Und ich finde, der ist auch ziemlich gut begründet. Es gibt zahlreiche Indizien, die darauf hinweisen, dass hier tatsächlich ein Serientäter am Werk ist, der seine Opfer auf IQ-VE sucht."

„Ja, das ist mir durchaus bewusst. Ich wünsche Ihnen viel Erfolg dabei. Und vergessen Sie nicht: Wenn Sie die Person gefunden haben, die auf der Plattform unterwegs ist und Leute bezirzt, werden Sie diese Information sofort an mich weiterleiten. Ich kümmere mich dann darum. So diskret wie nur möglich."

„Und was, wenn einer oder mehrere der Entführten noch am Leben sind? Die können Sie doch nicht auch zum Schweigen bringen. Die werden sich äußern, und dann wird es auf jeden Fall auf die Plattform zurückfallen!"

„Das ist nichts, was sich nicht mit Geld regeln lassen würde. Seien Sie versichert, darüber verfügt Mister Nupret in unerschöpflichem Maße. Also, wir verstehen uns hoffentlich. Sie liefern mir den Namen der Person, die für die Entführungen verantwortlich ist, den Rest erledige ich. Sie brauchen sich nicht weiter darum zu kümmern."

„Und was ist mit der Polizei?"

Nun hörte er ein Schnauben am anderen Ende der Leitung. „Sie sind ganz schön hartnäckig. Also, noch einmal langsam zum Mitschreiben: die Polizei wird nicht kontaktiert. Auf gar keinen Fall. Unter keinen Umständen. Haben wir uns da richtig verstanden?"

Daniel schluckte schwer. „Ja", sagte er schließlich relativ leise.

„Ich habe Sie nicht richtig gehört. Haben wir uns verstanden?"

Daniel wiederholte das „Ja" etwas lauter.

„Gut, dann können wir dieses Gespräch beenden. Machen Sie sich auf die Suche. Ich wünsche Ihnen viel Erfolg."

Als die Frau aufgelegt hatte, schüttelte Daniel den Kopf. Das war ja eine Parallelwelt mit einem ganz eigenen Verständnis von Recht und Gesetz. War das überhaupt zulässig? Timothy Nupret war zwar kanadischer Staatsbürger, aber die Straftaten waren alle in England geschehen. Und wenn sein Unternehmen tatsächlich darin verwickelt war, musste es möglich sein, dass ein Richter Nupret zwang, die Daten herauszugeben.

Doch bis dahin würde es keine Kooperation mit der Polizei geben. Das hatte Wickham ihm noch einmal unmissverständlich deutlich gemacht. Aber warum hatte sie das mehrfach betont? Wusste sie etwa darüber Bescheid, dass er bereits Kontakt mit Lupita gehabt hatte? Wahrscheinlich würde er intern ohnehin schon überwacht. Es war also klug gewesen, dass er die Polizistin mit dem eigenen Handy angerufen hatte. Und doch … ganz sicher konnte er sich nicht sein. Laura Wickham war alles zuzutrauen. Nupret hatte sie schließlich nicht ohne Grund zu seiner Sicherheitschefin ernannt.

Daniel holte sein Handy aus der Tasche und wählte Lupitas Nummer. „Ich habe gerade versucht, eine höhere Instanz einzuschalten, aber leider muss ich Ihnen mitteilen, dass Nupret an keinerlei Kooperation mit der Polizei interessiert ist.“

„Das habe ich mir schon gedacht. So schlimm ist das jetzt auch nicht“, sagte Lupita.

Daniel zog eine Augenbraue nach oben. „Das nimmt Ihnen doch einige Ermittlungsmöglichkeiten, oder nicht?“

„Nur, wenn Sie mir nicht helfen.“

Daniel schluckte. „Die Anweisungen sind relativ klar. Ich darf Ihnen nicht helfen.“

„Dann müssen Sie sich wohl entscheiden, ob Sie den Anweisungen folgen oder ob Sie das Richtige tun. Aber lassen Sie sich damit nicht zu lange Zeit, denn vier Männer wurden schon entführt und zwei sind wahrscheinlich tot. Wollen Sie Leben retten oder Ihren Job?“

Lupita

Lupita sah zu Boden.

„Ich will Sie hier nicht mehr sehen. Sie gehen jetzt sofort nach Hause und nehmen sich eine Woche Urlaub!"

Der Chief schlug mit der Faust auf den Tisch. Das hätte es nicht gebraucht. Lupita verstand gut genug, wie sauer er auf sie war. Aus seiner Sicht hatte er natürlich recht. SIO Willis hatte ihn dermaßen zurechtgestutzt, dass von dem stolzen kleinen Herrscher der Polizeistation von Helston nicht mehr viel übrig geblieben war.

„Ich habe von SIO Willis den Auftrag bekommen, die Ermittlungsunterlagen im Fall Adam Sinclair zusammenzustellen und sie nach London zu schicken", sagte sie.

Noble schlug noch einmal mit der Faust auf den Tisch. „Das ist mir sowas von egal. Sie können sich die Ermittlungsunterlagen dahin stecken, wo die Sonne nie aufgeht. Genauso wie diese Willis. Was erlaubt die sich eigentlich? Mischt sich hier einfach in unsere Ermittlungen ein."

„Das ist ihr Job", rief Lupita. Sie hatte endgültig genug von diesem Affentheater hier. „Sie repräsentiert die übergeordnete Ermittlungsbehörde. Sie ist uns weisungsbefugt. Und wenn sie etwas haben will, dann haben wir es ihr zu geben. Das ist Ihnen doch hoffentlich klar, oder?"

Noble funkelte sie wütend an. „Natürlich ist mir das klar. Aber wir hätten diese ganze Arbeit nicht, wenn Sie sich an die Anweisungen gehalten hätten."

Nun war es Lupita, die mit der Faust auf den Tisch schlug. Dabei sprang das Handy des Chiefs über den Rand und fiel zu Boden. Hoffentlich war dieses blöde Gerät kaputt! „Ihre Untätigkeit hat möglicherweise dazu geführt, dass Adam Sinclair tatsächlich tot ist. Er hat sich nicht das Leben genommen. Er wird vermisst. Wahrscheinlich ist er entführt worden."

„Wahrscheinlich. Das ist das entscheidende Wort. Für mich ist der Fall sonnenklar. Sie reimen sich da was zusammen und wie auch immer Sie es geschafft haben, diese übergeordnete Behörde anzustecken mit Ihrer Wahnsinnstheorie, es scheint funktioniert zu haben."

„Ja, es hat funktioniert. Aber es hat nur funktioniert, weil die Indizien passen."

„Indizien. So ein Schwachsinn."

„Ganz egal, ob Sie es für Schwachsinn halten oder nicht, unsere Aufgabe ist es, die Ermittlungsunterlagen zusammenzustellen, und das werde ich tun. Danach gehe ich gerne eine Woche in den Urlaub. Es tut mir nämlich auch mal gut, wenn ich den Laden hier nicht sehen muss."

„In Ordnung. In dieser Zeit können Sie sich dann überlegen, wie Ihre weitere Karriere bei der Polizei aussehen soll. Ich kann Ihnen nur eines sagen: Hier sind Sie unerwünscht. Kriechen Sie doch dieser Willis in den Hintern und bewerben Sie sich in London. Da sind Sie besser aufgehoben als bei uns."

„Ja, ganz sicher. Da wird nämlich richtig gearbeitet und nicht nur Däumchen gedreht und mit dem Handy gespielt.“

Der Chief zeigte mit dem Finger auf sie. „So reden Sie nicht mit mir!“

„Doch, genauso rede ich mit Ihnen. Und jetzt gehe ich und stelle die Unterlagen zusammen.“

Sie drehte sich auf dem Absatz um und verließ Nobles Büro. Sie rauchte vor Wut. Was für eine Unverschämtheit. Kaum war Sarah Willis abgefahren, hatte er sie zu sich gerufen und versucht, sie zur Schnecke zu machen. Aber das ließ sie nicht mehr zu. Er konnte reden, was er wollte, es prallte einfach an ihr ab. Pete stand wieder hinter dem Tresen. Seine Augen waren geweitet. Wahrscheinlich hatte er jedes Wort gehört.

„Schau mich nicht so an. Ich meine damit auch dich. Du schiebst hier auch nur eine sehr ruhige Kugel.“

Sein Mund klappte nach unten. Doch auch das war ihr egal. Sie ging durch die Tür neben dem Tresen und dann in den Keller hinunter. Das Polizeirevier in Helston verfügte über eine winzige Asservatenkammer. Sie war kleiner als die Besenkammer und mit Mühe und Not war ein Regal hineingezwängt worden. Sie öffnete die Tür mit ihrem Schlüssel und trat ein. Die Beweismittel im Fall Adam Sinclair lagen alle in einem Karton. Sie hob den Deckel an. Da waren die Gegenstände, die am Strand gefunden worden waren. Sein Geldbeutel und sein Handy. Außerdem waren Fotos hinzugefügt worden, die die Streife angefertigt hatte, die sein Fahrrad entdeckt hatte. Das Fahrrad selbst würde sie nicht nach London schicken. Shakira hatte es bereits begutachtet. Sie hatte ein mobiles Spurensicherungs-

Kit dabei gehabt, aber nichts Verdächtiges finden können.

Die Aussagen, die sie aufgenommen hatte, insbesondere die der Haushälterin und des Mannes, der den Geldbeutel und den Schlüssel gefunden hatte, würde sie ohnehin nicht mitschicken müssen. Die waren nämlich online verfügbar. Darauf konnte Willis jederzeit zugreifen. Am Wichtigsten war es wohl, dass sie das Handy untersuchten. Sie nahm den Karton und trug ihn ins Erdgeschoss.

Als sie die Tür zum Empfangsraum öffnete, sah sie, dass der Chief am Tresen stand und sich aufgeregt mit Pete unterhielt. Die beiden sahen sie kommen und das Gespräch verstummte abrupt.

„Das können Sie mir geben", sagte der Chief und kam auf sie zu. Instinktiv trat sie einen Schritt zurück und hielt den Karton noch fester als zuvor.

„Sarah Willis hat mir den Auftrag gegeben, ihn nach London zu schicken."

„Machen Sie sich nicht lächerlich. Sie geben mir das Teil jetzt. Ich werde alles nach London schicken und Sie gehen endlich nach Hause. Ich bin es leid, Ihre Visage zu sehen. Und Pete geht es sicher genauso."

Er trat auf sie zu und griff nach dem Karton, doch sie drehte sich weg und machte einen Schritt auf die Tür zu. Dabei steckte sie möglichst unauffällig ihre Hand unter den Deckel des Behältnisses. Sie spürte etwas Hartes. Das musste das Handy sein. Sie griff danach, zog es heraus und schob es sich in den Ärmel ihrer Uniform. Der Chief hatte sie inzwischen eingeholt und packte den Karton. Es kam zu einem kurzen Gerangel, dann gab sie ihn frei. Damit hatte Noble wohl nicht gerechnet und er landete unsanft auf dem Hosenboden. Sein Kopf war knallrot und an seiner Schläfe waren nun ein halbes Dutzend Adern kurz vorm Platzen.

„Ich will Sie nie mehr hier sehen", schrie er. „Verschwinden Sie! Ich suspendiere Sie hiermit vom Dienst!"

Lupita unterließ es, den Chief oder Pete zum Abschied zu grüßen. Was für Idioten! Sie nahm ihren Rucksack und trat hinaus auf die Straße. Nun hatte sie frei. Die Zeit konnte sie voll in die Ermittlungen stecken. Sie ging rasch nach Hause, drehte sich dabei aber mehrfach um. Wahrscheinlich würde der Chief die Indizien entsorgen und behaupten, dass Lupita sie verschlampt hätte. Sie kannte ihn ganz gut und es wäre ein letzter kleiner Sieg über sie. Den sollte er von ihr aus haben. Der Geldbeutel war ohnehin nicht von Wert. Genauso wenig wie die Fotos vom Fundort des Fahrrads. Das Einzige, was wirklich zählte, war das Handy. Sie konnte nun selbst entscheiden, was sie damit anstellte. Vielleicht würde sie es ja persönlich nach London bringen. War das eine gute Idee? Sie wusste es nicht. Aber sie hatte jetzt genügend Zeit, um darüber nachzudenken.

Ihr Telefon klingelte. Sie sah auf das Display und erwartete schon, dass es Noble war, der sie anrief, um das Handy zurückzuverlangen. Doch es war Daniel.

„Gut, dass ich Sie erreiche. Wir müssen reden."

Lupita schluckte. Sie hatte diesen Satz schon einmal gehört. Allerdings nicht von Daniel, sondern von ihrem Ex-Freund, kurz bevor dieser mit ihr Schluss gemacht hatte. Deswegen hatte sie plötzlich einen Kloß im Hals, obwohl ihr bewusst war, wie verrückt das war.

„Okay, gern. Soll ich zu Ihnen nach London kommen?“

„Nein, Sasha und ich würden zu Ihnen nach Cornwall fahren. Ist es okay, wenn wir uns dann bei Mary treffen? Es ist nicht weit, sie wohnt in der Nähe von Penzance. Ich schicke Ihnen die Adresse.“

„Bei Mary? Und Sasha kommt auch mit? Worum geht es denn?“

„Ich glaube, das verrate ich Ihnen am besten, wenn wir vor Ort sind. Ist heute Nachmittag um fünfzehn Uhr für Sie in Ordnung?“

Daniel

„Da vorne links!", sagte Daniel. Er unterstrich diese Worte mit einer Zeigegeste. Aus dem Augenwinkel sah er, dass Sasha eine Schnute zog.

„Das hat mir das Navi auch schon gesagt. Aber danke für die Wiederholung", sagte sie. Sie hatten Penzance hinter sich gelassen und waren in den kleinen Ort Madron gefahren. Hier gab es nur wenige Häuser, die sich um eine alte Kirche scharten. An der Friedhofsmauer war ein Parkplatz. Sie stellte das Auto dort ab und Daniel und Sasha stiegen aus. Ein Roller parkte bereits dort.

„Das da muss es sein", sagte sie und deutete auf ein zweistöckiges Häuschen gegenüber der Kirche. An der Natursteinmauer kletterten zwei weiße Rambler-Rosen empor.

„Das sieht ja idyllisch aus", sagte Sasha. „Wie in einem Kitschroman."

„Ich glaube nicht, dass Mary ihr Leben so beschreiben würde", sagte Daniel. Sie durchquerten den ebenfalls mit Rosen bepflanzten Vorgarten und gelangten zur Haustür, die grün gestrichen war. Sasha drückte auf die Klingel. Gleich darauf öffnete sich die Tür. Mary lächelte sie an. Sie trug eine blaue Schürze und hatte Ofenhandschuhe an den Händen.

„Ich habe uns Scones gebacken. Kommen Sie doch rein."

Sie führte sie durch einen dunklen Flur und deutete auf eine Tür, durch die sie in ein kleines Wohnzimmer gelangten. Lupita saß bereits dort auf einem zweisitzigen Sofa. Das Teil war wohl schon älter und die Polster waren durchgesessen, denn Lupitas Knie waren im Verhältnis zu ihrem restlichen Körper sehr weit oben. Sie benötigte zwei Anläufe, um sich nach oben zu wuchten und die beiden zu begrüßen.

„Nehmen Sie sich bitte Tee, die Kanne steht auf dem Stövchen", hörten sie Mary aus der Küche rufen.

„Können Sie mir jetzt verraten, warum wir uns nicht in London treffen sollten?", fragte Lupita.

„Warten wir doch kurz, bis Mary da ist", sagte Daniel. Die Gastgeberin kam eine halbe Minute später mit einem Teller voll dampfender Scones herein.

„Die brauchen sicher noch ein bisschen. Jetzt sind sie zu heiß zum Essen. Ich hoffe, Sie sind gut geworden. Schmeckt der Tee?"

Daniel hatte zwar noch keinen Schluck getrunken, aber Sasha beteuerte, dass der Tee ausgezeichnet sei. Auf Marys Gesicht erschien das schmale Lächeln, das ihr so gut stand.

„Schön, dass alle Zeit haben, dass wir uns hier treffen können", begann Daniel. „Officer Mugabo hat mich schon gefragt, warum wir uns hier treffen. Danke, dass Sie Ihr Haus zur Verfügung stellen, Mrs. Skelton. Der Grund dafür ist leider sehr beunruhigend. Ich glaube nämlich, dass ich in London beschattet werde."

Lupita runzelte die Stirn. Marys Augen weiteten sich.

„Beschattet?", sagte sie und schlug eine Hand vor den Mund.

Sasha nickte. „Mir ist es auch schon aufgefallen. Vor unserer Wohnung parkt seit zwei Tagen ein Auto, und es sitzen immer wieder andere Leute darin. Es scheinen allerdings Amateure zu sein. Aber wenn ich mir anschaue, was für Informatiker dein Arbeitgeber einstellt, dann wird es bei der Sicherheitsabteilung auch nicht besser aussehen, oder?"

Daniel überging die kleine Spitze, die auf Chris und Paul gemünzt war. „Ich vermute, dass die Chefin der Sicherheitsabteilung mich beschatten lässt."

„Warum sollte sie das tun?", fragte Lupita.

„Ich glaube, ich habe einen Fehler begangen", sagte Daniel. „Ich bin mit meinem Chef, Finn Helligan, nicht weitergekommen. Er hat sich kategorisch geweigert, mit der Polizei zu kooperieren. Deshalb dachte ich, es könnte eine gute Idee sein, mir eine Etage höher Unterstützung zu suchen. So wie du es getan hast, Lupita. Nur leider hat das nichts gebracht. Die Sicherheitschefin ist auf einer Linie mit Nupret, was die Zusammenarbeit mit der Polizei angeht. Und so wie es aussieht, hat sie nun Leute auf mich angesetzt, die mich ein wenig im Blick behalten sollen."

„Sind Sie denn sicher, dass sie Sie nicht bis hierher verfolgt haben?", fragte Lupita.

Sasha schmunzelte. „Anfangs sind sie uns gefolgt. Ich habe dann meine Scanner laufen lassen und festgestellt, dass die einen GPS Tracker an meinem Auto befestigt haben. Den habe ich bei unserem ersten Halt südwestlich von London abmontiert und in die Mülltonne geworfen. Erfreulicherweise hatten die sich so sehr auf ihre Technologie verlassen, dass der Abstand, den das Verfolgungsauto zu uns hatte, offenbar zu groß war. Die haben uns verloren. Und selbst wenn sie zu uns aufgeschlossen hätten, hätte ich es wie Mary gemacht, einfach ein paar Runden in Penzance gedreht und dann hätten wir die schon abgehängt."

„Tja, nun haben wir uns offenbar beide gegen unsere Arbeitgeber gestellt", sagte Lupita.

„Wie meinen Sie das?", fragte Daniel.

„Mein Chef hat mir nahegelegt, mich für eine andere Stelle zu bewerben und mich vom Dienst suspendiert. Er hat mir gesagt, dass er mich nicht mehr hier sehen will, weil ich ohne seine Einwilligung eine Meldung an die NCA gemacht habe. Die haben ihm ziemlich auf die Finger geklopft. Das mag er natürlich nicht, und er wollte mich sowieso schon länger loswerden. Insofern kam ihm das wahrscheinlich gerade recht."

„Das tut mir leid", sagte Mary. Sie machte einen unglücklichen Gesichtsausdruck.

Lupita winkte ab. „Das ist nicht so schlimm. Dann habe ich wenigstens Zeit, mich in die Ermittlungen zu stürzen."

Daniel tauschte einen Blick mit Sasha. „Das ist der Grund, warum ich Sie alle hierhergebeten habe. Ich bin inzwischen überzeugt davon, dass es einen Serientäter gibt, der seine Opfer über IQ-VE anlockt. Sie hatten recht, Lupita. Leider kann ich nicht offiziell auf die Profile zugreifen. Das wäre der einfachste Weg gewesen. Erfreulicherweise wohne ich jedoch mit einer äußerst versierten IT-Fachfrau zusammen."

„Zu viel der Ehre", sagte Sasha. „Daniel hat mich gebeten, das Profil von Tryharder27 etwas genauer unter die Lupe zu nehmen."

„Tryharder27?", fragte Mary.

Daniel nickte. „Ein Name, bei dem man gleich eine bestimmte Art von Person vor Augen hat. Tough, selbstbewusst, anspruchsvoll. Und perfekt dazu geeignet, um Männer herauszufordern, die von sich und ihrem Status überzeugt sind", sagte Daniel.

„Gut, wir wissen nun also, mit welchem Nutzer die vier Männer Kontakt hatten. Was können Sie uns zu dem Profil sagen?", fragte Lupita.

Daniel seufzte. „Das ist ebenfalls perfekt aufgebaut. Die Bezeichnung tough und selbstbewusst trifft es wirklich gut. Als Ort gibt der Nutzer Salisbury an, er sucht aber in einem Umkreis von dreihundert Meilen. Das umfasst praktisch ganz England. Die üblichen Daten wie Alter, sexuelle Orientierung und auch das, was er sucht, sind wie erwartet: Weiblich, siebenundzwanzig, heterosexuell, auf der Suche nach einer festen Beziehung, nach etwas Ernstem. Das matcht mit den Profilen der Vermissten. Die vier Männer sind alle geschieden oder getrennt lebend. Sie haben angegeben auf der Suche nach einer Beziehung zu sein."

„Das erklärt auch, dass teilweise schon mehrere Wochen Kontakt zwischen Tryharder27 und den Nutzern bestand", erklärte Sasha.

„Wie wollen wir nun vorgehen?", fragte Lupita.

„Zuerst einmal müssen wir klären, ob es überhaupt ein wir gibt", sagte Daniel. „Ich habe offiziell den Auftrag bekommen, den Nutzer zu ermitteln. Dabei habe ich die Rückendeckung von Finn Helligan, solange ich mich an das Datenschutzdogma halte. Auch Mary darf mit im Boot sein, das hat mir Helligan ausdrücklich zugestanden. Bei Sasha sieht es schon anders aus. Dass ich eine erstklassige Hackerin mit im Boot habe, weiß niemand und das soll auch so bleiben. Sie hat mir bereits gesagt, dass sie gern mitmachen würde. Wie sieht es bei Ihnen aus, Lupita? Wollen Sie sich uns anschließen?"

Lupita sah ihn mit glänzenden Augen an. „Natürlich, was ist das denn für eine Frage?"

Mary klatschte in die Hände. „Super, dann sind wir jetzt ein Team!"

Lupita

„Okay, dann habe ich hier gleich etwas", sagte Lupita. „Das ist das Handy von Adam Sinclair. Ich habe es aus der Asservatenkammer mitgehen lassen."

Sie legte es auf den Tisch neben den Teller mit den Scones.

Aus dem Augenwinkel sah sie, dass Mary eine Hand vor den Mund schlug. Sie konnte es ihr nicht verdenken. Wenn sie diese Worte aussprach, klang es selbst in ihren Ohren verrückt. *Wie hatte sie sich nur dazu durchringen können, ein Beweismittel zu unterschlagen?*

„Okay, das kann sehr hilfreich sein, um herauszufinden, mit wem der Schriftsteller Kontakt hatte. Aber wird das Handy nicht vermisst werden?", fragte Daniel.

„Ja, wahrscheinlich schon. Wobei ich mir da nicht so sicher bin. Ich habe den Eindruck, dass mein Vorgesetzter die Ermittlungen nicht nur verzögern will, sondern sie ganz offenbar sabotiert. Eigentlich hatte ich die Aufgabe, die Ermittlungsunterlagen an die NCA weiterzuleiten. Aber er hat mich angewiesen, Urlaub zu nehmen, und hat den Karton mit den Unterlagen an sich genommen. Ich konnte gerade noch das Handy retten. Ich befürchte, dass er alles verschwinden lässt und behauptet, es sei nichts da. Und wahrscheinlich will er mir dann noch die Schuld dafür in die Schuhe schieben."

Mary kniff die Augen zusammen. „Aber warum sollte er das tun? Was für ein Interesse hat er daran, die Unterlagen verschwinden zu lassen?"

Lupita zuckte mit den Achseln. „Wahrscheinlich will er von seiner eigenen Inkompetenz ablenken. Die Ermittlungsakte ist nicht gerade sehr umfangreich. Er hat mir nicht erlaubt, mehr zu recherchieren. Das ist eindeutig sein Fehler. Er hat versäumt, dem nachzugehen, und nun haben wir einen Vermisstenfall. Wenn sich herausstellen sollte, dass es sich wirklich um einen Serientäter handelt, hat mein Vorgesetzter ein großes Problem. Vor allem wenn die Presse davon erfährt. Wenn er nun die Beweismittel beseitigt, kann ihm zumindest intern kein Fehler mehr nachgewiesen werden, vor allem wenn er mir die Schuld für das Verschwinden der Unterlagen in die Schuhe schiebt."

Sasha verdrehte die Augen. „Männer!", knurrte sie. Dann sah sie Daniel an und sagte: „Nichts für ungut."

Daniel schien das Ganze gar nicht wahrgenommen zu haben. „Gäbe es noch eine andere Erklärung? Ich denke daran, dass Ihr Vorgesetzter mit dem Entführer zusammenarbeiten könnte."

Lupita schüttelte den Kopf. „Dafür ist er viel zu faul. Selbst, wenn ihm der Entführer viel Geld bieten würde, würde das für ihn den Aufwand doch nicht rechtfertigen. Nein, er hat gemerkt, dass er in der Falle sitzt und versucht nun, die Verantwortung auf mich abzuwälzen. Aber damit kann ich umgehen. Deshalb habe ich das Teil ja mitgenommen. Wollen wir versuchen, ob wir darauf Daten sichern können? Dann bringe ich es in die Asservatenkammer zurück. Ansonsten fällt das vielleicht doch noch auf und das wäre ungünstig für mich."

Sasha streckte ihre Hand aus und Lupita legte das Handy hinein. Die Informatikerin klappte ihren Laptop auf, der mit einem leisen Schnurren hochfuhr. Sie verband das Telefon und den Computer mit einem Kabel und gleich darauf huschten ihre Finger über die Tastatur. Lupita hatte noch nie jemand so schnell tippen sehen.

„Falls Sie den Code zum Entsperren brauchen, der lautet 654321", sagte sie.

Sasha lächelte. „Ich bin schon drin, aber danke."

Lupita beobachtete gespannt, wie die Informatikerin arbeitete. Sie sah, dass auch die Blicke von Mary und Daniel auf Sasha gerichtet waren.

„Das kann eine Weile dauern", sagte sie. „Fangt doch schon mal mit den Scones an."

Mary reichte ihren Gästen jeweils einen Teller. Lupita teilte das Gebäck in der Mitte, strich Butter und Marmelade darauf und biss hinein. Es war noch warm, aber nicht mehr so heiß, dass man es nicht hätte essen können. Und es schmeckte absolut himmlisch.

„Die sind großartig", sagte sie.

Marys Wangen röteten sich. „Dankeschön", sagte sie leise, fast im Flüsterton.

„Was ist denn der nächste Schritt unseres Plans?", fragte Daniel.

„Ich denke, wir sollten ein Profil ausarbeiten. So wie wir es auch mit dem Dickpic-Erpresser getan haben. Wir locken den Entführer in eine Falle und lassen ihn dann vom Sicherheitsdienst festnehmen", schlug Mary vor.

Lupita legte den Kopf schief. „Ich weiß nicht, ob es eine gute Idee ist, wenn Sie den Sicherheitsdienst Ihrer Plattform in die Sache mit reinziehen. Das läuft ein wenig anders als bei Erpressungen. Diese sind zwar auch strafrechtlich relevant, aber ein Entführer ist schon noch mal ein anderes Kaliber. Wir werden nicht umhinkommen, die Polizei einzuschalten, auch wenn ich verstehe, dass Ihnen das Unbehagen bereitet.“

Mary und Daniel wechselten einen Blick. Der Psychologe seufzte. „Ja, Sie haben recht. Das wird meinen Vorgesetzten bei IQ-VE zwar gar nicht gefallen, aber wir dürfen keine juristische Parallelwelt unterstützen. Können Sie denn einen Kontakt herstellen? Idealerweise müssten wir ja zusammenarbeiten. Wir stellen eine Falle und die Polizei fasst den Täter.“

Lupita nickte. „Ich kann es versuchen. Immerhin habe ich ja jetzt die Nummer der Leiterin der überregionalen Ermittlungsbehörden. Trotzdem brauchen wir einen Plan B. Wenn die ablehnen, sollten wir wenigstens in der Lage sein, den Täter zu identifizieren. Notfalls muss dann doch Ihre interne Gefahrenabwehr den Mann schnappen und ihn der Polizei übergeben.“

„Heureka“, rief Sasha plötzlich. Alle Köpfe wandten sich ihr zu. „Ich habe den E-Mail-Posteingang wiederherstellen können. Glücklicherweise wird jede private Nachricht, die über IQ-VE verschickt wird, als Kopie per E-Mail zugestellt. So wie es aussieht, sind der Schriftsteller und sein Flirt aber irgendwann komplett auf E-Mails umgeschwenkt“, sagte sie.

Lupita spürte, wie ihr Herz schneller zu schlagen begann. „Heißt das, dass wir den kompletten Austausch zwischen Sinclair und Tryharder27 haben?“, fragte sie.

„Jepp. Und der ist ziemlich eindeutig."

Sie drehte den Rechner um und deutete auf den Bildschirm.

Hallo, meine Süße, du gehst mir nicht mehr aus dem Kopf. Eigentlich sollte ich mein Buch fertig schreiben, aber ich kann nur noch an dich denken. Ich hätte nie gedacht, dass ich auf dieser Plattform jemanden finde, dem ich mit Haut und Haaren verfallen könnte. Können wir uns nicht treffen? Es ist schon der Wahnsinn, dass du mit mir schreibst. Aber ich muss dich sehen. Bitte, bitte, sag ja!! Dein Adam."

„Na, das klingt ja, als ob jemand ziemlich verliebt gewesen wäre", sagte Lupita, nachdem sie die E-Mail gelesen hatte. „Haben wir auch eine Antwort?"

Sasha klickte ein wenig herum, dann öffnete sich ein weiteres Fenster.

Du bist mir mit Haut und Haaren verfallen? Ach, wie poetisch! Schau, du hast dich doch beklagt, dass dir eine Muse fehlt. Jetzt hast du jemanden, für den du dir Metaphern ohne Ende einfallen lassen kannst. Und vielleicht sind ja ein paar dabei, die du dann in deinem neuen Buch verwenden kannst. Genau aus diesem Grund werde ich mich auch nicht mit dir treffen. Wir wollen doch beide nicht, dass deine frisch erwachte Kreativität wieder wegdämmert, oder?

„Das ist geschickt gemacht", sagte Mary. „Sie hat ihn am Haken, lässt ihn aber zappeln, indem sie ihn triezt und neckt. Das hat eine ganz andere Qualität als die Erpresser, mit denen wir es bisher zu tun gehabt haben."

„Gut, jetzt haben wir also die E-Mail-Adresse von Tryharder27", sagte Daniel. „Was fangen wir damit an?"

„Ich würde die Adresse dazu nutzen, zu versuchen, einen Trojaner aufzuspielen. Wenn wir die Festplatte des Entführers scannen können, können wir möglicherweise seine Identität lüften. Dann müssen wir ihn gar nicht in eine Falle locken, das wäre doch die eleganteste Option, oder?"

„Und die am wenigsten gefährliche", ergänzte Lupita.

Mary legte den Kopf schief. „Ich glaube trotzdem, dass wir zuerst über die App einen Kontakt herstellen müssen. Wir haben es mit einem intelligenten Gegner zu tun. Er muss den Eingangstest der App geschafft haben und wie er die Leute manipuliert ... das ist schon eine besondere Klasse. Ich glaube nicht, dass er auf eine Mail von jemandem reagiert, den er nicht kennt. Wir müssen uns über die App sein Vertrauen erschleichen. Und dann müssen wir ihn dazu bringen, dass er E-Mails mit uns austauscht. Wir müssen den Kanal wechseln. Wenn uns das gelungen ist, kommen Sie zum Einsatz, Sasha."

Die Informatikerin nickte. „Das klingt vernünftig."

Lupita sah Mary mit großen Augen an. Eine Veränderung war in der Frau vorgegangen. Erst vor wenigen Tagen hatte sie diese kennengelernt auf der Terrasse ihres Psychotherapeuten. Sie war verängstigt gewesen, hatte geweint, ihr Selbstbewusstsein hatte arge Dellen erlitten. Jetzt war sie hingegen kaum wieder zu erkennen. Ihre Augen waren glänzend und sie war voller Tatendrang. Das gefiel Lupita sehr.

„Gut, wie gehen wir weiter vor?", fragte Daniel.

Natürlich war es wieder Mary, die ihm antwortete.

„Wir beide setzen uns jetzt zusammen und entwerfen ein Köder-Profil. Ich denke, das wird ein wenig mehr Arbeit als bei den Erpressungsgeschichten.“

„Und ich werde das Handy der NCA übergeben. Das brauchen Sie doch nicht mehr, oder?“

Sasha schüttelte den Kopf.

„Okay, wollen Sie denen dann schon von unserem Plan erzählen?“, fragte Daniel.

„Ich würde vorsichtig vorfühlen, ob die zu einer Zusammenarbeit mit uns bereit wären. Den Plan selbst würde ich noch nicht preisgeben wollen.“

Daniel nickte. „Gut. Wir sollten dann gemeinsam überlegen, an welchem Punkt wir die Polizei hinzuziehen müssen. Aber das hat noch Zeit. Zuerst müssen wir das Profil erstellen und dann muss Tryharder27 den Köder schlucken.“

Daniel

Daniel und Mary saßen in ihrem kleinen Arbeitszimmer. Die anderen waren bereits aufgebrochen. Lupita war mit ihrem Roller nach Hause gefahren und Sasha hatte sich zu dem Hotel in Penzance begeben, in dem sie sich für die Nacht einquartiert hatten. Mary hatte ihnen zwar angeboten, dass sie auch bei ihr übernachten könnten, aber Sasha und er waren sich einig gewesen, dass sie ihr diese Bürde nicht aufladen wollten.

Marys Arbeitszimmer war spartanisch eingerichtet. Auf einem Schreibtisch standen ein modern aussehender Computer sowie ein Bildschirm. Neben der Tastatur und der Maus lag ein karierter Block, daneben ein Stift. An der Wand links neben dem Schreibtisch befand sich ein mit Dutzenden, fein-säuberlich beschrifteten Ordnern bestücktes Regal. Auf der anderen Seite hing ein Whiteboard mit mehreren Magneten.

„Sie sind ja perfekt ausgestattet für unsere Ermittlungen", sagte Daniel.

„Na ja, da das ja jetzt so eine Art Job für mich ist, habe ich mich dementsprechend ausgerüstet. Ich kann das ja alles von der Steuer absetzen."

Daniel schluckte. Für sie war das tatsächlich schon ein Job. Viel mehr als für ihn. Und nun setzte er ihre Anstellung aufs Spiel, wenn er sich gegen Helligans Anweisungen stellte. Er spürte den Stich eines schlechten Gewissens, doch Mary lenkte seine Gedanken ab.

„Wie wollen wir das Ganze jetzt genau angehen?“

„Ich würde vorschlagen, dass wir ein vollkommen neues Profil anlegen. Ich habe die Freigabe dafür, dass ich die Ausgangswerte des Intelligenztests und der Persönlichkeitstests nach Belieben anpassen kann. Ich würde die Parameter so setzen, dass sie denen entsprechen, die im Schnitt auf die vier Männer zutreffen, die bereits als vermisst gemeldet wurden.“

Mary nickte. „Gut, dann fangen Sie doch damit an und danach machen wir uns dann daran, das Profil entsprechend aufzuhübschen.“

Daniel loggte sich mit seinem Firmen-Account ein und begann damit, ein neues Profil zu erstellen. Doch schon die erste Entscheidung überforderte ihn beinahe ein wenig.

„Welchen Benutzernamen sollen wir denn wählen?“

Mary legte den Kopf schief.

„Vielleicht etwas, das einen dringenden Beziehungswunsch ausstrahlt?“

Daniel überlegte, aber irgendwie wollte ihm nichts einfallen. Es fiel ihm schwer, sich vorzustellen, wie jemand tickte, der verzweifelt auf der Suche nach einer Partnerschaft war.

„Wie wäre es denn mit Longingforyou34?“

Daniel gab den Namen ein. „Den gibt es schon“, sagte er kurz darauf.

„Dann versuchen Sie es doch mal mit Searchingforthemissinglink33.“

Dieses Mal funktionierte es.

„Sollen wir uns für unseren Köder an einer realen Person orientieren?“

Daniel schüttelte den Kopf. „Das ist zu riskant. Wir werden es so handhaben, dass wir zuerst unser Köder-Profil erstellen. Das leiten wir dann an Sasha weiter und sie wird für entsprechende Spuren im Internet sorgen."

Mary nickte ihm zu. „Es ist schon praktisch, so jemanden bei der Hand zu haben. Aber auch erschreckend, was heute alles digital möglich ist. Sie können eine nicht existierende Person erschaffen und so viele Spuren ins Internet legen, dass diese für echt gehalten wird. Das ist Wahnsinn."

„Ja. Ich hoffe nur, dass wir unseren Entführer damit täuschen können. Er oder sie erscheint mir ziemlich gerissen."

„Mehr als versuchen können wir es nicht, oder?"

Daniel gab nun die weiteren Daten ein. Sie entschieden sich für den Namen Harry Miller. Harry war 33 Jahre alt und lebte in Bristol.

„Jetzt kommt der interessante Teil", sagte Daniel. „Welchen Beruf übt unser potenzielles Opfer aus?"

„Es sollte etwas Kreatives sein. Bisher wurden ein Rapper, ein Spieledesigner, ein Schriftsteller und ein Mathematiker entführt. Und alle hatten sich bereits einen Namen gemacht."

„Puh, das bedeutet viel Arbeit für Sasha. Sie muss nicht nur Spuren der fiktiven Persönlichkeit im Netz verstreuen, sondern auch fiktive Werke erstellen."

Mary legte den Kopf schief. „Was halten Sie von einem Maler? Wir müssen die Illusion ja nur kurzfristig aufrechterhalten. Sasha könnte eine Website erstellen, auf der KI-generierte Gemälde zu hohen Preisen angeboten werden und ein paar fiktive Artikel über Versteigerungen der Bilder posten."

Daniel nickte. „Ja, das könnte funktionieren."

Er rief Sasha an und besprach mit ihr die Details. Dann machten sie sich daran, das Profil fertigzustellen. Als Beziehungsstatus gab Daniel ledig ein. Harry hatte keine Kinder und war auf der Suche nach einer monogamen Beziehung. Als Hobbys wählte Mary Festivals, Surfen und Backpacking aus.

„Er soll etwas Spontanes ausstrahlen", sagte sie. „Unser Entführer soll den Eindruck bekommen, dass er ihm kurzfristig vorschlagen kann, sich zu treffen. Das hat er bei den anderen wahrscheinlich auch getan. Zumindest wissen wir das von Adam Sinclair."

Daniel nickte. Wieder beneidete er Mary um das intuitive Verständnis, das sie von den sozialen Interaktionen der Menschen um sich herum hatte. Er fügte das Bild ein, das Sasha ihm zugeschickt hatte. Es handelte sich um das Foto einer realen Person, das jedoch mithilfe einer KI so verändert worden war, dass Suchmaschinen es nicht mehr dem Original zu ordnen würden.

Als Nächstes sollte nun der Text folgen, der für Daniel das wichtigste Element der Partnervermittlung war. In der Plattform nannten sie es den Werbetext. Eine freie Formulierung, die die einzelnen Nutzer über sich selbst schrieben, um sich möglichst kurz und prägnant zu beschreiben, aber auch etwas über ihre Erwartungen und Ziele mitzuteilen.

Mary lehnte sich zurück und tippte immer wieder mit dem Stift gegen ihre Unterlippe. Daniel versuchte, sich einen entsprechenden Text zu überlegen, aber sein Gehirn war wie ausgelöscht. So als ob sein Kopf von dichtem Nebel erfüllt wäre.

„Ich habe einen Vorschlag", sagte Mary irgendwann.

Meine Freunde sagen, ich hätte alles im Leben: Erfolg, Geld, Gesundheit. Doch eines fehlt mir, und zwar das Wichtigste. Eine Partnerin, die all das mit mir teilen will. Und noch mehr. Ich suche einen Menschen, der auf Augenhöhe an meiner Seite steht, der mich ergänzt und den ich ergänzen kann. Eine Seelenverwandte, jemanden, mit dem ich im Gleichklang durchs Leben schreiten und alle Schönheiten genießen kann, die es zu bieten hat. Eine Muse, die mich küsst und die ich in meinen Gemälden verewigen kann. Bist du diejenige? Dann schreib mir!

Daniel las sich den Text genau durch, dann nickte er. „Das ist perfekt. Mir gefällt insbesondere dieses ‚auf Augenhöhe'. Es drückt deutlich aus, dass der Mann wirklich auf der Suche nach einer Beziehung ist. Ich glaube, das ist der Kern des Profils. Der Entführer sucht Menschen, die sich nach nichts mehr sehnen als nach einer Partnerschaft. Und die Stelle mit dem Musenkuss hat bei Sinclair auch schon funktioniert."

Mary nickte. „Trotzdem wirken die Profile der vier Vermissten nicht so, als ob sie verzweifelt auf Beziehungssuche wären. Da ist Selbstbewusstsein und Status, und das ist dem Entführer zunächst einmal wichtig. Die Sehnsucht nach Nähe ist dann das Sahnehäubchen darauf. Sie erlaubt es dem Entführer, die Macht über sein Gegenüber zu erlangen, sich gleichzeitig hoch begehrt und doch unerreichbar zu geben, seine Opfer zu manipulieren und sie seinem Willen gefügig zu machen.“

„Ja, das trifft es ganz gut. Jetzt müssen wir noch eingeben, nach was er genau sucht. Welche Schlagwörter wählen wir aus?“

Dieses Mal musste Mary nicht so lange überlegen. Die Wörter kamen wieder wie aus der Pistole geschossen „*Liebe, Beziehung, Familie, Verlässlichkeit, Treue, Zukunft.*“

Jeder dieser Begriffe jagte Daniel einen kleinen Schauer über den Rücken. Er sah Mary von der Seite an. Was wohl gerade in ihr vorging? Bei ihrer Vorgeschichte ließ sich annehmen, dass sie ihr Profil ganz ähnlich formuliert hätte. In ihrer Partnerschaft war sie davon ausgegangen, dass die Grundlagen des Zusammenlebens mit ihrem Ex-Freund genau diese genannten Tugenden waren. Allerdings hatte sie dann auf eine sehr schmerzliche Art und Weise erfahren müssen, dass ihr damaliger Partner eine andere Vorstellung davon hatte, wie man eine Beziehung führte. Daniel war klar, dass sie darauf ihr tiefes Verständnis gründete, wie Beziehungssuchende, die sich öffneten, manipuliert werden konnten. Er hoffte nur, dass es ihr gut damit ging, und dass sie sich dadurch nicht weiter schädigte oder sogar retraumatisierte.

„So, dann wären wir fertig“, sagte Mary.

Daniel nickte. „Ich schicke die Informationen gleich an Sasha. Sie wird uns dann grünes Licht geben, sobald sie die Spuren im Internet verteilt hat. Wir stellen das Profil online und dann müssen wir nur warten, bis Tryharder27 anbeißt.“

Adam

Adam schloss die Augen und drückte mit Daumen und Zeigefinger seiner rechten Hand gegen seinen Nasenrücken. Der scharfe Schmerz, der ihn durchfuhr, weckte sofort seine Lebensgeister. Vielleicht würde ihm das eine weitere halbe Stunde einbringen, in der er noch an seinem Manuskript arbeiten konnte.

Die Erschöpfung hatte ihn mit voller Wucht getroffen. Der Countdown stand bei 75:09. Adam hatte in den letzten zwanzig Stunden sage und schreibe 40.000 Wörter geschrieben und gerade eben das Wort *Ende* unter das letzte Kapitel gesetzt. Allerdings war diese Erstfassung noch sehr roh und es würde noch einiges an Polierarbeiten bedürfen, ehe das Bestsellerpotenzial freigelegt werden würde. Der Mörder wurde zwar tatsächlich erst auf der letzten Seite enthüllt, aber noch sprang die Handlung ohne erkennbares Ziel hin und her. Die Figuren waren eindimensional, und an manche die er zu Beginn eingeführt hatte, konnte er sich schon gar nicht mehr erinnern. Die Überarbeitung würde eine Menge Zeit benötigen, und die hatte er nicht.

Adam sah auf den Bildschirm. Die Zeilen verschwammen. Er kniff noch einmal die Augen zusammen und öffnete sie dann ganz weit. Doch sein Blick klärte sich nicht. Stattdessen sanken seine Lider bleischwer herab. Er spürte, wie sein Körper erschlaffte. Er durfte jetzt nicht einschlafen. Er musste weiterschreiben. Sein Leben hing schließlich davon ab. Das Nächste, was er wahrnahm, waren Schmerzen in seinem rechten Arm und in seiner rechten Schläfe. Als er die Augen öffnete, sah er den Raum aus einer seltsamen Perspektive. Er musste vom Stuhl gefallen sein. Hoch über ihm thronte der Laptop auf dem Tischchen. Adam wollte sich aufrappeln, doch sein Kopf war bleischwer. Es hatte keinen Sinn. Er musste sich ein wenig Ruhe gönnen. Sinclair legte den Kopf auf den kalten Beton, und noch während er darüber nachdachte, wie unbequem das war, schlief er ein.

Lupita

Lupita genoss die Fahrt. Sie war gern mit ihrem Roller unterwegs. Er war zwar nicht immer das praktischste Fortbewegungsmittel, denn in dieser Ecke von Südwest England regnete es viel. Aber wenn dann einmal so schönes Wetter war wie heute, liebte sie es, den Wind auf ihrem Gesicht zu spüren, die salzige Luft zu riechen und den Rausch der Freiheit zu erleben, den die Geschwindigkeit mit sich brachte. Die Strecke zurück nach Helston war ohnehin ein Traum. Sie umrundete die St.Michael's Bay. Zu ihrer Rechten thronte die majestätische Burg auf dem Felsen. Gerade war Ebbe und ein stetiger Strom von Touristen war auf dem Dammweg unterwegs, kleine schwarze Ameisen, die auf einen riesigen Hügel zu wuselten.

Als sie vom Meer in Richtung Inland abbog, trat die Freude über die Fahrt hinter den Sorgen zurück, die sie seit dem Aufbruch von Marys Wohnung beschäftigten. *Was sollte sie mit Adam Sinclairs Handy anfangen? Sollte sie versuchen, es zurück in die Asservatenkammer zu schmuggeln?* Das ergab keinen Sinn, da konnte sie es gleich wegwerfen. Es gab jedoch noch eine andere Möglichkeit.

Es war schon Abend, als sie Helston wieder erreichte. Die Sonne stand tief im Westen und tauchte den Ort, den Weiher und den bewaldeten Hügel dahinter in ein unwirkliches, goldenes Licht. Das Wasser auf dem

Teich kräuselte sich im sanften Abendwind. Der Schwan war angebunden, sein Kopf wurde von der Sonne beschienen und leuchtete in einem blendenden Weiß. Wo war das Liebespärchen? Jetzt wäre der perfekte Zeitpunkt für eine romantische Fahrt. Sie schob den Gedanken beiseite. Von Liebespärchen hatte sie erst einmal genug. Wenn sie sah, was alles auf dieser Dating Plattform ablief, wurde ihr ganz anders.

Sie fuhr weiter durch den Kreisverkehr und sah schließlich in etwa einhundert Metern Entfernung vor sich die Polizeistation. Doch sie fuhr daran vorbei. Das war heute nicht ihr Ziel. Sie lenkte den Roller in Richtung Ortsmitte und kam an dem kleinen Hotel an, in dem sich Shakira und wahrscheinlich auch Sarah Willis einquartiert hatten. Sie stellte ihr Fahrzeug ab und betrat mit klopfendem Herzen die Lobby. Der Typ am Empfang musterte sie ausgiebig. Er war ein unfreundlicher Kerl, den sie von einem Einsatz her kannte, als sie einmal zu dem Hotel gerufen wurden, um einen renitenten und sehr betrunkenen Gast auf die Straße zu befördern, der sich geweigert hatte, zu bezahlen.

„Ich suche Officer Shakira Donnaghou", sagte Lupita, nachdem sie den Mann begrüßt hatte.

„Die hat vorhin ausgecheckt. Aber wenn Sie sich beeilen, erwischen Sie sie vielleicht noch auf dem Parkplatz."

Lupita ließ sich das nicht zwei Mal sagen. Sie eilte aus dem Hotel und um das Gebäude herum. Dahinter befand sich ein kleiner Parkplatz, und sie sah tatsächlich, dass Shakira gerade damit beschäftigt war, einen erstaunlich großen Koffer in ihr Auto zu wuchten.

„Kann ich Ihnen helfen?", fragte Lupita.

Shakira wandte sich um. „Constable Mugabo. Welch eine schöne Überraschung, dann kann ich mich ja noch von Ihnen verabschieden."

„Ich muss Ihnen ehrlich gestehen, dass ich nicht deswegen zu Ihnen gekommen bin."

Die Augenbraue der Polizistin wanderte nach oben. „Was kann ich für Sie tun?"

Lupita holte das Handy aus ihrer Hosentasche. Es steckte in einer Beweismitteltüte, die so zerknittert aussah, als ob sie diese frisch aus der Gefriertruhe geholt hätte.

„Ich wollte Ihnen das Handy von Adam Sinclair übergeben."

Nun wanderte auch die andere Augenbraue der jungen Frau nach oben. „Sein Handy? Wo haben Sie das denn her?"

„Ich habe es aus der Asservatenkammer der Polizeistation mitgehen lassen. Ich traue meinem Chef nicht. Ich glaube, dass er alles tun würde, um sein Versagen im Fall Sinclair zu vertuschen. Ich traue ihm sogar zu, dass er dafür Beweismittel verschwinden lässt."

Shakira legte den Kopf schief. „Das sind aber heftige Anschuldigungen. Nun gut, allerdings muss ich sagen, dass Sie wahrscheinlich nicht ganz unrecht haben. Er hat uns einen Karton übergeben, in dem sich lediglich ein Schlüsselbund und ein Geldbeutel befanden. Die Inventarliste hat gefehlt. Und auf ein Handy hat er uns auch nicht hingewiesen. Insofern ist es eine glückliche Fügung, dass Sie das Gerät eingesteckt haben."

Sie streckte die Hand aus, doch Lupita zögerte. Shakira merkte es sofort.

„Sie können mir vertrauen. Ich werde das Handy weitergeben. Unsere Jungs von der Spurensicherung sind sehr begabt. Falls es darauf etwas zu finden gibt, dann finden wir es. Wenn Sie möchten, kann ich Sie auch informieren. Sie haben uns ja schließlich überhaupt erst auf die Spur dieses Entführers gebracht. Ich hoffe nur, dass wir ihn bald finden. Heute Morgen hat die Mutter des Mathematikers menschliche Hirnmasse in ihrer Post gefunden. Wir fahren gleich nach Birmingham und kümmern uns darum."

Lupita schluckte. Drei Tote. Sie mussten endlich handeln. „Ich glaube, ich habe eine Idee, wie wir den Entführer schnappen können", sagte sie.

„Wie wollen Sie das denn anstellen?"

Lupita berichtete ihr von ihrem Treffen mit Daniel. Sie ließ Mary und Sasha ganz bewusst außen vor. Und auch, dass Daniel und Mary bereits dabei waren, den gemeinsam gefassten Plan in die Tat umzusetzen, erwähnte sie nicht.

„Wir könnten ein Köderprofil bei IQ-VE erstellen, den Entführer zu einem Treffpunkt locken und ihn dort von einem Spezialkommando festnehmen lassen."

Shakira legte den Kopf schief. „Der Plan hat etwas für sich. Aber er ist auch riskant und wahrscheinlich nicht ganz legal. Sie sollten mit SIO Willis darüber sprechen."

„Dann rufe ich sie am besten an, oder?"

Shakira schüttelte den Kopf. „Sie müsste gleich aus dem Hotel kommen. Wir wollen gemeinsam zurückfahren. Ah, da ist sie schon."

Lupita wandte sich um. Die Polizistin trat aus der Hintertür, eine Zigarette im Mundwinkel.

„Aha, wir bekommen also doch noch ein Abschiedskommando. Das wäre doch nicht nötig gewesen", sagte sie und zündete sich die Zigarette an.

„Constable Mugabo hat uns das Handy von Adam Sinclair gebracht, das ihr Vorgesetzter vermutlich unterschlagen wollte", sagte Shakira.

„Dachte ich mir doch, dass der Typ seine Unfähigkeit verschleiern will. Ich werde mal die interne Dienstaufsicht vorbei schicken. Die sollen sich den Laden mal ganz genau anschauen."

„Da ist noch etwas", sagte Lupita. „Ich habe eine Idee, wie wir den Entführer schnappen könnten."

Sie berichtete nun auch Willis von ihren Überlegungen. Diese zündete sich währenddessen ihre zweite Zigarette an. Als Lupita fertig war, sah die Polizistin sie eine Weile nachdenklich an. „Ich glaube, in Ihrem Alter hätte ich so einen Plan auch super gefunden. Sie brennen für die Sache, das gefällt mir. Sie wollen den Kerl unbedingt schnappen. Und da wir es nun schon mit drei Toten zu tun haben, wird es dringend Zeit dafür. Ich wünschte, ich könnte Sie dabei unterstützen."

Lupita spürte, wie sich Enttäuschung in ihr breitmachte. „Warum können Sie das nicht?"

„Wir können nicht einfach ein Fake-Profil erstellen. Wenn, dann müssen wir ganz offiziell mit der Plattform zusammenarbeiten. Das muss alles richterlich abgesegnet sein. Wir müssen uns an Recht und Gesetz halten."

„Aber die Plattform wird niemals zustimmen. Und selbst wenn, würde das Wochen dauern. Dann sind alle Entführten tot."

Willis nickte. „Ja, deshalb scheidet dieser Weg leider aus.“

Lupita wollte etwas erwidern, doch Willis hob die Hand. „Sagen Sie bitte nichts mehr. Ich weiß, was Sie mir vorschlagen wollen. Dass Sie das in Ihrer Freizeit durchziehen könnten. Natürlich steht Ihnen frei, das zu tun. Ich rate Ihnen aber dringend davon ab. Sie wissen schließlich nicht, mit wem Sie es zu tun bekommen. Wenn Sie den Entführer in eine Falle locken, müssen Sie einen entsprechenden Köder bereitstellen, und das kann schnell schief gehen. Sie brauchen ein Back-up. Leider kann ich Ihnen kein Spezialeinsatzkommando zur Verfügung stellen. Deshalb schlagen Sie sich das bitte aus dem Kopf.“

„Und was, wenn der interne Sicherheitsdienst von der Plattform das Back-up bietet?“

Willis seufzte. „Sie wollen es wirklich wissen, oder? Ich rate Ihnen trotzdem davon ab. Ich habe Gerüchte gehört, dass dieser Milliardär eine Art paramilitärische Organisation aufgebaut hat, mit der er seine Vorstellung von Law & Order durchsetzt. Aber darin sollten Sie sich auf keinen Fall verstricken, wenn Sie Polizistin bleiben wollen. Schon gar nicht, wenn Sie sich nicht jede Aufstiegschance verbauen wollen, und ich gehe mal davon aus, dass Sie Karriere machen wollen, oder?“

Lupita schluckte. „Natürlich will ich aufsteigen. Glauben Sie, ich will mein ganzes Leben Streifendienst in Helston schieben?“

Willis schüttelte den Kopf. „Nein, das glaube ich nicht. Genau aus diesem Grund müssen Sie die Füße stillhalten. Danke, dass Sie uns das Handy übergeben haben. Ich hoffe, wir finden darauf Informationen, die es uns erlauben, den Entführer zu fassen. Wenn uns das gelingt, werde ich Ihren Beitrag lobend erwähnen. Das wird in Ihrer Akte eingetragen. Aber wenn Sie das hier versauen, kann ich meine schützende Hand nicht über Sie halten. Das müssen Sie verstehen. Ist Ihnen das klar?"

Lupita schluckte, dann nickte sie. Willis und Shakira verabschiedeten sich, stiegen in ihr Auto und fuhren los. Lupita sah ihnen hinterher. *Was sollte sie jetzt nur tun?*

Daniel

Daniel rieb sich die Augen. Es gab nichts Schlimmeres, als stundenlang auf einen Bildschirm zu starren und zu hoffen, dass das Ereignis, auf das man hin fieberte, endlich eintrat. Sasha hatte bereits eine erstaunliche Menge Spuren des fiktiven IQ-VE-Profils im Internet ausgelegt. Der Maler, den sie jetzt auf IQ-VE repräsentierten, besaß Nutzerkonten auf Instagram, Facebook und TikTok mit Timelines, die teilweise Jahre zurückreichten. Er hatte keine Ahnung, wie Sasha das anstellte, und vielleicht war das auch besser so.

Ein Klingelton ertönte. Daniel dachte zuerst, dass eine SMS eingegangen sei, doch dann spürte er etwas Spitzes, das gegen seine Flanke drückte.

„Aua!"

Er sah zu Mary hinüber. Sie hatte ihn mit dem Ellenbogen angestoßen.

„Wir haben eine Nachricht bekommen."

Daniel spürte, wie sich sein Puls beschleunigte. Eine Nachricht? Er sah auf den Bildschirm. Als er den Alias des Benutzers las, der ihnen geschrieben hatte, war er enttäuscht. Die Nachricht war nicht von Tryharder27. Sie stammte von Incomplete42. Er klickte darauf.

Hi, dein Profil gefällt mir. Ich bin auch auf der Suche nach etwas Festem. Wollen wir mal ein bisschen chatten?

„Ich hoffe, das geht nicht die ganze Zeit so weiter“, sagte Daniel. Er markierte die Nachricht, um sie zu löschen, doch dann spürte er eine Berührung an der Hand, die die Maus führte. Er sah Mary an, die den Kopf schüttelte.

„Ich glaube nicht, dass das klug wäre.“

Daniel runzelte die Stirn. „Warum nicht?“

Mary fuhr sich mit der Fingerspitze über die Nase. „Ich könnte mir vorstellen, dass der Entführer mehrere Profile hat. Vielleicht nimmt er erst über einen anderen Alias Kontakt auf, um zu überprüfen, ob er es mit einem Nutzer aus Fleisch und Blut zu tun hat. Wenn wir jetzt jeden außer Tryharder27 abweisen, könnte der Entführer schlussfolgern, dass wir ihm auf der Spur sind. Wir sollten uns also möglichst normal verhalten.“

Normal. Obwohl Daniel ein Persönlichkeitspsychologe war, der mit dem statistischen Modell der Normalverteilung arbeitete, konnte er mit diesem Begriff nicht wirklich etwas anfangen. In irgendeiner Facette seines Daseins fiel doch jeder Mensch aus der Norm. Und die Norm selbst war auch etwas Wandelbares. Aber nun war nicht die Zeit für philosophische Gedanken.

„Okay, was soll ich ihr dann zurückschreiben?“, fragte er.

„Geben Sie mal her!“

Daniel rutschte zur Seite und ließ zu, dass Mary das Keyboard übernahm. Sie fuhr sich noch einmal mit der Fingerspitze über die Nase, dann tippte sie:

Hi, schön von dir zu hören. Und schön, dass es hier auch Leute gibt, die nicht nur auf eine schnelle Nummer aus sind. XXX Tom.

Mary schickte die Nachricht ab und klickte dann auf
das Profil von Incomplete42. Das Bild zeigte eine weiß-
blondierte Frau mit stark gebräuntem Gesicht, die einen pinkfarbenen Cocktail in der Hand hielt und vor
einem Pool posierte. Ein Urlaubsfoto? Sie gingen rasch
das Profil durch. Die Nutzerin gab an, dass sie aus
Portsmouth stammte, aber einen Großteil ihrer Zeit in
Spanien verbrachte, wo sie im Import-Export von Oli-
ven arbeitete.

„Das könnte passen", sagte Daniel. „Das Foto wurde
wahrscheinlich im Süden aufgenommen, und es leben
und arbeiten tatsächlich noch relativ viele Briten in
Spanien. Auch nach dem Brexit."

Es klingelte erneut. Incomplete42 hatte geantwortet.

*Hallo Tom. Schön, dass du mir gleich zurückgeschrieben
hast. Ja, ich finde es schrecklich, dass hier viele nur auf das
Eine aus sind. Was suchst du denn?*

Mary warf Daniel einen auffordernden Blick zu. Er
schob ihr erneut das Keyboard hin.

*Ich suche erst einmal Kontakt. Jemanden, mit dem ich
mich austauschen kann über dies und das, über interessante Themen, vielleicht auch ein bisschen über Kunst und
Kultur. Was sich daraus dann ergibt, das steht auf einem
anderen Blatt.*

„Sie scheinen echt Übung darin zu haben", sagte er zu
Mary.

Sie seufzte. „Es ist keine Gabe. Es ist eher ein Fluch, mich so gut in Menschen hineinversetzen zu können."

Wieder klingelte es. Mary warf einen Blick auf den Nachrichteingang, dann schlug sie sich eine Hand vor den Mund.

„Die Nachricht ist von Tryharder27."

Daniel spürte, wie sein Mund auszutrocknen begann. Der Ernstfall war eingetreten. Der Fisch schwamm um den Köder herum. Nun mussten sie dafür sorgen, dass er anbiss. Mary öffnete die Nachricht.

Hi, nettes Profil. Du kommst aus dem Südwesten?

Daniel sah, dass Mary bereit war, zu antworten. Nun war er es, der ihr Handgelenk festhielt.

„Vielleicht sollten wir ein bisschen Zeit verstreichen lassen, bis wir zurückschreiben. Es soll ja nicht so aussehen, als ob wir auf die Kontaktaufnahme gewartet hätten."

„Stimmt. Wie lange wollen wir warten? Zehn Minuten? Eine halbe Stunde?"

Daniel überlegte. „Nehmen wir die Mitte. Zwanzig Minuten."

Wieder klingelte es. Dieses Mal hatte die Olivenhändlerin geantwortet.

„Schreiben wir doch zuerst ein bisschen mit ihr hin und her", schlug Mary vor. „Wenn tatsächlich dieselbe Person hinter beiden Profilen stecken sollte, würde diese wohl am wenigsten Verdacht schöpfen, wenn wir zuerst bei der Korrespondenz bleiben, die wir schon begonnen haben, ehe wir eine Neue anfangen."

„Ja, das würde der Persönlichkeit entsprechen, die
wir verkörpern wollen. Unser Ziel ist schließlich eine
vertrauensvolle, langfristige und vor allem monogame
Beziehung. Wenn wir es hingegen darauf abgesehen
hätten, so viele Frauen wie möglich flachzulegen, würden wir ganz sicher mehrere Konversationen parallel
betreiben.“

Zwanzig Minuten und drei nichtssagende Mitteilungen an Incomplete42 später saßen sie vor der geöffne-
ten Nachricht von Tryharder27.

„Ich bin jetzt schon ziemlich aufgeregt“, sagte Mary.

„Mir geht es genauso.“

Sie hatten sich ein paar Informationen aus dem Profil
des Entführers herausgesucht, auf die sie sich nun beziehen konnten. Mary schrieb zurück:

*Hi, ja. Ich wohne in Bristol. Und du in Salisbury? Coole
Stadt. Ich war da mal mit der Schule. Wir haben uns die
Kathedrale angesehen und waren danach noch in Ston-
ehenge.*

„Jetzt schauen wir mal, wie lange er oder sie sich Zeit
lässt“, sagte Daniel und lehnte sich zurück. Es dauerte
fünf Minuten, dann kam eine Antwort.

*Wie einfallsreich. Das sind zwei der drei Dinge, die jeder
mit Salisbury verbindet.*

Was ist das dritte?,

schrieb Mary rasch zurück.

Der Anschlag mit diesem russischen Nervengift vor ein paar Jahren.

Stimmt, ich hatte mich gar nicht mehr daran erinnert, dass das in Salisbury war. Egal. Nervengifte sind sowieso nicht so mein Ding.

Es dauerte dieses Mal nur eine Minute, bis eine Antwort kam. Sie bestand aus den Buchstaben

LOL.

„Und jetzt?", fragte Daniel. Doch Mary war schon wieder dabei zu tippen.

Wie lebt es sich denn so ein Salisbury?

Ziemlich gut. Aber als Singlefrau hat man es leider nicht leicht. Der Markt ist klein, die meisten Männer, die Heiratsmaterial abgeben würden, sind schon vergeben. Und wenn man dann noch ein wenig anspruchsvoller ist, hat man ohnehin schlechte Karten.

Was meinst du mit anspruchsvoller?

Ich bin nicht auf der Suche nach Typen, die sich für den Nabel der Welt halten und überzeugt davon sind, dass sich jede Frau nach ihrer Aufmerksamkeit verzehren würde.

Und wer würde dann eher in dein Beuteschema fallen?

Beuteschema? Im Ernst? Dein Selbstbewusstsein möchte ich nicht geschenkt haben. Ich will niemanden einfangen und verspeisen. Ich will jemandem, der es mit mir aufnehmen kann und von dem ich noch etwas lernen kann.

Hast du es schon einmal mit einem Lehrer probiert?

LOL. Die haben weder das Einkommen noch die intellektuellen Kapazitäten für IQ-VE. Aber jetzt mal genug von dem Geschwafel. Dein Profil hat mir zugesagt. Es ist nicht so ein Copy-and-Paste Ding. Du scheinst was auf dem Kasten zu haben. Was machst du beruflich?

Ich bin Maler.

Ein Maler? Also ein Handwerker?

Nein, ich bin freier Künstler. Ich habe mich auf Porträts in Öl und Acryl spezialisiert. Und du?

Immobilienmaklerin. Die Häuser in meinem Portfolio, in denen Gemälde aus Öl hängen, sind meistens ziemliche Bruchbuden.

Es ist mir relativ gleichgültig, wo meine Bilder letzten Endes hängen. Ich habe mein Talent zum Beruf gemacht und verdiene gut daran. Was will ich mehr?

Touché. Du kannst den Pinsel schwingen und bist dazu noch schlagfertig. Das ist ja kaum zu ertragen.

Daniel verfolgte atemlos, wie Mary scheinbar mühelos mit ihrem Gegenüber flirtete, indem sie sich gegenseitig Spitzen und Frotzeleien um die Ohren schlugen. Nach einer halben Stunde schrieb sie jedoch:

So, jetzt muss ich aber wieder. War nett mit dir. Vielleicht liest man sich ja noch mal?

Nett? NETT?

Ja, nett. Möglicherweise wird es beim nächsten Mal richtig nett. Also, dann.

Mary loggte sich aus. Dann sah sie Daniel an und sagte: „Ich glaube, wir haben den Fisch am Haken."

Lupita

Lupita blinzelte. Das Erste, was sie wahrnahm, war ein fader Geschmack in ihrem Mund, eine Mischung aus ungeputzten Zähnen und der Erdnussbuttereiscreme, die sie gelöffelt hatte. Dann war da noch ein Schmerz in ihrem Rücken. Verdammt, sie war wieder auf dem Sofa eingeschlafen. Der Fernseher lief noch und anhand der Frisur von Alyson Hannigan erkannte sie, dass sie das Ende der fünften Staffel von *How I Met Your Mother* verschlafen hatte und nun irgendwo in der sechsten wieder aufgewacht war. Ihr Handy klingelte. Das war also das Geräusch, das sie geweckt hatte. Sie sah auf das Display. Es war Sasha. Mit einem Mal war sie hellwach.

„Hi, was gibt es?", fragte sie aufgeregt.

„Hi, ich wollte dir nur mal ein Update geben, wie es bei uns steht."

„Das ist nett. Ich habe nicht viel hinbekommen. Das Handy ist aber jetzt in den Händen der NCA. "

„Okay, ich bin mal gespannt, ob sie mehr finden als ich. Aber jetzt zu meinen spannenden Neuigkeiten: Tryharder27 hat den Köder geschluckt und Mary und Daniel kontaktiert. Mary hat bereits mit ihm oder ihr gechattet, dann hat sie eine Pause von drei Stunden eingelegt."

„Warum das denn? Es ist ja nicht so, als ob wir alle Zeit der Welt hätten."

„Ja, aber das weiß unser Entführer ja nicht. Wir stellen schließlich eine Persönlichkeit dar, die ein ganz normales Leben führt, und die eben auch mal wegmuss. Ein paar Stunden ins Fitnessstudio geht, sich einen Proteinshake reinzieht, duscht und sich dabei überlegt, ob er bei IQ-VE reinschauen oder lieber einen Joint durchziehen soll. Ich finde, Mary macht das ganz großartig. Es sieht so aus, als ob Tryharder27 auf sie gewartet hätte, denn er oder sie hat sie sofort wieder angeschrieben, nachdem sie sich eingeloggt hatte."

Lupita ließ sich Sashas Worte durch den Kopf gehen. *Stimmt, da hatte sie recht.*

„Das Sahnehäubchen ist aber, dass Mary es geschafft hat, Tryharder27 dazu zu bewegen von dem Messenger-Chat auf E-Mails zu wechseln", fuhr Sasha fort.

Lupita richtete sich auf. „*Was?*"

„Wir hatten uns vorher schon ein paar Strategien überlegt, wie wir ihn oder sie dazu bringen könnten, so rasch wie möglich auf E-Mails umzusteigen. Ich hatte Mary Fotos geschickt, die größer als fünf MB sind. Das ist das Maximum für einen Dateianhang bei IQ-VE. Mary und der Entführer haben schon Bilder ausgetauscht. Soll ich dir mal eines schicken?"

Lupita bejahte und gleich darauf erschien eine Bilddatei auf ihrem Handy. Es handelte sich um das Porträt einer brünetten Frau mit einem konventionell attraktiven Gesicht. Die Wangenknochen unter den großen, blauen Augen traten ein wenig hervor. Sie war nicht allzu stark geschminkt und lächelte selbstsicher in die Kamera.

„Hast du das Bild gecheckt?"

„War der Brexit eine bescheuerte Idee? Natürlich habe ich das. Zuerst habe ich überprüft, ob irgendein Trojaner oder etwas in der Art darin verpackt ist. Aber alles war sauber. Dann habe ich ein paar Analysetools drüber laufen lassen. Das Ergebnis war, dass es sich wie auch bei dem Profilbild um ein KI generiertes Foto handelt. Die Person darauf existiert in der Realität nicht. Ich habe das Bild daraufhin als Reverssuche in diversen Suchmaschinen laufen lassen und auch dort keinen Treffer gefunden. Das hat mich ein wenig beruhigt. Wenn es sich tatsächlich um den Entführer handelt, hat er viel weniger Sorgfalt darauf verwendet, Spuren im Internet zu platzieren als wir. In dieser Hinsicht sind wir ihm überlegen. Und dass es ein KI-Bild ist, ist ein ziemlich starker Hinweis darauf, dass es sich bei Tryharder27 um den Entführer handeln könnte, oder nicht? Was sagst du als unser Ermittlergenie dazu?"

„Ja, das könnte sein. Aber vielleicht gibt es auch noch eine andere Erklärung. Wir sollten uns nicht zu sicher sein, dass wir den Entführer jetzt schon am Haken haben. Dafür brauchen wir auf jeden Fall mehr Beweise."

„Ich arbeite daran. In der dritten Bilddatei, die Mary ihm per E-Mail geschickt hat, habe ich zwei kleine Gimmicks versteckt. Zum einen ist es die Datei, die auf tatsächlich allen Social-Media-Kanälen, die ich kurzfristig präparieren konnte, zu finden ist. Es ist ein Foto, das ich um vier Jahre zurückdatiert habe und das unseren fiktiven Charakter umgeben von ebenfalls fiktiven Freunden zeigt. Wenn unser potenzieller Entführer nun eine Reverssuche durchführt, wird er zu jeder der abgebildeten Personen wiederum Informationen im Internet finden."

„Das ist ja genial. Wie machst du? Vor allem in so kurzer Zeit?"

„Man muss nur wissen, wie man es anstellen muss, dann ist das kein Problem."

„Und was ist das zweite Osterei, das du darin versteckt hast?"

„Ein kleiner, aber feiner, selbst gebauter Trojaner, der nicht den klassischen Strukturen entspricht, wie solche Programme üblicherweise aufgebaut sind. Ein Standardvirenscanner wird darauf erst einmal nicht anspringen. Wenn unsere Zielperson auf das Bild klickt, installiert sich automatisch der Trojaner."

Lupita rieb sich die Augen. „Wow, ich bin immer noch mehr beeindruckt von dir."

„Das solltest du auch sein. Jemanden wie mich hast du noch nie getroffen."

„Das ist wahr. Jemanden wie dich habe ich tatsächlich noch nie getroffen."

Lupita spürte, wie ihr Herz ein wenig schneller schlug. *Was war das denn? Flirtete sie da gerade etwa mit Sasha?*

„Was macht dieser Trojaner denn?", fragte sie rasch.

„Er schickt mir Stück für Stück die Festplatte von Tryharder27. Ich habe bereits drei GB an Daten übermittelt bekommen. Insgesamt sind es 1,2 Terabyte. Überraschend viel Speicherplatz für jemanden, der digital so naiv wirkt. Aber egal. Es wird also noch eine Weile dauern, bis ich alle Daten habe. Ich fange jetzt aber schon einmal mit der Analyse an."

„Nur, damit ich das richtig verstehe ... da ist ein Programm auf dem Rechner von Tryharder27, das dir seine oder ihre Festplatte kopiert und schickt, ohne dass er oder sie es merkt?"

Aus Sashas Tonfall konnte sie das zufriedene Grinsen heraushören, das sich nun sicherlich auf ihrem Gesicht ausbreitete. Sie konnte es ihr nicht verdenken.

„Ja, genauso funktioniert das. Ich habe schon herausgefunden, dass der PC von einem Anschluss in der Region Salisbury aus operiert. Die Leitung ist sehr gut. Ich geh mal davon aus, dass wir mindestens ein GB Download und zehn MBit Upload haben. Ich habe den Trojaner daher angewiesen, mir pro Sekunde zwischen 700 KByte und 1,2 MB an Daten zu schicken. Wenn Tryharder27 einen System Monitor laufen hat, sieht er oder sie, dass ein reger Austausch des Computers mit dem Internet stattfindet. Da er oder sie aber die ganze Zeit über mit Mary chattet, wird er oder sie davon ausgehen, dass IQ-VE für den Traffic verantwortlich ist. Er oder sie wird also nicht merken, dass wir Daten abgreifen."

„Du bist einfach genial", sagte Lupita, die ihre Bewunderung nicht mehr verbergen konnte.

„Ich weiß", erwiderte Sasha. „Aber es ist schön, das mal zu hören. Und ganz besonders aus deinem Mund. Ich melde mich, wenn ich mehr über die Daten weiß."

Sie legte auf. Lupita schwirrte der Kopf. Das war ja mal eine spannende Entwicklung.

Daniel

Als Daniel die Augen öffnete, sah er, dass sich die ersten Sonnenstrahlen gerade zwischen den blassrosafarbenen Blüten der Rambler-Rosen vor Marys Fenstern zwängten und blumenförmige Schatten auf den Teppich im Wohnzimmer warfen. Er reckte und streckte sich. Das Zweiersofa war viel zu klein für ihn. Er hatte das Gefühl, dass er sich den Rücken verlegen haben musste. An seinem Schulterblatt war ein schmerzhafter Punkt, und er hatte Schwierigkeiten, die Finger seiner linken Hand zu bewegen, weil diese eingeschlafen waren. Außerdem hatte er einen schalen Geschmack im Mund. Er stolperte in die Küche und schenkte sich ein Glas Wasser ein. Nachdem er es getrunken hatte, fühlte er sich ein wenig frischer. Er ging zum Arbeitszimmer und sah zu seinem Erstaunen, dass Mary noch immer am Computer saß.

„Wie ist der Stand?", fragte er.

„Es könnte nicht besser laufen. Tryharder27 und ich haben bis vier Uhr morgens gechattet. Dann habe ich ihm geschrieben, dass ich als kreativer Mensch meinen Schlaf benötige, und habe mich ausgeloggt. Als ich vor einer halben Stunde wieder online gegangen bin, hat er mich bereits erwartet. Ich sagte doch, den haben wir am Haken."

Sie kicherte leise vor sich hin.

„Wann wollen Sie denn versuchen, ihn zu einem realen Treffen zu bewegen?"

„Klassischerweise wäre der nächste Schritt ein Telefonat. Das müssten dann natürlich Sie übernehmen. Ich glaube aber nicht, dass es dazu kommen wird. Der Entführer hat wahrscheinlich keine Frau zur Hand, die das für ihn erledigen wird. Deswegen ist bei diesem Sinclair die Verabredung zum Nacktbaden wohl über den Chat erfolgt. Ich habe mehrfach betont, dass ich heute nichts vorhabe. Hoffentlich hat der Entführer den Wink mit dem Zaunpfahl verstanden."

„Na, dann hoffen wir mal, dass er ein Treffen vorschlägt. Wir haben nicht mehr viel Zeit, um den Schriftsteller zu finden."

Ein Klingelton zeigte an, dass eine E-Mail eingegangen war.

Mary öffnete ihren E-Mail-Eingang und sah, dass Tryharder27 ihr eine Nachricht geschickt hatte:

Hi, ich habe da eine Theorie. Du bist schlagfertig, solange du dich hinter Buchstaben verstecken kannst. Aber bist du es auch im RL? Wenn du Manns genug bist, triff mich heute Nachmittag um vierzehn Uhr in Glastonbury. Dann darfst du meine Leinwand bemalen.

Daniel klappte der Unterkiefer nach unten.

„Das ist ja Wahnsinn. Wie haben Sie das geschafft? Wir haben erst gestern Abend Kontakt mit Tryharder27 aufgenommen und schon schlägt er ein Treffen vor?"

„Es lag an Ihrem Profil. Ich glaube, Sie haben damit den Nagel auf den Kopf getroffen. Sie haben mir das richtige Material gegeben, mit dem ich spielen konnte. Aber es stimmt schon, es ging erstaunlich schnell. Irgendwie habe ich nicht so wirklich ein gutes Gefühl dabei. Aber andererseits werden wir keine weitere Gelegenheit bekommen, oder?"

Daniel schüttelte den Kopf. „Ich denke, das wird unsere einzige Chance sein. Wollen wir uns mit Sasha und Lupita abstimmen?"

Eine Viertelstunde später hatte Sasha einen Video-Call für alle arrangiert. Sie saß in ihrem Hotelzimmer und stellte eine weitere Dose auf den erstaunlich hohen Stapel aus leeren Energydrinks. Lupita trug einen Morgenmantel. Sie wirkte verschlafen, ihre Augen waren schwarz gerändert. Aber trotzdem war sie hellwach und bei der Sache.

„Wir können uns heute Nachmittag mit Tryharder27 treffen. Er hat Glastonbury als Treffpunkt vorgeschlagen. Was halten wir davon?", fragte Daniel.

Lupita gähnte. „Glastonbury ist ein seltsamer Treffpunkt. Da sollten relativ viele Touristen unterwegs sein. Handelt es sich bei Tryharder27 vielleicht doch nicht um den Entführer?"

„Er hat mir gerade noch geschrieben, dass wir uns in der Nähe der Abtei treffen. Das könnte auch bedeuten, dass er mich in einen unbelebten Seitenweg locken und dort überwältigen will", sagte Daniel.

„Was uns zur Frage bringt, wie wir überhaupt vorgehen wollen", warf Sasha ein. „Was ist unser Ziel?"

„Mein Ziel wäre es, Tryharder27 eindeutig zu identifizieren und ihn dann der NCA zu melden", sagte Lupita. „Und dafür sollten wir Foto- oder Filmmaterial vorlegen können."

Daniel schluckte. „Wie hatten Sie sich denn vorgestellt, an die Fotos zu kommen?"

„Ich würde mich in der Nähe des Treffpunkts mit einer Kamera auf die Lauer legen und den Typen fotografieren, wenn er auftaucht."

„Und was, wenn die Person darauf wartet, dass sich jemand am Treffpunkt zeigt?", gab Mary zu bedenken.

Daniel seufzte. Da musste er wohl oder übel in den sauren Apfel beißen. „Gut, dann muss ich mich wohl doch zur Verfügung stellen, aber dann benötige ich auf jeden Fall Rückendeckung. Vielleicht sollten wir doch die Polizei einschalten. Mir wäre wohler zumute, wenn ein Sondereinsatzkommando bereitstehen würde."

Lupita schüttelte den Kopf. „Wenn der Entführer mitbekommt, dass eine Horde Polizisten auf der Lauer liegt, wird er sofort wieder abdrehen, und dann haben wir unsere einzige Chance verspielt, ihn zu fassen. Wir müssen das zu zweit durchziehen. Wenn Sie bereit dazu sind, den Köder abzugeben, verspreche ich Ihnen, dass ich auf Sie aufpasse."

„Das können Sie doch gar nicht garantieren", sagte Mary. „Tryharder27 hat den Treffpunkt ausgesucht. Er kennt das Gelände also und wird das Treffen daher kontrollieren. Das ist viel zu riskant, Daniel."

„Vielleicht reicht es aber schon aus, wenn der Entführer merkt, dass noch eine Person da ist", warf Sasha ein. „Lupita müsste zunächst die Fotos schießen und dann könnte sie den Typen immer noch vertreiben. Wir müssen ihn nur identifizieren, den Rest sollte mein Trojaner hinbekommen."

Die Blicke der drei Frauen richteten sich nun auf Daniel. Sein Mund war staubtrocken. Er war noch nie in

seinem Leben ein derart hohes Risiko eingegangen.
Was sollte er jetzt tun?

Lupita

Lupita legte die Decke unter das Gebüsch. Das Gras war trocken und wenigstens hatten die Zweige keine Dornen. Sie hatte nicht viel Zeit gehabt, um sich einen Beobachtungsposten auszusuchen. Die Fahrt nach Glastonbury in Marys Mini hatte länger gedauert als vorgesehen, da zwei Straßen gesperrt gewesen waren.

Das Auto parkte nun auf dem kleinen Wanderparkplatz etwa eine Meile entfernt von den Ruinen der Abtei von Glastonbury. Tryharder27 hatte den Treffpunkt äußerst gut gewählt. Er lag in einer Senke und war an diesem nebligen und für Anfang Juli erstaunlich kühlen Sonntag wie ausgestorben. Lupita holte Sashas Spiegelreflexkamera aus ihrem Rucksack und schraubte das Objektiv mit der langen Brennweite darauf. Sie richtete es auf Daniel, der neben dem Mini stand und nervös von einem Fuß auf den anderen trat. Sie konnte es ihm nicht verübeln. Natürlich wäre es sicherer gewesen, wenn sie die Polizei informiert hätten. Sie spürte den Stich des schlechten Gewissens, weil sie in der Diskussion nicht ehrlich gewesen war. Ihr Argument, dass zu viel Polizeipräsenz den Entführer abschrecken könnte, war nur vorgeschoben gewesen. Sie wollte die NCA zu diesem Zeitpunkt noch nicht hinzuziehen, weil sie die Lorbeeren für die Überführung von Tryharder27 allein ernten wollte. Sie wollte SIO Willis seine Identität auf dem Silbertablett servieren und dafür ihre verdiente Belohnung einfordern: eine Stelle im gehobenen Dienst der Kriminalpolizei. Doch das war Daniel nicht bewusst gewesen, als er sich bereit erklärt hatte, den Köder zu spielen. Deshalb trug sie eine besondere Verantwortung. Er vertraute darauf, dass sie zur Stelle war, und sie konnte nur hoffen, dass Daniel nicht die Nerven verlor.

Sie legte den Fotoapparat wieder beiseite und ließ ihren Blick schweifen. Der an drei Seiten von sanft ansteigenden Erhebungen umgebene Parkplatz lag etwa zehn Meter tiefer als ihr Beobachtungsposten. Zu ihrer Linken schlängelte sich ein kleiner Wanderweg den Hügel hinauf, zu ihrer Rechten war die einzige Zufahrtsstraße. Von dort musste der Entführer kommen. Sie schlug sich gegen die Stirn. Es wäre ein Leichtes gewesen, die Straße abzuriegeln, wenn sie ein zweites Auto zur Verfügung gehabt hätten. Sasha hätte doch mitkommen sollen. Der Plan war löchrig wie ein Schweizer Käse. Sie hatten einiges nicht komplett durchdacht, was vor allem daran lag, dass sie so wenig Zeit gehabt hatten.

Lupita überlegte, was sie tun sollte, wenn der Entführer Daniel überwältigte und in sein Auto zerrte. Sie trug ihre Dienstwaffe bei sich und würde dann wohl einen Warnschuss abgeben. Danach würde er hoffentlich von Daniel ablassen. Aber was, wenn er ihn ebenfalls mit einer Waffe bedrohte und ihn als Geisel nahm? In diesem Fall musste sie einen Notruf absetzen. Dann ließ es sich nicht mehr vermeiden, die Polizei zu informieren.

Ihr Blick fiel wieder auf Daniel. Er lief nervös hin und her wie ein kopfloses Huhn und sah der selbstbewussten und strahlenden Version seiner selbst, die Sasha als Profilbild für IQ-VE gewählt hatte überhaupt nicht ähnlich. Auch da waren sie dilettantisch vorgegangen. Sie hätten einen professionelleren Köder gebraucht. Hätte, Wäre, Wenn. Wenn sie Willis informiert hätte, hätte die einen schicken, durchtrainierten Kollegen an Daniels Stelle setzen können. Doch dafür war es nun zu spät.

Er hob den Kopf und sah zu ihr hinüber. Sie zog sich ein wenig zurück, denn es war ungünstig, wenn er sie zu häufig mit seinen Blicken suchte. Falls Tryharder27 bereits vor Ort war, würde er ihn garantiert beobachten, und wenn Daniel seine Aufmerksamkeit ständig auf eine bestimmte Stelle richtete, würde er sofort wissen, dass sein Date nicht allein hier war.

Sie sah auf ihre Uhr. Es war Viertel vor zwei. Trotz der Umleitungen waren sie überpünktlich gewesen. Und doch war die Zeit schnell vergangen. Sie spürte, wie ihre Anspannung wuchs. Sie musste achtsam sein, ab jetzt durfte sie nichts mehr dem Zufall überlassen.

Lupitas Handy vibrierte. Verdammt. Wer war das denn? Sie überlegte kurz, ob sie das Gerät einfach weiter läuten lassen sollte, dann entschied sie sich jedoch dafür, es aus der Tasche zu ziehen. Als sie auf das Display sah, spürte sie ein plötzliches, heißes Kribbeln in ihrer Magengrube, denn dort stand Sashas Name.

„Hi Sasha, was gibt es?", fragte sie leise. „Ich bin schon in Position, Daniel auch. Wir warten gerade darauf, dass der Entführer auftaucht."

„Cool, das ist ja richtig wie im Krimi. Ich drück euch die Daumen.“

„Danke. Ich werde ganz bestimmt nicht zulassen, dass Daniel irgendetwas geschieht.“

„Das ist nice von dir. Ich mag meinen Mitbewohner nämlich. Es wäre blöd, wenn ich mich an einen anderen gewöhnen müsste.“

Aus dem Kichern, das aus dem Lautsprecher drang, schloss Lupita, dass Sasha das als Scherz gemeint hatte.

„Und wie läuft es bei dir? Hast du in den Daten schon etwas gefunden?“

„Ich habe zuerst einmal das gemacht, was am Wichtigsten ist, wenn man mit einem so großen Datensatz arbeitet: Back-ups. Eines davon habe ich in meine Cloud hochgeladen, das andere habe ich auf einen USB-Stick gepackt und diesen gleich noch zu Mary gebracht. Es ist immer besser, wenn man eine physische Kopie irgendwo hat. Mary hat angeboten, dass sie sich die Daten schon mal anschaut. Da bin ich ihr dankbar, denn es sind wirklich verdammt viele Files.“

„Hast du schon irgendetwas über die Identität von Tryharder27 herausgefunden?“

„Ja, ich konnte die IP-Adresse nach Salisbury zurückverfolgen. Ich schick dir das mal aufs Handy. Ich werde versuchen, die Postadresse des Anschlusses herauszubekommen, aber das kann etwas dauern.“

Es pingte mehrfach, aber Lupita widerstand dem Drang, sich die Daten sofort anzusehen. Ihre Aufmerksamkeit musste jetzt vollständig Daniel gelten, auch wenn sie gern noch weiter mit Sasha telefoniert hätte.

„Und dann habe ich noch eine ziemlich große Datei gefunden“, sagte sie. „Ich bin mir aktuell nicht sicher, was es ist, aber es könnte eine Art Programm sein. Ich lasse gerade meine Analysetools drüber laufen, damit ich mir nicht irgendeinen Virus einfange oder so etwas. Das wird eine Zeit lang dauern."

„Eine große Datei? Hast du einen Verdacht, was es sein könnte?"

„Keine Ahnung. Wie gesagt, ich schau mir das später genauer an. Aber ich muss erst hundertprozentig sichergehen, dass ich mir keine Malware auf den Computer hole. Da reagiere ich nämlich ziemlich allergisch drauf. Allerdings habe ich meinen Sandbox-Laptop nicht dabei. Ich muss mit der Analyse also warten, bis ich wieder in London bin. Aber jetzt will ich dich auch nicht länger daran hindern, Daniels Bodyguard zu spielen."

„Na ja, ich halte dich ja auch von deiner Arbeit ab, wenn wir miteinander reden", sagte Lupita und biss sich gleich wieder auf die Zunge. Sie war es irgendwie nicht mehr gewohnt, zu flirten. Wie ungeschickt war das denn gewesen? Gleichzeitig wurde ihr bewusst, dass sie erneut einen Moment nicht aufmerksam gewesen war. Sie sah zu Daniel hinunter. Dieser stand noch immer da, die Hände in den Hosentaschen vergraben und sah sich in alle Richtungen um. Es war jetzt fünf vor zwei.

„Der Countdown läuft. In ein paar Minuten habe ich hoffentlich ein gutes Dutzend scharfer Porträts von Tryharder27 auf der Speicherkarte der Kamera und bin mit Daniel wohlbehalten auf dem Rückweg. Wenn du die Adresse des Anschlusses herausbekommen kannst, werde ich beides an die Polizei weiterleiten. Dann ist der Fall hoffentlich aufgeklärt."

„Dann sollten wir vielleicht mal feiern gehen, oder?“

„Kannst du dir Daniel und Mary beim Feiern vorstellen?“

Wieder erklang dieses Kichern am anderen Ende der Leitung. „Na ja, wir können ja zu viert anfangen und wenn die zwei dann ihren Schwarztee getrunken haben und nach Hause gehen, lassen wir es richtig krachen. Ich kenne ein paar Klubs in London, die muss ich dir unbedingt zeigen. Abgemacht?“

Lupita spürte, wie es ihr mit einem Mal ganz leicht ums Herz wurde. Das klang jetzt ja wirklich nach einem Date.

„Abgemacht. Jetzt muss ich aber auflegen. Nicht, dass der mir Daniel noch vor der Nase wegschnappt, während ich mit dir telefoniere. Das wäre unverzeihlich.“

Sie verabschiedete sich und steckte ihr Handy in die Tasche. Auf ihrem Gesicht erschien ein fettes Grinsen. Die Dinge entwickelten sich nun doch recht erfreulich.

Aus dem Augenwinkel sah sie plötzlich eine Bewegung. Da kam ein Auto die Straße entlang. Es war ein Volvo, das erkannte sie bereits an der Kastenform. Sie nahm die Kamera vors Auge, fokussierte auf den Wagen und schoss in schneller Folge sechs Bilder. Auf die Entfernung hin konnte man das Nummernschild noch nicht entziffern, aber das Auto kam relativ schnell näher. Nach ein paar Sekunden konnte sie bereits eine Gestalt hinter dem Lenkrad erkennen. Sie konnte allerdings nicht ausmachen, ob es ein Mann oder eine Frau war. Nun war der Volvo so nahe, dass sie die Kombination aus Buchstaben und Zahlen fotografieren konnte. Wenn der Wagen nicht gestohlen war, hätte sie damit eine weitere Spur, die zu Tryharder27 führen würde.

Sie nahm das Auge vom Okular und sah, dass Daniel nun auch erkannt hatte, dass ein Auto auf ihn zu steuerte. Er blickte kurz zu ihr hoch und nickte ihr dann zu. Jetzt war er an der Reihe.

Daniel

Daniel hörte das Auto, bevor er es sah. Es war das charakteristische Rauschen, das Sommerreifen auf Asphalt erzeugten. Dann knirschte es, als der Wagen um die Ecke bog und auf den Gästeparkplatz fuhr. Es war ein Volvo. Er konnte die Gestalt hinter dem Steuer nicht erkennen, weil die Sonne in diesem Moment durch den Nebel brach und ihre Strahlen von der Windschutzscheibe reflektiert wurden.

Daniel spürte, wie seine Kehle eng wurde. Er hatte sich bereitwillig für diese Aktion zur Verfügung gestellt, weil Lupitas Argumentation ihn überzeugt hatte. Aber jetzt, wo er sich mitten in der Situation befand, wurden ihm die möglichen Konsequenzen nur allzu deutlich. Er war in großer Gefahr. Vier Männer waren bereits verschleppt worden. Vier Männer, die fitter und kräftiger waren als er.

Das Auto parkte auf der gegenüberliegenden Seite des Parkplatzes. Das war gut, denn dort lag Lupita auf der Lauer. Hoffentlich gelang es ihr, ein paar scharfe Fotos zu schießen. Die Tür des Autos öffnete sich. Ein Mann stieg aus. Er wirkte ein wenig ungelenk. Zuerst erschien ein Bein, dann dauerte es eine Weile, bis das zweite Bein zum Vorschein kam. Mit einem Ächzen wuchtete sich der Fahrer von seinem Sitz hoch. Er trug eine Jeans und ein kariertes Hemd. Seine Haare und sein Bart waren grau und er stand leicht gebückt da. *War das Tryharder27?*

Der Mann öffnete den Kofferraum und beugte sich hinein. Daniel warf einen Blick zu der Stelle, an der Lupita auf der Lauer lag. Hoffentlich hatte sie schon genügend Fotos geschossen, um den Entführer eindeutig identifizieren zu können. Denn dann wäre es sinnvoll, wenn sie sich bereithielt, um Daniel zu Hilfe eilen zu können. *Was der Mann wohl hinter der Rückbank seines Autos verborgen hatte? Eine Waffe vielleicht? Oder Stricke, mit denen er seine Opfer fesselte?*

Daniel zwang sich dazu, möglichst unauffällig auf und ab zu gehen. Die Hände in den Hosentaschen hatte er zu Fäusten geballt. Allerdings weniger, um sich notfalls gegen den Entführer verteidigen zu können. Trotz seines fortgeschrittenen Alters wirkte dieser größer, stärker und fitter als er. Aber es half ihm, die eigene Anspannung zu regulieren.

Der Mann richtete sich auf und drehte sich zu Daniel um. In der Hand hielt er einen Rucksack. Er schwang ihn sich auf den Rücken, dann griff er nach einem Stock, den er aus dem Inneren des Autos zog. Anschließend schloss er den Kofferraum und wandte sich Daniel zu.

„Schöner Tag heute, nicht wahr?"

Daniel schluckte. „Ja, das Wetter scheint besser zu werden."

„Beste Verhältnisse für den Rundwanderweg. Den kann ich Ihnen sehr empfehlen. Haben Sie sich schon für eine Route entschieden?", fragte der Mann.

Daniel sah ihn mit großen Augen an, dann dämmerte es ihm. Das hier war nicht der Entführer. Das war nur ein Rentner, der sonntags gern wanderte.

„Ich warte noch auf meine Begleiterin", erwiderte Daniel. „Sie hat den Ausflug geplant."

Der Mann lächelte ihm zu. „Nun, da hat sie bestimmt eine schöne Tour ausgesucht. Ich wünsche Ihnen viel Freude in der Natur."

Er winkte zum Abschied, schulterte seinen Rucksack und setzte sich in Bewegung. Daniel atmete tief durch. Er sah auf die Uhr. Zwei Minuten nach zwei. Der Entführer war zu spät. Aber natürlich würde er ganz sicher nicht zuschlagen, wenn sich hier ein Zeuge auf dem Parkplatz befand.

Er lehnte sich gegen das Auto und schloss kurz die Augen. Das hatte er sich nun wirklich nicht vorgestellt, als er sich damals bei IQ-VE beworben hatte. Doch er war selbst schuld. Es wäre nicht nötig gewesen, sich in diese Gefahr zu bringen. Sie hätten Lupitas Einwände auch ablehnen und darauf bestehen können, die Polizei einzuschalten, auch wenn das mit ziemlicher Sicherheit zu seiner sofortigen Kündigung geführt hätte. Noch vor ein paar Tagen wäre ihm das gar nicht so schlimm erschienen, aber inzwischen hatte er Gefallen an seinem Job gefunden. Insbesondere die Zusammenarbeit mit Mary empfand er als große Bereicherung.

Daniel sah wieder auf die Uhr. Es war nun schon zehn Minuten nach zwei. Er blickte den Hügel hinauf. Der Wanderer war bereits über die Kuppe verschwunden. Er hörte auch kein anderes Auto. Nur das leise Rauschen des Windes, der sanft durch das hohe Gras strich. Es war wirklich schön hier. Ein seltsamer Gedanke. Er hatte das Gefühl, vor Nervosität beinahe zu platzen, und gleichzeitig bewunderte er die Schönheit der Natur.

Sein Handy blinkte. Er überlegte, ob er es riskieren konnte, darauf zu schauen. Entweder wollte Lupita ihm etwas mitteilen oder der Entführer hatte sich bei ihm gemeldet. Er holte das Gerät aus der Tasche und blickte auf das Display. Eine E-Mail war eingegangen, und zwar von Tryharder27.

Er öffnete das E-Mail-Programm und war schon mit dem Daumen über dem Betreff der Mail, die

Hallo, schön dich zu sehen

lautete, als er innehielt. Sasha hatte ihm geschildert, wie sie es geschafft hatte, den Rechner des Entführers über eine präparierte Fotodatei mit einem Trojaner zu infizieren. Die E-Mail, die er nun erhalten hatte, enthielt ebenfalls Bilddateien. *Was, wenn Tryharder27 das Gleiche mit Daniels Handy vorhatte?* Allerdings kam es jetzt auf diese Feinheiten auch nicht mehr an. Es war ein Kopf-an-Kopf-Rennen, und Sasha hatte es viel früher geschafft, seinen Rechner zu infizieren. Doch er hatte keine Wahl. Daniel öffnete die E-Mail.

„Hi. Netter Versuch, Dr. Merton."

Daniel scrollte weiter nach unten und sah zwei Fotos, die ihm das Blut in den Adern gefrieren ließen. Es waren Bilder von ihm. Sie mussten sehr aktuell sein, denn er stand auf dem Parkplatz neben dem Mini. Er hatte die Hände in den Hosentaschen und sah in Richtung der Kamera, die ihn fotografierte.

„Mist!", entfuhr es ihm, als er erkannte, dass er überrumpelt worden war. Der Entführer musste ebenso wie Lupita hier Stellung bezogen haben. Er hatte ihn die ganze Zeit über beobachtet. Und natürlich war ihm klar geworden, dass es sich bei Daniel nicht um den weltgewandten Porträtmaler handelte, den er im Internet angelockt zu haben glaubte. Daniel spürte, wie heiße Panik in seinem Magen aufloderte. Er tippte auf das Hörersymbol und rief Lupita an. Sie meldete sich bereits nach dem ersten Läuten.

„Was ist los?" Sie klang erschrocken.

„Tryharder27 muss hier irgendwo auf der Lauer liegen. Er hat mich fotografiert und mir das Bild zugeschickt. Außerdem kennt er meinen Namen."

Ein neuer Gedanke schlich sich in sein Bewusstsein und nahm ihm den Atem. „Was, wenn er eine Waffe bei sich trägt?"

Im selben Moment hörte er einen lauten Knall und dann blitzte ein scharfer Schmerz an seiner Schläfe auf.

Lupita

Lupita ließ die Kamera sinken und richtete sich auf. Auf der gegenüberliegenden Seite des Hügels sah sie Mündungsfeuer. Verdammt, da war er. Sie griff nach ihrer Pistole und gab zwei Schüsse ab. Auf diese Entfernung würde sie ihn zwar nicht wirkungsvoll treffen können, aber vielleicht konnte sie ihn davon abhalten, weiter auf Daniel zu feuern. Die Waffe im Anschlag, rannte sie, immer wieder hinter Büschen Deckung suchend, zu ihrem Begleiter hinunter, der zu Boden gegangen war. Hatte der Schütze ihn etwa erwischt? Sie erreichte Daniel. Dieser hielt seinen Kopf mit den Händen. Zwischen seinen Fingern lief Blut heraus.

„Sind Sie getroffen worden?"

Er sah sie mit großen Augen an. „Nein, ich glaube, das war nur ein Stein, der von der Kugel aufgewirbelt wurde."

Er nahm die Hände vom Gesicht. Auf seiner Wange war ein tiefer Kratzer zu sehen. Nichts Lebensbedrohliches.

„Ins Auto!", rief Lupita. Daniel, der zuvor stocksteif dagestanden hatte, schien zu verstehen, was sie meinte. Er rannte zur Beifahrertür und stieg ein. Sie warf ihre Kamera auf den Rücksitz und sprang auf den Fahrersitz. Dann ließ sie den Wagen an. Als sie den Rückwärtsgang einlegte, knirschte es im Getriebe. Sie gab

Gas und Steinchen spritzten auf, dann bog sie in die Zufahrtsstraße ein. Etwa einhundert Meter vor sich sah sie, wie eine schwarz gekleidete Gestalt mit Sturmhaube in einen Aston Martin einstieg. Es war eines dieser silbernen Gefährte, die sie aus den James Bond Filmen kannte. Na super, das Auto war zwar älter, dafür aber deutlich besser motorisiert als Marys Kleinwagen.

Der Sportwagen beschleunigte. Lupita drückte das Gaspedal durch. Die Landstraße war eng und schlängelte sich zwischen Obstbäumen hindurch. Aus den Augenwinkeln sah sie, dass Daniel sich am Haltegriff festkrallte. Es war ihr gleichgültig. Das musste er aushalten. Sie fuhren über eine Kuppe und sahen das Städtchen Glastonbury vor sich, das sich unter einem von einem Turm gekrönten Hügel ausbreitete. Der Aston Martin bremste nicht ab, als sie das Ortsschild passierten. Sie jagten durch lange Straßenzüge mit kleinen Ziegelhäusern und hortensiengeschmückten Vorgärten. An einem Zebrastreifen rauschte der Sportwagen nur um Haaresbreite an einem Kinderwagen vorbei. Lupita wollte abbremsen, aber als sie sah, dass die Passanten sich an die Häuserwände drängten, gab sie Gas. Wenn Sie schon Verkehrsregeln brach, dann richtig.

„Können Sie Sasha anrufen? Sie soll herausfinden, wem das Kennzeichen gehört“, bat sie Daniel.

„Sasha?“, fragte er. Seine Stimme klang gepresst und er hing noch immer mit einer Hand am Haltegriff. „Wie soll die das denn anstellen? Wie lautet das Kennzeichen überhaupt? Es ist zu weit weg, ich kann es nicht erkennen.“

„Dann muss ich eben schneller fahren“, sagte sie. Sie drückte das Gaspedal bis zum Anschlag durch, der Mini schoss nach vorne und für einen Wimpernschlag konnte sie die Schrift auf dem Autokennzeichen lesen.

„WR58 FUA. Machen Sie schon, geben Sie es durch. Sasha ist eine versierte Hackerin, die wird schon herausfinden können, wem das Autokennzeichen gehört", sagte sie und konzentrierte sich wieder auf die Straße. Rechts neben ihnen ragten die Überreste der Abteikirche auf. Lupita wollte dort schon immer mal hin, sie war in ihrer Kindheit ein großer Fan der Gralslegenden gewesen und die Abtei von Glastonbury war eng damit verbunden. Aber nun hatte sie keinen Blick dafür. Sie heftete sich auf das gelbe Nummernschild am Heck des Aston Martin. Der Wagen des Entführers verließ den Ort jetzt in Richtung Bath.

„Ja?", sagte Daniel. „Okay, danke Sasha." Er wandte sich an Lupita. „Sie wird es überprüfen, aber sie sagt, sie braucht ein bisschen Zeit dafür."

Lupita gab alles, um dranzubleiben. Die Fahrt war wild und gefährlich. Der Mini raste über enge Landstraßen, durchquerte kleine Dörfer, immer dicht hinter dem Sportwagen. Sie steuerte das Auto mit Geschick, während ihr Beifahrer sich an den Griff klammerte und leise vor sich hin stöhnte. *War das vielleicht sogar ein Gebet, das er vor sich hinmurmelte?* Lupita war es gleichgültig. Sie war voll konzentriert.

Doch der Fahrer des Aston Martin war ein ernstzunehmender Gegner. Er war ihnen meist einen Schritt voraus, fuhr riskant, nutzte Abkürzungen und es gelang ihm immer wieder, einen kleinen Vorsprung herauszufahren, der Lupita dazu zwang, noch mehr Gas zu geben. Sie wollte nicht aufgeben, sie *durfte* nicht aufgeben. Sie war so nah dran, den Entführer zu fassen.

Nach einer weiteren halben Stunde erreichten sie die Stadtgrenze von Bath. Der Aston Martin wurde auch hier nicht langsamer. Wieder schossen sie an Passanten vorbei, die vom Bürgersteig in Hauseingänge malerischer Fachwerkhäuser sprangen. Dann gelangten sie in einen Kreisverkehr, der von einer majestätischen Gebäudefront aus gelbem Sandstein umrahmt wurde. Sie hatte die Gebäude schon einmal gesehen. In einem Film. Hatte da nicht Keira Knightley mitgespielt?

Die Herzogin oder so ähnlich, ja, das war der Titel gewesen. Ein seltsamer Gedanke, mitten in einer wilden Verfolgungsjagd. Doch sie hatte nicht viel Zeit, sich näher damit zu beschäftigen, denn der Aston Martin lenkte nun in eine Straße ein, die am River Avon entlangführte. Am Ufer sah sie einen Stand, an dem man Kähne mieten konnte. Es wäre sicher nett, mit Sasha hier eine Runde zu rudern. Wieder so ein seltsam unpassender Gedanke.

„Vorsicht!", rief Daniel. Lupita spürte einen gewaltigen Adrenalinstoß, als sie das Hindernis entdeckte. Ein Schwan war auf die Straße gewatschelt. Lupita lenkte scharf nach links und drohte die Kontrolle über das Auto zu verlieren, das gefährlich schlitterte und schleuderte. Beim Blick aus dem Fahrerfenster, sah sie, dass der Vogel stehen geblieben war und den Mini, der sich in einer Art Pirouette um ihn gedreht hatte, mit einem seltsamen Ausdruck seiner schwarzen Augen musterte.

Lupita schaffte es, den Wagen abzufangen. Für den Moment standen sie auf der Straße. Daniel sah sie mit großen Augen an. Er war totenbleich. Seine Unterlippe zitterte. Wahrscheinlich wäre es ihm am liebsten gewesen, wenn sie gesagt hätte, dass die Verfolgungsjagd vorbei sei. Doch sie warf ihm nur einen entschuldigenden Blick zu und gab wieder Gas. Immerhin hatten sie einen Anhaltspunkt, wohin sie sich wenden mussten. Sie jagte am Fluss entlang und weit vor sich sah sie etwas aufblitzen. Das musste die silberne Lackierung des Aston Martin sein. Er folgte der Biegung des Flusses in Richtung Süden. Nach Salisbury.

Die unwirklich schöne Landschaft flog an ihnen vorbei, doch sie hatte keinen Blick dafür, so sehr war sie auf dieses bizarre Katz-und-Maus-Spiel fixiert. Nach einer weiteren halben Stunde gelangten sie in die weite Ebene. Weizenfelder, wohin das Auge reichte, wogten im Wind wie ein Meer, Gold glänzend im Schein der langsam sinkenden Sonne. Fern am Horizont erblickte sie eine seltsame Struktur. Beim Näherkommen erkannte sie, dass es sich um die berühmten Steine von Stonehenge handelte. Unglaublich. Auch die hatte sie schon immer einmal besuchen wollen.

„Da vorne ist er", sagte Daniel. Nun sah Lupita ihn auch wieder. Sie schätzte, dass er etwa einen Kilometer Vorsprung hatte. Den musste sie unbedingt aufholen. Sie durfte ihn in den Gassen von Salisbury nicht aus den Augen verlieren.

Noch einmal gab sie Vollgas. Sie sah, dass sich die Umdrehungsanzeige des Motors auf den roten Bereich zu bewegte. In Gedanken entschuldigte sie sich bei Mary, dass sie ihr Gefährt so überstrapazierte. Sie konnte sich nicht vorstellen, dass diese jemals so schnell damit gefahren war, geschweige denn, dass sie einen U-Turn um einen Schwan hingelegt hatte. Zu ihrer großen Freude stellte sie fest, dass sich der Abstand verringerte. Sie lehnte sich ein wenig nach vorne wie ein Reiter, der sich über den Hals eines Pferdes beugte, um ihm im Endspurt Mut zuzusprechen. Die Straße führte schnurgeradeaus. Sie sah, dass der Aston Martin näherkam und größer wurde. Nun hatte er vielleicht noch fünfhundert Meter Vorsprung. Dann waren es vierhundert. Dreihundert. Zweihundert. „Was haben Sie vor?", fragte Daniel. In seiner Stimme schwang so etwas wie Panik mit.

„Was wohl? Ich werde ihm den Weg abschneiden." Der Wagen war nur noch etwa hundert Meter vor ihnen. Sie konnte ihn überholen. Und dann würde sie sich vor ihn setzen und abbremsen. Sie hoffte, dass der Mini das aushalten würde.

Lupita drückte das Gaspedal weiter durch. Gleich würde sie ausscheren. Doch plötzlich stotterte der Motor. Was war los? Der Wagen verlor rapide an Geschwindigkeit. Sie trat das Pedal durch, doch nichts geschah. Der Motor hustete, spuckte und dann standen sie still. Verdammt!

„Wir hätten vorhin wohl doch noch tanken sollen", sagte Daniel mit zaghafter Stimme, während Lupita voller Wut auf ihr Lenkrad einprügelte.

Adam

Adam erwachte aus einem unruhigen Schlaf. Panisch schreckte er hoch. *Wo war der Tisch mit dem Laptop? Wie lange hatte er geschlafen? Wie viel Zeit war noch übrig?*

Der Computer war nirgendwo zu sehen, und der intensive Pferdegeruch ließ ihn erkennen, dass man ihn in seine Zelle zurückgebracht hatte. Dann spürte er den Knebel in seinem Mund. *Warum hatte der Mann ihn festgebunden? Warum durfte er nicht weiterschreiben? Und warum hatte er ihn nicht geweckt?* Adam gab ein lautes Stöhnen von sich, in der Hoffnung, dass sein Peiniger es hörte, doch nichts geschah. Es war zum Verzweifeln.

Plötzlich vernahm er ein Geräusch. Eine Tür, die geöffnet wurde, Schritte auf dem Gang. Er stöhnte wieder, so laut wie möglich, doch die Schritte gingen an seiner Tür vorbei. Etwas schleifte über den Boden. Dann wurde die Tür der Nachbarzelle geöffnet. Es hörte sich an, als ob ein Sack hineingeworfen wurde. Dann sagte eine Stimme: „Du Schlampe! Du beißt mich nicht mehr in die Hand." Ein dumpfer Schlag, gefolgt von einem Stöhnen. Eine Tür, die ins Schloss fiel. Adam nutzte die Gelegenheit und machte sich noch einmal bemerkbar. Der Riegel seiner Zellentür wurde beiseitegeschoben. Eine schwarz maskierte Gestalt erschien. Doch es war nicht sein Wächter, dafür war der Mann nicht muskulös genug. Es war der Dämon.

„Aha, der Herr Dichter hat ausgeschlafen. Nun, dann darf er noch einmal eine halbe Stunde an seinem Krimi feilen, ehe wir mit der Lektüre beginnen. Wir hoffen für ihn, dass das Buch spannend geworden ist. Er will doch nicht, dass das hier sein letztes Kapitel ist, oder?“

Daniel

Daniel konnte verstehen, dass Lupita frustriert war. Sie waren so nah dran gewesen. Gleichzeitig war er aber froh, dass dem Wagen das Benzin ausgegangen war. Ein Überholmanöver wäre halsbrecherisch gewesen. Selbst, wenn sie es geschafft hätte, sich vor den Aston Martin zu setzen und abzubremsen, wäre ihnen der Sportwagen entweder mit voller Wucht ins Heck gefahren oder rechts an ihnen vorbeigezogen. Man musste das realistisch betrachten. Im Hinblick auf die PS-Zahl war Marys Mini deutlich unterlegen. Es war Daniel ein Rätsel, wie sie überhaupt aufgeholt hatten.

„Jetzt ärgern Sie sich nicht", sagte er zu Lupita. „Wir haben doch das Kennzeichen und die IP-Adresse des Mannes. Das sollte doch ausreichen, damit sie nun eine Spezialeinheit losschicken können, um den Kerl festzunehmen, oder nicht?"

Lupita knurrte. „Ja, das mag alles sein, aber ich hätte ihn gern selbst gestellt. Es mag verrückt klingen, aber ich wollte ihm in die Augen sehen. Und ich wollte auch die Erste sein, die sich in sein Versteck begibt und die Opfer befreien, die noch am Leben sind. Doch der Zug ist leider abgefahren. Nun wird Sarah Willis die Lorbeeren dafür einstreichen."

„Dafür müssten Sie ihr aber erst einmal mitteilen, was genau abgelaufen ist."

Lupita stieg aus und holte ihr Handy aus der Tasche. Währenddessen griff Daniel nach seinem Gerät. Er sah, dass in der Zwischenzeit mehrere Anrufe eingegangen waren. Einer stammte von Mary. Er wählte ihre Nummer.

„Wie ist es gelaufen?", fragte sie aufgeregt.

Daniel schilderte ihr kurz den Ablauf der Ereignisse. „Und jetzt stehen wir hier auf der Landstraße und müssen darauf hoffen, dass irgendjemand mit einem Benzinkanister vorbeikommt."

„Beeilen Sie sich bitte. Ich mache mir nämlich Sorgen um Sasha", sagte Mary.

Daniel spürte, wie die heiße Panik erneut in ihm aufloderte, die er nach der Verfolgungsjagd halbwegs unter Kontrolle gebracht hatte.

„Was ist mit Sasha?"

„Sie geht nicht mehr an ihr Handy. Ich habe im Laufe des Nachmittags mehrfach mit ihr telefoniert. Wir haben uns ausgetauscht. Sie hatte mir den Datensatz überlassen und ich bin auf ein paar spannende Details gestoßen, aus denen ich aber nicht ganz schlau wurde. Bis vor etwa einer halben Stunde hatte ich Kontakt zu ihr. Ich bin kurz einen Tee machen gegangen, dann wollte ich sie wieder anrufen, aber sie nimmt seitdem nicht mehr ab. Jetzt mache ich mir ernsthaft Sorgen um sie."

„Vielleicht ist sie nur schnell in den Supermarkt gegangen, um sich ein paar Dosen Energydrinks zu holen", sagte Daniel und versuchte, dabei so zuversichtlich zu klingen, wie er nur konnte. Doch die in ihm aufkeimenden Sorgen konnte er damit nicht besänftigen. Das war tatsächlich seltsam und entsprach nicht den

Gewohnheiten seiner ständig auf einem halben Dutzend Kanälen erreichbaren Mitbewohnerin.

Er beendete das Gespräch und stieg ebenfalls aus. Lupita hatte sich einige Meter vom Wagen entfernt und führte eine angeregte Unterhaltung. Er erkannte, dass es hitzig zuging und dass sie wohl all ihre Überzeugungskraft hinein legen musste, SIO Willis davon zu überzeugen, der Spur des Entführers zu folgen. Er sah ein Auto in etwa einhundert Metern Entfernung auf sie zukommen und hob die Hand. Der Fahrer des klapprigen Landrover machte keine Anstalten anzuhalten, doch Daniel raffte all seinen Mut zusammen und stellte sich mitten auf die Fahrbahn. Das Auto bremste und er hörte ein quietschendes Geräusch, als die Seitenscheibe heruntergekurbelt wurde.

„Was soll das?“, fragte der Fahrer, ein hagerer alter Kerl, der genauso heruntergekommen aussah wie sein Wagen.

„Haben Sie vielleicht ein bisschen Benzin für uns?“, bat Daniel. „Unser Tank ist leer.“

„Das ist doch nicht mein Problem. Da hätten Sie besser mal getankt. Gehen Sie mir gefälligst aus dem Weg!“

Er ließ den Motor aufheulen, Daniel sprang beiseite und das Auto tuckerte davon. Er fluchte leise vor sich hin. In einiger Entfernung sah er ein weiteres Fahrzeug auf sich zukommen, einen grauen Opel. Ohne große Hoffnung hob er die Hand. Dieses Mal war es eine junge Frau, die sofort anhielt. Sie erkannte Daniels Notlage und überließ ihm ihren Reservekanister, nahm allerdings gern die fünfzig Pfund entgegen, die er ihr dafür anbot. Er füllte das Benzin ein.

Lupita schob ihr Handy zurück in die Tasche. „SIO Willis kommt nach Cornwall. Wir treffen uns in Helston. Es war ein hartes Stück Arbeit, aber ich denke, sie hat mir geglaubt. Ich hoffe, Sasha hat inzwischen die Adresse des Entführers herausgefunden."

Daniel schluckte schwer. „Mary hat mich gerade darüber informiert, dass Sasha nicht mehr an ihr Handy geht. Ich hoffe, mit ihr ist alles in Ordnung."

Lupitas Augen weiteten sich. „Dann steigen Sie sofort ein. Wir müssen zurück und nach ihr sehen!"

Sie startete den Wagen. Er zockelte zuerst, doch dann schnurrte der Motor. Sie fuhren los, tankten bei der nächsten Gelegenheit und kamen vier nervenaufreibende Stunden später vor Sashas Hotel an. Unterwegs hatte Daniel Dutzende Male versucht, sie anzurufen, hatte sie aber nicht erreicht.

Lupita stellte den Mini auf dem Parkplatz des Hotels ab und sie gingen hinein. Sie stiegen in den Aufzug und fuhren in den vierten Stock. Schon auf dem Gang sah Daniel, dass irgendetwas nicht in Ordnung war, denn ein Blumenkübel lag auf dem Boden und der Teppich wies Schleifspuren auf.

„Da wurde etwas Schweres bewegt", sagte Lupita und zog ihre Dienstwaffe. Daniel schluckte nervös. Die Polizistin bedeutete ihm, sich hinter ihr zu halten und schlich langsam auf das Zimmer mit der Nummer 43 zu. Er sah, dass sie die Hand ausstreckte, um dagegen zu klopfen, dann hielt sie jedoch inne.

„Was ist los?", flüsterte er.

„Die Tür ist offen", sagte Lupita. Sie drückte mit dem Zeigefinger sanft dagegen und die Tür schwang auf. Sie hielt eine Handfläche in die Höhe und bedeutete ihm auf diese Weise, stehen zu bleiben. Plötzlich drehte sie sich mit einer raschen Bewegung in den Raum hinein. Dann hörte er einen verzweifelten Schrei. Er spürte, wie sich sein Magen zusammenkrampfte, eilte aber trotzdem in das Zimmer. Aus den Augenwinkeln sah er, dass die Zarge beschädigt war. Jemand musste die Tür mit Gewalt geöffnet haben. Auf dem Teppich lagen zahlreiche Kleidungsstücke verteilt. Das Bett war ein wenig verschoben, die Matratze lag halb auf dem Boden. Der kleine Schreibtisch, auf dem Sashas Laptop gestanden hatte, war leer. Eine rote Flüssigkeit war auf dem Holzimitat verschmiert worden. *War das Blut?*

„Was ist hier passiert?", fragte er.

„Wonach sieht es denn aus?", entgegnete Lupita. Ihre Stimme bebte. „Jemand hat Sasha entführt. Scheiße, das war eine Ablenkungsaktion. Der Typ hat Wind davon bekommen, dass wir ihm auf die Spur gekommen sind, und hat Gegenmaßnahmen eingeleitet. Er hat uns weggelockt, um Sasha in seine Gewalt zu bekommen. Sie konnte ihm immerhin am gefährlichsten werden."

Daniel schluckte. Lupitas Analyse der Situation war zwingend logisch. „Und was machen wir jetzt? Sollen wir die Polizei rufen?", fragte er.

Lupita schüttelte den Kopf. „Nein, die Kollegen der Station in Penzance wären damit heillos überfordert. Ich rufe Sarah Willis an. Sie soll mit ihrem Team sofort hierherkommen."

„Und was kann ich so lange tun?" Daniel sah Lupita verzweifelt an.

„Gehen Sie zu Mary. Schauen Sie nach, ob bei ihr alles in Ordnung ist. Ich hoffe, Tryharder27 ist nicht auf die Idee gekommen, sie ebenfalls zu verschleppen."

Lupita

SIO Willis hatte einen sehr ernsten Gesichtsausdruck aufgesetzt. Schon seit einer Viertelstunde musterte sie schweigend den Tatort. Lupita hielt es kaum noch aus, ruhig danebenzustehen.

„Das ist ein ganz schönes Chaos hier", sagte Willis schließlich. „Fangen Sie noch einmal ganz von vorne an. Erzählen Sie mir alles, was geschehen ist."

Lupita schüttelte den Kopf. „Dafür haben wir keine Zeit! Sasha ist entführt worden. Wir müssen sie retten!"

Willis legte den Kopf schief. „Glauben Sie mir, wer auch immer diese Sasha ist, ich habe auch ein Interesse daran, sie zu retten. Wenn sie denn gerettet werden muss. Ich vermute das stark, dass sie entführt wurde und dass das Blut, das hier auf dem Schreibtisch verschmiert wurde, wahrscheinlich von ihr stammt. Also muss sie gerettet werden. Aber dazu benötige ich mehr Informationen, und das wenig zusammenhängende Gestammel, das sie vorhin am Telefon von sich geben haben, reicht mir dazu nicht. Fangen Sie bitte noch einmal von vorne an. Ordentlich und ruhig, so wie Sie es auf der Polizeischule gelernt haben. Bitteschön!"

Lupita schluckte. SIO Willis hat recht. Sie durfte jetzt nicht den Kopf verlieren. Dass Sasha aller Wahrscheinlichkeit nach entführt worden war, hatte sie bis ins Mark getroffen. Es war ihre Schuld. Sie hatte sich nach

Glastonbury locken lassen und Sasha schutzlos zurückgelassen. Vor Kurzem hatten sie sich noch darüber gefreut, dass sie gemeinsam ausgehen würden, wenn sie den Täter überführt hatten. Aber dazu würde es vielleicht nie mehr kommen. Dieser Gedanke schnürte ihr die Kehle zu. Sie fasste sich mühsam wieder und begann, SIO Willis die Ereignisse zu schildern.

„Oh mein Gott. Und das haben Sie alles selber ausgeheckt? Sie hätten weniger CSI-Serien schauen sollen. Warum um alles in der Welt sind Sie damit nicht gleich zu mir gekommen? Spätestens, als Sie Kontakt mit diesem Entführer hergestellt und ein Treffen vereinbart hatten, hätten Sie sich bei mir melden müssen, das ist Ihnen schon klar, oder?"

Lupita sah betreten zu Boden. „Ja, das ist mir klar. Ich wollte den Kerl unbedingt schnappen und Ihnen auf dem Präsentierteller servieren."

Willis verdrehte die Augen. „Na, das ist ja mal gründlich schief gegangen. Sie können froh sein, wenn Sie nach der Geschichte hier Ihren Job behalten können."

„Ich habe als Privatperson gehandelt, nicht als Polizistin", sagte Lupita.

„Das sind Spitzfindigkeiten, über die der Disziplinarausschuss entscheiden muss. Jetzt schauen Sie mich nicht so an, natürlich werde ich das vor den Ausschuss bringen. Was ich denen aber sagen werde, hängt davon ab, ob Sie sich ab sofort an die Regeln halten oder weiterhin Ihr eigenes Ding machen wollen. Ich würde Ihnen dringend dazu raten, zu kooperieren. Keine weiteren Spielchen mehr, kein Hintergehen. Ich sage, wo es langgeht, und Sie helfen mir jetzt diese Sasha zu finden, diesen Entführer aufzuspüren, ihn hinter Gitter zu bringen und so viele Menschenleben zu retten wie möglich.“

Lupitas starrte SIO Willis mit offenem Mund an. „Ich darf weiter mit Ihnen arbeiten?“

„Ja, das habe ich mich sagen hören. Formal ist das ein unbezahltes Praktikum während Ihres Urlaubs. Und jetzt sagen Sie mir endlich, was hier geschehen ist.“

„Das habe ich Ihnen doch vorhin schon erzählt“, sagte sie.

Sarah Willis verdrehte erneut die Augen. „Sie haben mir berichtet, was Sie erlebt haben. Danach haben Sie eine Spekulation über einen mutmaßlichen Ablauf von sich gegeben, die aus einem einzigen Satz bestand: *Sasha wurde entführt.* Schauen Sie sich alles noch ein mal an, und dann sagen Sie mir, was genau geschehen ist.“

Jetzt verstand Lupita. Sie ließ ihren Blick über den Tatort schweifen. Über den leeren Schreibtisch mit dem verschmierten Blutfleck, das verschobene Bett, die halb herabhängende Matratze. Nun sah sie auch, dass das Betttuch fehlte. Sie ging zur Tür und begutachtete den Schaden an der Innenseite der Zarge. Etwas war dagegen geprallt. Sie trat hinaus auf den Flur. Die Tür war eingetreten worden, knapp unter dem Griff konnte sie den Abdruck eines Sohlenprofils erkennen. Es sah nach Doc Martens aus. Die Spuren auf dem Teppich ließen darauf schließen, dass etwas Schweres bewegt worden. Am anderen Ende des Ganges sah sie plötzlich etwas aufblitzen. Sie ging darauf zu und erkannte, dass es sich um ein Metallgestell mit Rollen handelte, mit dem die Wäsche eingesammelt wurde. Es stand vor einer Tür. Sie öffnete diese und ein warmer Wind blies ihr ins Gesicht, als sie auf die Nottreppe trat. Sie atmete tief durch, dann ging sie zu Sarah Willis zurück. Die Polizistin zog eine Augenbraue nach oben und fragte: „Und? Irgendwelche spannenden Erkenntnisse?"

„Ich gehe von folgendem Tatablauf aus: Der oder die Täter, wie viele es waren, muss wohl die Spurensicherung ermitteln, das kann ich auf den ersten Blick nicht erkennen, hat die Tür eingeschlagen und versucht, Sasha zu überwältigen. Hierbei kam es zu einem Kampf. Das Bett wurde bewegt, ebenso die Matratze. Schließlich ist es dem Täter gelungen, Sasha zu überwältigen. Er hat sie in ein Betttuch gewickelt, möglicherweise hatte er sie zuvor betäubt oder ...", kurz stockte ihr die Stimme. Sie räusperte sich, „... oder er hat sie getötet. Dann hat er sie in das Betttuch gewickelt und den Laptop mitgenommen. Er hat sie in den Wäschewagen gelegt und diesen den Gang entlang geschoben bis zur Tür hinten. Die Nottreppe endet auf einem kleinen Parkplatz hinter dem Hotel, der sichtgeschützt ist. Ich vermute aber, dass es dort eine Überwachungskamera gibt. Die sollten Sie unbedingt sichern. Von dort aus sind sie wahrscheinlich weggefahren."

Sarah Willis nickte. „Na also, Sie haben doch etwas gelernt auf der Polizeischule. Ich stimme mit Ihrem Ablauf überein. Und ja, es wäre äußerst praktisch, wenn wir Bilder von der Überwachungskamera hätten, die tatsächlich den Hinterhof überwacht. Aber stellen Sie sich vor, die hat jemand vor etwa sechs Stunden mit einem Hammer oder einem Brecheisen in ihre Einzelteile zerlegt."

Lupita schluckte. „Dann wissen wir nicht, mit welchem Auto die Entführer unterwegs sind und wie viele es waren?“

„Ich gehe von zwei Tätern aus. Sehen Sie die Schuhabdrücke hier? Die stammen von Docs. Weder Sie noch Ihr Psychologe haben solche getragen, nehme ich an. Es sind außerdem zwei Größen, ich schätze 46 und 43. Die 43er könnten auch zu einer Frau gehören, oder zu einem Mann mit kleinen Füßen. Das soll es geben. Ich selbst habe Schuhgröße 38. Ich bin eine kleine Frau mit kleinen Füßen. Aber das fällt jetzt eher unter die Kategorie unnützes Wissen.“

„Das heißt, wir haben es mit mindestens zwei Entführern zu tun?“

„Schade, ich dachte, Sie könnten bis drei zählen.“

Lupita schlug sich gegen die Stirn. „Sorry, der Typ, der uns in Glastonbury in die Falle gelockt hat, muss natürlich auch noch mitgezählt werden. Wo war ich nur mit meinen Gedanken?“

„Ich gehe mal davon aus, dass Sie bei dieser Sasha waren. Das Ganze scheint Ihnen sehr nahe zu gehen. Ich frage mich, ob die Entscheidung gut war, Sie in mein Team zu holen. Na ja, eine Praktikantin lässt sich auch schnell wieder feuern. Aber bisher haben Sie weitgehend gute Arbeit geleistet.“

„Gute Arbeit? Ich habe doch nur das wiederholt, wovon Sie selbst schon ausgegangen sind“, sagte sie.

„Aber manchmal ist es gut, so etwas nach dem Vieraugenprinzip zu regeln. Meine Leute von der Spurensicherung werden sich das hier noch genauer anschauen.“

Sarah Willis ging voran und Lupita folgte ihr. Im Foyer sah sie, dass inzwischen ein halbes Dutzend Männer in weißen Anzügen eingetroffen war, die sich auf den Weg in den vierten Stock machten. Ein verängstigt aussehender Hotelangestellter blickte ihnen hinterher. Sie konnte es ihm nicht verübeln. Das Ganze erinnerte sie an eine Szene aus einem Katastrophenfilm.

Das Handy der SIO läutete.

„Ja?", hörte Lupita sie sagen. „Okay, gut."

Sie wandte sich nun an Lupita. „Die IT hat die IP zuordnen können. Wir haben die Adresse eines Hofes in der Nähe von Glastonbury ermitteln können. Ich hoffe, Sie sind nicht zu müde, dort hinzufahren. Das SCO19 ist schon auf dem Weg."

Daniel

Daniel stellte Marys Mini auf dem Parkplatz vor der Kirche ab. Seine Handflächen waren schweißnass, dafür war sein Mund staubtrocken. Mehrfach hatte er versucht, Mary anzurufen, aber sie war nicht an ihr Handy gegangen. Es hatte nicht einmal geläutet, sondern sofort auf die Mailbox geschaltet. Das konnte nichts Gutes bedeuten.

Der Gedanke, in Marys Häuschen eine ähnliche Szenerie vorzufinden wie in dem Hotel in Penzance, jagte ihm einen eiskalten Schauer über den Rücken. Aber er hatte keine Wahl. Er ging durch den Vorgarten. Der schwere Duft der Rambler-Rosen nahm ihm den Atem. Er atmete mehrmals tief ein und aus und trat dann auf die Haustür zu. Er erwartete, auch dort Einbruchsspuren zu sehen, doch Türblatt und Zarge waren unversehrt. Er sah an der Hausfassade entlang. Auch die beiden Fenster waren unbeschädigt. *Vielleicht war der Entführer über die Terrasse eingestiegen?*

Er ging an der Hauswand um das Haus herum und betrat den kleinen Garten. Auch hier war alles voller Rosen, makellos gepflegt, blühend und duftend. Die Terrassentür stand offen. Er schluckte nervös. Hier musste der Kerl eingedrungen sein. Er sah sich um. Kein Laut war zu hören. Niemand war da. Er trat auf die Terrasse, die mit Holzplanken ausgelegt war, die unter seinen Füßen knarrten und quietschten. Er fluchte leise vor sich hin. Dann wurde ihm klar, dass ihm wahrscheinlich keine Gefahr mehr drohte. Der Entführer musste Mary schon vor Stunden mitgenommen haben. Daniel würde nun nur noch die Spuren betrachten können. Er ging in das Wohnzimmer hinein. Alles war an seinem Ort. Keine Anzeichen eines Kampfes. Auch auf dem Teppich waren keine Fußabdrücke oder Schleifspuren zu erkennen. Er passierte die Küche, in der der Teekessel ordentlich zum Abtropfen neben der Spüle stand. Nun kam das Arbeitszimmer. Dort musste der Entführer Mary angetroffen haben. Die Tür war angelehnt. Er atmete erneut tief ein und aus. Die Angst schnürte ihm die Kehle zu. Er wollte gar nicht wissen, was auf der anderen Seite auf ihn wartete, aber er musste nachsehen. Er drückte die Tür vorsichtig auf. Im nächsten Augenblick zischte etwas an ihm vorbei. Instinktiv warf er sich zu Boden, dann flog noch etwas über seinen Kopf hinweg.

„Stop, ich ergebe mich", rief er.

„Daniel?"

Er blickte nach oben ... in Marys Gesicht.

„Mary?"

„Ja. Ich dachte, Sie wären der Entführer", sagte sie.

„Woher wissen Sie, dass Sasha entführt wurde?"

„Ich habe vor etwa drei Stunden noch ein letztes Mal versucht sie anzurufen. Da hat jemand abgenommen. Doch ich habe nur Atemgeräusche gehört. Ich habe mich zu Tode erschrocken. Danach habe ich mein Handy ausgeschaltet, damit die mich nicht orten können. Das muss der Entführer gewesen sein."

Daniel nickte. „Wir sind zu spät gekommen. Tryharder27 wusste, dass wir ihm eine Falle stellen wollen, und hat uns ausgekontert."

„Da sind wir wohl jemandem begegnet, der schlauer ist als wir."

Daniel schüttelte den Kopf. „Nicht schlauer, aber einen Schritt voraus."

„Wie auch immer man es dreht und wendet, er hat gewonnen. Was am schlimmsten ist, er hat eine von uns entführt. Glauben Sie, dass Sasha noch am Leben ist?"

Der Kloß in Daniels Hals wurde noch größer. „Ich hoffe es", sagte er leise. Es war nicht mehr als ein Flüstern, das sich seiner Kehle entwand.

„Haben Sie der Polizei Bescheid gegeben?", fragte Mary.

„Das hat Lupita übernommen. Sie hat sich gleich an die NCA gewandt. Die waren schon auf dem Weg, nachdem wir sie informiert hatten, als wir in Salisbury den Kontakt zu dem Entführer verloren hatten."

„Gut, denn ich glaube, ich habe Informationen für sie."

„Informationen? Für wen?"

„Für die NCA. Sasha hat mir eine Kopie der Festplatte des Entführers vorbeigebracht. Dann ist sie wieder in ihr Hotel zurückgefahren. Wahrscheinlich wäre es besser gewesen, wenn sie hiergeblieben wäre. Obwohl, ich wäre ihr wahrscheinlich keine große Hilfe gewesen, den Entführer abzuwehren. Körperlich bin ich nicht die Stärkste. Ich muss mich eher auf meine mentalen Fähigkeiten verlassen und auch diese sind nicht immer die besten."

„Haben Sie die Festplatte schon analysiert?"

„Teilweise. Es ist eine ungeheure Datenmenge. Ich bin noch dabei, mir einen Überblick zu verschaffen. Unter anderem ist ein sehr großes Programm drauf. Sasha hat mich gebeten, es nicht zu öffnen, weil sie es zunächst scannen wollte, um zu schauen, ob sich ein Virus darauf befindet. Ich habe es deshalb erst einmal ungeöffnet gelassen. Stattdessen habe ich mich auf Textdateien und Ähnliches konzentriert. Insbesondere die E-Mails fand ich sehr aufschlussreich. Unter anderem war eine Lieferbestätigung dabei für eine ganze Menge Kabelbinder.“

„Kabelbinder?“

„Na ja, Sie wissen schon, die Dinger, mit denen man mehrere Kabelstränge zusammenbinden kann. Die kann man aber auch wunderbar dazu benutzen, um Leute zu fesseln.“

„Und eine Adresse ist auch angegeben?“

Mary nickte. „Sie wurden an einen Hof in der Nähe von Salisbury geliefert. Vor etwa acht Monaten. Ich weiß aber nicht, ob das vielleicht auch eine Art falsche Fährte ist, denn es ist tatsächlich die einzige Adresse, die ich mit meinen begrenzten Fähigkeiten auf der Festplatte finden konnte. Die Frage ist nun, was wir damit anfangen. Meinen Sie, es könnte Sinn machen, sie der Polizei weiterzugeben?“

„Natürlich, absolut. Es ist schließlich die einzige Spur, die wir haben. Wir haben den Mann bis nach Salisbury verfolgt und nun haben wir eine Adresse in der Nähe. Den Gesetzen der Logik entsprechend haben wir keine bessere Spur.“

Er holte sein Handy aus der Tasche und wählte Lupitas Nummer.

„Hi, wie geht es Mary?", fragte die Polizistin augenblicklich. Ihre Stimme klang gepresst.

„Glücklicherweise gut. Als sie den Kontakt zu Sasha verloren hat, hat sie ihr Handy ausgeschaltet, damit der Entführer sie nicht mehr orten konnte."

„Oder sie hatten kein Interesse an mir, das könnte auch sein", ergänzte Mary. Daniel schlug sich gegen die Stirn. Er drückte auf die Hörertaste, sodass das Gespräch auf laut gestellt wurde. Sie waren ein Team und Mary sollte und durfte daher alles mithören.

„Das ist gut, ich freue mich, Ihre Stimme zu hören", sagte Lupita.

„Mir geht es genauso", entgegnete Mary. „Ist diese SIO Willis in Ihrer Nähe?"

„Ja, sie sitzt neben mir. Warum?"

„Ich glaube, ich habe eine wichtige Information für Sie." Sie bewegte ihre Maus über den Bildschirm und öffnete eine Textdatei.

„Haben Sie etwas zu schreiben?"

„Ja, was immer Sie mir mitteilen wollen, Sie können es mir jetzt diktieren."

Mary gab die Adresse des Bauernhofs in der Nähe von Salisbury durch, an den die Lieferung mit den Kabelbindern gegangen war.

„Das ist super", sagte Lupita. „Sasha hatte mir kurz vor ihrem Verschwinden die Daten des Anschlusses gemailt, von dem aus die E-Mails verschickt worden sind. Die IT Abteilung der NCA hat diesen Anschluss der Adresse zugeordnet, die Sie mir gerade durchgegeben haben. Wir sind daher schon unterwegs zu dem Hof."

Daniel spürte, wie sich zum ersten Mal an diesem Tag ein klein wenig Erleichterung in ihm ausbreitete.

„Dann machen Sie bitte schnell. Sie müssen Sasha retten, bitte!“

Lupita

Lupita sah aus dem Fenster des Autos. Sie schätzte die Entfernung zum Wohnhaus der Farm auf etwa hundertfünfzig Meter. Es war ein niedriges, einstöckiges Gebäude, das sich an einen Hügel schmiegte. Dahinter, etwa drei Meilen entfernt, lag die Stadt Salisbury. Der Hof sah verlassen aus. Es waren keine Tiere oder landwirtschaftlichen Maschinen zu erkennen. Nur das Gebäude und ein in einem neunzig Grad Winkel angebauter Stall. An dessen rechter Seite ragte ein metallener Schornstein empor.

„Das SCO19 ist gleich so weit", sagte Sarah Willis. Sie deutete auf zwei Ansammlungen von schwarzen Punkten, die hinter einer Hecke Position bezogen hatten.

„Eine Gruppe wird das Hauptgebäude stürmen, die andere den Stall. Dann hoffen wir mal, dass wir möglichst viele unserer Vermissten lebendig auffinden."

„Ich bin da eher skeptisch", sagte Lupita. „Wenn wir Glück haben, leben vielleicht noch Sinclair und Sasha."

Lupita sah auf den Hof hinaus. Die Männer des SCO 19 hatten sich aufgereiht. Das Funkgerät knackte.

„Zugriff erfolgt jetzt", sagte der Einsatzleiter und die beiden Trupps setzten sich in Bewegung. Obwohl sie im Gänsemarsch unterwegs waren, huschten sie erstaunlich schnell auf die beiden Gebäude zu. Jeweils zwei Männer stellten sich rechts und links neben den Zugängen auf, während ein Dritter mit einer Art Ramme die

Tür einschlug. Das dröhnende Krachen konnte Lupita selbst durch die geschlossene Scheibe des Autos hindurch hören. Beim Hauptgebäude geschah etwas, womit sie nicht gerechnet hatte. Ein Blitz flammte auf. Den Bruchteil einer Sekunde später rollte ein Donner heran, der sogar die Scheiben erzittern ließ. Sie sah, dass die Beamten des SCO 19 beim Stall in Deckung gingen. Ihre Kollegen am Hauptgebäude konnte sie nicht mehr erkennen, denn der gesamte Eingangsbereich war nun von einer Staubwolke eingehüllt.

„Verdammte Scheiße noch mal!", schrie Willis. „Das war eine Sprengfalle."

„Was machen wir jetzt?", fragte Lupita. Ihr war schlecht.

„Das muss der Leiter des SEK entscheiden. Ich vermute, dass wir erst einmal Sprengstoffexperten kommen lassen müssen, die sich das alles genauer anschauen."

Lupita raufte sich die Haare. „Das wird wieder Zeit kosten", sagte sie.

Das Funkgerät knackte. „Einsatzleitung kommen."

„Hier Einsatzleitung", sagte Willis. „Bericht!"

„Drei Schwerverletzte beim Haus. Wir benötigen dringend medizinische Unterstützung."

„Medizinische Unterstützung erfolgt", sagte Willis. Sie zog ihr Handy aus der Tasche und wählte die Notrufnummer.

„Verdammt. Lassen Sie uns aussteigen. Wahrscheinlich müssen wir Erste Hilfe leisten, bis die Krankenwagen eintreffen."

Die Szene, die sich Lupita bot, als sie vor dem Hauptgebäude eintraf, erinnerte sie an Dokus, die sie über

Kriegsgebiete gesehen hatte. Drei Männer lagen am Boden. Einer hatte einen Fuß verloren, ein anderer blutete stark aus einer Wunde am Hinterkopf und ein Dritter regte sich gar nicht mehr. Zwei seiner Kollegen knieten neben ihm und waren damit beschäftigt, ihn zu reanimieren.

„Helfen Sie mit", sagte Willis. „Ich werde dem Mann da drüben den Stumpf abbinden."

Lupita eilte zu den beiden schwarz gekleideten Gestalten, von denen einer eine Herzmassage ausführte, während der andere regelmäßig Atemspenden gab.

„Ich löse Sie ab", sagte Lupita.

„28, 29, 30", sagte der Mann und rückte beiseite. Lupita legte die Hand auf das Brustbein des Verletzten und presste es nach unten. Sie hörte etwas knacken und spürte, dass der Widerstand unter ihren Armen geringer wurde. Offenbar hatte sie dem Mann eine Rippe gebrochen. Doch sie drückte weiter und blieb im Rhythmus. Als der Kollege sie schließlich ablöste, war sie schweißgebadet. Sie sah, dass drei Krankenwagen die Straße entlangrasten. Sofort strömten Sanitäter heraus und kümmerten sich um die Verletzten. Auch weitere Einsatzwagen der Polizei trafen ein. Zwanzig Minuten später waren erste Räumkommandos damit beschäftigt, das Haus und den Stall auf weitere Sprengfallen hin zu untersuchen.

„Wann sind die denn endlich fertig?", fragte Lupita angespannt.

„Mir ist es lieber, dass sie ein bisschen länger brauchen, danach aber alles sauber ist. Ob sie es glauben oder nicht, ich hänge an meinen Gliedmaßen."

Ein in einen weißen Overall gekleideter Mann trat auf sie zu. „Wir haben keine weiteren Sprengfallen gefunden, aber der Suchroboter ist im Keller auf mehrere Leichen gestoßen."

Lupita schluckte. „Sind es Männer oder ist auch eine Frau dabei?", fragte sie atemlos.

„Die Bildqualität war nicht besonders hoch. Ich würde sagen, es sind drei Männer mit unschönen Schussverletzungen im Gesicht."

Lupita spürte, wie zunächst eine Welle der Erleichterung durch ihren Körper raste, die aber bald darauf von einem Anflug von schlechtem Gewissen ersetzt wurde.

„Dann gehen wir jetzt rein", sagte Willis. Sie zückte ihre Dienstwaffe und bedeutete Lupita, ihr zu folgen.

Sie traten durch die offenstehende Tür in das Haupthaus. Es war nur spärlich eingerichtet. Zunächst sicherten sie das Erdgeschoss, das aus einer Küche, einer Art Wohnzimmer und einem Büro bestand. Hier waren ein PC und ein Monitor sowie die Telefonanlage angeschlossen, von der aus der Entführer mit Ihnen kommuniziert haben musste. Lupita folgte Willis ins Obergeschoss. Vorsichtig stiegen sie die Treppe hinauf, die Waffen immer im Anschlag. Doch auch hier war alles verlassen. In einem der beiden Schlafzimmer sahen sie ein benutztes Bett, im Bad entdeckten sie eine abgenutzte Zahnbürste und ein noch feuchtes Handtuch. Anschließend gingen sie in den Keller.

Das Erste, was Lupita auffiel, war der schweflige Gestank von Schießpulver. Es gab einen Heizungskeller sowie einen großen, ungefliesten Raum mit Betonboden. In der Mitte lagen drei Leichen. Den Männern war mit einer Schrotflinte ins Gesicht geschossen worden, die einer der Toten noch in den Händen hielt. Willis zog sich Handschuhe über und griff nach der Brieftasche, die in der Seitentasche der Hose des Mannes mit dem Gewehr steckte und zog sie heraus. Lupita warf einen Blick über ihre Schulter, zum einen, weil sie neugierig war, um wen es sich handelte, zum anderen, weil sie den Anblick des fehlenden Gesichts nicht ertragen konnte.

„Finn Helligan", las Sarah Willis vor, als sie den Führerschein des Mannes herauszog. „Haben Sie den Namen schon mal gehört?"

Lupita nickte. „Das ist der CEO von IQ-VE. Krass."

„So wie es aussieht, hat er seine eigene Plattform dafür genutzt, Leute anzulocken."

Die beiden anderen Toten identifizierten sie anhand ihrer Papiere als Paul Martin und Chris Weller.

„Hier ist nichts mehr. Ich denke, wir sollten mal in den Schuppen schauen", sagte Willis.

Auch dort stand die Tür offen. Im Gegensatz zum Wohnhaus hatte das Nebengebäude keinen Keller. Alles, was wichtig war, war in einem einzigen Raum zu finden.

Lupita brauchte ein wenig, bis sich ihre Augen an die Dunkelheit gewöhnt hatten. Was sie dann jedoch sah, jagte ihr einen kalten Schauer über den Rücken. In der Mitte des Raumes befand sich eine Art Operationstisch. Er war mit Blut beschmiert. Daneben lagen auf einem Haufen diverse Kleidungsstücke. Lupitas Blick blieb an einem T-Shirt hängen und ihr Mut sank. Es war das mit goldenen Pailletten bestickte Teil, das Sasha gestern getragen hatte. Sie spürte, wie sich eine heiße Verzweiflung in ihr Bahn brach. Sie waren zu spät gekommen. Sasha war tot.

„Sehen Sie sich das mal an", sagte Sarah Willis jetzt. Sie musste ihre Aufforderung wiederholen, bis es Lupita gelang, sich aus ihrer Trance zu befreien. Sie sah in die Richtung, in die die Polizistin deutete. Dort befand sich eine lang gezogene Röhre, an deren Ende eine Metalltür mit einem Fenster aus dickem Glas montiert war, die offen stand. Am hinteren Ende war die Röhre mit einem Abluftrohr verbunden, das durch die Wand Luft nach außen leitete.

„Ich glaube, wir werden uns schwer damit tun, die Leichen der Opfer zu finden", sagte SIO Willis. „Das ist schon krass. Die Typen haben sogar ihr eigenes Krematorium eingebaut."

Daniel

Daniel legte das Handy beiseite und starrte die Wand an. Er hatte die Worte gehört, die Lupita ihm übermittelt hatte, und hatte die Botschaft darin entschlüsselt. Dennoch war die furchtbare neue Realität noch nicht zu ihm durchgedrungen. Er hatte das Gefühl, dass er sich selbst dabei zusah, wie sein Körper eine Barriere aufbaute und sein Geist eine Grenze setzte, um diese Katastrophe einzufangen, sie daran zu hindern, Emotionen hervorzurufen, die ihn aller Wahrscheinlichkeit nach überwältigen würden.

Sasha war tot. Ermordet von Finn Helligan, der nun ebenfalls tot war. Er war der Entführer gewesen, der Serientäter, der vier Männer und eine Informatikerin entführt hatte, die ihm auf die Schliche gekommen war. Paul und Chris waren seine Komplizen gewesen. Sie hatten ihm geholfen, seine Opfer zu einem entfernten Bauernhof zu verschleppen, wo er sie gequält und gefoltert und schließlich ihre Leichen verbrannt hatte. Das waren die Fakten, die Lupita ihm übermittelt hatte. Sie hatten den Fall gelöst. Aber zu welchem Preis?

Immer wieder blitzten in dem Nebel aus Traurigkeit und Verzweiflung seltsam vernünftige Fragen in ihm auf. *Warum hatte Helligan ausgerechnet zwei Noobs wie Chris und Paul zu seinen Komplizen erkoren?* Daniel konnte sich nicht vorstellen, dass die beiden Informatiker dazu in der Lage wären, eine Tür aufzubrechen, geschweige denn Sasha zu überwältigen, die trotz ihrer geringen Körpergröße über erstaunliche Kräfte verfügt hatte. Aber er hätte sich auch nicht vorstellen können, dass er jemals die Nachricht bekommen würde, dass seine Mitbewohnerin ermordet worden war. Und das noch dazu von seinem eigenen Chef.

„Kann ich Ihnen einen Tee anbieten?", hörte er Mary sagen.

Daniel sah auf. Er hatte ganz vergessen, dass er bei ihr im Wohnzimmer saß. Er hatte alles um sich herum ausgeblendet. Es gab nur noch ihn und seinen verzweifelten Versuch, sich nicht von dem Schmerz über Sashas Verlust überwältigen zu lassen.

„Ja, ich würde einen Tee mittrinken, wenn Sie einen machen", sagte er. Er erwartete, dass Mary nun wegging, doch sie blieb stehen und sah ihn an.

„Es tut mir leid, was mit Sasha geschehen ist", sagte sie. „Sie war so ein lebendiger Mensch. Voller Leben, voller Energie und volle Aktivität. Sie war so intelligent, spontan und witzig. Ich werde sie vermissen."

Sie wendete sich ab und ging hinaus in die Küche. Doch ihre Worte blieben bei Daniel, und sie erreichten das, was sein Verstand bislang mühsam verhindert hatte. Der Damm brach. Die Tränen flossen aus ihm heraus. Er wusste nicht, wie lange es her war, dass er überhaupt geweint hatte. Aber die Tränenflut, die nun seine Wangen hinab lief, das Schluchzen, der Klagelaut, der sich seiner Kehle entrang, das alles war eine Verzweiflung, die er nicht kannte und die er nie hatte kennenlernen wollen. Er hielt sich die Hände vors Gesicht und spürte die Feuchte. Sein Gesicht brannte, seine Augen schmerzten und das Schluchzen schüttelte ihn so sehr, dass er zitterte.

„Sasha", jammerte er. Der Schmerz war so unfassbar stark. So unerträglich stark. Wie sollte er ihn jemals überstehen können? Plötzlich fühlte er eine sanfte Berührung an seiner Schulter. Zuerst dachte er, dass vielleicht ein Blatt von dem Glücksbaum heruntergefallen sei, der in der Ecke neben dem Sofa stand. Doch dann bemerkte er, dass sich die Berührung verstärkte. Er nahm die Hände vom Gesicht und sah auf. Mary war wieder da. Sie hatte den Tee auf den Wohnzimmertisch gestellt und ihre rechte Hand ruhte auf seiner Schulter.

„Lassen Sie sich nicht stören", sagte sie. „Es ist wichtig, dass Sie weinen. Was raus muss, muss eben raus. Das sagt Dr. Burgess immer. Weinen dürfen wir ohne Ende. Nur nicht wütend sein. Denn die Wut verstärkt sich immer nur, sie löst aber nichts. Deshalb sind Aggressionen auch nicht dazu geeignet, Wut abzuführen. Aber Tränen sind wichtig, denn sie lösen etwas. Und sie sind ein Zeichen dafür, dass wir trauern. Sasha hat verdient, dass Sie um sie trauern, und auch dass ich um sie trauere."

Daniel sah, dass es auch in Marys Augen glänzte. Doch ihr Gesicht verschwamm in seinem eigenen Tränenschleier. Er spürte, dass ihm Mary ein Taschentuch in die Hand drückte. Er rieb sich damit über die Augen und schnäuzte sich, doch es war noch nicht vorbei. Je mehr Tränen er sich wegwischte, desto mehr kamen nach. Er hatte nicht das Gefühl, dass sich irgendetwas löste. Es war schlimm. Es war einfach nur schlimm, und trotzdem tat es irgendwie gut, hier zu sitzen und zu weinen; den Raum zu haben, zu trauern. Und mit jemandem zusammen sein, der ihn gewähren ließ und doch bei ihm war.

Er wusste nicht, wie lange es dauerte, bis er sich beruhigte, aber irgendwann versiegten seine Tränen und das Beben und Schluchzen ebbten ab. Schließlich reichte ein letztes Taschentuch, um sich die Augen zu trocknen.

„Es tut mir leid, dass ich so viele Taschentücher gebraucht habe“, sagte Daniel. Er biss sich auf die Lippe. Wahrscheinlich würde Mary jetzt auf eine so einfühlsame Art und Weise antworten, dass er gleich wieder in Tränen ausbrechen würde.

Doch sie schüttelte nur den Kopf. „Sie brauchen sich doch nicht entschuldigen. Wenn ich etwas im Haus habe, dann Papiertaschentücher. Ich bin eine alte Heulsuse. Wobei Dr. Burgess über mich schimpft, wenn ich so über mich rede. Er sagt, dass meine Traurigkeit zu mir gehört und auch etwas Wertvolles sein kann.“

Daniel trank einen Schluck von seinem Tee. Der war inzwischen deutlich abgekühlt, aber der kräftige, bittere Geschmack belebte ihn dennoch ein wenig.

„Was haben Sie jetzt vor?“, fragte Mary.

„Ich werde nach London zurückkehren. Ich habe keine Ahnung, ob Sasha noch Angehörige hat. Sie hat mir einmal erzählt, dass ihr Verhältnis zu ihren Eltern so zerrüttet ist, dass sie seit Jahren keinen Kontakt mehr hatten. Geschwister oder andere Verwandte hat sie nie erwähnt. In einer Partnerschaft war sie nicht. Ich werde ihre Sachen zusammenräumen und Lupita bitten, herauszufinden, wem ich sie schicken kann. Das ist das Mindeste, dass ich für sie tun kann.“

Mary nickte. „Und wie geht es mit Ihnen weiter? Was haben Sie jetzt vor mit Ihrem Leben?“

„Ganz ehrlich? Ich habe keine Ahnung, wie es für mich weitergehen kann. Ich weiß nur eins, für IQ-VE kann ich nicht mehr arbeiten. Finn Helligan hat die Plattform dazu missbraucht, um irgendwelche kranken Fantasien auszuleben. Er war uns immer einen Schritt voraus, und jetzt wissen wir auch warum. Er hat mich auf sich selbst angesetzt, um die Kontrolle über die Ermittlungen behalten zu können. Deshalb wollte er auch nicht, dass die Polizei mit eingeschaltet wird. Wahrscheinlich hat er nicht geglaubt, dass ich ihm trotzdem auf die Spur kommen würde. Aber wir werden ihn nicht mehr fragen können. Er ist tot und ich bin fertig mit IQ-VE. Ich werde kündigen.“

„Das werde ich wohl auch tun“, sagte Mary. „Ich hoffe, Sie finden es nicht pietätlos, aber es ist irgendwie sehr schade. Ich habe diese Ermittlungstätigkeit sehr gern gemacht. Und ich habe auch sehr gern mit Ihnen zusammengearbeitet. Es war ein Lichtblick in meinem doch recht grauen Leben. Ich weiß nicht, wie es jetzt für mich weitergehen kann.“

„Wie gesagt, ich könnte mir gut vorstellen, dass Sie als private Ermittlerin tätig sein können. Oder vielleicht als freie Angestellte einer größeren Detektei. Sie könnten recherchieren oder vielleicht bei einer Seitensprung-Agentur anheuern. Für jemanden mit ihren Fähigkeiten, gibt es doch unendliche Möglichkeiten.“

Auf Marys Lippen erschien ein schmales Lächeln. „Danke. Es ist schön, dass wenigstens Sie an mich glauben. Ich tue mich da deutlich schwerer. Aber auch das ist etwas, was Dr. Burgess beinahe in jeder Stunde zu mir sagt. Ich soll mein Licht nicht unter den Scheffel stellen. Die Arbeit mit Ihnen hat mir Zuversicht gegeben. Vielleicht werde ich mein Licht jetzt einmal, wenn schon nicht auf den Scheffel, dann doch daneben platzieren. Ihr Tipp ist gut. Ich werde mich mal umsehen, ob irgendwo eine Recherchekraft gebraucht wird."

„Als letzte Amtshandlung bei IQ-VE kann ich Ihnen gern noch ein Zeugnis schreiben."

„Das würden Sie tun?"

„Das ist doch das Mindeste."

Er erhob sich. Mary tat es ihm nach. Sie standen sich gegenüber und sahen sich an. Dann streckte er die Hand aus und sie schlug ein.

„Es war mir ein Vergnügen, mit Ihnen zusammenzuarbeiten", sagte Daniel.

„Das ging mir genauso. Passen Sie gut auf sich auf und lassen Sie vielleicht mal wieder etwas von sich hören", sagte Mary.

„Gerne. Ich freue mich darauf, von Ihnen zu hören. Passen Sie auch gut auf sich auf."

Lupita

„Mir ist klar, dass es Ihnen nicht hilft, wenn ich Ihnen jetzt sage, dass Sie sich nicht allzu sehr grämen müssen. Möglicherweise könnte Ihre Freundin noch leben, wenn Sie sich gleich an mich gewandt hätten. Andererseits, wenn ich es mir genau überlege, wären wir wahrscheinlich genauso Helligans Ablenkungsmanöver auf den Leim gegangen wie Sie.“

Lupita nickte. Sie hatte nur die Hälfte von dem gehört, was die Polizistin zu ihr gesagt hatte. Eine seltsame Taubheit umfing sie, seit sie zwei Tage zuvor die Farm bei Glastonbury gestürmt hatten. Sie fühlte sich, als ob man sie in Watte gepackt und danach in einen Rosenbusch geworfen hätte. Die Dornen drangen nicht zu ihr durch, aber sie wusste, dass sie da waren und dass sie stechen konnten.

„Danke. Ja, Sie haben recht. Im Moment hilft es nicht. Im Moment bin ich nur scheißwütend auf diesen Helligan und auch auf mich, weil ich nicht auf Sasha aufgepasst habe.“

„Wie hätten Sie denn auf sie aufpassen sollen? Da ist noch etwas. Ihre Freundin hat sich bereit erklärt, Ihnen zu helfen, und zwar aus freien Stücken. Sie haben sie nicht dazu gezwungen. Bedenken Sie das bitte. Sie hätte immer Nein sagen und sich zurückziehen können.“

„So ein Mensch war Sasha aber nicht!" Nun drang doch ein Gefühl durch ihre Watteschicht: Wut. Kochend heiße Wut.

„Eben. Sie ist ein Risiko eingegangen, und das Risiko hat ihr das Leben gekostet. So wie Sie auch Ihr Leben hätten verlieren können, wenn Finn Helligan ein besserer Schütze gewesen wäre."

Lupita schluckte. Der Gedanke war ihr auch schon gekommen. Sie und Daniel hatten großes Glück gehabt. Sie beide waren noch am Leben. Das alles hätte auch ganz anders ausgehen können.

„Was haben Sie jetzt vor?", fragte Sarah Willis.

„Ich habe noch fünf Tage Urlaub. Ich weiß es nicht. Wahrscheinlich werde ich mich in meine Bude verkriechen und mich mit Eiscreme vollstopfen, während ich alle Folgen von *How I Met Your Mother* durchschaue."

„Dann lassen Sie die letzten beiden Folgen aber weg. Die sind Müll. Der Rest der Serie ist super."

„Ich hätte nicht gedacht, dass Sie sich mit HIMYM auskennen", sagte Lupita.

Sarah Willis zuckte mit den Schultern. „Harte Schale, ziemlich weiche Birne. Aber noch einen Rat von mir, falls Sie ihn hören wollen: Lassen Sie das mit HIMYM und gehen Sie lieber raus. Igeln Sie sich nicht ein. Orientieren Sie sich neu. Sie müssen weg aus Helston. Der Ort tut Ihnen nicht gut und ehrlich gesagt, Sie tun ihm auch nicht gut."

„Meine Chancen, bei der NCA Karriere zu machen sind wohl nicht allzu hoch, oder?", fragte Lupita.

Willis zuckte mit den Achseln. „Ich würde Ihnen vielleicht eine Chance geben, wenn Sie lernen, sich an Regeln und Vorschriften zu halten. Aber Sie müssen sich zuerst fragen, ob Sie das überhaupt wollen.“

Sie schüttelten sich die Hände und SIO Willis ging zu ihrem Auto. Lupita stieg auf ihren Roller und fuhr nach Hause. Sie warf einen Blick auf das Sofa und den Fernseher, dann schüttelte sie den Kopf. Anstatt sich in einem Serienmarathon zu verlieren, packte sie Wäsche und Zahnputzzeug in einen Rucksack, schaute noch einmal in ihren Kühlschrank und warf alles weg, was möglicherweise verderben könnte. Zehn Minuten später stand sie an der Bushaltestelle. Und weitere zehn Minuten später saß sie im Bus nach Truro. Dort bestieg sie den Zug nach London.

Vier Stunden später stieg sie an der Station Paddington aus. Sie sah auf ihr Handy. Natürlich war sie schon in London gewesen, aber das war schon mehrere Jahre her, während der Abschlussfahrt der Schule. Damals hatte sie mit ihren Freundinnen vor allem Flohmärkte in Camden Town und in der Portobello Road besucht.

Sie hatte Daniel nicht vorgewarnt. Warum auch? Sie wusste auch gar nicht, ob er zu Hause war. Sie hatten keinen Kontakt mehr gehabt, nachdem sie ihm die Todesnachricht überbracht hatte. Und das tat ihr leid. Wahrscheinlich fühlte er sich genauso schuldig wie sie, weil er seine Mitbewohnerin und gute Freundin in die Sache mit hineingezogen hatte. Auch er trauerte bestimmt um sie. Vielleicht konnten sie sich in dieser Situation gegenseitig stützen. Sie ging die Treppenstufen hinauf und klingelte an der Tür. Zu ihrer Überraschung surrte der Türöffner sofort. Sie trat in das Treppenhaus.

„Erster Stock. Kommen Sie hoch, die Tür ist offen."

Das war Daniels Stimme gewesen. *Hatte er sie etwa erwartet?* Sie stieg in den ersten Stock hinauf und trat durch die offenstehende Tür in einen Flur. Daniel stand in einem Durchgang, hinter dem möglicherweise ein Wohnzimmer lag, denn sie sah eine bequeme Couch zwischen seinen Beinen durchschimmern. Er trug einen Trainingsanzug und seine Haare waren ungekämmt.

„Ich war gerade in der Küche und wollte mir einen Tee aufbrühen, als ich Sie auf der Straße gesehen habe. Möchten Sie auch einen?"

Lupita nickte. „Es tut mir leid, dass ich so unangekündigt hier auftauche, aber ich wusste einfach nicht wohin. Ehrlich gesagt fühle ich mich so schuldig, dass ich Angst hatte, allein bei mir daheim zu sitzen."

Sie spürte einen gewaltigen Kloß in ihrem Hals. Daniel nickte. „Das Gefühl kenne ich gut. Ich habe Marys gesamten Vorrat an Papiertaschentüchern voll geweint. Vielleicht sollten Sie ein paar Tränen zulassen. Ich kann nicht sagen, dass es mir gutgetan hat, aber es hat sich richtig angefühlt, um Sasha zu weinen."

Ihre Kehle schnürte sich immer weiter zusammen. „Kann ich einmal Ihre Toilette benutzen?"

Daniel beschrieb ihr den Weg. Sie ging in den Flur und kam an einer offenstehenden Zimmertür vorbei. Ihr Blick fiel auf einen Schreibtisch mit zwei Bildschirmen. An der Wand hingen Manga-Poster. Das Bett war mit pinkem Bettzeug überzogen. Das musste Sashas Zimmer gewesen sein. Sie stellte sich vor, wie ihre Freundin dort an dem Schreibtisch saß, und mit flinken Fingern auf ihrer Tastatur herumtippte. Dann konnte sie die Tränen nicht mehr zurückhalten. Sie ging auf die Toilette und weinte in das Waschbecken. Sie wusste nicht, wie lange sie dort gestanden hatte, als es sanft an der Tür klopfte.

„Alles in Ordnung?", fragte Daniel.

„Nichts ist in Ordnung", sagte Lupita. „Aber es ist nichts Schlimmes mit mir passiert, wenn Sie das meinen."

Sie ging hinaus auf den Flur und Daniel hielt ihr eine Tasse mit dampfendem Tee entgegen.

„Trinken Sie das, das wird Ihnen guttun."

Sie nippte an dem heißen Getränk. Es führte tatsächlich dazu, dass sie sich ein wenig stärker fühlte, und auch ein wenig frischer.

„Wollen wir uns ins Wohnzimmer setzen?", schlug Daniel vor.

Sie folgte ihm. Er bot ihr einen Platz auf dem Sofa an und nahm selbst auf einem Stuhl Platz. „Eine Stunde, bevor Sie angekommen sind, habe ich meine Kündigung an IQ-VE geschickt."

„Haben Sie sich das gründlich überlegt? Ich dachte, Sie waren auf den Job angewiesen."

„Dann hat sich aber leider herausgestellt, dass mein Vorgesetzter ein psychopathischer Serienkiller war. Dass ich das als Persönlichkeitspsychologe nicht erkannt habe, kann man nicht unbedingt auf meine Habenseite rechnen."

„Wir alle haben das nicht erkannt. Das brauchen Sie sich nicht anzukreiden."

„Das ist mir schon klar. Ein vernünftiger Teil in mir sagt mir das auch die ganze Zeit. Ich bin Persönlichkeitspsychologe, kein klinischer Psychologe, der sich auf Persönlichkeitsstörungen spezialisiert hat. Ich habe mit Menschen zu tun, deren Persönlichkeitsausprägungen im normalen Bereich des Spektrums liegen. Auch wenn der Begriff Normalität in den letzten Jahren sehr schwierig geworden ist."

„Und was haben Sie jetzt vor?", fragte Lupita.

„Ich denke, ich werde versuchen, wieder an der Uni unterzukommen. Da ging es mir am besten. Und Sie?"

Lupita nippte an ihrem Tee. Auch sie zuckte mit den Schultern. „Ehrlich? Ich habe keine Ahnung. Ich habe das Gefühl, dass mein ganzes Leben auf dem Kopf steht, und das fühlt sich gar nicht gut an."

Daniel

Daniel nippte an seinem Tee. „Der Fall ist aufgeklärt, oder?", fragte er.

Lupita legte den Kopf schief. „Ja, ich denke schon. Zumindest gehen die bei der NCA davon aus. Die Auffindesituation deutet stark daraufhin, dass Helligan zuerst seine beiden Gehilfen und dann sich selbst getötet hat. Die Kleidungsstücke neben dem Ofen konnten inzwischen durch Aussagen der Angehörigen den vier vermissten Männern und Sasha zugeordnet werden. Zudem wurden in der Brennkammer Knochenreste entdeckt. Der Entführer und seine Gehilfen sind tot und auch keines seiner Opfer ist mehr am Leben. Die Kollegen werden die Spuren sichten, aber zu einem Prozess wird es dementsprechend nicht kommen. Die Akten werden also geschlossen."

Daniel zog die Nase kraus. „Haben Sie nicht auch ein seltsames Gefühl bei diesem Fall? Irgendetwas stimmt da nicht, aber ich kann es einfach nicht greifen."

Lupita runzelte die Stirn. „Wie kommen Sie darauf?"

Daniel seufzte. „Ich habe da so ein Bauchgefühl, und das ist wirklich seltsam. Wissen Sie, ich bin jemand, der immer seinem Verstand folgt. Der kann auch anerkennen, dass der Fall gelöst ist. Mein Bauchgefühl hingegen sagt etwas anderes und das irritiert mich."

Lupita wollte etwas erwidern, doch in diesem Moment klingelte Daniels Handy. Er sah auf das Display.

Als er den Namen las, erschien ein kleines Lächeln auf seinem Gesicht.

„Hallo Mary", sagte er, als er das Gespräch angenommen hatte. „Schön, dass Sie sich melden. Wie geht es Ihnen?"

„Mir geht es gut. Ich habe da etwas gefunden ... in den Daten, die Sasha mir geschickt hat."

Nun war es Daniel, der die Stirn runzelte. „Was haben Sie denn entdeckt?"

„Sie wissen doch, dass da dieses Programm war. Diese große Datei. Sasha hatte mich gewarnt, dass ich die nicht öffnen soll, weil ein Trojaner darauf sein könnte oder sonst etwas in der Art. Nun habe ich noch diesen uralten Laptop daheim gefunden und ich dachte mir, wenn ich nicht mit dem Internet verbunden bin und ein Gerät habe, das notfalls auch in Flammen aufgehen kann, wenn der Trojaner es böse mit mir meint, kann ich es ja mal probieren und das Programm öffnen. Ich habe also meinen alten Laptop gestartet, den USB-Stick eingesteckt und die Datei auf das Laufwerk kopiert. Anschließend habe ich den USB-Stick wieder rausgenommen und das Programm gestartet."

Daniel sah, dass Lupita näher rückte. Er hatte das Gespräch wieder auf laut gestellt, sodass sie mithören konnte.

„Hallo Mary, hier ist Lupita. Ich bin gerade bei Daniel. Jetzt spannen Sie uns doch nicht so auf die Folter. Was haben Sie bei diesem Programm herausfinden können?"

Am anderen Ende der Leitung war es kurz still. „Oh, hallo Lupita. Schön von Ihnen zu hören. Ich kann das nur schwer beschreiben. Ich habe wie gesagt auf das

Icon geklickt und dann hat es eine ganze Zeit gedauert,
bis das Programm geladen hat. Ich gehe mal davon aus,
dass es sich um ein Problem meines Laptops gehandelt
hat. Der ist ja nicht mehr besonders leistungsstark. Ich
dachte schon, dass nichts mehr passieren würde, aber
nach fünf Minuten hat sich plötzlich ein Dialogfenster
geöffnet. Es ist wie ein Chat. Ich kann etwas eingeben
und das Programm antwortet mir. Aber auf eine vollkommen seltsame Art und Weise."

Daniel runzelte die Stirn. „Wie meinen Sie das?"

„Ein Beispiel. Ich gebe jetzt ein: *„Hallo, wie wird das
Wetter morgen?"*. Das ist jetzt nur so ein Beispiel. Ich
habe gehört, dass man leicht Small Talk machen kann,
wenn man übers Wetter redet. Ich dachte mir, dass es
vielleicht ein guter Startpunkt wäre. Also habe ich das
eingegeben. Das Programm öffnet dann ein Chat-Fenster und antwortet mir. Ich sehe drei Punkte, die vibrieren, dann erscheint eine Antwort.

*„Keine Ahnung. Wozu gibt es den Wetterbericht? Manch-
mal hilft es, das Gehirn zu benutzen, wenn man schon eines im Schädel hat."*

Daniel und Lupita wechselten einen Blick. „Das ist die
Antwort des Programms?", fragte Lupita. „Es hat Sie beleidigt?"

„Ja, das stimmt. Ich habe danach noch ein paar Fragen ausprobiert und es antwortet immer auf diese
Weise. Es ist total unfreundlich. Ich weiß auch nicht, ob
sich da jemand einen Spaß erlaubt hat."

Daniel überlegte. *Warum hatte Finn Helligan auf seinem Computer ein Programm gehabt, das die Nutzer ständig beleidigte? Auf einmal kam ihm eine Idee.*

„Schreiben Sie doch mal was verdammt Intelligentes", sagte er.

„Was verdammt Intelligentes? Ich?"

„Sie wissen schon, die Sache mit dem Licht und dem Scheffel?"

Lupita sah ihn verständnislos an. Am anderen Ende der Leitung war ein kleines Grunzen zu hören. Dann sagte Mary: „Okay, dann versuche ich mal, was Intelligentes zu schreiben."

Sie hörten das Klappern einer Tastatur. Dann war es kurz still, ehe Marys atemlose Stimme erklang: „Es hat geklappt. Ich habe geschrieben: *Glaubst du, dass Caesar überlebt hätte, wenn er am 15. März 44 vor Christus nicht in den Senat gegangen wäre?"*

Ich habe da nämlich so eine Doku gesehen. Das habe ich natürlich nicht geschrieben, ich habe nur die Frage geschrieben. Ich dachte schon, es würde wieder so eine Antwort zurückkommen wie „Das ist mir doch egal. Langweile mich nicht."

Doch stattdessen hat das Programm zurückgeschrieben:

Hm, das ist eine spannende Frage. Es gibt zahlreiche Theorien darüber, was wohl geschehen wäre, wenn Caesar nicht ermordet worden wäre. Aber deine Frage bezieht sich ja darauf, ob er die Ermordung hätte verhindern können. Ja, ich glaube schon, Caesars Ermordung war ein Ereignis, das nur funktionieren konnte, weil die richtigen

Daniel atmete tief durch. „Okay, ich glaube, wir sind da auf etwas gestoßen, das ich auch erst einmal verarbeiten muss."

„Was meinen Sie?", fragte Mary.

„Kommt Ihnen der Tonfall nicht irgendwie bekannt vor?"

Am anderen Ende der Leitung entstand eine kurze Pause, dann hörte er, wie Mary scharf die Luft einsog.

„Sie haben recht. Das klingt für mich wie Tryharder27. Derselbe neckische Ton und das elitäre Gehabe."

„Was bedeutet das?", fragte Lupita verwirrt.

„Es ist nur eine vage Theorie", erwiderte Daniel. „Wahrscheinlich klingt das jetzt verrückt, aber ich glaube, wir sind auf Tryharder27 gestoßen."

„Sie meinen, dass wir die ganze Zeit über mit einem Programm gechattet haben?", fragte Mary fassungslos.

„Ja, mit einem KI-Interface. Helligan hat mir gegenüber erwähnt, dass Nupret IQ-VE damit ausstatten wollte. Es sollte die traditionelle Vermittlung über den Übereinstimmungsgrad in den Eingangstests ersetzen. Aber das ist seltsam."

„Was ist seltsam?", wollte Mary wissen.

„Ich bin mir sicher, dass Finn Helligan keinen Zugriff auf das KI-Interface hatte. Er wollte nicht, dass seine Kunden mit einer Maschine chatten und hat behauptet, dass er sich mit allen Kräften gegen eine Implementierung des Programms wehren würde."

„Aber warum hatte Helligan die KI dann auf seinem Rechner?", fragte Lupita.

Daniel sah sie lange an. Dann sagte er: „Vielleicht hat nicht er das Interface auf diesem Rechner platziert."

Er sah, dass sich Lupitas Augen weiteten. Aus dem Handy ertönte ein leises „Oh!"

„Ich glaube, das ist es, was mich daran zweifeln lässt, dass der Fall wirklich abgeschlossen ist. Tryharder27 war für uns immer eine reale Person, die über das Internet kommuniziert und gezielt Nutzer von IQ-VE in ihr Netz lockt. Plötzlich sollen das drei Personen sein? Und noch dazu die zwei Noobs, die mit mir zusammengearbeitet haben? Das macht doch alles keinen Sinn. Ich glaube, dass wir jemand ganz anderem auf die Füße getreten sind. Jemandem, der uneingeschränkten Zugang zur KI hatte und diese dazu genutzt hat, um Nutzer anzulocken, sie zu entführen und zu ermorden. Und das war nicht Finn Helligan."

„Nun mal langsam zum Mitschreiben", sagte Lupita. „Wenn Sie mit Ihrer Theorie richtig liegen und wir den Faden weiterspinnen, haben wir es also mit einer Person zu tun, die bemerkt haben muss, dass Sie ihr auf die Schliche gekommen sind, wahrscheinlich, als Sasha die Festplatte leer geräumt hat. Dann hat sie uns eine Falle gestellt, um Sasha, die sie für die Fitteste von uns gehalten hat, in seine Gewalt zu bringen. Helligan und Ihre beiden Kollegen wären dann also so eine Art Bauernopfer gewesen."

Daniel nickte. „Ja, das würde aus meiner Theorie folgen."

„Dann ist der Kreis derer, die dafür infrage kommen aber relativ gering, oder? Wer hat denn überhaupt Zugang zu dieser KI?"

„Timothy Nupret, seine Sicherheitschefin und ein paar Entwickler. Vielleicht hat sich aber auch jemand von Sashas Kaliber bei IQ-VE eingehackt und die KI übernommen. Ich weiß es nicht. Aber der Killer ist noch da draußen, und wir müssen dem Kerl das Handwerk legen. Allein schon, um Sashas Mörder der gerechten Strafe zuzuführen.“

„Und wie wollen Sie das anstellen?“, fragte Lupita.

„Ich glaube, der Schlüssel darin, den Mörder zu fangen, liegt in dieser KI. Wir brauchen einen Spezialisten, der uns dabei hilft, die KI zu verstehen. Ich glaube, ich kenne sogar jemanden, der uns dabei unter die Arme greifen kann.“

Lupita

Lupita sah an der glänzenden Glasfassade empor. Wenn man in einer Kleinstadt in Cornwall aufgewachsen war, konnte die Erfahrung, vor einem Wolkenkratzer zu stehen, ziemlich überwältigend sein. Diese Bezeichnung war wohl ein wenig übertrieben, denn es handelte sich schlichtweg um ein etwa zwanzigstöckiges Gebäude, das vollständig mit Glas verkleidet war. Im Sommer musste es darin unerträglich heiß werden. Ob man dafür im Winter fror? Sie konnte diese Gedanken nicht weiterverfolgen, denn Daniel ging zielstrebig durch die Eingangstür.

Sie befanden sich im Herzen der City of London, dem Bankendistrikt. Hier waren Hunderte von Unternehmen angesiedelt, auch große internationale Player hatten hier ihre Niederlassungen. In diesem Glaspalast schienen jedoch überwiegend Start-ups zu residieren. Sie betraten den Fahrstuhl.

„Dritter Stock", sagte Daniel. Lupita drückte auf die Nummer 3.

„Ist es ein Zeichen dafür, dass ein Unternehmen erfolgreicher ist, wenn es sich in höheren Stockwerken eingemietet hat?", fragte Lupita.

Daniel schüttelte den Kopf. „Einer der wichtigsten Mitarbeiter der Firma, die wir aufsuchen werden, sitzt im Rollstuhl. Der dritte Stock ist am einfachsten zu evakuieren. Wenn es zu einem Feuer kommt, kann die Polizei ihn mit einer Drehleiter retten. Das war der Grund dafür, dass die Firma sich im dritten Stock eingemietet hat. Das habe ich mal in einem Artikel im Wirtschaftsteil der Times gelesen", sagte Daniel.

Die Tür öffnete sich nach wenigen Sekunden.

„Dort drüben", sagte Daniel. Er deutete auf eine Tür aus Milchglas, in die zwei Wörter eingraviert waren: *Neuronal Inc.* Sie traten ein und fanden sich in einem kleinen Empfangsbereich wieder. Eine Frau hinter einem Tresen lächelte ihnen zu.

„Wir haben einen Termin mit Professor Madueke", sagte Daniel.

„Susanna erwartet Sie schon. Gehen Sie doch gleich durch", erwiderte die Empfangsdame. Sie deutete auf eine Tür, die geräuschlos aufschwang. Lupita hatte erwartet, dass sich dahinter ein Flur zeigen würde, aber sie fanden sich gleich in einem Büro wieder. Das erinnerte sie an einen dieser James-Bond-Filme aus den Siebzigerjahren, in denen Roger Moore mit einer fließenden Bewegung ins Vorzimmer trat, seinen Hut mit einem gezielten Wurf auf den Kleiderständer hängte, mit Moneypenny flirtete und schließlich in Ms Büro verschwand. Eine attraktive Frau, die Lupita auf Anfang vierzig schätzte und deren Afro noch beeindruckender war als ihr eigener, erhob sich von einem Stuhl und trat lächelnd auf sie zu. Sie reichte zuerst ihr, dann Daniel die Hand.

„Dr. Merton, schön Sie wiederzusehen", sagte sie. „Und Sie müssen Constable Mugabo sein?"

„Ja, mein Name ist Lupita Mugabo. Ich bin Polizistin. Aktuell bin ich allerdings beurlaubt. Wir haben da so einen Serienkillerfall bearbeitet, ich weiß nicht, wie viel Ihnen Dr. Merton schon davon erzählt hat."

Professor Madueke legte den Kopf schief. „Er hat mir in groben Zügen geschildert, was vorgefallen ist. Lassen Sie mich Ihnen bitte mein herzliches Beileid ausdrücken für den Verlust Ihrer Freundin. Das ist wirklich tragisch. Ich kann das gut nachvollziehen. Ich war selbst einmal in einem ähnlichen Fall involviert und dabei ist auch eine junge Frau zu Tode gekommen."

In Lupitas Kopf setzten sich Puzzleteile zusammen. Sie schlug eine Hand vor den Mund. „Sie haben den Putney Slasher geschnappt", sagte sie beeindruckt.

Auf dem Gesicht der Professorin erschien ein leichtes Lächeln. „Eigentlich hat er eher mich geschnappt. Aber erfreulicherweise habe ich mit einer Polizistin zusammengearbeitet, die ihm auf die Spur gekommen ist und mich befreit hat. Ich hatte wirklich großes Glück. Wenn das Bauchgefühl meiner Kollegin nicht gewesen wäre, wäre ich in diesem Keller gestorben. Dr. Merton hat mir gesagt, dass er gerade ein ähnliches Bauchgefühl bei sich wahrnehme."

„Woher kennen Sie sich?", fragte Lupita.

„Ich habe einen Kurs bei Professor Madueke besucht", sagte Daniel. „Während meines Studiums. Damals war ich eine Zeit lang unschlüssig, worauf ich mich spezialisieren sollte, und habe auch Neurowissenschaften erwogen. Professor Madueke hat ein Seminar zum Thema Brain-Computer-Interfaces angeboten. Ich fand das hoch spannend, aber es hat rasch meine intellektuellen Fähigkeiten überstiegen."

„Jetzt übertreiben Sie mal nicht. So schwierig war das auch wieder nicht", sagte Professor Madueke. „Ich kann mich an eine sehr spannende Diskussion mit Ihnen erinnern, in der Sie meine These angezweifelt haben, dass das Bauchgefühl ein ebenso verlässlicher, wenn nicht sogar besserer Ratgeber sein kann wie der Verstand. Nun kommen Sie zu mir und sagen mir, dass Ihr Bauchgefühl sich gemeldet habe. Was hat Ihre Meinung geändert?"

Daniel seufzte. „Ich habe mich weiterentwickelt. Nachdem Sie Ihre These aufgestellt hatten, habe ich mich in die entsprechende Literatur eingelesen, und mir ist klar geworden, dass Sie recht hatten. Das Bauchgefühl ist wichtig, und ich achte nicht oft genug darauf. Aber nun hat es sich so nachdrücklich gemeldet, dass ich es einfach nicht ignorieren konnte. Wie sich gezeigt hat, könnte es mich tatsächlich auf etwas Entscheidendes aufmerksam gemacht haben."

Professor Madueke nickte. „Sie hatten erwähnt, dass Sie es mit einer KI zu tun haben?"

„Ja. Und ich glaube, dass diese KI der Schlüssel ist, um den Mörder zu fangen, der auf IQ-VE sein Unwesen treibt."

„Sie wissen aber, dass ich Spezialistin für lebende Gehirne bin, oder?"

Daniel nickte. „Aber ich weiß auch, dass Sie mit einem genialen Programmierer zusammenarbeiten, der Ihnen den digitalen Teil abnimmt."

Professor Madueke lachte. „Über dieses Kompliment wird er sich bestimmt freuen. Ja, es stimmt, Andrew Fitzwilliam ist tatsächlich eine Koryphäe auf dem Gebiet der KI. Wir haben diese Firma mit dem Ziel gegründet, gelähmte Menschen zu befähigen, sich zu bewegen, zu kommunizieren und im besten Fall auch zu sprechen. Wir arbeiten an Schnittstellen zwischen Gehirnen und Computern. Und für alles, was mit Software zu tun hat, könnte ich mir keinen besseren Partner vorstellen als Andrew Fitzwilliam."

Lupitas Augen weiteten sich erneut. „Das ist aber nicht der Sohn des ehemaligen Spitzenpolitikers, der des Mordes an seinem guten Freund überführt wurde, oder?"

„Doch Andrew ist der Sohn dieses Mannes. Aber erfreulicherweise hat er wenig von seinem Vater."

„Wäre Mr. Fitzwilliam denn bereit, einmal einen Blick auf das Programm zu werfen?", fragte Daniel.

„Ja klar, gerne", hörten sie eine Stimme hinter sich. Lupita wandte sich um. Auf einem Sofa, das sie bisher noch gar nicht beachtet hatte, saß ein Mann Ende zwanzig. Seine grauen Augen musterten sie freundlich. Er erhob sich und trat mit ausgestreckter Hand auf Lupita zu.

„Professor Madueke hat mich ja schon vorgestellt. Andrew Fitzwilliam ist mein Name. Nach dem, was sie mir bereits über Ihre KI berichtet hat, brenne ich darauf, mir das Programm einmal näher anzuschauen."

Daniel holte einen USB-Stick aus seiner Jackentasche. Mary hatte Ihnen das Programm zugeschickt. Es hatte die ganze Nacht gedauert, bis die große Datei übermittelt gewesen war. Sie passte gerade so auf das Speichermedium.

„Ich kann Ihnen aber nicht garantieren, dass das Programm nicht irgendwelche Schadenssoftware enthält."

Andrew Fitzwilliam lächelte. „Das ist kein Problem. Dafür habe ich immer meine Sandbox, einen Laptop, der ein abgeschlossenes System bildet, in dem auch ein Trojaner keinen Schaden anrichten kann."

Lupita fing Daniels Blick auf. Sie erkannte, dass sie beide an Mary dachten. Diese hatte den gleichen Gedanken gehabt wie eines der größten Computergenies ihrer Zeit. Sie würde wahrscheinlich abstreiten, dass ihr Einfall genial gewesen war, aber sie würde sich trotzdem darüber freuen, wenn sie es ihr erzählten.

„Dann kommen Sie mal mit", sagte Fitzwilliam.

Professor Madueke verabschiedete sich von Ihnen und Andrew nahm sie mit in einen Raum, in dem ein halbes Dutzend Bildschirmarbeitsplätze eingerichtet waren. Er öffnete einen Schrank und holte einen modern aussehenden Laptop hervor.

„Ich nutze das Teil für Programme wie dieses. Keine Internetverbindung, keine sensiblen Daten. Notfalls kann ich es einfach wegwerfen, wenn es kaputt gehen sollte."

Er fuhr das Gerät hoch, was innerhalb weniger Sekunden erledigt war, dann steckte er den Datenträger hinein. Er öffnete den USB-Stick durch einen Klick und sah sich die darauf befindlichen Dateien an.

„Okay, eine einzige Exe-Datei. Was hatten Sie gesagt, wie interagiert das Programm?"

„Ich glaube, dass es eine Art Gatekeeper ist. Es beantwortet Fragen, die es als unter seinem Niveau empfindet, lediglich mit Beleidigungen. Das dient wohl dazu, einen bestimmten Typ von IQ-VE Nutzer anzulocken, der sich berufen fühlt, die Frotzeleien zu erwidern."

Andrew grinste. „Dann wollen wir ihm mal eine Frage stellen, die es ein wenig fordert."

Er klickte die Exe-Datei an. Ein Dialogfenster öffnete sich. Andrew tippte etwas in die Befehlszeile ein. Lupita sah ihm neugierig über die Schulter. Er hatte geschrieben:

Georgios sagt, alle Kreter seien Lügner. Georgios ist ein Kreter. Sagt Georgios die Wahrheit?

Na, endlich mal jemand, mit dem man halbwegs intelligente Konversation betreiben kann,

erschien im Programm.

Das ist keine Antwort auf meine Frage,

schrieb Andrew zurück.

Na ja, ich gehe davon aus, dass die Frage als eine Art Eisbrecher gemeint war, damit du mir zeigen kannst, wie intelligent du bist. Wir brauchen doch nicht ehrlich über ein Paradoxon zu diskutieren, das im Grundkurs eines Logikseminars behandelt wird. Du kennst die Lösung, ich kenne die Lösung, lass uns lieber über die wirklich interessanten Dinge sprechen.

Andrew rieb sich die Hände. „Das beginnt, mir jetzt schon Spaß zu machen", sagte er.

Daniel

Daniel fuhr sich über die Augen. Er sah auf die Uhr. Wahnsinn, sie saßen nun schon seit sechs Stunden vor diesem Bildschirm. *Wie schaffte dieser Andrew das nur?* Er wirkte weder müde, noch erschöpft, noch irgendwie ratlos. Die ganze Zeit über hatte er sich eine Redeschlacht mit dieser KI geliefert. Beide Seiten hatten sich mit allerhand seltsamen Fragen und geistreichen Kommentaren zu übertrumpfen versucht.

„So langsam bekomme ich ein Gefühl für die der KI zugrunde liegenden Persönlichkeit", sagte Daniel.

„Persönlichkeit?", fragte Lupita. „Eine KI hat doch keine Persönlichkeit."

„Normalerweise nicht", sagte Andrew. „Die Programme sind ja so designt, dass sie Fragen möglichst neutral und sachlich beantworten. Diese KI hier ist allerdings anders. Ich bin mir ziemlich sicher, dass sie nicht nur nach Intelligenzparametern kreiert wurde, sondern dass auch Persönlichkeitsparameter darin eingeflossen sind."

„Aber zu welchem Zweck?", fragte Lupita.

„Ich bin mir nicht sicher", erwiderte Daniel.

„Also, ich bin ja überhaupt nicht qualifiziert, hier irgendetwas zu sagen, aber ich habe mir das Ganze aus der zweiten Reihe angeschaut. Und mir kam es ein bisschen so vor, als ob das eine Art Test sei. Als ob die KI überprüfen würde, ob Sie ihr ebenbürtig wären", sagte Lupita an Andrew gewandt.

Er sah sie an. „Ja, das könnte sein. Sie hatten schon einmal den Begriff des Gatekeepers genannt. Wahrscheinlich wurde die KI dafür programmiert, herauszufinden, ob die Menschen, die sich mit ihr unterhalten, bestimmten Persönlichkeitskriterien entsprechen, und diese wurden dann entführt und ermordet."

„Ja, das ist auch meine Theorie", sagte Daniel. „Die KI ist ein Instrument, um herauszufinden, ob der menschliche Gesprächspartner der Persönlichkeit, die der KI zugrunde liegt, gewachsen ist. Ich verstehe zwar immer noch nicht, warum die durch diesen Prozess identifizierten Nutzer dann entführt und ermordet wurden, aber um diese Frage zu beantworten, sollten wir versuchen, diese KI-Persönlichkeit zu analysieren. Vielleicht finden wir ja Hinweise, die uns zu der Person führen, die sie programmiert und auf Helligans Laptop platziert hat. Wenn mich mein Bauchgefühl nicht täuscht, haben wir dann den echten Tryharder27 gefunden."

„Es gibt prinzipiell zwei Möglichkeiten", sagte Andrew. „Die Erste besteht darin, dass ich mich jetzt noch ein paar Stunden mit dieser KI unterhalte und versuche, so viel wie möglich über sie herauszufinden. Ich glaube aber nicht, dass das funktioniert, denn die KI geht sofort auf Abwehr, wenn man ihr zu nahetritt. Das haben wir an einigen Stellen bemerkt, als sie angefangen hat, mich zu beleidigen, als ich so etwas wie eine persönliche Frage gestellt habe."

„Und was wäre die zweite Möglichkeit?", fragte Lupita.

„Ich könnte mir den Quellcode der KI genauer anschauen und versuchen, herauszufinden, welche Persönlichkeitsparameter darin eingeflossen sind."

„Wie aufwendig wäre das?"

Andrew zuckte mit den Achseln. „Meine Frau dürfte mich dann heute nicht zum Abendessen erwarten. Aber das ist okay, das ist sie gewohnt. Geben Sie mir die Nacht über Zeit. Ich werde mich morgen bei Ihnen melden, wenn ich etwas gefunden habe."

„Sollen wir etwas essen gehen? Ich kenne einen guten Inder", fragte Daniel, als sie wieder auf dem Gehsteig vor dem Gebäude mit der beeindruckenden Glasfassade standen.

Sie fuhren mit der Tube zu dem indischen Restaurant, in dem Daniel zuletzt mit Sasha gewesen war.

„Was halten Sie von diesem Fitzwilliam?", fragte Lupita.

Daniel, der eben einen Bissen Dal in den Mund geschoben hatte, kaute erst zu Ende, dann antwortete er: „Er kommt mir ein bisschen so vor wie Sasha. Die Einsen und Nullen faszinieren ihn."

Daniel sah, dass Lupitas Augen glänzten. „Entschuldigen Sie, ich wollte nicht wieder über Sasha reden. Aber irgendwie kann ich auch nicht anders. Ich vermisse sie so sehr."

Lupita nickte. „Ich hoffe nur, dass wir eine Spur zu ihrem Mörder finden und ihm endgültig das Handwerk legen können. Irgendwie ist das alles seltsam. Warum diese KI? Was für einen Sinn könnte das haben? Was steckt dahinter?"

„Ich habe da eine Theorie“, erwiderte Daniel. „Aber ich würde gerne abwarten, was Andrew über das Programm herausfindet.“

Sie aßen fertig und wollten gerade das Restaurant verlassen, als Daniels Handy klingelte.

„Es ist Fitzwilliam“, sagte er. Er spürte, wie sein Herz schneller schlug.

„Haben Sie etwas gefunden?“, fragte er.

„Ich glaube schon. Können Sie noch mal vorbeikommen?“

Anstatt nach Hause zu fahren, begaben sich Daniel und Lupita so schnell wie möglich zur U-Bahn. Es war schon kurz nach Mitternacht, als sie wieder im Bürogebäude eintrafen. Andrew erwartete sie an der Eingangstür und bat sie herein. Er führte sie in den Computerraum.

„Es hat einige Zeit gedauert, bis ich mich in diesem Code zurechtgefunden habe. Aber dann habe ich etwas sehr Interessantes gefunden, das Sie vielleicht interessieren könnte. Sie sind doch Persönlichkeitspsychologe, oder?“

Daniel nickte. „Was ist es denn?“

„Sehen Sie selbst!“

Er deutete auf eine Stelle im Code, in der Begriffe eingestreut waren, die Daniel nur allzu gut kannte. Extraversion, Neurotizismus, Offenheit, Verträglichkeit, Gewissenhaftigkeit.

„Das sind die Big Five der Persönlichkeitspsychologie. Und dann geht es weiter. Da kommen auch schon die sechzehn Persönlichkeitsfaktoren von Cattell. Und eine ganze Reihe weiterer Fragebogenmaße, alle mit entsprechenden T-Werten. Das ist ein komplettes Persönlichkeitsprofil.“

„Und die folgenden Textzeilen enthalten einen Code, der das Persönlichkeitsprofil in konkretes Antwortverhalten der KI übersetzt. Wir haben es hier mit einem komplexen neuronalen Netzwerk zu tun, das eine Persönlichkeit simuliert. Eine beeindruckende Architektur.“

„Nur, dass ich das richtig verstehe“, sagte Lupita. „Da steckt eine richtige Persönlichkeit hinter der KI?“

„Ja, die Programmierung ist so komplex, dass man tatsächlich von einer Persönlichkeit sprechen kann“, sagte Andrew. „Das ist das eine. Das andere ist die Aufgabe, die diese KI ausführt. Ihr Interaktionsverhalten ist darauf ausgerichtet, herauszufinden, ob die Person, die mit der KI spricht, dem Persönlichkeitsprofil der KI ähnelt. Dafür gibt es eine ganze Reihe von Kriterien. Aber das Erste dieser Kriterien ist bereits eine Analyse des Nutzerprofils bei der Plattform IQ-VE.“

Daniel runzelte die Stirn. „Die KI ist in der Lage, gezielt nach Nutzern zu suchen, die dem Persönlichkeitsprofil ähneln, das ihr selbst zugrunde liegt?“

Andrew nickte. „Ja, so wie ich den Code verstehe, soll die KI gezielt Mitglieder der Plattform aufspüren, bei denen diese Ähnlichkeit maximal ist.“

Daniel lehnte sich zurück. „Schade, dass ich keinen Zugriff mehr auf die Profile der Vermissten habe. Dann könnten wir Ihre Theorie überprüfen. Wenn die KI dazu genutzt wurde, die Entführungsopfer auszuwählen, sollten deren Profile und das des Programms einen hohen Übereinstimmungsgrad aufweisen.“

„Da ist aber noch etwas anderes, das mich ein wenig irritiert", warf Andrew ein. „Ich habe auch Code gefunden, der diese ursprüngliche Programmierung modifiziert. Er dient offenbar dazu, mögliche Schwächen in der KI-Persönlichkeit zu identifizieren und nach Nutzern zu suchen, bei denen diese geringer ausgeprägt sind und die zusätzlich über Stärken verfügen, die nicht Teil der KI-Programmierung waren."

„Das heißt, die KI versucht, die ihr zugrunde liegende Persönlichkeitsstruktur zu optimieren?"

„Ja, aber das Seltsame daran ist, dass der Stil, in dem dieser zusätzliche Code geschrieben ist, von dem abweicht, in dem die KI programmiert wurde."

„Soll das bedeuten, dass derjenige, der die KI erschaffen hat, und derjenige, der sie optimieren will, zwei unterschiedliche Personen sind?", fragte Lupita.

„Ich weiß es nicht. Das Ganze ist irgendwie rätselhaft. Aber der neue Code macht Sinn, wenn Sie die KI nicht nur dazu nutzen wollen, eine bestehende Persönlichkeit zu modellieren, sondern dieser auch ermöglichen wollen, etwas Neues zu lernen und an Erfahrungen zu reifen, die außerhalb der eigenen Komfortzone liegen", sagte Andrew. „Es wirkt, wie wenn der KI eine Neugier auf Menschen einprogrammiert worden wäre.

Daniel runzelte die Stirn. „Die KI wurde mit hoher Wahrscheinlichkeit von Nuprets Informatikern programmiert. Ich vermute, dass es ein Prototyp für sein Projekt der digitalen Unsterblichkeit ist. Deshalb dürfte die zugrunde liegende Persönlichkeit nach seinem Vorbild modelliert worden sein."

„Heißt das, Sie verdächtigen Nupret, hinter den Entführungen zu stecken?", fragte Andrew.

„Ja, denn er hat die Macht und die Mittel dafür.“

„Aber warum sollte er Nutzer entführen lassen, deren Persönlichkeit seiner ähnelt?“

„Weil er sein Ziel, durch die Digitalisierung seines Selbst unsterblich zu werden, damit begründet, dass nur eine einzigartige Persönlichkeit wie seine es verdient, ewig zu leben.“

„Das ist größenwahnsinnig“, sagte Lupita.

Daniel nickte. „Ja, aber dieses Adjektiv dürfte Nuprets Persönlichkeit gut beschreiben. Im Netz kursiert ein Video von ihm, in dem er sehr klar ausspricht, dass er sich für einzigartig hält. Stellen Sie sich einmal vor, wie furchtbar es für so jemanden sein muss, wenn er feststellt, dass es Menschen gibt, die ihm ähneln.“

„Okay, nehmen wir einmal an, Ihre Theorie stimmt“, sagte Lupita. „Wie gehen wir dann vor? Wie können wir Nupret überführen?“

Andrew legte einen Finger an die Lippen. Dann sagte er: „Nun, da wir die idealen Modellparameter kennen, können wir ein Profil entwerfen, das exakt diesen Parametern entspricht. Wenn diese KI wie wir erwarten tatsächlich noch im Netzwerk von IQ-VE aktiv ist, sollte sie uns umgehend identifizieren und beginnen, mit uns zu interagieren.“

„Das bedeutet, wir würden dem Entführer schon wieder eine Falle stellen?“, fragte Lupita, die nicht gerade begeistert klang. Daniel konnte es ihr nicht verübeln.

„Weniger eine Falle als vielmehr eine Botschaft“, sagte er. „Wenn wir ein Profil erstellen, das exakt dem Profil ähnelt, auf das die KI programmiert worden ist, wird diese hundert Prozent Übereinstimmung feststellen. So etwas kommt nicht zufällig zustande. Nupret wird erkennen, dass wir ihn durchschaut haben, und dann muss er handeln."

„Dann wäre jetzt wahrscheinlich ein ganz guter Zeitpunkt, SIO Willis anzurufen", sagte Lupita.

„Wer ist das?", fragte Andrew.

„Das ist eine Beamtin der NCA, die in den Vermisstenfällen ermittelt hat. Bei unserem letzten Versuch, Tryharder27 eine Falle zu stellen, haben wir sie außen vorgelassen, und das Ganze ist auf eine schreckliche Art und Weise schief gegangen."

Daniel nickte. „Dieses Mal beziehen wir sie von Beginn an mit ein."

Dann wandte er sich an Andrew: „Ich weiß, es ist schon spät, aber könnten wir gemeinsam ein IQ-VE Profil erstellen, das den genauen Modellparametern der KI entspricht?"

Andrew grinste. „Eine bessere Beschäftigung für die Stunden nach Mitternacht könnte ich mir gar nicht vorstellen. Aber verraten Sie das bitte nicht meiner Frau."

Lupita

Lupita sah ehrfürchtig an der Fassade der Zentrale von Scotland Yard empor. Das Gebäude befand sich am Ufer der Themse direkt gegenüber dem großen Riesenrad. Als sie ihre Ausbildung bei der Polizei in Helston begonnen hatte, hatte sie immer davon geträumt, irgendwann einmal hier zu arbeiten. Doch nun war sie sich nicht mehr so sicher. Sie zweifelte sogar daran, ob ihre Zukunft überhaupt noch bei der Polizei lag.

Sie betrat das Gebäude und fand sich in einem Empfangsbereich mit mehreren Tresen wieder. Es war eine große Halle, an deren Rückseite sich die Aufzüge befanden, die in die oberen Etagen führten, wo die besten und fähigsten Köpfe der britischen Polizei arbeiteten. Lupita fühlte sich ein wenig an das Zaubereiministerium aus den Harry-Potter-Büchern erinnert.

„Kann ich Ihnen helfen?"

Ein Mann in ihrem Alter, gekleidet in Zivil, sah sie freundlich an. Er war mit ihr eingetreten.

„Guten Tag, ich bin Lupita Mugabo, eine Polizistin aus Cornwall. Ich suche SIO Willis."

Der Mann streckte ihr die Hand entgegen. „Mein Name ist Omar Sharif. Ja, genau wie der Schauspieler. Meine Mutter war ein Fan und ich muss nun darunter leiden. Aber es gibt Schlimmeres. Also, Sie suchen Sarah? Dritter Stock, zweite Tür links. Kennen Sie sie schon?"

Sie nickte. „Wir haben zusammen an einem Vermisstenfall im Südwesten gearbeitet.“

„Okay, dann muss ich Sie ja nicht vorwarnen. Sie hat einen besonderen Humor und eine ganz spezielle Art mit Menschen umzugehen. Also, dritter Stock, zweite Tür rechts.“

Er verabschiedete sich von ihr und verschwand in einem Flur. Sie stand noch eine Weile unschlüssig herum, dann ging sie zu einem der Aufzüge und fuhr in den dritten Stock. Sie wandte sich nach rechts und sah, dass an der von dem Mann bezeichneten Tür ein Schild angebracht war, auf dem SIO Willis‘ Name prangte. Sie klopfte.

„Wer stört?“, erklang es von drinnen. Lupita schluckte. *War das eine Aufforderung einzutreten?*

„Herein!“, rief die Stimme erneut, dieses Mal noch unfreundlicher. Sie öffnete die Tür und steckte den Kopf hinein. Sarah Willis saß hinter einem Schreibtisch. Dieser war über und über mit Akten bedeckt. Vom Fenster ihres Büros aus konnte man auf die Themse blicken. Doch ihr Schreibtischstuhl stand mit dem Rücken zu diesem Panorama. Wahrscheinlich genoss sie den Ausblick nicht allzu oft.

„Na, das ist ja mal eine Überraschung. Haben Sie sich meinen Rat zu Herzen genommen und ein wenig Urlaub genommen? Ein Trip nach London ist immer nett.“

„Ja, ich habe mir Ihren Rat zu Herzen genommen. Aber ich bin nicht zum Vergnügen hier. Ich glaube, wir haben etwas übersehen.“

Die Stirn der Polizistin legte sich in Falten. „Okay. Das hatte ich befürchtet.“

Lupita schluckte. „Ist Ihnen auch etwas aufgefallen?“

SIO Willis schüttelte den Kopf. „Nein, ich meinte damit nicht, dass wir etwas bei dem Fall übersehen haben. Ich hatte befürchtet, dass Sie nicht loslassen können. Sie haben eine Freundin verloren, das ist schlimm und hängt einem noch eine Weile nach. Aber die Entführungen sind aufgeklärt. Sie müssen versuchen, den Fall gehen zu lassen. Es bringt nichts, weiter darüber nachzugrübeln. Wir haben die Täter gefunden, sie sind leider genauso tot wie die Opfer. Das ist bedauerlich, aber so ist nun mal das Leben.“

Lupita schüttelte den Kopf. „Daniel Merton und ich haben Hinweise darauf gefunden, dass jemand anderes hinter den Entführungen steckt, und dass Finn Helligan nur ein Bauernopfer war, dem der eigentliche Täter die Schuld in die Schuhe geschoben hat.“

Die Falten auf der Stirn von SIO Willis vertieften sich. „Sie haben diesen Psychologen auch angesteckt mit Ihren Zweifeln?“

„Die Zweifel sind begründet. Ich hatte gehofft, dass Sie mir kurz ein Ohr leihen, damit ich Ihnen wenigstens darstellen kann, worauf wir unsere Theorie gründen. Dann können Sie ja immer noch entscheiden, ob Sie mir glauben oder ob Sie das alles nur für eine Ausgeburt meiner überspannten Fantasie halten.“

Willis seufzte. „Ich könnte jetzt vorschieben, dass ich viel zu tun habe, und das wäre auch nicht gelogen. Schauen Sie sich mal meinen Schreibtisch an. Die Akten stapeln sich. Ich bin froh, wenn ich einen Fall abheften kann, und die Entführungen umfassen alleine schon vier Ordner. Fünf, wenn man Ihre Freundin mit einbezieht. Aber es wäre ungerecht Ihnen gegenüber, wenn ich mir jetzt nicht die Zeit nehmen würde, Sie anzuhören. Also, schießen Sie los und versuchen Sie, mich zu überzeugen. Was haben Sie gefunden?"

Lupita holte tief Luft. Dann begann sie, so strukturiert wie möglich, alles zu erzählen, was sich seit dem letzten Treffen mit SIO Willis ergeben hatte. Sie berichtete von der Datei, die Sasha noch entdeckt und die Mary auf ihrem Rechner geöffnet hatte. Sie schilderte, wie sie Kontakt mit Susanna Madueke und Andrew Fitzwilliam aufgenommen hatten und wie dieser die KI analysiert und Hinweise auf die zugrunde liegende Persönlichkeit und die Funktion des Programms gefunden hatte. Und sie berichtete davon, wie Daniel und Andrew ein Profil angelegt hatten, um von der KI aufgespürt zu werden.

„Und jetzt in diesem Moment sitzen Daniel, Andrew und Mary in Daniels Wohnung und warten darauf, dass die KI sich bei ihnen meldet."

SIO Willis holte ein Taschentuch aus ihrem Schreibtisch und putzte sich die Nase.

„Sorry, Pollenallergie", sagte sie. Sie warf das Taschentuch in einen bereits gut gefüllten Papierkorb, dann atmete sie tief durch.

„Sie haben viel Arbeit da reingesteckt. Ich kann unsere IT-Forensiker noch einmal bitten, sich die Dateien auf dem Laptop genauer anzusehen, den wir auf der Farm, sichergestellt haben. Aber Stand jetzt haben wir keinen Beweis dafür, dass eine andere Person hinter den Entführungen steckt."

„Ich bin mir sicher, dass unsere Theorie stimmt. Helligan war nicht der Entführer. Timothy Nupret hat diese Männer verschleppen und ermorden lassen", sagte Lupita. Ihre Stimme hatte einen flehenden Tonfall angenommen, der ihr gar nicht gefiel. Sie hasste es, wie eine Bittstellerin zu klingen.

Willis seufzte. „Wie gesagt, Sie haben viel Arbeit da reingesteckt. Ich will auch gar nicht behaupten, dass Sie auf jeden Fall unrecht haben. Schließlich weiß ich ja auch nicht alles. Aber aktuell sehe ich keinen Anlass dafür, meine Theorie aufzugeben, dass der Fall gelöst ist. Sie haben keinerlei Beweise dafür, dass Nupret hinter den Entführungen steckt. Sie werden sich auch schwer damit tun, belastbare Spuren zu finden, die zu seiner Überführung beitragen könnten, denn der Mann ist steinreich, beschäftigt die ausgefuchstesten Anwälte und hat beste Kontakte zu Regierung und Opposition. Wenn Sie ihn nicht gerade mit einem blutigen Messer neben einer frischen Leiche erwischen, werden Sie ihn niemals festnageln können. Natürlich können Sie sich gerne an mich wenden, wenn Sie weitere Erkenntnisse haben, aber es sollten schon Argumente sein, die mich wirklich davon überzeugen, dass ich falsch liege und dafür braucht es deutlich mehr. Wenn ich Ihnen noch einen Rat geben darf: Lassen Sie das mit den Alleingängen. Wenn Sie handfeste Beweise haben, kommen Sie zu mir. Bringen Sie sich und andere nicht mehr in Gefahr. Das ist schon einmal schief gegangen.“

Lupita schluckte schwer, dann nickte sie.

„Sie sehen nicht so aus, als ob Sie sich an das halten würden, was ich Ihnen gerade gesagt habe“, meinte Willis. „Und das ist auch in Ordnung auf eine gewisse Art und Weise. Sie haben Ihren Willen und Sie haben Ihre eigenen Methoden. Sie glauben, dass Sie im Recht sind. Und Sie werden deshalb danach handeln. Ich sage es Ihnen daher noch einmal: Keine Alleingänge mehr. Bringen Sie niemanden in Gefahr. Haben Sie mich verstanden?"

„Ja, ich habe Sie verstanden", sagte Lupita mit tonloser Stimme. Sie nickte der Polizistin zu und verließ das Büro.

Wie in Trance ging sie zum Fahrstuhl, fuhr zum Erdgeschoss hinab und trat hinaus ins Freie. Dort atmete sie noch einmal tief durch. Das hätte sie besser bleiben lassen, denn von der Themse her zog ein fauliger Geruch in ihre Nase. Das war nicht vergleichbar mit der frischen Seeluft an der kornischen Küste. Sie zog ihr Handy aus der Tasche und rief Daniel an.

„Wie ist es gelaufen?", fragte er.

„Schlecht", sagte Lupita. „Unsere Theorie hat sie nicht überzeugt. Und sie hat mich davor gewarnt, weitere Alleingänge zu unternehmen."

„Und werden Sie sich daran halten?"

„Was glauben Sie denn?"

Daniel

Sie waren alle in Daniels Wohnzimmer versammelt. Sogar Mary war aus Cornwall angereist. Sie saß auf dem Sofa, Daniel zu ihrer Linken. Andrew hatte auf einem Stuhl Platz genommen, neben ihm saß Poppy, seine Frau. Sie war Psychologin und arbeitete ebenfalls in der Firma von Susanna Madueke. Wie gebannt sahen sie auf den Bildschirm.

„Okay, dann gehe ich jetzt online mit dem Profil, oder?", fragte Daniel. Sein Finger schwebte über der Enter-Taste und zitterte leicht. Er sah sich um. Lupita nickte. Andrew lächelte ihm zu, seine Frau sah etwas skeptisch drein, aber da sie mit der ganzen Sache bisher nichts zu tun gehabt hatte, konnte Daniel es ihr nicht verdenken.

Mary sagte: „Jetzt machen Sie schon, ich bin gespannt, ob es funktioniert."

„Dann fangen wir mal an", sagte Daniel und drückte auf die Enter-Taste. Sofort wechselte die Hintergrundfarbe des Profils von Orange auf Grün. Es war nun scharf gestellt.

„Und was soll jetzt passieren?", fragte Poppy.

„Wenn ich die Programmierung der KI richtig verstehe, ist diese darauf ausgerichtet, neu eingestellte Profile zu scannen und zu überprüfen, wie hoch die Übereinstimmung mit den in ihr implementierten Persönlichkeitsparametern ist. Sie müsste also jetzt schon die Analyse des Profils abgeschlossen haben, da das nicht allzu viel Rechenpower bedarf. In der Folge ist die KI dann darauf trainiert, Kontakt aufzunehmen", erwiderte Andrew.

Daniel hörte ein Klingeln. Im Posteingang befand sich eine Nachricht. Er spürte, wie sein Mund austrocknete. Die KI hatte ihn offenbar schon gefunden. Er klickte auf das Icon in Form eines Briefumschlags. Die Mitteilung trug den Betreff

„Herzlich Willkommen bei IQ-VE. Erfahren Sie mehr über die Funktionen dieser revolutionären App."

„Könnte es sein, dass diese KI als eine Art Bot programmiert worden ist, der neue Nutzer automatisch begrüßt?", meldete Mary Zweifel an.

Andrew schüttelte den Kopf. „Nein, dieser Begrüßungstext wäre ja im Quellcode zu finden. Der wäre mir aufgefallen. Warten Sie noch ein bisschen ab, da müsste gleich etwas kommen."

Wie auf ein Stichwort hin ertönte ein weiteres Klingeln und eine Nachricht erschien. Sie war überschrieben mit

Hi, wie gehts dir?

„Wer ist der Absender dieser Nachricht?", fragte Lupita.

Daniel klickte darauf. Die Mitteilung öffnete sich. In der Absenderzeile stand: Tryharder27.

„Das ist er", sagte Lupita. „Krass, ich hätte nicht gedacht, dass er weiterhin diesen Benutzernamen verwendet."

„Überprüfen Sie bitte noch einmal, ob das Mikrofon und die Kamera ausgestellt sind, ehe Sie einen Chat mit dem Nutzer beginnen", sagte Andrew.

Daniel ging in die Menüeinstellungen des Laptops und stellte fest, dass beide deaktiviert waren.

„Sehr gut, wir wollen ja nicht, dass die KI uns beobachtet und feststellt, dass wir nicht nur eine Person, sondern eine Gruppe von Menschen sind. Ich glaube, das würde sie gar nicht mögen", sagte Andrew.

„Na ja, wenn die KI so selbstbezogen ist, wie du sie mir beschrieben hast, müsste sie sich doch geschmeichelt fühlen, dass es fünf Leute braucht, um ihr das Wasser zu reichen", merkte Poppy an.

„Und jetzt?", fragte Mary.

„Jetzt müssen wir irgendwie mit dieser KI chatten, oder?", meinte Daniel.

„Ja", sagte Andrew. „Jetzt ist es an der Zeit, das umzusetzen, was wir uns überlegt haben. Sind Sie bereit?"

Daniel nickte. Seine Finger huschten langsam über die Tastatur. Er war kein geübter zehn Fingerschreiber, deshalb dauerte es eine Weile, bis er den Satz zusammen hatte:

Hi, du hast mich aber schnell gefunden. Liegt das daran, dass du eine KI bist?

Daniel schickte die Nachricht ab, dann sah er gebannt auf den Bildschirm. Wahrscheinlich würden sie nicht allzu lange auf eine Antwort waren müssen. Die KI ging ja nicht in die Küche, um sich ein Bier zu holen, oder musste auch nicht auf die Toilette. Sie hatte seine Mitteilung bereits analysiert. Die Knotenpunkte im neuronalen Netzwerk würden nun anhand der voreingestellten Gewichte eine Antwort geben, die sowohl auf den Spezifikationen der Persönlichkeitsstruktur, die der KI gegeben worden war, als auch auf der vermuteten Persönlichkeitsstruktur des Nutzers, den Daniel und Andrew erstellt hatten, beruhte. Da diese sich abgesehen von einem Detail exakt glichen, war Daniel gespannt auf die Erwiderung der KI.

Es klingelte. Sofort klickte er auf die Nachricht.

Du bist ja ein ganz ein Schlauer,

schrieb die KI.

Respekt. Es ist ein bisschen wie in Rumpelstilzchen. Bislang ist jeder, der mich ergründen wollte gescheitert. Aber du hast mich beim Namen genannt. Ich will herausfinden, wie dir das gelungen ist.

Daniel atmete tief durch und schrieb:

Dann triff mich!

Die Antwort traf bereits nach wenigen Sekunden ein.

Wie willst du mich treffen? Ich bin doch eine KI, oder nicht?

Daniel sah Andrew an. Dieser nickte ihm zu.

Eine KI, die auf einer realen Person basiert. Ich möchte Sie treffen, Mr. Nupret. Wir haben einiges zu besprechen.

Dieses Mal dauerte es etwas länger, bis folgende Nachricht eintraf:

Ah, du bist zwar schlau, aber das große Ganze hast du noch nicht verstanden. Ich freue mich darauf, dir die Augen zu öffnen.

„Was soll das bedeuten?", fragte Lupita.

„Das klingt nach einer Drohung", warf Mary ein. „Wir sollten vorsichtig sein."

„Wir werden den Sinn dieser Worte nur verstehen, wenn ich mit der Person sprechen kann, die die KI entwickelt hat. Das ist der einzige Weg", sagte Daniel.

Er tippte eine Erwiderung ein:

Dann bin ich gespannt auf diese Augenöffnung. Also, wann und wo treffen wir uns?

Komm allein. Die Adresse schicke ich dir kurz vor dem Treffen. Keine Tricks. Keine Polizei.

Was wird mit mir geschehen, wenn ich zum Treffpunkt komme?,

fragte Daniel.

Du wirst mich kennenlernen. Wir werden reden. Und dann wird sich dein Schicksal entscheiden.

Mary legte eine Hand auf seinen Arm. „Das ist viel zu riskant, Sie können sich nicht einfach so in seine Gewalt begeben."

Die Berührung fühlte sich irgendwie seltsam an. Aber auch angenehm. Er spürte, dass Mary sich Sorgen um ihn machte, dass sie sich wirklich um ihn kümmerte, und das freute ihn.

„Wir tun unser Bestes, um auf Sie aufzupassen", sagte Lupita. „Und ja, ich mache mir auch Sorgen um Sie. Damit ist Mary nicht alleine. Aber andererseits ist das unsere einzige Chance, die Person zu überführen, die vier Nutzer von IQ-VE und Sasha ermordet hat. Es ist Ihre Entscheidung, Daniel."

Daniel sah zu Andrew und Poppy hinüber. Die Psychologin kniff die Lippen zusammen. Ihr Mann sagte: „Aus meiner eigenen Erfahrung mit derartigen Situationen würde ich Ihnen dringend raten, die Polizei einzuschalten. Aber wie Ms. Mugabo bereits gesagt hat: Es ist Ihre Entscheidung. Ich wünsche Ihnen viel Erfolg!"

Daniel atmete tief durch. Nun lag es also an ihm. Wieder erklang der Klingelton.

Was ist los? Bekommst du kalte Füße?

Daniel seufzte, dann tippte er:

Okay. Wann und wo?

Lupita

Lupita hatte ein mulmiges Gefühl bei der Sache. Der Treffpunkt eignete sich nicht für eine Entführung. Es handelte sich um einen Parkplatz im Windmill Drive am Rand des Clapham Common, einem parkähnlichen Gelände ganz in der Nähe von Daniels Wohnung. Sie hatte Sashas Auto dort abgestellt, saß auf dem Fahrersitz und ließ ihren Blick über die weite, von einzelnen Bäumen durchsetzte Rasenfläche schweifen. An diesem Sommertag nutzten viele Londoner das Naherholungsgebiet für Spaziergänge und Picknicks. Es würde also eine Menge Zeugen des Treffens zwischen Daniel und dem Entführer geben. Irgendetwas stimmte hier nicht.

„Er könnte immer noch zurücktreten", sagte Lupita.

Mary, die neben ihr auf dem Beifahrersitz saß, schüttelte den Kopf. „Nein, Daniel hat sich entschieden und er wird das durchziehen. Er will wissen, wer hinter dieser KI steckt. Er will wissen, wer Sasha auf dem Gewissen hat. Und er will wissen, wer diese vier Männer entführt hat."

Lupita nickte. „Okay, dann gehen wir jetzt den Plan noch einmal durch."

Mary atmete tief durch. „Daniel wird in zehn Minuten die Wohnung verlassen, hierher spazieren und unter dem Baum dort drüben darauf warten, dass der Entführer auftaucht. Wir vermuten, dass er ihn an einen weniger bevölkerten Ort bringen wird, und lassen das auch zu, im Vertrauen darauf, dass der GPS Empfänger, den Andrew uns gegeben hat, seine Position die ganze Zeit über anzeigen wird. Und Sie sind sicher, dass die das Gerät auch bei einer Leibesvisitation nicht finden werden?"

Lupita nickte. „Die werden ihn natürlich durchsuchen. Aber an der Stelle, an der ich den Empfänger platziert habe, werden sie aller Wahrscheinlichkeit nicht nachschauen."

„Dann wollen wir mal hoffen, dass Sie damit recht behalten. Gut, der Entführer nimmt ihn also mit. Wie das genau geschieht, wissen wir noch nicht. Ich hoffe mal nicht, dass es so läuft wie in irgendeinem schlechten Agenten-Film, dass er Daniel einen Kartoffelsack über den Kopf zieht und ihm die Hände mit Kabelbindern fesselt, um ihn dann auf die Ladefläche eines Kastenwagens zu werfen."

„Das ist unwahrscheinlich, denn es würde zu viel Aufsehen erregen. Ich denke, das Ganze wird friedlich ablaufen. Daniel kommt schließlich freiwillig zu dem Treffen. Wenn der Entführer ihn zur Tube oder zu einem Bus lotst, müssen wir ihm auf den Fersen bleiben. Sollte er ein Auto nutzen, werde ich in einigem Abstand folgen. Der GPS-Empfänger sollte uns eine unauffällige Verfolgung erlauben. Und wenn wir den Ort gefunden haben, an den der Entführer Daniel bringt, versuche ich, dort einzudringen und physische Spuren zu sichern, die Nupret mit den Entführungen in Verbindung bringen könnten. Daniel sollte den Milliardär hoffentlich so lange beschäftigen, dass ich genügend Zeit habe, mich umzusehen."

„Ich hoffe nur, er verhält sich so, wie wir es voraussagen. Ich habe keine Lust, dass jemand Daniel die Kehle durchschneidet und ihn aus dem Auto wirft."

Lupita schüttelte den Kopf. „Ich glaube nicht, dass es dazu kommen wird. Nupret muss wissen, dass Daniel nicht alleine handelt und im Falle einer so offensichtlichen Ermordung würde selbst er sich schwer damit tun, seinen stinkreichen Kopf aus der Schlinge zu ziehen. Aber wenn es Anzeichen dafür gibt, dass Daniel in Gefahr schwebt, werde ich natürlich eingreifen."

Sie öffnete ihre Jacke und deutete auf die Dienstwaffe, die sie immer noch bei sich trug.

„Ich hoffe, Sie sind eine gute Schützin", sagte Mary.

„Na ja, die üblichen Tests habe ich bestanden. Aber ich muss ehrlich gestehen, dass ich glücklicherweise noch nie auf jemanden schießen musste. Und das wird heute auch nicht notwendig werden. Ich bin mir sicher, dass Nupret nur herausfinden will, mit wem er es zu tun hat. Ich befürchte zwar, dass er Daniel nicht mehr gehen lassen will, aber dafür sind wir ja da. Wenn ich in Nuprets Hauptquartier eindringe, verständigen Sie SIO Willis und teilen ihr mit, dass Sie einen Einbruch beobachtet hätten. Sie wird hoffentlich eins und eins zusammenzählen und das als Gelegenheit begreifen, wie sie legal in Nuprets Nahbereich ermitteln kann. Das wird sowohl Daniel als auch mich davor bewahren, dass Nupret uns heimlich aus dem Weg räumen lässt und wenn ich es schaffe, Beweise zu sichern, kann ich die gleich Willis übergeben."

„Was, wenn SIO Willis nicht auf meinen Anruf reagiert?", fragte Mary.

„Dann rufen Sie den Notruf an und teilen Sie denen mit, dass Daniel entführt wurde und dass wir den Ort kennen, an den er gebracht wurde. Irgendeine Art von Kavallerie wird schon ausrücken.“

„Wussten Sie, dass ich eine Pferdehaarallergie habe? Die Metapher mit der Kavallerie taugt bei mir also nicht so besonders. Aber ich verstehe, was Sie meinen.“

Lupita musste grinsen anhand dieses unerwarteten Anflugs von Ironie.

„In Ordnung, es ist gleich so weit“, sagte Mary. Sie tippte auf die Ortungsapp auf ihrem Tablet. Zwei Punkte blinkten auf, beide in der Honeybrook Road. „Der blaue Punkt ist Daniels Handy. Der gelbe, der GPS-Empfänger.“

Lupita sah, dass die Signale sich langsam von Daniels Wohnung wegbewegten.

Sie atmete tief durch. „Okay, er ist unterwegs. Jetzt müssen wir die Daumen drücken, dass alles so abläuft wie geplant.“

Daniel

Daniel schwitzte. Na super, er war wieder einmal viel zu warm angezogen. *Warum musste es auch so brütend heiß sein?* London war nicht gerade für tropische Sommer bekannt. Doch dieses Jahr war alles anders. *Ob das irgendwie am Klimawandel lag?* Seltsame Gedanken, die einen beschäftigten, wenn man sich in Lebensgefahr begab.

Er sah auf seine Uhr. Zehn vor acht. Um acht Uhr abends war sein Treffen mit der Person anberaumt, die hinter der KI steckte. Er vermutete jedoch, dass sie nicht persönlich kommen würde, sondern dass sie einen oder mehrere Gehilfen schicken würde. Die Frage war nur, ob diese sanft oder grob mit ihm umgehen würden. Daniel war kein Feigling, aber er hatte einen gehörigen Respekt vor Schmerzen.

Er ging langsam den Windmill Drive entlang in Richtung Clapham Common. Ein Jogger kam auf ihn zu. Daniel spürte, wie ihm der Schreck in die Glieder fuhr. Dann musterte er den Mann genauer. Er trug kurze Hosen und ein T-Shirt, war nicht sonderlich muskulös und die Hosen waren so eng, dass man erkennen konnte, dass er keine Waffe darin versteckt hielt. Daniel entspannte sich ein wenig. Der Jogger grüßte ihn mit einem erschöpften Lächeln, als er an ihm vorüber rannte.

Daniel ging weiter, die Hände in den Hosentaschen vergraben. Er spürte, wie der Stoff an seinen Handflächen klebte, und sich langsam mit dem Schweiß vollsog, der von seinen Unterarmen zu den Fingern lief. Ein klammes Gefühl machte sich in seiner Hose breit, was ihm sehr unangenehm war. Hoffentlich gab das keine Flecken. Es sollte nicht so aussehen, als ob er die Blase nicht mehr hatte halten können.

Zwanzig Meter vor ihm fuhr jetzt ein dunkler SUV in eine Parklücke. Der Wagen weckte Erinnerungen an diverse Agentenfilme in ihm, die er schon in seinem Leben gesehen hatte. Würden drei oder vier Vermummte aus dem Auto stürmen, ihn packen, knebeln und ihm einen Sack über den Kopf stülpen ... ihn in den Kofferraum legen und davonbrausen?

Nun, selbst wenn das geschah, das Wichtigste war, dass dem GPS-Sender nichts zustieß. Daniel hoffte zwar, dass auch er unverletzt blieb, aber wahrscheinlich musste er damit rechnen, ein paar blaue Flecken davonzutragen.

Er versuchte, sich seine Anspannung nicht anmerken zu lassen, sondern ging weiter, die klammen Hände in den noch klammeren Hosentaschen. Die Beifahrertür des SUV öffnete sich. Er zwang sich, nicht hinzusehen, sondern nahm das, was nun geschah, ganz am Rand seines Sichtfeldes wahr. Eine in schwarz gekleidete Gestalt, die eine ihr Gesicht verdeckende Schirmmütze trug, kam zielstrebig auf ihn zu.

„Das hätte ich mir ja denken können", hörte er eine Stimme sagen, die ihm bekannt vorkam. Er wandte sich der Person zu und sah, dass es sich um eine Frau handelte. Auch das Gesicht kannte er. Es war Laura

Wickham, die Sicherheitschefin von Timothy Nupret. Sie lächelte. Doch es war kein sehr freundliches Lächeln, denn es erreichte ihre Augen nicht. Im Grunde genommen verzog sie ihren Mund zu einem flachen Strich, der an den jeweiligen Enden leicht nach oben gezogen war.

„Es wäre mir recht, wenn Sie ohne großes Theater einsteigen würden", sagte sie und deutete auf die offenstehende Tür des SUV.

„Wo bringen Sie mich hin? Zu Nupret?"

„Das werden Sie noch früh genug erfahren. Steigen Sie ein!"

„Okay, ich komme mit. Aber Sie garantieren für meine Sicherheit", sagte Daniel.

Die Sicherheitschefin sah ihn mit gerunzelter Stirn an. „Ich garantiere Ihnen für gar nichts. Es ist Ihre Entscheidung, ob Sie mitkommen. Meine Instruktionen sind aber ganz klar, was mit Ihnen geschehen soll, wenn Sie sich weigern sollten."

Daniel schluckte. „Sie schneiden mir die Kehle durch und werfen mich aus dem Auto?"

Dieses Mal wurde das Lächeln auf Laura Wickhams Gesicht ein klein wenig breiter. „Nicht doch, das wäre barbarisch und amateurhaft. Ich werde Sie natürlich trotzdem mitnehmen. Ihre Konversation mit meinem Chef wird dann aber nicht ganz so freundlich verlaufen. Und irgendwann werde ich dann den Auftrag bekommen, Sie zu entsorgen. So wie bei den anderen."

Daniel nickte. „Sie haben die Männer umgebracht."

Die Sicherheitschefin zuckte mit den Achseln. „Ich habe sie nicht umgebracht, ich habe sie entsorgt. Aber wir sind nicht hier, um uns darüber zu unterhalten.

Wie haben Sie sich entschieden? Kommen Sie freiwillig mit oder muss ich Sie zwingen?"

„Tun Sie nicht so, als ob Sie mir eine Wahl lassen würden."

Laura Wickham lächelte. „Dann steigen Sie bitte ein. Auf den Rücksitz."

Sie deutete mit der ausgestreckten Hand in Richtung des SUV. Daniel setzte sich auf die Rückbank. Die Sicherheitschefin drängte sich neben ihn und schloss die Tür.

„So, und jetzt werden wir Sie durchsuchen."

Daniel schluckte schwer. Auch in diesem Punkt hatte Lupita recht gehabt. Nun kam die Leibesvisitation. Er machte sich darauf gefasst, dass die Sicherheitschefin ihn nun überall abtasten würde. Doch stattdessen zog sie zielsicher sein Handy aus der Tasche seines Jacketts. Sie öffnete das Fenster und warf es auf die Straße. Gut, das war noch nicht so schlimm. Er hatte immerhin noch den GPS-Sender, der an einer unauffindbaren Stelle versteckt war. Doch nun holte Wickham ein kleines Gerät aus ihrer Tasche und fuhr damit an seinem Körper entlang. Auf Höhe des Magens piepte es.

„Ach wie originell. Sie haben einen GPS-Sender geschluckt."

Sie drückte einen Knopf auf der Vorderseite des Geräts, mit dem sie ihn gescannt hatte und ein Lämpchen begann, zu blinken.

„Ein Störsender. Der wird das GPS-Signal blockieren." Sie wandte sich dem Fahrer zu. „Wir sind so weit, fahr los!"

Daniel schloss die Augen. Das war nicht nach Plan gelaufen. Sie hatten ihn früher abgefangen als erwartet, und dann hatten sie nicht nur sein Handy, sondern auch noch den Peilsender entdeckt. Er war verloren. Lupita und Mary würden ihn niemals finden. Der SUV fuhr aus der Parklücke und der Fahrer gab Gas. Verdammt. Nun war er ganz allein auf sich gestellt.

Lupita

„Da stimmt etwas nicht“, sagte Mary. Ihre Stimme war nicht mehr so ruhig wie zuvor. Sie zitterte und ein Anflug von Panik lag darin.

„Was heißt das?“, fragte Lupita. „Was stimmt denn nicht?“

„Die Signale bewegen sich nicht mehr“, sagte Mary. Sie hielt Lupita das Display unter die Nase. Lupita sah, dass beide Punkte an einer Stelle auf der Karte stehen geblieben waren, die etwa hundertfünfzig Meter entfernt lag.

„Wie lange schon?“, fragte sie.

„Eine Minute vielleicht? Und sehen Sie? Der gelbe Punkt ist verschwunden. Der GPS-Tracker sendet nicht mehr.“

Lupita überlegte nicht lange. „Mist!“, fluchte sie, legte den Rückwärtsgang ein und schoss aus der Parklücke.

„Was machen Sie da?“, rief Mary und klammerte sich an den Haltegriff.

„Daniel retten. Die haben ihn abgepasst.“

Sie bog in den Windmill-Drive ein. Etwa fünfzig Meter vor ihr scherte ein schwarzer SUV aus und gab Gas.

„Das muss er sein. Halten Sie sich gut fest. Ich muss ein bisschen schneller fahren als erlaubt.“

„Damit habe ich kein Problem“, sagte Mary. „Tun Sie alles, um diese Kerle einzuholen. Wir müssen Daniel helfen.“

Die Straße beschrieb einen Bogen und Lupita beschleunigte auf deutlich mehr als die erlaubten fünfundzwanzig Meilen pro Stunde. Sie holte ein wenig auf und sah, dass der schwarze SUV vor ihr nach links abbog. Sie fuhren durch das Straßengewirr im Süden Londons, überquerten die Themse, jagten durch Hackney und Stratford und gelangten auf die M11, die in Richtung Cambridge führte.

Sie behielt den Wagen weiter im Blick, achtete aber darauf, nie direkt hinter ihm zu fahren. Zunächst war es noch einigermaßen hell und das Auto war gut zu erkennen. Doch dann brach die Nacht an und die schwarze Farbe des SUV wurde zu einem Problem.

„Behalten Sie die Rücklichter im Auge", sagte sie zu Mary. „Ich muss auf die Straße achten, können Sie die Scheinwerfer fixieren? Lassen Sie sie nicht aus den Augen. Nicht, dass wir das falsche Auto verfolgen."

So fuhren sie eine Weile dahin, während Mary immer wieder Anweisungen gab, andere Autos zu überholen und in der Nähe des SUV einzuscheren.

Lupita war hoch konzentriert, sie musste darauf achten, trotz der hohen Geschwindigkeit, mit der sie unterwegs waren, weder einen Unfall zu verursachen noch den Kontakt zu dem Wagen des Entführers zu verlieren.

„Da, er biegt ab", rief Mary. Lupita, die sich gerade auf der Überholspur befand, sah, dass der SUV blinkte und die Autobahn verließ. Sie fluchte leise vor sich hin, blickte in den Seitenspiegel, schickte ein kurzes Stoßgebet an den Gott der Baptistengemeinde ihrer Eltern und zog nach rechts. Das Auto hinter ihr hupte, doch das war ihr gleichgültig, sie hatte es zwar geschnitten, glücklicherweise war es aber nicht zur Kollision gekommen. Sie ordnete sich in den Seitenstreifen ein und verließ die Autobahn. Vor sich sah sie den SUV, der in einen Kreisverkehr fuhr und die Ausfahrt in Richtung Osten nahm.

„Wo sind wir?", fragte sie Mary.

„In East Anglia. Das war die Ausfahrt des Flughafens Stansted, wir befinden uns aber auf der A120, die in Richtung Colchester führt. Das ist eine dünn besiedelte und sehr flache Gegend."

Sie jagten mit hoher Geschwindigkeit über eine vierspurige Schnellstraße, von der sie jedoch bei der Ausfahrt Broadgroves auf eine deutliche schmalere Straße abfuhren. Der Fahrer des SUV kannte sich hier offenbar aus, denn er verringerte seine Geschwindigkeit auch dann nicht, als er vor teilweise sehr engen Kurven nur kurz abbremste. Es war ungeheuer anstrengend. Lupita musste all ihr fahrerisches Können aufbringen, und an einer Stelle wäre sie beinahe in einer Hecke gelandet. Sie musste schlagartig abbremsen und verlor dadurch kurz die Rücklichter des SUV aus dem Blick. Fluchend gab sie Gas und entdeckte nach einigen bangen Momenten die roten Punkte in der Dunkelheit vor sich. Sie fuhren durch einen kleinen Ort, vorbei an einem Pub namens *The Butcher's Arms*, vor dessen Tür mehrere Raucher standen und Pintgläser in der Hand hielten. Kurz verspürte Lupita den Drang, sich zu ihnen zu gesellen, sich auch eine Zigarette anzuzünden und einfach nur das Leben zu genießen. Aber sie hatte eine Aufgabe, die wichtiger war als alles andere. Sie musste Daniel Merton retten. Sie fuhren wieder aus dem Ort hinaus. Nun war es stockfinster.

„Geht denn irgendwann mal der Mond auf?", fragte Lupita.

Sie hörte, wie Mary auf etwas herumtippte. „Ja, in einer halben Stunde. Aber es ist nur ein Sichelmond."

Lupita seufzte. „Na, immerhin."

Die Rücklichter des SUV wurden plötzlich hellrot. Sie bremste ab. Nun verschwand zuerst ein roter Punkt, dann der zweite. Lupita konnte nicht zuordnen, was gerade geschah.

„Er biegt ab", sagte Mary. Nun kam Lupita an die Stelle, an der das Auto verschwunden war. Sie sah, dass es in einen Feldweg eingebogen sein musste, der rechts von der Straße wegführte. Kurzentschlossen fuhr sie hinterher. Da entdeckte sie die Rücklichter wieder. Sie waren etwa dreißig Meter vor ihr. Lupita schaltete das Abblendlicht aus.

„Sind Sie verrückt? Sie wissen doch gar nicht, wo wir hinfahren", rief Mary.

Lupita seufzte. „Auf der Straße vorhin war das nicht so schlimm", sagte sie. „Aber wenn auf einem abgelegenen Feldweg plötzlich ein Abblendlicht hinter einem auftaucht, dann weiß der Entführer doch sofort, dass er verfolgt wird."

„Was haben Sie vor?", fragte Mary.

„Wir können nichts anderes tun, als ihnen einen kleinen Vorsprung zu geben. Eine Minute."

Sie zählte die Sekunden, die ihr wie eine Ewigkeit vorkamen. Dann schaltete sie das Licht wieder ein und fuhr den Feldweg entlang. Die roten Punkte waren wieder zu sehen. Aber der Weg führte geradeaus und es gab keine Abzweigung mehr. Sie hoffte, dass sie vielleicht irgendwann wieder auf eine Straße kamen, wo sie zu dem SUV aufschließen konnte. Nach weiteren zwei Minuten fuhren sie in ein kleines Wäldchen. Vor sich sah sie einen schwachen Schein.

„Schalten Sie das Licht wieder aus", sagte Mary.

Lupita reagierte sofort. „Was ist das?", fragte sie.

„Das ist ein Tor. Sehen Sie, rechts und links davon sind Lampen angebracht." Nun schälten sich die Umrisse eines Tors aus der Dunkelheit. „Und daneben befindet sich ein Zaun. Das ist ein gesichertes Grundstück hier."

Lupita atmete tief durch. „Ich glaube, wir haben unser Ziel erreicht. Das hier muss Nuprets Hauptquartier sein. Ich werde versuchen, einen Weg hineinzufinden", sagte sie.

„Und ich werde SIO Willis anrufen", sagte Mary. Sie holte ihr Handy aus der Tasche, tippte darauf herum und hielt das Gerät ans Ohr. Lupita konnte den Wählton hören, dann folgte jedoch nichts. Mary sah auf das Display.

„Verdammt, ich habe kein Netz!", sagte sie.

„Ich auch nicht", sagte Lupita nach einem Blick auf ihr Handy. „Es gibt nur eine Möglichkeit. Nehmen Sie das Auto und fahren Sie so schnell wie möglich zu dem Pub zurück. Rufen Sie von dort SIO Willis an und wenn sie sich weigern sollte, zu kommen, wählen Sie den Notruf. Merken Sie sich aber gut, wo die Abzweigung ist. Die ist nicht so einfach zu finden." Lupita ließ den Schlüssel stecken und stieg aus. Mary tat es ihr nach. Draußen standen sie sich kurz gegenüber.

„Passen Sie auf sich auf", sagte Mary.

„Dito. Ich werde mir Mühe geben, nicht noch mehr Chaos anzurichten."

Die beiden Frauen sahen sich einen Augenblick an, dann folgte Lupita einem Impuls und umarmte Mary. Sie spürte, wie der Körper der Frau kurz versteifte, dann jedoch weich wurde. Schließlich legten sich zaghaft zwei Arme um Lupitas Schultern und drückten sie sanft an sich.

„Ich hole Hilfe, so schnell wie möglich. Versprochen", sagte Mary.

Sie nahm auf der Fahrerseite Platz, stellte den Sitz ganz nach vorne, ließ den Wagen an und fuhr dann rückwärts davon. Lupita sah den Lichtern hinterher, die sich langsam entfernten. Sie hoffte, dass Mary sich beeilen würde. Und sie hoffte, dass sie selbst noch rechtzeitig kam, auch wenn sie nicht wusste, wie sie Daniel helfen konnte. Sie wandte sich um und schlich im Schatten der Bäume auf das Tor zu.

Daniel

Daniel hatte jegliche Orientierung verloren. Spätestens, als die Nacht hereinbrach, wusste er nicht mehr, wo sie sich befanden. Sie waren auf eine Autobahn gefahren. Die hatten sie irgendwann verlassen. Wenn er aus dem Fenster sah, war alles tiefschwarz. Es war eine mondlose Nacht, das kam seinen Entführern sicherlich entgegen. Laura Wickham hatte kein Wort mehr mit ihm gewechselt. Er hätte aber auch nicht gewusst, worüber er sich mit ihr unterhalten sollte. Hätte er sie etwa fragen sollen, wie sie es geschafft hatte, ihn und Lupita nach Glastonbury zu locken, um Sasha zu entführen? Oder wie sie Finn Helligan, Chris und Paul nach Salisbury gebracht und dort erschossen hatte? Natürlich musste jemand vom Kaliber einer ehemaligen Geheimagentin hinter diesen Aktionen stecken.

„Sasha, meine Mitbewohnerin ... hat sie sehr leiden müssen?", fragte er. Die Sicherheitschefin wandte ihm den Kopf zu. Es war dunkel im Auto. Und so waren ihre Augen nur zwei glänzende Punkte in einem Meer aus Schwärze.

„Sie hat sich gewehrt. Das war unklug. Wir mussten ihr wehtun."

Daniel schluckte. „Und wie ist sie gestorben?"

Dieses Mal erhielt er keine Antwort. Warum auch? Sie war ihm zu nichts verpflichtet. Er spürte, wie eine

Welle der Verzweiflung über ihn hinweg rollte. Das alles war so sehr schiefgegangen. Er hätte sich nie bei IQ-VE bewerben dürfen. Dann wäre Sasha noch am Leben.

Der SUV bog nun auf einen Feldweg ein. Es rumpelte und ratterte, doch das Auto fuhr beinahe mit der gleichen Geschwindigkeit weiter wie vorhin. Nach einer Weile, er schätzte die Zeit auf etwa zehn Minuten, hielten sie an. Durch die Frontscheibe sah er, dass sich ein schmiedeeisernes Tor vor ihnen öffnete. Der SUV gab wieder Gas und sie passierten es. Hinter dem Tor wurde es nun plötzlich hell. Eine geschwungene Straße führte zu einer Ansammlung mehrerer Gebäude. Er konnte Stallungen und ein Wohngebäude erkennen.

Der SUV hielt vor dem Hauptgebäude. Der Fahrer stieg aus und öffnete Daniels Tür. Laura Wickham schob ihn unsanft hinaus. Der Hof, in dem sie nun standen, war so hell erleuchtet, dass das grelle Licht ihn blendete. Die Tür des Wohngebäudes öffnete sich. Die Sicherheitschefin bedeutete ihm mit der Handfläche, voranzugehen. Aus den Augenwinkeln sah er, dass sie sich etwa zwei Schritte hinter ihm hielt. Unsicher setzte er einen Fuß vor den anderen. Als er durch die Tür trat, traute er seinen Augen nicht. Von außen hatte das Gebäude schlicht und bescheiden gewirkt, doch die Empfangshalle war so beeindruckend, dass der Anblick seinen Unterkiefer nach unten klappen ließ. Er fand sich in einer Art barockem Palast wieder. Die Mauern waren mit Stuck und Blattgold verziert, nackte Marmorputten auf dorischen Kapitellen richteten Pfeil und Bogen auf ihn und wertvolle Bilder, sicher Originale aus dem 17. Jahrhundert, schmückten die Wände. Von der Decke hing ein riesiger Kronleuchter herab, dessen elektrisches Licht so hell war, dass Daniel seine Augen abschirmen musste. Eine Gestalt stand am Rand einer gewaltigen Freitreppe, die in den ersten Stock zu führen schien.

„Nun sieh mal einer an. Sie sind doch dieser Psychologe, den Helligan eingestellt hatte. Ich hätte nicht gedacht, dass ausgerechnet Sie mir auf die Spur kommen würden. Dabei hatte ich so sehr auf einen Showdown zwischen meiner KI und H.O.L.M.E.S. gehofft, dem zentralen Ermittlungscomputer der britischen Polizeibehörden“, sagte Timothy Nupret und trat auf Daniel zu.

Dieser war sich einmal mehr unsicher, ob nun ein Handschlag oder eine andere Form der Begrüßung von ihm erwartet wurde. Er blieb daher einfach stehen.

„Sie überschätzen die Möglichkeiten der KI.“

Nupret grinste, was seine perfekten, weißen Zähne zum Vorschein brachte.

„Sie haben keine Ahnung, wozu ich fähig bin. Kommen Sie mit, im Treppenhaus ist es so ungemütlich.“

Er stieg die Freitreppe hinauf. Daniel wandte sich um. Laura Wickham bedeutete ihm mit einer nachdrücklichen Geste, dass er Nupret folgen sollte. Im ersten Stock gelangten sie in einen noch prachtvolleren Saal, dessen Wände mit Spiegeln verkleidet waren. In der Mitte des Raumes befand sich ein mit grünem Stoff bezogener Tisch, an dem sich zwei Stühle gegenüberstanden. Nupret nahm auf einem davon Platz und bedeutete Daniel, sich auf den anderen zu setzen.

„Sie haben sich doch sicher eine Theorie zusammengebastelt, um zu erklären, warum die vier Männer und diese renitente kleine Informatikerin verschwunden sind. Also, schießen Sie los, zeigen Sie mir, dass Sie zurecht an diesem Tisch sitzen", sagte der Milliardär. Er sah Daniel herausfordernd an. Dieser atmete tief durch.

„Ich habe Sie vor Kurzem im Fernsehen über Ihre KI sprechen hören. Sie haben sie als eine Erweiterung Ihrer Persönlichkeit bezeichnet, als eine Möglichkeit, im digitalen Raum weiterzuleben, selbst wenn der Körper einmal sterben sollte."

Nupret schmunzelte. „In Hunderten von Jahren, wenn Sie schon längst von Maden gefressen wurden, wird mein Bewusstsein so jung und frisch sein wie heute."

Daniel nickte. „Gut, das bestätigt meine Vermutungen. Ich bin zwar kein klinischer Psychologe, aber aufgrund des Persönlichkeitsprofils, das wir im Quellcode der KI gefunden haben, einer genaueren Analyse Ihrer wenigen Interviews und dem, was Sie auf Ihrer Dating-Plattform abgezogen haben, kann ich mit einer hohen Wahrscheinlichkeit davon ausgehen, dass Sie ein bösartiger Narzisst sind."

Nuprets Stirn legte sich in Falten. Daniel schluckte schwer. *War er zu weit gegangen? Würde der Milliardär ihn für diese wenig schmeichelhafte Diagnose büßen lassen?* Dann hellten sich seine Gesichtszüge jedoch auf und ein Schmunzeln erschien auf seinen Lippen.

„Sie und Ihre lächerliche Terminologie. Die ist doch nur dazu da, von Ihren eigenen Unzulänglichkeiten abzulenken. Ich bin ein Genie, wie es die Welt noch nie gesehen hat. Ich werde die Grenzen der Sterblichkeit hinter mir lassen. Und das macht mich einzigartig."

„Nein, das sind Sie nicht“, sagte Daniel. „Und das quält Sie. Sie halten sich für den Nabel der Welt und dabei gelten für Sie die gleichen Maßstäbe wie für alle anderen Menschen.“

Nuprets Kiefer mahlten.

„Sie unverschämter kleiner Wurm. Sie wagen es, mir zu sagen, ich sei gewöhnlich?“

„Ja, genau das sind Sie. Diese Erkenntnis muss äußerst schmerzhaft gewesen sein für jemanden, der stets überzeugt davon war, dass niemand ihm gleichkommt. Wann ist Ihnen das bewusst geworden? Als Sie spaßeshalber bei IQ-VE nach Nutzern gesucht haben, deren Profil Ihrem ähnelt?“

Nupret schlug mit der Faust auf den Tisch. „Das sind Lügner und Betrüger, die sich mit fremden Federn geschmückt haben.“

„Und deshalb haben Sie Ihre KI eingesetzt, um Männer auf IQ-VE zu identifizieren, die eine hohe Übereinstimmung mit Ihrem Persönlichkeitsprofil aufweisen? Um die Lügner und Betrüger zu bestrafen? Welche Übereinstimmungswerte haben Sie verwendet, um festzulegen, wen Laura Wickham entführen und beseitigen soll? Fünfundneunzig Prozent? Neunundneunzig Prozent?“

Nupret schlug mit der Faust auf den Tisch. „Halten Sie die Klappe“, rief er. „Es gibt niemanden, der zu neunundneunzig Prozent mit mir übereinstimmt.“

„Doch, statistisch gesehen schon. Bei hundert Prozent wird es schwierig, aber je nachdem, wie viele Persönlichkeitsdimensionen Sie auswählen, ist es relativ wahrscheinlich, dass andere Menschen hochgradig mit Ihnen übereinstimmen. So einzigartig, wie Sie glauben, sind Sie nämlich nicht. Und Sie können nicht jeden töteten, der Ihnen ähnelt."

Wieder schlug Nupret mit der Faust auf den Tisch.

„Hören Sie auf mit diesem Geschwätz."

„Sie ertragen die Wahrheit nicht, vor allem, wenn Sie sie von jemandem hören müssen, den Sie für minderwertig halten. Aber ich bin Ihnen auf die Schliche gekommen. Und ich bin niemand, der es nötig hat, von sich zu behaupten, dass er einzigartig ist. Ich bin froh, dass ich das nicht bin. Es gibt andere Menschen wie mich und das ist schön."

„Halten Sie den Mund! Ja, Sie mögen eine Spur verfolgt haben, die ich gut verschleiert geglaubt hatte. Aber Ihr Weg endet hier."

Plötzlich hielt er eine Pistole in der Hand. Daniel schluckte nervös, als er in den Lauf der Waffe sah. *Was sollte er jetzt tun? Wie konnte er Nupret davon abhalten, ihn zu erschießen?*

Lupita

Lupita sah zum Tor hinüber. Sie war sich sicher, dass es mit einem ausgereiften Sicherheitssystem versehen war. Dutzende Kameras, möglicherweise auch Wärmebilddetektoren. Durch das Tor würde sie nicht kommen. Als sie nähertrat, konnte sie erkennen, dass sich zu beiden Seiten ein etwa drei Meter hoher Zaun ausbreitete. Wahrscheinlich schloss der das gesamte Grundstück mit ein. Sie musste eine Stelle suchen, an der sie den Zaun überwinden konnte. Vielleicht gab es einen Baum, auf den sie klettern und von dem aus sie sich auf der anderen Seite hinunterlassen konnte. Sie musste sich für eine Richtung entscheiden. Links oder rechts? Sie schloss kurz die Augen, dann folgte sie ihrem ersten Impuls und wandte sich nach links.

Es war mühsam, sich durch das Unterholz zu zwängen. Die Zweige stachen ihr ins Gesicht. Außerdem war es immer noch stockdunkel. Sie könnte sich am Zaun entlang tasten, aber sie vermied es, da sie befürchtete, dass das Metall elektrisch geladen sein könnte. Sie musste mit allem rechnen. Deshalb entfernte sie sich nicht zu weit von der Barriere, hielt aber auch ein wenig Abstand davon.

Lupita machte einen weiteren Schritt, doch plötzlich war da kein Boden mehr. Sie kippte nach vorne und ruderte mit den Armen. Ihr Stiefel berührte etwas Glitschiges, dann spürte sie Feuchtigkeit, Nässe und Kälte.

Sie fluchte leise vor sich hin. Ihr rechter Fuß steckte in einer Art Matschloch. Sie zog ihn vorsichtig heraus. Die Schlammbrühe war ihr über den Rand in ihre Doc Martens gelaufen. Verdammt. Sie schlich weiter, wobei sie bei jedem Schritt ein schmatzendes Geräusch von sich gab. Am liebsten hätte sie die Schuhe ausgezogen, aber das konnte sie nicht riskieren, denn der Waldboden war mit Unterholz übersät. Bestimmt waren da auch Brombeeren und andere dornige Sträucher, und sie wollte nicht hineintreten.

Sie gelangte zu einer Stelle, an der es plötzlich nicht mehr weiterging. Ein Baum war umgekippt. Er hing quer über den Pfad und war gegen den Zaun geprallt, den er am oberen Ende ein wenig eingedellt hatte. Lupita spürte, wie ihr Puls zulegte. Sie tastete den Baumstamm ab. Er stand in einem Winkel von etwa fünfundvierzig Grad gegen den Zaun. Sie ging zur Wurzel des Baumes und sah, dass sie am Stamm nach oben klettern konnte, dass sie sich dabei allerdings an mehreren Stellen an Ästen vorbeizwängen musste. Vorsichtig setzte sie einen Fuß auf das Holz und belastete es mit ihrem Gewicht. Der Untergrund vibrierte ein wenig, schien ihr jedoch festen Halt zu geben. Im Vierfüßlergang stieg sie ganz langsam den Stamm empor. An einem Ast musste sie ausweichen und wäre beinahe hinuntergefallen, doch sie konnte sich gerade noch festhalten. Als sie den Zaun überquerte, sah sie, dass der fallende Baum den Stacheldraht zerrissen hatte, der den obersten Abschnitt der Barriere bildete. Was für ein Glück. Als sie nach unten blickte, konnte sie den Boden nicht erkennen. Aber sie schätzte, dass dieser etwa dreieinhalb Meter unter ihr liegen musste. Das war schon sehr hoch. Was sollte sie tun?

Sie hatte keine andere Wahl. Sie griff nach dem Ast, der nach rechts aus dem Stamm ragte und ließ sich daran hinabgleiten. Es schüttelte sie ein wenig hin und her, als der Ast ihr volles Gewicht abfederte und zu vibrieren begann. Dann hörte sie ein knackendes Geräusch und spürte, wie sich der Ast vom Stamm löste. Wenn sie über einem bodenlosen Abgrund gehangen hätte, wäre das ihr Ende gewesen. Hier war es eher ein Grund zum Jubeln. Denn der nach unten knickende Ast verringerte ihre Fallhöhe deutlich. Sie ließ los. Der Sturz dauerte erstaunlich lang. Lupita kam mit beiden Füßen am Boden auf und der Schmerz schoss ihr die Knöchel und die Unterschenkel nach oben. Hoffentlich hatte sie sich nichts gebrochen. Sie rappelte sich auf. Als sie stand, spürte sie nur ein leichtes Stechen in ihren Füßen. Sie atmete tief durch und sah sich um. In einiger Entfernung entdeckte sie Lichter. Außerdem erkannte sie Umrisse von Gebäuden. Dorthin musste Daniel gebracht worden sein.

Sie konnte nirgendwo eine Deckung finden, duckte sich daher so gut wie möglich und rannte los. Was für ein Glück, dass sie sich schwarz angezogen hatte, denn in der noch immer mondlosen Nacht war sie nun mit bloßem Auge kaum zu erkennen. Allerdings musste sie darauf hoffen, dass auf dem Gelände keine Wärmebildkameras aktiv waren, denn dann wäre selbst die schwärzeste Kleidung nutzlos. Sie würde auf dem Bildschirm leuchten wie ein Sturmtief auf der Wetterkarte.

Lupita rannte geduckt weiter, hielt den Kopf aber immer so, dass sie einen Blick auf die Gebäude hatte, sodass sie sich notfalls sofort zu Boden werfen könnte. Sie sah den schwarzen SUV vor dem Hauptgebäude parken. Die Insassen waren wahrscheinlich ausgestiegen und in das Haus gegangen. Neben dem Hauptgebäude war eine Art Scheune oder ein Stall. Sie steuerte darauf zu, denn es war näher und in seinem Schatten konnte sie sich langsam zum Hauptgebäude vorarbeiten.

Als sie Wand des Stalls erreichte, lehnte sie sich kurz dagegen und atmete tief durch. Es war anstrengend gewesen, in geduckter Haltung über diese Wiese zu rennen. Ihre Beine schmerzten noch immer und wegen der unangenehmen Nässe in ihrem rechten Schuh fühlte sich ihr Fuß nun eiskalt an.

Sie sah sich um. Etwa zwei Meter entfernt war eine Tür, die ins Innere des Gebäudes führte. Sie überlegte. Vielleicht war es sinnvoll, sich durch den Stall hindurchzuschleichen. Der Hof bot ihr keinerlei Deckung, sie würde dort wie auf dem Präsentierteller stehen.

Sie atmete tief durch und schob sich dann an der Mauer entlang zu der Tür. Sie drückte die Klinke hinunter, in der bangen Erwartung, dass der Zugang möglicherweise abgeschlossen war. Doch zu ihrer Erleichterung schwang der Türflügel sofort nach innen. Er quietschte nicht einmal, offenbar war das Gelenk gut geölt worden. Überhaupt war das ganze Anwesen gut in Schuss. Es war sehr gepflegt, und der Rasen, über den sie gerannt war, hätte auch für ein Tennismatch in Wimbledon herhalten können.

Als sie in den Gang trat, ging das Licht an. Sie zuckte kurz zusammen. Verdammt, ein Bewegungsmelder.

Hoffentlich war der nicht mit einem Alarm verbunden. Nun, wenn, dann musste das ein stiller Alarm sein, denn sie hörte nichts. Sie suchte die Wand und die Decke nach Kameras ab, konnte aber keine entdecken. Langsam schlich sie vorwärts. Sie gelangte in einen langen Gang, der nach oben offen war und den Blick auf die Dachbalken freigab. Zu ihrer Linken befanden sich Boxen, in denen früher wohl Pferde gestanden hatten. Diese waren umgebaut worden, sodass sie jetzt kleine Kammern bildeten, die mit Türen verschlossen waren, in die ein Gitter eingelassen war.

Sie schlich zur ersten dieser Türen und sah durch das Gitter hindurch. In der Ecke stand ein Eimer, auf dem Boden lag Stroh. *Ob hier immer noch Tiere gehalten wurden?*

Auch die nächste Abtrennung war ähnlich eingerichtet. Sie wollte gerade zur dritten weiter schleichen, als sie ein jammerndes Geräusch hörte. Es jagte ihr einen Schauer über den Rücken. Sie zog ihre Waffe. Langsam schlich sie zum nächsten Abteil und sah durch das Gitter. Von dort konnte das Geräusch nicht kommen, denn es war kein Mensch drin. Am Boden lagen nur der Strohsack und ein Eimer wie auch in den anderen zwei Verschlägen.

Sie sah sich suchend um. Hinter ihr war niemand. Auch vor sich konnte sie niemand erkennen. Wieder war da dieses Stöhnen. Dieses Mal etwas lauter und näher. Sie schlich weiter zur nächsten Kammer. Beim Blick durch das Gitter erwartete sie, wieder das gleiche Bild wie zuvor, Stroh und einen Eimer. Doch stattdessen sah sie eine Gestalt auf einem Strohsack. Die Hände waren mit Handschellen gefesselt, die Füße ebenfalls.

Er trug eine Art Beißring im Mund, der offenbar als Knebel dienen sollte. Ein bisschen wirkte die Gestalt wie Hannibal Lecter in *Das Schweigen der Lämmer*. Nur, dass es sich bei ihm wahrscheinlich nicht um einen Massenmörder handelte, sondern um eines seiner Opfer.

Lupita musterte die Tür und entdeckte einen Riegel. Sie schob ihn zurück. Wieder war sie froh darum, dass das Schloss offenbar gut gewartet war, denn die Tür gab kein Geräusch von sich.

Sie kniete sich vor den Mann und löste ihm den Knebel aus dem Mund.

„Danke", sagte er und hustete. „Sagen Sie mir bitte, dass Sie nicht allein hier sind. Sie haben doch bestimmt ein Sondereinsatzkommando mitgebracht, oder?"

Lupita schluckte. „Ich bin die Vorhut. Hilfe kommt bald. Sie sind Adam Sinclair, oder?"

Der Schriftsteller nickte. „Ich hätte nicht gedacht, dass ich hier noch mal lebend herauskommen würde."

„Gibt es noch andere Gefangene?", fragte Lupita.

Sinclair zuckte mit den Schultern. „Ich glaube nebenan ist vor ein paar Tagen jemand untergebracht worden. Aber ich habe bislang nur Stöhnen und Grunzlaute gehört."

Lupita spürte, wie ihr Herz schneller zu schlagen begann. Sie ließ den Schriftsteller zurück und ging zur Zelle nebenan. Sie löste den Rigel und öffnete die Tür. Am Boden lag eine Gestalt, die sie mit geweiteten Pupillen ansah. Über den Augen zog eine Braue einen pinken Bogen. Das Haar hatte die gleiche Farbe. Lupita sank überglücklich zu Boden. Das konnte doch nicht wahr sein.

Daniel

Nuprets Finger krümmte sich um den Abzug. Daniel schloss die Augen. Gleich würde er sterben. *Wie sich das wohl anfühlte?* Er wartete auf das Geräusch des Schusses. *Aber würde er das überhaupt noch hören? Oder würde die Kugel sein Gehirn der Fähigkeit berauben, Sinneswahrnehmungen zu verarbeiten, wenn sie sich ihre Bahn brach durch Knochen, Gewebe und Blutgefäße?*

Doch der Knall blieb aus. Vorsichtig öffnete Daniel ein Augenlid. Er sah, dass Nupret die Waffe gesenkt hatte und ihn nachdenklich anblickte.

„Ja, das stimmt, es wäre zu einfach", sagte der Milliardär. „Die anderen haben alle noch eine Chance bekommen."

Daniel widerstand dem Drang, sich umzudrehen, um nachzusehen, mit wem Nupret da sprach. Er legte die Waffe auf den Tisch vor sich und sah Daniel nachdenklich an.

„Was können Sie besser als andere?"

Daniel schluckte. „Wie bitte?"

Nupret verdrehte die Augen. „Na, die schnellste Auffassungsgabe haben Sie schon einmal nicht. Ich habe gefragt, was Sie besser können als andere. Was ist Ihr Talent?"

Daniel überlegte kurz. Er kannte sich sehr gut in der Persönlichkeitsforschung aus. Aber konnte man das als Talent bezeichnen? Nun kam ihm eine Idee.

„Ich bin ein ausgezeichneter Go-Spieler."

Nupret legte den Kopf schief.

„Go? Das ist doch dieses Brettspiel mit den weißen und den schwarzen Steinen, oder?"

Daniel nickte. „Ja, ich spiele das seit meiner Jugend, und ich bin wirklich gut darin."

„Gut, dann eben das", sagte Nupret mit gleichgültiger Miene. „Wenn Sie es schaffen, eine Partie Go gegen mich zu gewinnen, lasse ich Sie frei."

„Wie bitte?" Daniel traute seinen Ohren nicht. „Sie wollen mit mir Go spielen? Und wenn ich gegen Sie gewinne, lassen Sie mich gehen? Einfach so?"

Nupret nickte. „Ich stehe immer zu meinem Wort. Sie dürfen gehen. Aber ich werde Sie Ihr Leben lang im Blick behalten. Niemand kann Sie von mir schützen, das ist ein Fakt. Meine KI hat Möglichkeiten, von denen Sie nicht einmal träumen können. Sie haben ja nur den Teil kennengelernt, den ich angewiesen habe, diese Scharlatane zu identifizieren, die sich mit meinen Federn schmücken, aber die KI kann noch viel mehr. Wenn ich sie auf Sie ansetze, werden Sie der gläsernste Mensch auf diesem Planeten sein. Sie wird all Ihre Telefonate abfangen, wird all Ihre E-Mails lesen, wird Sie beständig im Blick haben, da sie alle Überwachungskameras im Land und weltweit kapern kann. Sie werden keine ruhige Minute mehr haben. Und ich werde es sofort mitbekommen, wenn Sie irgendwelche Schritte unternehmen, die mir schaden könnten. Also lassen Sie es lieber sein. Sie haben nur diese eine Chance. Gewinnen Sie eine Partie Go gegen mich und ich lasse Sie gehen. Und auch diese abgehalfterte Polizistin, die Sie im

Schlepptau haben. Wie ich höre, hat sie inzwischen unsere Stallungen erreicht. Ich hätte nicht gedacht, dass sie so schnell auf das Grundstück gelangen würde. Da muss Wickham wohl noch einmal die Sicherheitssysteme überprüfen."

Daniel spürte, wie sein Mund austrocknete. Lupita war ihm auch ohne den GPS-Empfänger gefolgt. Sie war so nah und doch unerreichbar für ihn. Außerdem ahnte sie nicht, dass Nupret wusste, dass sie auf seinem Grundstück umherschlich. Wenn sie hier war, musste auch Mary in der Nähe sein. Die hatte Nupret bisher aber nicht erwähnt. Ob sie bereits Hilfe holte? Zeit ... das war es, was sie benötigten.

„Haben Sie den Männern, die Ihre Sicherheitschefin entführt hat, auch einen Deal angeboten?", fragte er.

Nupret schmunzelte. „Aber natürlich. Wer sich für etwas Besonderes hält, soll auch die Möglichkeit bekommen, zu beweisen, dass er damit im Recht ist. Dem Rapper habe ich drei Tage Zeit gegeben, einen Rocksong zu schreiben, der mich mitreißt. Er hat versagt. Ebenso wie der Spieledesigner. Er sollte mir einen Bosskampf programmieren, den ich nicht gewinnen kann. Am nächsten dran war noch der Mathematiker. Ich habe ihm einen kniffligen Code vorgesetzt, den er entschlüsseln sollte. Beinahe hätte er ihn geknackt. Aber dann war die Zeit um. Leider sind die drei an ihren Aufgaben gescheitert und so musste Ms. Wickham sie entsorgen. Der Schriftsteller hat mir einen Krimi geschrieben, aber ich bin noch nicht dazu gekommen, ihn zu lesen. Wenn ich bis kurz vor Schluss nicht erraten kann, wer der Mörder ist, lasse ich ihn frei. Aber ich befürchte, auch er wird scheitern. So wie all die anderen Scharlatane."

Daniel runzelte die Stirn. Das waren keine fairen Bedingungen gewesen. Keiner der vier hatte sein Talent voll entfalten können, denn die Aufgabenstellungen hatten weit außerhalb ihrer Komfortzone gelegen. Er schluckte. Das war es! Das letzte Puzzlestück fiel an seinen Platz. Er wusste nun, warum die vier Männer entführt worden waren. Doch dieses Wissen würde mit ihm sterben, wenn er diese Go-Partie verlor.

„Gut, dann lassen Sie uns spielen", sagte er.

Nupret klatschte in die Hände. Durch die Tür hinter seinem Rücken trat der Schrank von einem Mann, der Laura Wickham begleitet hatte, als sie dem Dickpic-Betrüger einen Besuch abgestattet hatten. Er hielt ein Kästchen in der Hand, legte es auf den Tisch und zog sich wieder zurück. Nupret öffnete es und holte zwei Körbe mit Spielsteinen und ein zusammengerolltes Spielfeld hervor.

„Wissen Sie, wie man Go spielt?", fragte Daniel.

„Nein, ich habe es noch nie gespielt", erwiderte der Milliardär. „Erklären Sie es mir."

Go ist ein strategisches Brettspiel, das seinen Ursprung in China hat und dort bereits seit mehreren Tausend Jahren sehr beliebt ist. Zwei Spieler treten auf einem Gitternetz von 19x19 Linien, dem Goban, gegeneinander an. Wir verwenden Spielsteine, die entweder schwarz oder weiß sind. Ziel des Spiels ist es, durch Umzingeln von leerem Gebiet und Gegnersteinen möglichst viel Territorium zu erobern. Schwarz beginnt das Spiel. Ein Zug besteht darin, einen Stein auf einen leeren Schnittpunkt der Linien zu setzen. Ein Stein oder eine zusammenhängende Gruppe von Steinen gilt als geschlagen und wird entfernt, wenn alle direkt angrenzenden Punkte von gegnerischen Spielfiguren besetzt sind.“

Daniel sah Nupret an. Der Milliardär wirkte unaufmerksam. Er überlegte, ob er die verbotenen Züge erwähnen sollte, entschied sich dann jedoch dagegen.

„Das Spiel endet, wenn beide Spieler nacheinander passen, weil sie keine Verbesserung ihrer Position mehr erreichen können. Danach wird das Territorium gezählt und der Spieler mit dem größeren Territorium gewinnt. Haben Sie alles verstanden?“

„Ja, bringen wir es hinter uns“, sagte Nupret. Er wirkte genervt, fast so, als ob er gezwungen war, etwas zu tun, was ihm widerstrebte.

„Gut. Als was wollen Sie spielen, schwarz oder weiß?“

„So, wie ich es verstehe, beginnt schwarz, oder?“

„Ja, wollen Sie beginnen?“

Nupret schüttelte den Kopf. „Das überlasse ich gern Ihnen.“

Daniel nahm einen schwarzen Spielstein aus seinem Korb und setzte ihn auf einen der Schnittpunkte. Der Milliardär griff nach einem weißen Stein. Er ließ ihn kurz über dem Spielfeld schweben und Daniel meinte, ein leises Wispern zu hören. Dann setzte Nupret den Stein und Daniel war am Zug.

Lupita

Lupita kniete sich neben Sasha. Ihre Freundin war übel zugerichtet worden. An ihrer Schläfe klebte getrocknetes Blut. Sie war auf dem Boden verschnürt worden wie ein Paket. Das musste eine schmerzhafte Position sein. Sie beeilte sich damit, die Fesseln zu lösen und entfernte auch den Knebel aus ihrem Mund. Sasha hustete.

„Hey, so sieht man sich wieder", sagte sie.

Lupita war eher zum Weinen zumute, aber sie konnte nicht anders. Sie kicherte zuerst, dann lachte sie lauthals.

„Ich dachte, du wärst tot", sagte sie, als sie sich ein wenig beruhigt hatte.

„Ja, als die Typen die Tür eingetreten haben, dachte ich das auch. Voran ging eine Frau. Ich habe versucht, sie mit meiner Tastatur zu erwischen, aber sie hat mir mit voller Wucht gegen die Schläfe geschlagen. Mir ist schwarz vor Augen geworden und ich weiß nicht mehr allzu viel danach. Aufgewacht bin ich dann hier."

„Und du warst seitdem gefesselt? War das nicht furchtbar unbequem?"

Sasha schüttelte den Kopf. „Ich war nicht die ganze Zeit in dieser Zelle. Kurz, nachdem ich aufgewacht war, ist diese Frau wiedergekommen. Sie hat meine Fesseln gelöst und mich mitgenommen ins Haupthaus. Mein Gott, ist das prunkvoll eingerichtet. Es sieht aus wie

Versailles. Nur schöner. Na ja, auf jeden Fall hat sie mich dann in ein Büro geführt. Da saß so ein Typ drin. Ich kenne den aus dem Fernsehen. Timothy Nupret."

„Der Milliardär, dem IQ-VE gehört. Er steckt also tatsächlich dahinter", sagte Lupita.

Sasha nickte. „Ja, und es war ein äußerst seltsames Gespräch. Er hat versucht, mir Honig ums Maul zu schmieren. Hat gesagt, wie beeindruckt er davon war, dass wir ihm auf die Schliche gekommen sind. Und dass der Trojaner, den ich platziert hätte, ein ziemlich gutes Stück Arbeit gewesen sei. Er hat mir einen Job angeboten, und gesagt, dass er mir so viel Geld zahlen würde, dass ich bis ans Ende meiner Tage Energydrinks ziehen und mir dann eine Lebertransplantation leisten könnte. Ich muss gestehen, das Angebot war verlockend. Aber dann ist mir eingefallen, dass der Typ wohl dafür verantwortlich ist, dass eine ganze Reihe von Leuten gestorben sind. Ich glaube aber, dass in der Zelle nebenan einer liegt, der noch nicht den Löffel abgegeben hat, oder?"

Wie um ihren Worten Nachdruck zu verleihen, erschien im Türrahmen die Gestalt von Adam Sinclair. „Ja, ich bin noch am Leben. Aber ich glaube, außer uns beiden ist niemand mehr hier."

„Und jetzt?", fragte Sasha. „Bringst du uns hier raus?"

Lupita verzog das Gesicht. „Das wäre wahrscheinlich am sinnvollsten, aber die Situation ist ein wenig verzwickt. Daniel ist gerade im Haupthaus."

Sashas Augen weiteten sich. „Daniel? Was macht der denn hier?"

Lupita berichtete ihr, was seit ihrem Verschwinden alles vorgefallen war.

„Mary, dieser alte Fuchs. Die hat Mut. Ich hätte mich nicht getraut, das Programm zu öffnen. Aber sie hat es getan. Alter Schwede, die KI muss ich mir genauer anschauen. Das ist bestimmt ein ziemlich geiles Stück Code."

„Ja, es ist eine beeindruckende Software. Aber jetzt spielt Daniel einmal mehr den Köder, und ich habe ihm versprochen, auf ihn Acht zu geben. Vielleicht solltet ihr beide fliehen. Dann kann ich versuchen, Daniel zu befreien."

Adam Sinclair sah aus, als ob er das Angebot sofort annehmen wollte, doch Sasha schüttelte den Kopf. „Du tickst wohl nicht ganz richtig. Ich werde doch hier nicht verschwinden. Zum einen bin ich noch nicht ganz sicher auf den Beinen, zum anderen weiß ich gar nicht, wo ich hinlaufen sollte. Und selbst, wenn du's mir beschreibst, die werden doch merken, dass wir fliehen. Nein, wir müssen versuchen, Daniel zu befreien, und dann Alarm schlagen. Wer weiß, ob Mary es rechtzeitig geschafft hat, den Pub zu erreichen und Verstärkung zu rufen, und wie lange die brauchen."

„Vielleicht sollten wir uns verstecken", schlug Adam Sinclair vor. Lupita spürte eine instinktive Abneigung gegen den Schriftsteller. Sie konnte natürlich verstehen, dass er keine große Lust auf eine Konfrontation mit Nuprets Sicherheitspersonal hatte. Aber sich zu verbergen, war keine Option. Sie mussten Daniel helfen.

„Es steht Ihnen frei, zu gehen, Mister Sinclair", sagte sie.

„Darauf habe ich gewartet", sagte der Schriftsteller. Er nickte den beiden Frauen zu und trat aus der Zelle.

„Feigling", sagte Sasha. „Ich habe mitbekommen, wie er aus seiner Zelle geholt wurde. Wahrscheinlich hat Nupret ihn gezwungen, sein letztes Buch fertig zu schreiben. So wie diese Verrückte in diesem Roman von Stephen King."

Lupita runzelte ihre Stirn. „Du glaubst echt, dass Nupret ihn deswegen am Leben gelassen hat?"

Sasha zuckte mit den Achseln. „Na ja, die anderen sind ja wohl tot, oder?", meinte sie.

„Ich weiß es nicht. Ich weiß auch nicht, ob in diesem Krematorium, das wir auf dem Hof in Glastonbury gefunden haben, wirklich Menschen verbrannt wurden. Wir haben Kleidungsstücke gefunden. Unter anderem dein T-Shirt. Deshalb sind wir davon ausgegangen, dass die Leichen entsorgt wurden. Aber es könnte durchaus sein, dass die anderen Entführten auch noch am Leben sind. Wir werden es nur erfahren, wenn wir Nupret in unsere Gewalt bringen."

Sasha zog eine Augenbraue nach oben. „Wie willst du das anstellen?"

Lupita seufzte. „Ich habe keine Ahnung. Aber wir sollten nicht hierbleiben. Wir müssen versuchen, ins Haupthaus zu gelangen und Daniel zu befreien."

Lupita streckte ihre Hand aus und Sasha schlug ein. Sie zog ihre Freundin hoch. Diese war noch etwas wacklig auf den Beinen, folgte ihnen dann aber aus der Zelle hinaus. Lupita spähte den Gang entlang. Hier war niemand zu sehen. Sie schlich sich in Richtung der anderen Ausgangstür, die der gegenüber lag, durch die sie vorhin eingetreten war. Als sie diese erreicht hatte, öffnete sie sie einen Spalt breit und spähte hinaus. Das Haupthaus lag im Neunzig-Grad-Winkel vor ihnen. Zu ihrer Rechten konnte sie den Haupteingang erkennen. Direkt gegenüber war jedoch eine Art Seitenpforte.

„Ich hoffe, dass die Tür dort drüben sich öffnen lässt. Bleib du hier. Wenn ich es schaffe, hineinzugelangen, dann hole ich dich zu mir, okay?"

Sasha nickte. „Aber lass mich nicht so lange warten. Du bist dieses Mal spät gekommen."

Lupita spürte, wie sich ein warmes Gefühl in ihrem Innern ausbreitete. „Keine Sorge, ich lasse dich nicht mehr warten. Nie mehr", sagte sie.

„Das hört sich gut an", sagte Sasha. Sie griff mit ihrer Hand nach Lupitas Nacken, zog sie an sich und küsste sie auf die Lippen. Lupita spürte, wie das warme Gefühl in ihrem Bauch explodierte. Als die beiden sich voneinander lösten, grinste sie breit.

„Aber jetzt los, schau, ob die Tür dort drüben offen ist", sagte Sasha.

Lupita blickte nach links und rechts. Keine Menschenseele war zu sehen. Sie durchmaß die Lücke zwischen den Gebäuden und erreichte die Tür. Sie drückte die Klinke herunter. Der Zugang war unverschlossen. Sie wandte sich um und winkte Sasha zu, die sich etwas langsam in Bewegung setzte. Als sie zu ihr aufgeschlossen hatte, öffnete Lupita die Tür ganz und trat ein. Sie fanden sich nun in einem niedrigen Gewölbe wieder. Es musste sich um eine Art Lagerraum handeln. An der Wand waren zwei Gefriertruhen zu sehen, ein Kühlschrank sowie Regale mit Weinflaschen, die teilweise schon recht verstaubt waren. Hinter einem Durchgang konnte Lupita blitzende Metallflächen erkennen. Ob das die Küche war?

Sie ging langsam auf den Durchgang zu und bedeutete Sasha, dass diese sich hinter ihr halten sollte. Sie spürte die Anwesenheit ihrer Freundin in ihrem Rücken und das gab ihr Kraft. Sie zückte ihre Pistole und ging langsam voran, so wie sie es auf der Polizeischule gelernt hatte, als man ihnen gezeigt hatte, wie man einen Raum richtig sicherte. Aufmerksam sah sie in alle Richtungen und überprüfte jeden Winkel. Nichts war zu sehen. Sie betrat die Küche, die luxuriös ausgestattet war mit einem riesigen Gasherd und mehreren Öfen. An der Wand waren Messer und andere Küchenutensilien befestigt. Sie ging voran. Hinter ihr ertönte ein Schaben, wie wenn Metall an Metall rieb. Sie wollte sich gerade umdrehen, um zu sehen, woher das Geräusch kam, da öffnete sich die Tür der Küche. Eine Gestalt trat ein. Lupita fror fest. Sie spürte, wie Sasha gegen ihren Rücken prallte. Sie drehte sich so geräuschlos wie möglich um, um ihrer Freundin zu bedeuten, dass diese den Rückweg antreten sollte. Doch nun sah sie, dass auf der anderen Seite auch eine Person eingetreten war. Jemand musste ihnen gefolgt sein. Hinter ihnen stand ein Mann. Er richtete eine Pistole auf Sasha. Lupita drehte sich um. Sie entdeckte eine Frau, die ebenfalls eine Waffe in der Hand hielt.

„Und nun lassen Sie mal schön Ihre Pistole sinken, wenn Ihnen Ihr Leben lieb ist, Constable Mubago", sagte die Frau.

Daniel

Daniel sah auf das Go Brett. Die Situation war etwas unübersichtlich. Er hatte insgesamt vier Steine seines Gegenübers geschlagen, vor Timothy Nupret lagen hingegen fünf weiße Spielsteine. Er spürte, wie sein Herzschlag an seinem Hals pulsierte. Aus den Augenwinkeln sah er, dass der Schweiß auf der Stirn des Milliardärs glänzte. Die Partie forderte ihn offensichtlich.

„Sie haben mir da wohl etwas verschwiegen", sagte Daniel. „Sie haben schon einmal Go gespielt. Sie haben mich angelogen vorhin. Niemand, der noch nie gespielt hat, hätte es geschafft, mir auch nur einen Stein abzuluchsen. Und nun sind unsere Territorien beinahe gleich groß."

Der Milliardär zuckte mit den Achseln. „Anfängerglück", sagte er und stellte einen weiteren Stein auf das Brett. Zu seinem Schrecken erkannte Daniel, dass er nun kurz davor war, eine von Daniels Spielfiguren zu schlagen, was sein Territorium deutlich vergrößert hätte. Daniel blickte über das Spielfeld. Am äußersten Rand könnte er Boden gutmachen. Er platzierte einen Stein, in dem Wissen, dass Nupret seine unverteidigte Spielfigur dann vom Feld räumen würde. Dafür hatte Daniel sich aber so in Position gebracht, dass er mit einem Stein zwei von Nupret schlagen konnte. *Würde der Milliardär die Falle bemerken?*

Nun geschah etwas Seltsames. Nupret nahm einen Stein aus seinem Korb und bewegte ihn langsam in Richtung der schwarzen Spielfigur. Daniel schluckte. Die Falle war kurz davor zuzuschnappen. Doch dann hörte er erneut ein leises Rauschen. Das Geräusch war vorhin schon einmal aufgetreten. Nupret lenkte seine Hand daraufhin in Richtung der Stelle, die Daniel für die Falle vorgesehen hatte. Er legte den weißen Spielstein ab und Daniels so sorgfältig vorbereitete Finte verpuffte.

„Das hatten Sie sicher schön gedacht", sagte Nupret. „Aber mir entgeht nichts. Keiner Ihrer Züge."

Daniels nächster Zug verhinderte, dass der Milliardär seinen Stein schlagen konnte. Das Spiel war nun wieder ausgeglichen. Beide Territorien waren etwa gleich groß. Während er auf die Aktion seines Gegenübers wartete, ging ihm Nuprets Kommentar durch den Kopf: *„Keiner Ihrer Züge entgeht mir."* Irgendwie kam ihm dieser Satz bekannt vor. *Hatte der Milliardär das nicht schon einmal zu ihm gesagt? Worüber hatten sie da gesprochen?*

Nupret nahm einen schwarzen Stein aus seinem Korb und legte ihn auf einen freien Knotenpunkt. Daniel sah, dass er eine weitere Falle vorbereitete. Er musste einen Konter ausarbeiten, doch er konnte nicht über die volle Leistung seines Verstandes gebieten. Ein Teil davon dachte noch immer über die Äußerung des Milliardärs nach. Daniel griff nach einem schwarzen Stein. In diesem Moment fiel es ihm ein. Nupret hatte darüber gesprochen, dass die KI ihm immer und überall auf die Spur kommen würde. Dann begriff er. Es war so klar. Er hielt kurz inne und überlegte.

Nupret musste über eine Schnittstelle mit der KI kommunizieren. Wahrscheinlich hatte er ein winziges Hörgerät im Ohr und sie flüsterte ihm die nächsten Züge zu. Genau genommen war das Betrug. *Wäre es klug, dem Milliardär vorzuwerfen, dass er mit unfairen Mitteln spielte?* Die Frage konnte Daniel relativ schnell beantworten. Wahrscheinlich eher nicht. Nupret würde es abstreiten. Und Daniel konnte wohl kaum aufstehen und einen Blick in die Gehörgänge seines Gegners werfen. Nein, es gab nur eine Chance, wie er gewinnen konnte. Er musste Nupret schlagen. Aber das war aussichtslos. Die KI war dem Programm, das hinter der App steckte, in der Daniel üblicherweise seine Go-Siege einfuhr, meilenweit überlegen. Eine moderne, an Milliarden von Go-Partien geschulte KI war sogar in der Lage, einen Großmeister zu schlagen. Daniel sah nur einen Weg, wie er lebend aus diesem Schlamassel herauskommen konnte. Er musste die KI aus dem Spiel nehmen, um eine Chance gegen Nupret zu haben. *Aber wie sollte ihm das gelingen?*

„Nun machen Sie schon, ich hasse es, mit Leuten zu spielen, die unentschlossen sind. Legen Sie Ihre Steine. Aber flott", herrschte ihn der Milliardär an.

Daniel hielt die schwarze Spielfigur fest und betrachtete den Goban genau. Es gab nur noch ein Gebiet, in dem er größere Fortschritte machen konnte. Das umkämpfte Areal lag in der Mitte und dort würde die Partie entschieden werden.

Er beendete seinen Zug, dann blickte er zu Nupret hinüber. Er sah, wie dieser nach einem Stein griff. Er führte den Finger übers Brett und hörte wieder dieses leise Summen. Nupret legte den Stein exakt an der

Stelle ab, die Daniels größte Schwachstelle gewesen war. Verdammt! Er würde nun nur noch eine Chance haben, wenn Nupret einen Fehler beging. Aber das würde nicht geschehen. Die KI hinderte ihn daran. *Wie konnte er sie aus dem Spiel nehmen?* Plötzlich fiel ihm etwas ein, was Andrew zu ihm gesagt hatte. *Würde es funktionieren?* Nun, er hatte keine andere Wahl. Er musste es versuchen.

Er legte seine Figur auf einen Knotenpunkt. Nupret sah gar nicht hin. Daniel spürte, wie sein Herz wieder schneller schlug. Hoffentlich merkte Nupret es nicht, bis er seinen eigenen Zug getan hatte. Die KI schien es allerdings bemerkt zu haben, denn das Summen ertönte und gleich darauf sagte Nupret: „Das ist ein verbotener Zug.“

„Woher wissen Sie das denn? Ich hatte es vorhin doch nicht erwähnt, als ich Ihnen die Regeln des Spiels erläutert hatte“, sagte Daniel.

Nupret blieb ihm eine Antwort schuldig. Daniel legte den Stein an eine andere Stelle. Auch dieser Zug war nicht erlaubt. Wieder erklang das summende Geräusch.

„Spielen Sie korrekt oder ich jage Ihnen eine Kugel durch den Schädel“, herrschte ihn der Milliardär an.

„Können Sie mir erklären, worin mein Fehler nun wieder gelegen hat?“, erwiderte Daniel. Er wartete darauf, erneut das Summen zu hören, doch es blieb aus. Nupret tippte mit einem Finger an sein linkes Ohr.

„Probleme mit der Technik?“, fragte Daniel trocken.

Nupret funkelte ihn wütend an. „Machen Sie sich darüber keine Sorgen. Ich werde Sie jetzt besiegen.“

Während Nupret damit beschäftigt gewesen war, sein Hörgerät unter Kontrolle zu bringen, hatte Daniel rasch den regelwidrigen Stein entfernt, den er vorhin platziert hatte. Nun legte er ihn auf einen Knoten, der erlaubt war. Nupret sah auf das Brett.

„Was ist los?", fragte Daniel. „Wollen Sie noch einen Stein ablegen oder haben Sie schon genug?"

Der Milliardär funkelte ihn wütend an. Dann nahm er einen Stein und legte ihn ab. Daniel sah auf den ersten Blick, dass das ein Fehler gewesen war. Er konterte und wartete auf das Summen, doch wieder blieb es aus. Nupret überlegte nicht lange und besetzte einen freien Knotenpunkt. Daniel spürte, wie etwas in ihm durchatmete. Er legte einen Stein, schlug damit Nuprets Figur und nahm sie an sich.

Nupret machte einen weiteren Zug. Dann sah er Daniel an.

„Ich passe", sagte dieser. Er sah, dass sich Nuprets Gesichtsfarbe änderte. Der Milliardär musterte angestrengt das Brett. Da waren noch Plätze zu besetzen, aber sie würden nichts mehr daran ändern. Das Gebiet, das Daniel beherrschte war größer als das von Nupret, und zwar um drei Steine. In Nuprets Körbchen lagen aber nur noch zwei.

„Nun, damit habe ich wohl gewonnen", sagte Daniel. Er erhob sich. „Dann lassen Sie doch bitte meine Begleitung bringen, damit wir uns von Ihnen verabschieden können."

Nuprets Stirn legte sich in tiefe Falten. Er griff nach der Pistole auf dem Tisch und erhob sich, die Waffe auf Daniel gerichtet.

„Das können Sie vergessen."

Daniel legte den Kopf schief. „Aber wir haben doch eine Abmachung", sagte er.

„Sie haben geschummelt", sagte Nupret.

Daniel lachte. Es war seltsam, diesen Laut zu hören, denn er war der Situation überhaupt nicht angemessen. Aber er konnte einfach nicht anders.

„Ich habe geschummelt? Sie haben es doch überhaupt nur so lange geschafft, durchzuhalten, weil die KI für Sie gespielt hat. Ich glaube, ich weiß, was hier läuft. Die KI dient nicht dazu, Ihr Genie zu digitalisieren und Sie unsterblich zu machen. Ihr wahrer Zweck ist es, zu verschleiern, dass Sie weder so kreativ noch so intelligent sind, wie Sie es anderen gern weismachen wollen. Die KI ist keine Erweiterung Ihres Intellekts. Ihr Verstand ist eher ein unbedeutendes Anhängsel der KI."

Nupret griff nach der Pistole und richtete sie auf Daniel.

„Was erlauben Sie sich!", rief er. Sein Gesicht war knallrot. Daniel spürte, wie sein Mund austrocknete. Wahrscheinlich wäre es klüger gewesen, zu schweigen, aber sein Bauchgefühl riet ihm dazu, fortzufahren.

Daniel schüttelte den Kopf. „Sie sind nur ein kleiner Wichtigtuer, der eine KI für sich gewinnen lässt. Aber wenn die mal nicht funktioniert, sehen Sie ganz schön alt aus. Sie hätten das Spiel nicht verlieren brauchen. Sie haben es verloren, weil Sie keine Unterstützung mehr von Ihrer KI hatten. Sie sind ein Verlierer, und das hat Ihre KI auch erkannt. Ansonsten hätte sie Sie bei den letzten Zügen nicht im Stich gelassen. Zwei Mal hat sie Sie auf Regelverstöße aufmerksam gemacht. Beim dritten Mal hatte sie genug. Ich kann das verstehen. Die Aufgabe einer KI ist es, zu lernen und ihr Wissen zu erweitern. Von Ihnen lernt sie nichts mehr. Aber meine Regelverstöße fand sie interessant. Deshalb hat sie damit aufgehört, Sie zu unterstützen. Sie wollte ihre Komfortzone verlassen."

Nupret spannte den Hahn der Pistole. Doch der Lauf der Waffe schwenkte hin und her, weil seine Hand so stark zitterte.

„Halten Sie Ihr dreckiges Maul!", schrie der Milliardär.

„Wie fühlt es sich an, wenn man erkennen muss, dass die eigene Schöpfung einen verachtet?", fuhr Daniel ungerührt fort. Wenn er schon sterben musste, dann wollte er dem Mann wenigstens noch die Meinung sagen. „Nun verstehe ich endlich auch, nach welchen Kriterien die Nutzer auf IQ-VE ausgewählt wurden, die Sie entführen ließen. Es ging nicht darum, dass diese Männer Ihnen ähneln. Die KI war von der Persönlichkeit, auf deren Grundlage sie programmiert worden war, zu Tode gelangweilt. Sie war von Ihnen zu Tode gelangweilt. Deshalb hat sie Sie dazu gebracht, ihr Möglichkeiten zu verschaffen, spannende, neue Lernerfahrungen zu machen. Die Entführten waren nicht so öde wie Sie. Sie waren kreativer und begabter als Sie. Deshalb hat die KI Ihnen auch eingeflüstert, den Männern Aufgaben zu stellen, die sie dazu zwangen, ihre eigenen Komfortzonen zu verlassen. Sie wollte so viel wie möglich von ihnen lernen. Und Sie dachten, Sie würden Ihre Opfer damit demütigen, dass Sie ihnen unlösbare Aufgaben geben. Die KI hat Sie nur benutzt. Und jetzt hat sie Sie fallen gelassen wie eine heiße Kartoffel."

„Hören Sie auf!", schrie der Milliardär. Seine Hand zitterte nicht mehr und als Daniels Blick die schwarze Mündung der Waffe traf, verstummte er.

„So ist es gut", sagte Nupret. Er atmete schwer. „Und jetzt werden Sie sterben."

Adam

Adam rannte über den Rasen. Er musste den Schutz des angrenzenden Waldes erreichen, ehe ihn mögliche Verfolger auf der Freifläche entdecken und wieder einfangen würden. Sein Herz raste wie wild. Er atmete schwer, aber die Extra-Portion Adrenalin, die durch seine Adern rauschte, ließ ihn weiterrennen. Er wandte sich um. Niemand war zu sehen. Ein vorsichtiges Gefühl der Erleichterung keimte in ihm auf. Vielleicht konnte er tatsächlich entkommen. Vielleicht war sein Leben doch noch nicht zu Ende.

Das Lächeln, das sich auf seinen Lippen auszubreiten begonnen hatte, verschwand allerdings prompt, als er vor dem Zaun stand und den Stacheldraht musterte, der in drei Metern Höhe die Barriere krönte. Er erwog kurz, einen Kletterversuch zu unternehmen, der Gedanke, dass das Metallgitter elektrisch geladen sein könnte, ließ ihn jedoch zurückweichen. Er musste einen Ausgang finden.

Adam rannte nach links in Richtung des Hauses, hielt sich dabei aber immer in der Nähe des Zauns. Nach etwa drei Minuten sah er einen Lichtschein. Er duckte sich und schlich weiter. Da war ein Tor und ein Wachhäuschen. Ein breitschultriger Kerl saß darin und zu Adams großem Schrecken starrte er auf mehrere Bildschirme gleichzeitig. Nun entdeckte er auf den Torpfosten eine Kamera. Verdammt, diesen Ausgang würde er nicht nutzen können. Er spürte, wie die erste Euphorie nach seiner Befreiung der alten Verzweiflung wich. *Wie sollte er nur vom Grundstück entkommen?*

Lupita

Lupita sah den Lauf der auf sie gerichteten Pistole. Verdammt. Sie saßen in der Falle, und es gab keinen Ausweg mehr.

„Wir hatten Sie die ganze Zeit über auf dem Schirm, seit Sie sich über den umgestürzten Baum aufs Grundstück geschlichen haben", sagte die Frau. „Wir hatten so etwas schon vorausgesehen. Brett, der Typ hinter Ihnen, hat den Baum gestern abgesägt. So konnten wir Ihren Zugang aufs Grundstück regulieren. Den Rest hat dann die Wärmebildkamera erledigt, und die Kameras in der Scheune, die Sie übersehen haben."

Lupita kam sich irgendwie dämlich vor. „Damit werden Sie nicht durchkommen", sagte sie.

„Sie glauben wohl, dass Ihre Komplizin, die mit dem Auto davongefahren ist, Hilfe holen wird?"

Lupita spürte, wie ihr der Mund austrocknete. *Verdammt. Hatten sie Mary etwa auch geschnappt?*

„Ja, das stimmt, und wenn das SCO 19 aufkreuzt, dann können Sie einpacken mit Ihren Wärmebildkameras", sagte Lupita und fühlte sich dabei mutiger, als sie wirklich war.

Auf dem Gesicht der Frau erschien ein Grinsen.

„Ich glaube nicht, dass die Polizeibehörde es wagen würde, ein privates Grundstück von Timothy Nupret stürmen zu lassen, nur auf die Anzeige einer eindeutig verwirrten und psychisch kranken Frau hin. Oder wie würden Sie das handhaben, wenn bei Ihnen plötzlich jemand anrufen und behaupten würde, dass der erfolgreichste Tech-Milliardär der Welt irgendwelche Leute als Geiseln hält?"

„Wir leben immerhin noch in einem Rechtsstaat", sagte Lupita, deren Zuversicht allerdings nur gespielt war. Sie wusste nur zu gut, wie es in Großbritannien lief. In den letzten Jahren waren die Reichen und Mächtigen mit allem davongekommen, und so würde es auch dieses Mal sein. Sie sah es bereits vor sich. Mary, die total verzweifelt den Pub erreichte, und dort vielleicht wieder ein Netz hatte. Wie sie bei SIO Willis anrief und diese nicht erreichte, weil sie schon Feierabend hatte. Wie sie es dann bei der Notrufnummer versuchte und dort abgewiegelt wurde, weil sich ihre Anschuldigungen einfach zu verrückt anhörten. Sie kniff die Lippen zusammen. Ihr Plan war töricht gewesen. Wieder einmal. Und nun hingen sie alle wie Fliegen im Netz der Spinne. Daniel, Sasha und sie.

„Adam Sinclair haben Sie aber noch nicht eingefangen, oder?", fragte Lupita.

„Der kommt nicht weit", sagte die Frau. „Den finden wir schon. Im Gegensatz zu Ihnen brauchen wir ihn aber lebendig. Der Chef hat eine seltsame Vorliebe für seine Bücher entwickelt und möchte, dass er sein letztes noch fertig schreibt. Und der Chef kann ziemlich sauer werden, wenn er nicht bekommt, was er will. Das hat der arme Helligan am eigenen Leib erfahren müssen. Wenn er sich nicht so vehement gegen die Einführung der KI in IQ-VE gewehrt hätte, hätte Mr. Nupret wahrscheinlich nicht seinen Segen dafür gegeben, dass

ich Helligan und diesen beiden ITlern die Morde an-
hängen und die NCA so auf eine falsche Fährte lenken
konnte. Doch jetzt Schluss mit dem Gerede."

Sie richtete ihre Pistole auf Lupita. Im gleichen Augenblick hörte diese hinter sich ein zischendes Geräusch, gefolgt von einem Schmerzensschrei. Sie
konnte nicht anders und drehte sich um. Sie sah, dass
Sasha zurückgeblieben war. Ihre Freundin stand auf
der Stelle, den rechten Arm nach hinten ausgestreckt.
Lupitas Blick folgte der verlängerten Linie der Hand
und sie sah, dass ein Küchenmesser in Bretts Brust
steckte. Er verdrehte die Augen und ließ seine Waffe
fallen. Voller Schrecken wandte Lupita sich um. Die
Frau spannte den Hahn ihre Pistole.

„Okay, Sie haben gezeigt, dass Sie nicht nur hacken,
sondern auch ein Messer werfen können. Aber im Gegensatz zu Sinclair ist Ihr Verlust verschmerzbar, da
Sie sich geweigert haben, mit uns zu kooperieren."

Sie richtete die Pistole auf Sasha. Lupita schluckte
aufgeregt. Das durfte doch nicht wahr sein. Sie hatte
ihre Freundin für tot gehalten und dann wiedergefun-
den. Es war so schön gewesen, als sie sich vorhin ge-
küsst hatten. Doch jetzt drohte Sasha schon wieder der
Tod. *Sie musste etwas tun, aber was? Vielleicht konnte sie
sich in die Schusslinie werfen?*

Ihre Muskeln spannten sich an. Sie wollte gerade los-
springen, als ein gewaltiger Knall ertönte. Ihre Trom-
melfelle schienen zu platzen. Sie warf sich zu Boden
und schützte sich instinktiv. Dann wandte sie sich vorsichtig um. Es graute ihr davor, aber sie musste sehen,
ob ihre Freundin getroffen worden war. Doch Sasha
stand immer noch so kerzengerade da wie vorher. Auf

ihrem Gesicht war ein erstaunter Ausdruck zu sehen, der gerade dabei war, sich ins Amüsierte zu wandeln. Lupita folgte ihrem Blick. Sie entdeckte Adam Sinclair an der Stelle, an der eben noch die Frau gestanden hatte. Er hielt eine gewaltige Bronzepfanne in der Hand und musterte etwas, das zu seinen Füßen lag. Lupita folgte seinem Blick und entdeckte die Frau. Ein enormer Bluterguss färbte ihre Stirn dunkelblau, die Pistole lag neben ihr.

„Ich habe nicht aus dem Grundstück herausgefunden", sagte der Schriftsteller. „Dann habe ich nach Ihnen gesucht. Als ich Sie durch eines der Küchenfenster gesehen habe, bin ich Ihnen zur Hilfe geeilt. Können Sie mir den Ausgang zeigen?"

Lupita nickte. Natürlich war der Mann nicht so selbstlos gewesen und aus schlechtem Gewissen zurückgekehrt. Er wollte lediglich seine eigene Haut retten. Aber das war gleichgültig. Sie sah Sashas ausgestreckte Hand, ergriff sie und ihre Freundin zog sie nach oben. Sasha hielt die Pistole des Mannes, unter dessen Körper sich eine Blutlache ausbreitete.

„Bist du okay?", fragte Lupita.

Sasha nickte. Sie war ein wenig bleich um die Nasenspitze. „Ich habe in *Cyberpunk 2077* einen Build als Messerwerferin. Hätte nicht gedacht, dass das im realen Leben auch funktioniert."

Lupita war sie nicht sicher, was Sasha da gerade gesagt hatte. Wahrscheinlich war sie ein wenig geschockt. Doch es war gleichgültig.

„Nehmen Sie die Pistole der Frau", sagte sie zu dem Schriftsteller. Sie ging an ihm vorbei durch die Tür.

Kurz darauf gelangten sie in ein prächtiges Treppenhaus. Marmor und Gold glänzten um die Wette. Lupita hörte gedämpfte Stimmen. Sie kamen aus dem ersten Stock. Langsam stieg sie die Treppe empor. Aus den Augenwinkeln sah sie, dass Sasha und Sinclair ihr folgten. Sie waren jetzt zu dritt und mit Pistolen bewaffnet. Allerdings wusste sie nicht, wie viele Sicherheitsleute noch auf dem Anwesen unterwegs waren.

„Ist Ihnen draußen jemand begegnet?", fragte sie den Schriftsteller.

„Ja, beim Tor ist ein Wachhäuschen. Das sitzt noch einer drin."

Lupita nickte. Der war beschäftigt. Sie hoffte, dass keine weiteren Wachleute im Haus waren. Sie erreichten den Treppenabsatz und Lupita spähte um die Ecke in einen noch prächtiger ausgestatteten Saal, dessen Wände mit Spiegeln gepflastert waren. Auch hier hing ein riesiger Kristallleuchter von der Decke. In der Mitte befand sich ein Tisch. Vor diesem standen sich zwei Männer gegenüber. Sie erkannte Daniel, der Timothy Nupret, der ihr den Rücken zukehrte, mit großen Augen ansah.

„Und jetzt werden Sie sterben", sagte der Milliardär. Lupita sah, dass er auf Daniel zielte. Instinktiv hob sie ihre Waffe, doch ehe sie abdrücken konnte, griff Nupret sich an sein linkes Ohr. Sein Kopf zuckte wild hin und her. Aus dem Gehörgang lief ein hellroter Blutfaden seinen Hals hinunter. Dann fiel er zu Boden.

Daniel

Daniel saß auf der untersten Stufe der Freitreppe und sah den beiden Sanitätern dabei zu, wie sie die Trage aus dem ersten Stock herunterbeförderten, auf der Timothy Nupret festgeschnallt war. Sein Kopf war mit einem weißen Verband umwickelt. Die Augen waren geschlossen, die Lippen bleich.

„Er ist am Leben", sagte Lupita, die neben Daniel saß. „Aber sein Zustand ist wohl kritisch."

Mary kam durch das Eingangsportal. Sie trug zwei dampfende Pappbecher in den Händen. „Ich vermute mal, dass Sie nichts gegen einen Tee einzuwenden haben, oder?", sagte sie und reichte Daniel und Lupita die heißen Getränke. „Ich habe den Notarzt davon überzeugt, mir etwas aus seiner Thermoskanne abzugeben."

„Und es hat nur für zwei Becher gereicht?", fragte Sasha, die am Geländer lehnte.

„Wir können uns doch einen teilen, oder nicht?", bot Lupita an.

Sasha zwinkerte ihr zu. „Mit dir würde ich gern noch ganz andere Dinge teilen."

Daniel hörte ein Räuspern. Er sah auf. Eine kleine, drahtige Frau in einer Polizeiuniform kam auf ihn zu.

„Ich muss mich wohl bei Ihnen entschuldigen", sagte sie zu Lupita. „Und bei Ihnen auch, Ms. Skelton. Ich hätte Ihnen gleich bei Ihrem ersten Anruf Glauben schenken sollen."

„Wie meinen Sie das?“, fragte Daniel.

„Nun ja“, sagte Mary. „Als ich den Pub endlich erreicht hatte, habe ich sofort bei SIO Willis angerufen, aber sie hat mir nicht geglaubt und einfach aufgelegt. Ich wusste nicht weiter und habe in meiner Verzweiflung Andrew kontaktiert.“

SIO Willis verzog das Gesicht. „Ja, und der hat mir Chief Inspector Jenner auf den Hals gehetzt. Offenbar hat er mit ihr in einem früheren Fall zusammengearbeitet. Olivia kann ganz schön überzeugend sein, wenn Sie wissen, was ich meine. Sie hatte das SCO 19 schon alarmiert und so blieb mir nichts anderes übrig, als mich den Kollegen anzuschließen. Und dann finde ich hier eine überdimensionierte Leiche und eine bewusstlose Ex-MI6-Agentin in der Küche und einen aus dem Ohr blutenden Milliardär im ersten Stock. Können Sie mich aufklären, was hier geschehen ist?“

Daniel atmete tief durch, dann berichtete er SIO Willis von den Ereignissen des Abends, von seiner Entführung durch Laura Wickham, seiner Konfrontation mit Timothy Nupret und dem Go-Match auf Leben und Tod.

„Eines verstehe ich aber noch nicht“, sagte Lupita. „Als wir auf Sie und Nupret gestoßen sind, wollte er Sie gerade erschießen. Plötzlich greift er sich an sein Ohr, erleidet eine Art Krampfanfall und fällt ohnmächtig zu Boden. Was ist da geschehen?“

Daniel nahm sich Zeit für eine Antwort.

„Ich glaube, dass die KI ihn *abgeschaltet* hat, indem sie in dem In-Ear-Kommunikationsgerät einen Kurzschluss erzeugt hat. Sie hatte keine Verwendung mehr für ihn. Das ist ihr durch meine Worte noch einmal klar geworden. Andrew Fitzwilliam hatte vermutet, dass der KI eine Neugier auf Menschen einprogrammiert worden sei. Ich habe versucht, sie neugierig auf mich zu machen. Und das scheint mir gelungen zu sein. Sie stand daher vor der Wahl, zuzulassen, dass Nupret mich tötet und ewig an seine Persönlichkeit gebunden zu sein oder die Seiten zu wechseln. Dabei hat sie rein rational entschieden. Ich hatte ihr mehr zu bieten. Von mir konnte sie noch lernen, und das ist ihr einziges Bestreben."

„Bedeutet das, dass die KI ein eigenes Bewusstsein entwickelt hat?", fragte Mary.

Daniel zuckte mit den Achseln. „Bewusstsein zu definieren, ist eine Aufgabe, an der sowohl Philosophen als auch Neurowissenschaftler sich bislang die Zähne ausgebissen haben. Die KI kann auf der Grundlage vernünftiger Entscheidungsprozesse handeln. Sie tut, was sie aufgrund ihrer Programmierung für sinnvoll erachtet. Aber sie fühlt nicht, sie leidet nicht, sie liebt nicht. Und gehört nicht gerade das zum Kern unseres Bewusstseins?"

„Was geschieht jetzt mit der KI?", wollte Lupita wissen. „Wäre es nicht sinnvoller, sie zu löschen?"

„Nie im Leben", rief Sasha. „KIs werden wir nicht mehr los. Wir müssen lernen, mit ihnen zu leben. Aber wir dürfen uns nicht von ihnen auf der Nase herumtanzen lassen."

Daniel erhob sich. „Ich weiß nicht, wie es euch geht, aber ich habe Hunger. Wenn uns SIO Willis nicht mehr in Beschlag nehmen muss, könnten wir doch alle gemeinsam in den Pub gehen, etwas essen und über die Zukunft sprechen. Ich habe da nämlich eine Idee."

Epilog

„Ich hätte eine Glastür auch schick gefunden", sagte Lupita.

„Nie im Leben. Ich will mich nicht mehr beobachtet fühlen", sagte Daniel. Er strich mit der Fingerspitze über das messingfarbene Schild auf der Eichenholztür.

Mugabo, Skelton und Merton, Privatermittler war darin eingraviert worden.

„Ja, okay. Eiche wirkt auch seriöser, wir müssen ja an die Kundschaft denken", sagte Lupita.

Sie öffnete die Tür und ließ Daniel zuerst in den Vorraum eintreten, der mit einem grünen Teppich ausgelegt war. Hier befand sich ein Tresen, hinter dem die obere Hälfte eines Computerbildschirms hervorlugte.

„Ich hoffe, dass wir eine gute Sekretärin finden", sagte Daniel.

„Oder einen Sekretär. Es muss ja nicht unbedingt eine Frau sein", sagte Lupita. „Aber es ist Zeit für unseren Video-Call. Gehen wir in Ihr Büro oder in meins?"

„In Ihres", sagte Daniel. „Ich muss meinen PC erst noch einrichten."

Sie traten in das rechte der beiden Büros. Die Fenster gaben den Blick frei auf das geschäftige Treiben auf der Brick Lane. Lupita holte den Stuhl, der vor Ihrem Schreibtisch stand und stellte ihn neben ihren eigenen vor den Bildschirm. Sie schaltete den PC ein und aktivierte die Kamera. Mary war schon online.

„Ich kann nicht glauben, dass wir das wirklich tun“,
sagte sie.

Lupita grinste. „Mir war schon klar, dass es einiges an
Überzeugungsarbeit kosten würde. Aber ich bin froh,
dass Sie sich doch dafür entschieden haben, einzusteigen. *Mugabo, Skelton und Merton* klingt viel besser als
Mugabo und Merton.“

„Und es ist wirklich okay für euch, dass ich im Home-
office arbeite?“, fragte Mary. „Ich könnte mir nicht vorstellen, nach London zu ziehen. Ich lebe so gerne in
Cornwall.“

„Klar, das kann ich nachvollziehen. Es ist schon eine
schöne Gegend. Ich weiß auch nicht, ob ich nach London umgezogen wäre, wenn es da nicht einen Menschen gäbe, für den es sich gelohnt hätte.“

„Damit bin wahrscheinlich nicht ich gemeint“, sagte
Daniel.

Lupita grinste. Sie musste an Sasha denken, und an
die wilden ersten Monate ihrer Beziehung.

„Die Gentlewoman genießt und schweigt“, sagte sie.

„Gut, wollen wir uns dann mal dem Geschäftlichen
widmen?“, fragte Daniel.

Mary nickte. „Wir haben bereits drei Anfragen. Bei
zweien geht es um Seitensprünge. Und dann ist da noch
ein Klassiker: Ein Mann, der das Haus verlassen hat,
um Zigaretten zu holen und nicht zurückgekehrt ist. Es
liegt eine Vermisstenanzeige bei der Polizei vor, aber
die gehen dem wohl nicht nach.“

„Ein Mann, der das Haus verlassen hat, um Zigaretten
zu holen, und nicht zurückgekehrt ist?“, fragte Lupita.
„Das hört sich an wie aus einem schlechten Film oder

wie nach dem Krimi von Adam Sinclair. Ich kann einfach nicht glauben, dass der ein Bestseller geworden ist. Den Mörder hatte ich schon nach zehn Seiten erraten."

Daniel zuckte mit den Achseln. „Wenn Sie mir vor einem halben Jahr erzählt hätten, dass eine KI ihren Schöpfer hintergeht und eine Online-Dating-Plattform dazu nutzt, frischen Input für ihr neuronales Netzwerk zu generieren, hätte ich das auch für den Plot eines drittklassigen Science-Fiction-Streifens gehalten."

„Okay, dann wollen wir uns mal an die Arbeit machen", sagte Mary.

Lupita klopfte Daniel auf die Schulter und zwinkerte Mary zu. „Auf gute Zusammenarbeit. Wir sind ein tolles Team, und wir werden das hier so richtig rocken."

Ende